D1870354

BASTEI
LÜBBE

Taschenbücher von LARRY NIVEN
im BASTEI-LÜBBE-Programm:

22082 Der schwebende Wald
22111 Kinder der Ringwelt
23008 Planet der Verlorenen
23028 Ein Mord auf dem Mond
23075 Geschichten aus der Raumhafenbar
24003 Ringwelt
24028 Die Ringwelt-Ingenieure
24064 Geschichten aus dem
Ringwelt-Universum

LARRY NIVEN/STEVEN BARNES
22072 Traumpark

LARRY NIVEN/JERRY POURNELLE
22005 Das zweite Inferno

LARRY NIVEN/JERRY POURNELLE/
STEVEN BARNES
23089 Der Held von Avalon

LARRY NIVEN

Welt in den Lüften

Ein neuer Roman aus der Welt des schwebenden Waldes

Ins Deutsche übertragen von
Eva Eppers

BASTEI
LÜBBE

BASTEI-LÜBBE-TASCHENBUCH

Science Fiction Special
Band 24121

Erste Auflage: August 1989
Zweite Auflage: September 1995

© Copyright 1987 by Larry Niven
All rights reserved
Deutsche Lizenzausgabe 1989
Bastei-Verlag Gustav H. Lübbe GmbH & Co., Bergisch Gladbach
Originaltitel: The Smoke Ring
Lektorat: Hans Altmeyer/Reinhard Rohn
Titelillustration: Michael Whelan
Umschlaggestaltung: Quadro Grafik, Bensberg
Satz: Fotosatz Schell, Bad Iburg
Druck und Verarbeitung:
Brodard & Taupin, La Flèche, Frankreich
Printed in France
ISBN 3-404-24121-5

Der Preis dieses Bandes versteht sich einschließlich
der gesetzlichen Mehrwertsteuer.

Zur Einführung

Mit *Welt in den Lüften* nimmt Larry Niven das Konzept wieder auf, das er in *Der schwebende Wald* (Bastei-Lübbe 22082) entwickelt hat. Wenngleich beide Romane relativ eigenständig sind, mag eine kurze Einführung die Lektüre des Folgebandes erleichtern.

In *Der schwebende Wald* erzählte Niven erstmals die Geschichte eines außergewöhnlichen astronomischen Phänomens. Er geht davon aus, daß unter bestimmten astrophysikalischen Bedingungen Gasringe entstehen können, die um einen Neutronenstern kreisen und eine so große Dichte aufweisen, daß in ihnen Leben möglich ist. In einem sogenannten Rauchring haben sich gigantische, schwebende Bäume entwickelt. Auf diesen Pflanzen, die winzigen Planeten gleichen, leben Menschen, deren Vorfahren zur Besatzung eines Saatschiffes gehörten, dann nach einer Meuterei aber kurzerhand ausgesetzt worden waren.

Die Menschen im Rauchring haben sich notgedrungen an die Ökologie ihrer ›Welt in den Lüften‹ angepaßt, d. h. sie sind wegen der veränderten Schwerkraftverhältnisse sehr viel größer als normale Menschen und haben sehr lange Zehen, um sich auf ihren Bäumen fortbewegen zu können. Ihr Leben ist stark hierarchisch gegliedert. Jeder Stamm, der einen eigenen Baum besiedelt, hat seinen eigenen Vorsitzenden bzw. seinen eigenen Wissenschaftler, dessen Aufgabe es ist, das ihnen von ihren Vorfahren, den Raumfahrern, verbliebene Wissen zu sammeln und an die nächste Generation weiterzugeben. Denn obwohl die Menschen noch über modernes Wissen und sogar über technische Apparaturen verfügen, so über einen vierhundert Jahre alten Raumgleiter, leben sie sehr primitiv; sie jagen nach den Tieren, die sich auf den schwebenden Bäumen niederlassen, suchen nach eßbaren Pilzen und Gräsern und müssen stets auf der Hut sein, das ökologische Gleichgewicht ihres Baumes nicht zu zerstören. Denn bietet ihr

Baum ihnen nicht mehr genug Nahrungsmittel oder bricht er gar auseinander, sind sie verloren.

Einige Figuren, die auch in diesem Roman eine zentrale Rolle spielen, hat Niven bereits in *Der schwebende Wald* eingeführt, so den Krieger Clave, der einst zum Quinn-Busch gehörte und sich, da er gerade eine Expedition leitete, retten konnte, als sein Baum auseinanderbrach. So auch Lawri, die Wissenschaftlerin des Bürgerbaums, die auf dem London-Baum lebte, bevor er von Clave und seinen Leuten angegriffen wurde.

Und doch bietet Niven mit diesem Band keine einfache Fortsetzung seines ersten Romans um den Rauchring, er vermag es, neue Akzente zu setzen und Perspektiven aufzuzeigen, was zum einen daran liegt, daß neue Gestalten auftauchen, und zum anderen darin begründet ist, daß das mysteriöse Computerprogramm Sharls Davis Kendy, einst Prüfer des Saatschiffes *Discipline*, das den Rauchring überwacht, eine besondere Rolle spielt …

Dramatis Personae

Die Besatzung der Discipline

SHARLS DAVIS KENDY Einst Prüfer für den Staat, inzwischen verstorben. Außerdem die sich entwickelnde Persönlichkeit in dem Hauptcomputer des Stauschaufel-Saatschiffs *Discipline* und der FRMs (Fracht- und Reparaturmodule).
SHARON LEVOY Astrogation
SAM GOLDBLATT Planetologe
CLAIRE DALTON Soziologie/Medizin
DENNIS QUINN Kapitän
CAPABILITY JASPER GRAY Kybernetiker
CAROL BURNES Lebenserhaltung
MICHELLE MICHAELIS Kommunikation

Bürgerbaum

Bevölkerung: 14 Erwachsene
GAVVING Jäger; Wächter des Baumschlundes
MINYA Gavvings ältere Frau
CLAVE Vorsitzender
JAYAN und JINNY Zwillingsschwestern, Claves Frauen
DEBBY Dschungelriesin, früher Kriegerin der Carther-Staaten; Anthons Frau
ANTHON Dschungelriese, früher Krieger der Carther-Staaten
JEFFER, DER WISSENSCHAFTLER Mitbewahrer von Bürgerbaums Wissen und FRM; verheiratet mit Lawri, der Wissenschaftlerin
LAWRI DIE WISSENSCHAFTLERIN Ursprünglich der Lehrling des Wissenschaftlers vom London-Baum, jetzt Mitbewahrerin von Bürgerbaums Wissen und FRMs
MARK Ein Zwerg; Hüter des alten gepanzerten Druckanzugs

GERNER Ein Zwerg, Minyas Erstgeborener; junger Erwachsener
JILL Tochter von Alfin und Ilsa; etwa in Gerners Alter
HARRY, QWEN, GOREY Kinder von Gavving und Minya
ARTH Sohn von Clave und Jayan

Die Flüchtlinge

RYLLIN und BOOCE Holzfäller; Bürger der Admiralität
MISHAEL ihre älteste Tochter
KARILLY zweite Tochter, stumm
WEND dritte Tochter, verstorben
CARLOT jüngste Tochter

Admiralität

HILAR BELMY Holzfäller
JONVEEV BELMY führt die Geschäfte
RAFF BELMY beider ältester Sohn
RADYO MATTSON Offizier
DAVE KON besitzt und leitet das Vivarium
MAND CURTS Makler für Waren aus dem Dunkel
RAYM WILBY ein Dunkeltaucher, süchtig nach Rispentee
ZAKRY BOWLES verwaltet das Vivarium
ADJENESS SWART arbeitet im Vivarium
GARDEHAUPTMANN WAYNE MICKL Offizier, Marine
JOHN LOCKHEED lehrt die Kinder der Bürger der Admiralität das Fliegen
NURSE LOCKHEED Technikerin, arbeitet auf dem Markt
SECTRY MURPHY Bootsmann, Marine
GRAG MAGLICCO Raumkadett, Marine
HALBHAND Besitzer des Restaurants ›Chez Halbhand‹
DOHEEN Raumkadett, Marine
JONTHAN Raumkadett, Marine

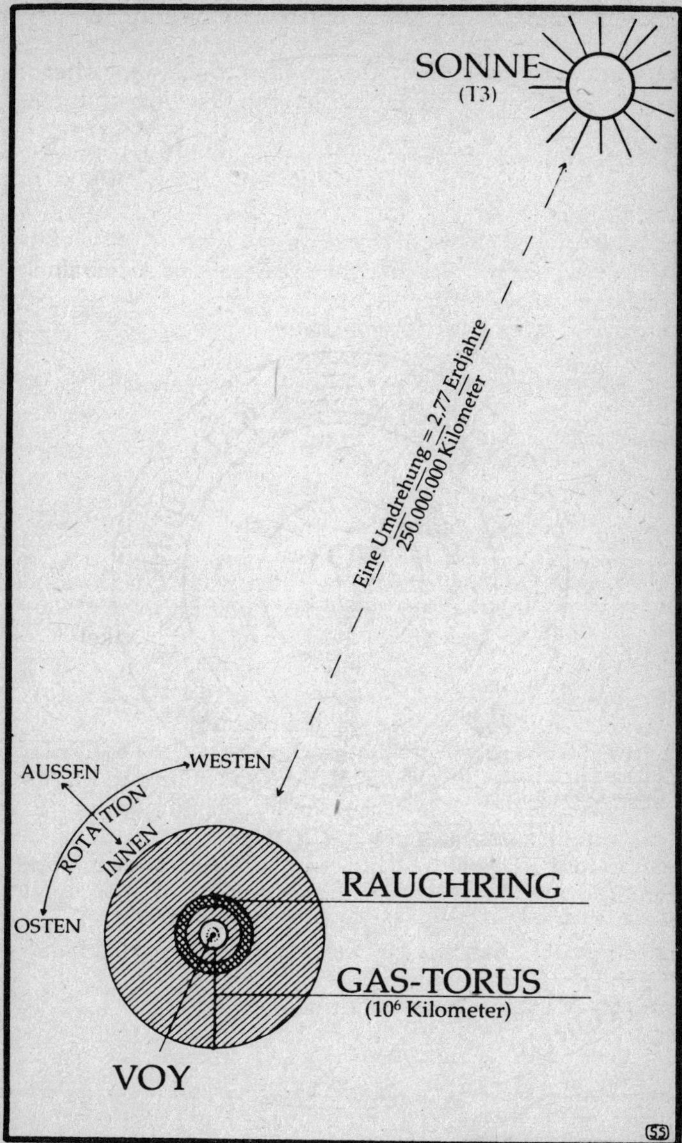
SONNE
(T3)
Eine Umdrehung = 2,77 Erdjahre
250.000.000 Kilometer
AUSSEN
WESTEN
ROTATION
INNEN
OSTEN
RAUCHRING
GAS-TORUS
(10⁶ Kilometer)
VOY

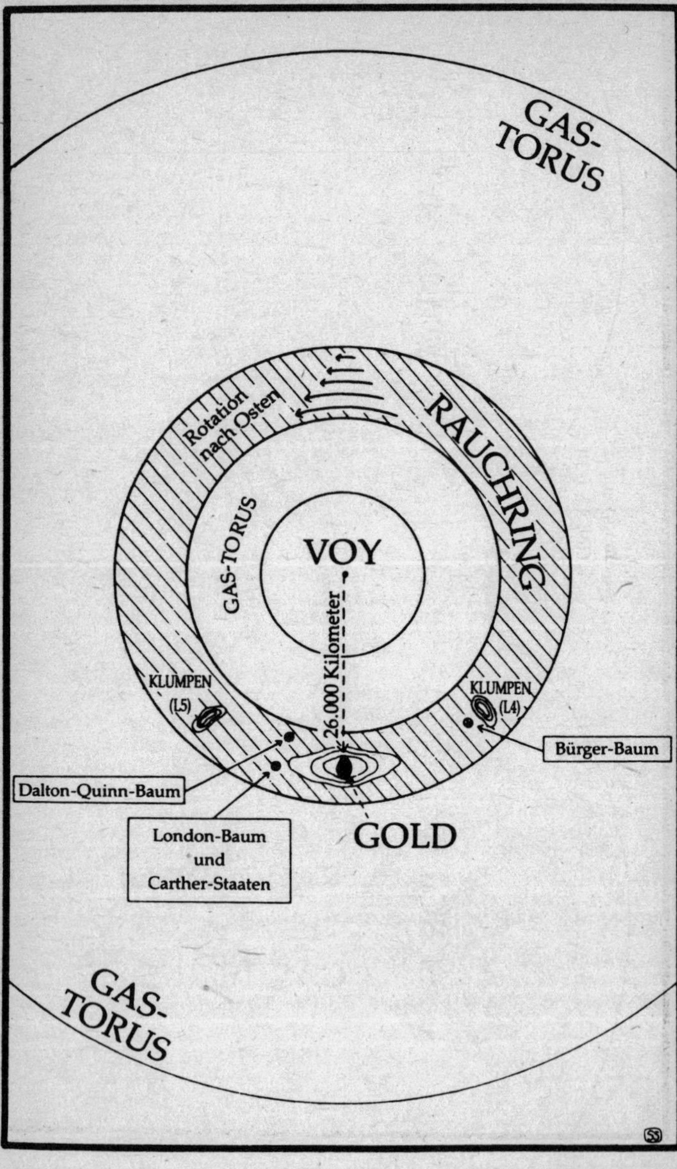
GAS-
TORUS
Rotation
nach Osten
RAUCHRING
GAS-TORUS
VOY
26.000 Kilometer
KLUMPEN
(L5)
KLUMPEN
(L4)
Bürger-Baum
Dalton-Quinn-Baum
London-Baum
und
Carther-Staaten
GOLD
GAS-
TORUS

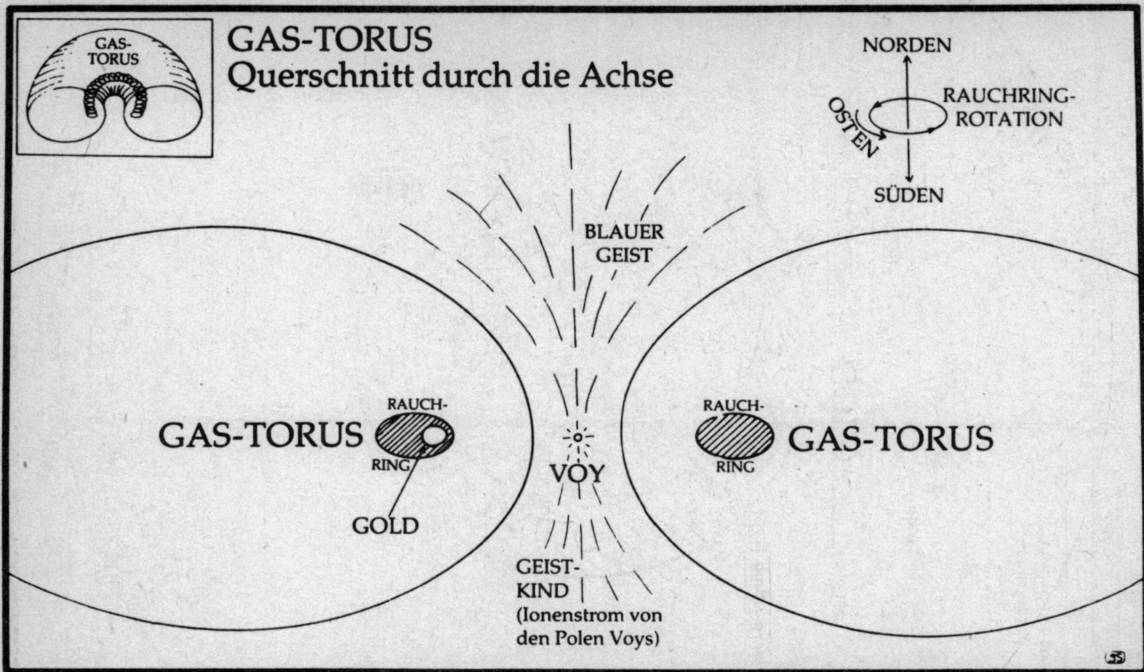
GAS-
TORUS
GAS-TORUS
Querschnitt durch die Achse
NORDEN
RAUCHRING-
ROTATION
OSTEN
SÜDEN
BLAUER
GEIST
RAUCH-
RING
GAS-TORUS
GOLD
VOY
RAUCH-
RING
GAS-TORUS
GEIST-
KIND
(Ionenstrom von
den Polen Voys)

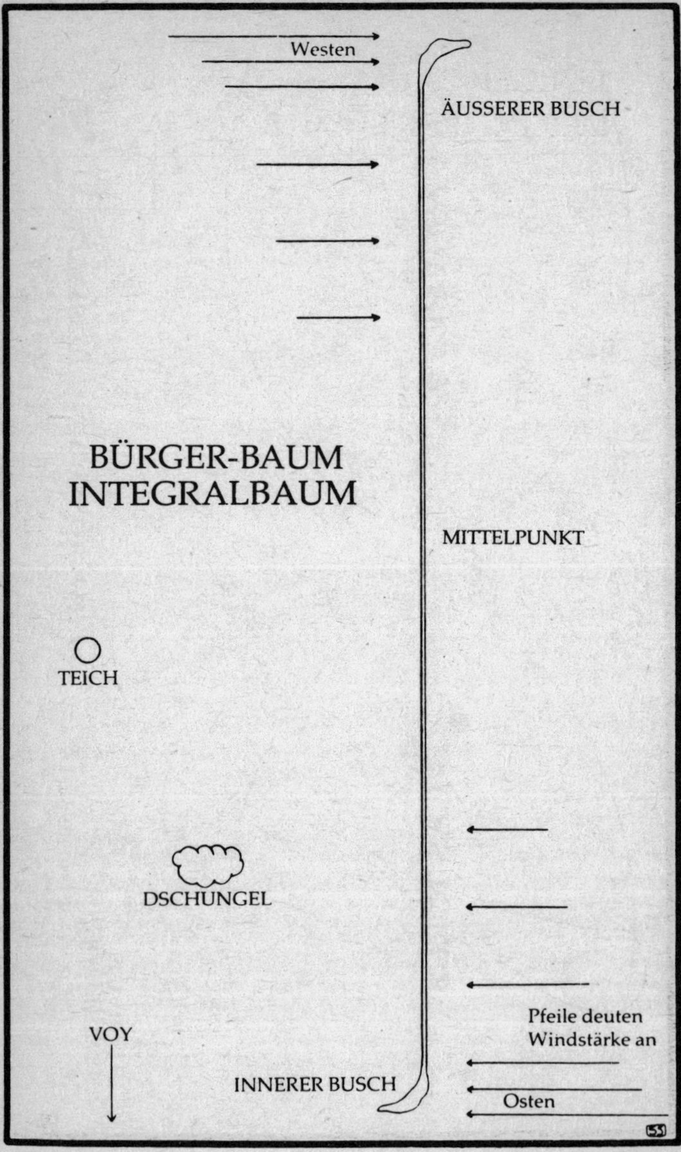
Westen
ÄUSSERER BUSCH
BÜRGER-BAUM
INTEGRALBAUM
MITTELPUNKT
TEICH
DSCHUNGEL
Pfeile deuten
Windstärke an
VOY
INNERER BUSCH
Osten

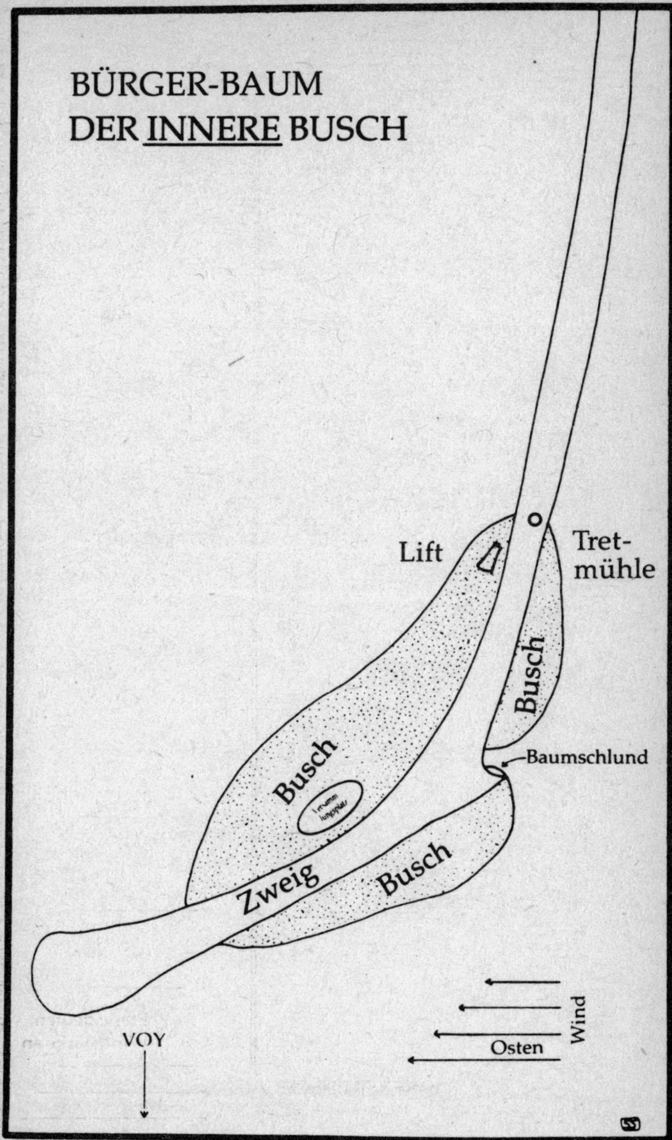
BÜRGER-BAUM
DER INNERE BUSCH
Lift
Tret-
mühle
Busch
Busch
Baumschlund
Zweig
Busch
Wind
Osten
VOY

Prolog

Discipline

Keiner von Sharls Davis Kendys vielfältigen Sinnen konnte den Planeten dort unten wahrnehmen, ausgenommen der Neutrinoschirm, der Neudar. Was vor Billionen von Jahren ein Gasriese gewesen war, existierte immer noch als eine Welt von zweieinhalbfacher Größe der Erde: ein Ei aus Fels und Nickeleisen, verborgen in einer Hülle aus Stürmen. Diese Stürme zogen sich auseinander zu einem Wolkenring, der den gesamten Orbit von Goldblatts Welt um den Neutronenstern ausfüllte.

Sharls beobachtete, wie Sturmfahnen von dem Planeten wegstrebten. Ströme aus Dunst und Wolken und Staub flossen langsam am äußeren Rand des Rauchrings, schneller in der Nähe des Medians, und erheblich schneller, je dichter sie sich an Levoys Stern befanden; und überall erkannte er die flachgedrückten Trichter von Wirbelstürmen. So nah an dem alten Neutronenstern war die Anziehungskraft gewaltig. Die inneren Randzonen des Rauchrings umkreisten Levoys Stern alle zwei Stunden.

Der Rauchring zeigte einen grünlichen Farbschimmer – er besaß eine eigene, Milliarden von Jahren alte Ökologie –, und irgendwo in dieser Wolke lebten Menschen.

Die Versuchung, sich zu ihnen zu begeben, war eine ständige unterschwellige Beunruhigung.

Während der Reisen zwischen den Sternen verbrannte die *Dicipline* den nahezu unerschöpflichen Wasserstoffvorrat des interstellaren Raums; aber das Schiff befand sich jetzt seit geraumer Zeit im Orbit, und der an Bord befindliche Treibstoff war begrenzt. Das Auffüllen der Vorräte konnte noch nicht weit fortgeschritten gewesen sein, als es zu der Meuterei kam. Sharls stand nur eine bestimmte Menge an Deuterium-Tritium-Gemisch zur Verfügung. Es gab für ihn keine Möglichkeit, herauszufinden, wie lange er warten mußte, bis die Nachfahren der ursprünglichen Schiffsbesatzung die Zivilisation neu entdeckten, bis sie ein eigenes Raumschiff bauten und zu ihm kamen. Er war immer knapp an Energie. Die Solarkollektoren an den beiden verbliebenen FRMs brachten nicht viel.

Sharls ignorierte die Sterne meistens. Er beobachtete den Rauchring. Wurde die Langeweile unerträglich, löschte er sie aus seinem Gedächtnis. Langeweile war eine periodisch auftretende Überraschung.

Fünfhundertzweiunddreißig Erdenjahre entsprachen einhundertzweiundneunzig Kreisbahnen von Levoys Stern um seine Sonne. Doch die Bewohner des Rauchrings berechneten die Zeit nach den Wanderungen des Neutronensterns (Levoys Stern, ›Voy‹) über die Scheibe des gelben Zwergs (T3, ›Sonne‹); also entsprach ein Rauchring-›jahr‹ 1384 Erdenjahren. Sharls befand sich seit 384 Rauchringjahren auf seinem Beobachtungsposten am L2-Punkt hinter Goldblatts Welt.

Am besten wartete man in einem stabilen Orbit, bis die Menschen dort unten die Zivilisation entdeckten. Am besten löschte man die Erinnerung an Langeweile aus dem Gedächtnis …

Der Computer/Autopilot der *Discipline* speicherte Informationen wie ein menschliches Gehirn oder ein Hologramm, obwohl Sharls Unterschiede bemerkte. Erinnerungen aus seiner Zeit an Bord der *Discipline* waren deutlich und lebendig. Was er davon gelöscht hatte, war spurlos ausgetilgt. Doch Erinnerungen an seine Existenz als Mensch, vor langer Zeit von einem längst toten menschlichen Gehirn transferiert, erschienen ihm verschwommen und ließen sich nur schwer hervorrufen.

Es war also nicht so, als hätte sich ein Relais geschlossen.

Doch irgendwo in dem Computer gab es eine Veränderung. Fünfhundertzweiunddreißig Jahre: *Was zuviel ist, ist zuviel.* Sharls Davis Kendy hatte lange genug gewartet.

Teil Eins

Der Bürgerbaum

1 Der Teich

Bürgerbaum-Kassetten, Jahr 19 SM:

TEICHE

Wassertropfen gibt es hier in allen Grössen. Wolken können aus allem möglichen bestehen, von feinem Nebel über faustgrosse Perlen bis zu Sphäroiden, die die verschiedensten Lebensformen beherbergen. Der grösste Teich, den wir gesehen haben, besass eine Masse von zehn Millionen Tonnen oder so, aber die Tide von Levoys Stern hatte ihn Sanduhrförmig auseinandergezogen, und die Differentialwinde drohten ihn endgültig zu zerreissen.

Die Ökologie der Teiche ist überall im wesentlichen gleich. Die darin enthaltenen Lebensformen sind merkwürdig und wundervoll, aber in jedem von uns untersuchten Teich fanden wir das gleiche Gefüge. Die Teiche bestehen nicht auf Dauer, ihre Bewohner müssen in der Lage sein, einen Ortswechsel vorzunehmen. Im Rauchring können selbst die Fische fliegen.

Carol Burnes, Lebenserhaltung

Lawri und Jeffer tauchten in dem trüben Teichwasser und zogen vierzig Quadratmeter Tuch über das Netz, das gewöhnlich dazu benutzt wurde, *Traumtänzer* aus der Luft zu fischen. Sie hielten die Ecken mit den kräftigen Zehen gepackt und schwammen mit den Armen.

Das Tuch sperrte sich gegen ihre Absichten. Der vordere Rand bauschte sich auf. Die Befestigungsschnüre an den Ecken des Netzes gerieten ihnen in den Weg. *Wir hätten Hilfe bekommen können,* dachte Jeffer. *Lawri wollte nicht. Lawris Idee, Lawris Projekt! Sie hätte es ganz alleine durchgeführt, wäre das irgendwie möglich gewesen.*

Luft! Er schlug ihr gegen den Schenkel. Lawri ließ das Tuch fahren, und sie schwammen dem Licht entgegen.

Sauerstoff ist der köstlichste aller Genüsse, obwohl man dem Ertrinken nahe gewesen sein muß, um ihn richtig schätzen zu können.

Sie befanden sich an der dem Bürgerbaum zugewandten Fläche des Teichs. Der Mittelteil des Stamms lag kaum drei Kilometer östlich von ihnen. Siebzig Kilometer Stamm erstreckten sich vom Teich aus gesehen nach innen und außen, mit gebogenen Quasten an beiden Enden. Die innere Quaste – oder der Busch –, *Zuhause,* verdeckte schwärzlich-grün den blauen Stecknadelkopf Voys. Eine einzelne Leine führte vom Stamm zum Teich, wo sie sich teilte.

Das Laken schwebte als geisterhafter Schatten in der Tiefe des Wassers. Von den Ecken führten Schnüre zur Oberfläche, wo sie in der Verbindungsleine zum Stamm zusammenliefen.

»Beinahe richtig«, meinte Lawri zweifelnd.

»Es ist gut so.«

»Meinetwegen. Du gehst und kümmerst dich um das FRM. Ich werde mich um ein paar Helfer bemühen, die das Netz einholen.«

Jeffer nickte. Mit einem kräftigen Beinschlag katapultierte er sich in den Himmel. In einer Fontäne von Wassertropfen trieb er auf die Hauptleine zu.

Das war leichter, als sich auf eine Diskussion einzulassen. Lawri hätte es Jeffer ohnehin nicht erlaubt, das letzte Stadium ihres Plans zu organisieren. Wenn Lawri, die Wissenschaftlerin, eine Idee hatte, konnte niemand darauf hoffen, ein Stück von dem Ruhm abzubekommen. Schon gar nicht der zweite Wissenschaftler des Bürgerbaums, ihr Ehemann.

Ein Stück hinter der Wölbung des Teichs schwebten Minya und Gavving in dem Grenzbereich zwischen Luft und Wasser, umgeben von plantschenden Kindern.

Jedes Kind war durch eine Leine mit dem Bürgerbaum verbunden. Als erstes lernten sie Rückenschwimmen, damit sie sich an das neue Element gewöhnten. Einige zogen es vor, wie die Frösche umherzupaddeln, wobei sie das Gesicht unter Wasser drückten. Schwimmen war der Zustand des Gleichgewichts zwischen Oberflächenspannung und der Schubkraft von Armen und Beinen.

Wenn ein Kind mit dem ganzen Körper aus dem Wasser geriet, mußte ein Erwachsener hinterher. Ein Kind, das unter die Oberfläche geriet, konnte in Panik geraten und mußte herausgezogen werden, bevor es ertrank. Auch gab es Fleischfresser unter den Wasservögeln. Minya und Gavving waren mit Harpunen bewaffnet. Sie hatten drei eigene Kinder unter den Schwimmern.

Gavving hielt Umschau, indem er sich durch träge Paddelbewegungen im Uhrzeigersinn drehte.

»Sieh dir Gerner an«, sagte Minya.

Die älteren Kinder hatten sich zu einer Gruppe zusammengeschlossen. Der Sproß zweier Dschungelriesen, die goldblonde Jill, war unter dem Schwerkrafteinfluß des Bürgerbaums lediglich zu normaler Größe herangewachsen. Sie maß dreißig Zentimeter weniger als ihre Eltern … aber der Kontrast zwischen Jill und Gerner war verblüffend. Mit vierzehn Jahren hatte Minyas dunkelhaariger Erstgeborener es nicht einmal auf zwei Meter Körpergröße gebracht. Jill überragte ihn um mehr als einen halben Meter.

Für Minya war Gerners geringer Wuchs kein Gesprächsthema. Gavving schaute zu seinem Sohn und sagte: »Ganz richtig. *Gerner*!«

Gerner paddelte zögernd herbei. Ein feiner grüner Pelz, kaum sichtbar, wuchs einen Millimeter hoch auf seiner Wange. Gavving ergriff den Arm des Jungen und hob ihn gegen die Oberflächenspannung halb aus dem Wasser. Das Grün zog sich von Gerners Nacken über die Schulter bis auf die Brust.

»Staubflaum«, meinte Gavving. »Warum hast du nicht Bescheid gesagt?«

Gerner grinste schuldbewußt. »Ich bin noch nie geschwommen.«

»Du gehst geradewegs ...«, schnappte Minya.

»Nein, schwimm ruhig weiter. Du wirst dafür zahlen. Für die nächste Zeit wirst du keine Sonne mehr sehen. Haben wir einen Dummkopf in die Welt gesetzt? Der Pilz hat schon fast dein Auge erreicht!«

Gerner nickte ernsthaft und paddelte davon. Mit ärgerlich verzogenem Mund schaute Minya ihm nach. Ihr Mann drehte sich und versank lautlos unter der Wasseroberfläche. Mit einem Beinstoß war er unter ihr, griff nach ihrem Knöchel und tauchte weg. Minya bog sich zusammen und trat ihm gegen das Kinn. Gavving überwand die Abwehr ihrer rudernden Arme und Beine, zog sie unbarmherzig an sich und küßte sie mit Nachdruck. Sie lachte Luftblasen.

Minya im Schlepptau, schwamm er zum Licht. Sie prusteten sich das Wasser vom Gesicht, bevor sie einatmeten, und waren wieder auf Posten, ehe eines der Kinder in Gefahr geraten konnte.

Debby befand sich in einiger Entfernung vom Tummelplatz der Kinder. Sie verharrte regungslos lauernd dicht unter der Oberfläche und hielt den Speer stoßbereit. Hin und wieder ließ sie die verbrauchte Luft aus dem Mund entweichen – die als Blase vor ihrem Gesicht stehenblieb –, hob den Kopf, holte Atem und duckte sich wieder unter Wasser.

Debby hatte die ersten neunzehn Jahre ihres Lebens im freien Fall verbracht. Vierzehn Jahre in der Schwerkraft des Baumes hatten ihre Muskeln entwickelt, ohne ihre Größe zu vermindern. Ihre Kinder – und Ilsas: die Kinder, die sie Anthon geboren hatten – waren nicht größer als normale Baumbewohner. Debby selbst maß zweieinhalb Meter. Im Gegensatz zu ihren langen, zerbrechlich wirkenden Fingern waren die Zehen kürzer und weniger beweglich, die Großzehen allerdings erreichten eine Länge von sechs Zentimetern. In ihrem dichten braunen Haar zeigten sich graue Strähnen, doch trug sie es noch immer reichlich einen Meter lang. Beim Schwimmen legte sie es sich wie eine Schlinge um den Hals.

Das Wasser war trüb. Diese Art der Jagd stellte für Debby etwas Neues dar, aber sie lernte.

Sie stieß zu. Die von der Bewegung ausgelösten Wellen breiteten sich um die große Luftblase herum aus, vorbei an spielenden Kindern und den Wissenschaftlern, die sich mit der Plane abmühten.

Ein silbernes Geschöpf zappelte an Debbys Speerspitze. Debby hob den freien Arm über den Kopf, zog kräftig an der Leine und holte keuchend Atem, sobald ihr Kopf die Wasseroberfläche durchbrach. Der Wasservogel, der sich plötzlich der Luft ausgesetzt sah, breitete die kleinen Flügel aus und flatterte heftig. Ein Schlag auf den Kopf machte dem ein Ende. Debby schob ihn in ein Tragnetz, in dem sich bereits fünf seiner Artgenossen befanden.

Anschließend lag sie tief atmend auf dem Rücken, ruhte sich aus und bewegte nur von Zeit zu Zeit die Hände, um von der Oberflächenspannung nicht in die Tiefe gezogen zu werden.

Weiter im Osten, tausend Kilometer vom Bürgerbaum entfernt, verdichteten sich die Wolken zu einem scheibenförmigen Wirbel. Jenseits und unterhalb des Wirbels lief der Rauchring in einen weißen Streifen mit blaugrünen Einsprengseln zusammen, der sich als immer schmaler werdendes Band dem grellen Lichtpunkt Voys entgegenschwang. Die Dinge neigten dazu, sich in diesem speziellen Teil des Rauchrings, sechzig Grad östlich von Gold zu sammeln. Die Bürger hatten Grund zu der Annahme, daß der Sturmwirbel um Gold eine Gefahr darstellte. Sie vermuteten, daß es sich mit dem Klumpen ebenso verhielt. Sie hatten den Baum nie dichter herangeführt.

Sie hatten nie einen Dschungel aufgesucht.

An anderen Stellen des Rauchrings lebten gleichfalls Menschen, aber der Bürgerbaum hatte sich nie bemüht, mit ihnen Kontakt aufzunehmen.

Auf dem Bürgerbaum herrschten Ruhe und Sicherheit. Das Jagen in den Wassern des Teichs war alles an Aufregung, was sich Debby jetzt bot. Das Leben in den Carther-Staaten hatte anders ausgesehen. Die gelegentlichen Überfälle der Bewohner des London-Baums zwangen die Bürger zu ständiger Wachsamkeit und Kampfbereitschaft, bis sie in einer großartigen Schlacht die Macht des London-Baums endgültig brachen.

Bei derselben Gelegenheit hatte auch Debbys Verbindung mit den Dschungelkriegern ein Ende gefunden. Eine gemischte Gruppe von Copsiks und Kriegern hatte das FRM des London-Baums gestohlen. Das Gefährt war alte Wissenschaft, mächtig und fremdartig. Sie und ihre Gefangenen hatten Glück gehabt, mit dem FRM kein unzeitiges Ende zu finden und sich halbwegs in Sicherheit zu bringen, doch die Carther-Staaten ließen sie dabei irgendwo in den Himmeln jenseits von Gold zurück.

Aus westlicher Richtung ertönte ein fröhlicher Ruf: »Bürger! Wir brauchen Muskeln!« Debby sah Lawri, die Wissenschaftlerin, im Himmel schweben, eine Hand an der Hauptleine.

Debby griff nach ihrer Netztasche (sechs waren ein guter Fang für einen Tag), schnellte sich in den Himmel und begann, ihre Leine einzuholen. Sie erreichte die Wissenschaftlerin als erste. Clave und Minya und Mark, der Silbermann, näherten sich vom Teich her. Gavving war zurückgeblieben, um die Kinder zusammenzurufen.

Vier Leinen führten zu den Ecken des mit der Plane ausgekleideten Netzes, das jetzt tief im Wasser hing. Lawri wies den Herankommenden ihre Plätze an der Hauptleine zu. »Ihr müßt sie einholen«, ordnete sie an. »Legt sie in Schlingen. Zieht gleichmäßig.«

Debby umklammerte das Tau mit Zehen und Fingern und versuchte mit aller Kraft, ihren Körper zusammenzukrümmen. Es bildete sich keine Schlinge. Sie wußte, daß sie nicht so stark war wie ein Baumbewohner, aber die anderen hatten gleichfalls Schwierigkeiten.

Lawri rief: »Gut so! Gleich haben wir's.«

Für Debby sah es nicht so aus. Sie strengte sich weiter an ... und allmählich verformte sich der Teich. Die durch das Netz verstärkte Plane hob sich mit einer Tonnenlast Wasser. Debby zog, bis Knie und Ellenbogen sich berührten, dann griff sie ein Stück vor und zog weiter.

Der Teich wurde in die Länge gedehnt und gab schließlich nach. Gefolgt von einem Schweif kopfgroßer Wassertropfen, löste ein kleiner Teich sich ab. Wasser strömte über die Ränder der Plane, ging aber nicht verloren, da es von der Oberflächenspannung gehalten wurde. Demselben Naturgesetz folgend bemühte sich der pulsierende große Teich, sein ursprüngliche Kugelgestalt wieder herzustellen.

»Zieht weiter!« rief Lawri. »Gleichmäßig ... genug. Das müßte reichen.«

Die Bürger entspannten sich. Der neue Teich wurde von seinem eigenen Schwung nach Osten getrieben, auf den Baum zu. Netz und Tuch befanden sich jetzt in der Mitte einer schimmernden Kugel.

Debby wickelte die nun schlaffe Leine auf. Bei einem Blick zum Stamm entdeckte sie etwas, das bisher hinter der Wölbung des Teichs verborgen geblieben war.

Parallel zum Stamm schwebte in mehreren Kilometern Entfernung eine dünne schwarze Linie. Ein junger Baum, nicht mehr als dreißig Kilometer lang und verstümmelt, denn der innere Busch fehlte, war irgendwie abgetrennt worden. Sie konnte es nur undeutlich erkennen, denn die Mitte des Stammes war in Wolken gehüllt ... dunkle, schmutzige Wolken ... Rauch!

Debby zerrte heftig an einer anderen Leine. Durch diesen Ruck trieb sie näher an den Präsidenten heran. Als sie bei ihm war, hielt Clave sie am Fußknöchel fest. »Ist was?«

Debby deutete mit den Zehen auf die herannahende Gefahr. »Dieser Baum. Er brennt!«

»Ich glaube, du hast recht. Baumfutter! Er wird auseinanderbrechen. Zwei Feuer, um die wir uns Sorgen machen müssen.«

Debby hatte noch nie einen Baum auseinanderbrechen sehen, aber Clave sprach aus bitterer Erfahrung. Vielleicht würden sie ihren Baum auf neuen Kurs bringen müssen. Es brauchte Zeit, das FRM startklar zu machen ...

Darüber hatte Clave bereits nachgedacht. Seine Stimme klang wie ein Peitschenknall. »Bürger, es geht auf Mittag, und wir haben diese sechs Wasservögel für eine ordentliche Mahlzeit. Brechen wir den Schwimmausflug also ab.«

Er senkte die Stimme. »Du gehst jetzt, Debby. Sag Jeffer, daß wir das FRM vielleicht brauchen werden. Wir schaffen die Frauen und Kinder in den Busch, wenn die Zeit reicht. Deine Augen sind besser als meine. Siehst du etwas den Baum verlassen? Etwas wie Insektenschwärme?«

Da gab es schwarze Punkte, groß genug, um Einzelheiten erkennen zu lassen. »Keine Insekten. Etwas Größeres ... drei, vier ... Vögel?«

»Nicht so wichtig. Los jetzt.«

Es hatte Jeffer den Wissenschaftler den fünften Teil eines Tages gekostet, drei Kilometer Seillänge zurückzulegen.

Das ›Wandern‹ im freien Fall brachte Erinnerungen zurück. Als der Quinn-Stamm nach dem Auseinanderbrechen des Dalton-Quinn-Baums hilflos am Himmel schwebte, hätten sein Leute Arme und Beine gegeben, um einen Teich zu erreichen. Vierzehn Jahre später schwebte die Großmutter aller Teiche in nur drei Kilometern Entfernung vom Bürgerbaum, und diesmal bestand das Hauptproblem darin, den größten Teil des Wassers loszuwerden. Jeffer fragte sich, ob den Kindern ihr Glück bewußt war.

Vielleicht ja. Die meisten Bewohner des Bürgerbaums, dreißig nackte Erwachsene und Kinder, waren gekommen, um in der schimmernden Wasserkugel zu schwimmen.

Am oberen Stamm gb es kein Astwerk mehr und kein Laub. Man sah die dicke, rauhe Borke, in deren tiefen Rissen sich ein Mensch ohne weiteres verbergen konnte. Jeffer fand sein zurückgelassenes Hemd und die Hose, zog sich an und stieß sich anschließend mit den Zehen von einem Vorsprung ab, um an der Rinde entlanggleitend das FRM zu erreichen.

Das Aufzugskabel endete zweihundert Meter vor dem Liegeplatz des FRMs. Möglicherweise befürchteten die Bürger, bei unachtsamer Handhabung könnte die Maschine durch einen Feuerstoß eine aufsteigende Kammer in Brand setzen. Doch wahrscheinlicher fürchteten sie die Maschine selbst. Ohne zwingenden Grund wollten sie dem altehrwürdigen, nach Wissenschaft riechenden Ding nicht näher kommen als unbedingt nötig.

Das FRM war alte Wissenschaft. Es hatte in etwa die Form eines Ziegelsteins mit den Maßen 4 x 10 x 32 Meter und bestand aus Sternenstoff: Metall und Glas und Plastik, umhüllt von einem dunkel schimmernden Material, das Sonnenlicht in Energie umwandelte. Der Rumpf enthielt die Tanks für Wasserstoff und Sauerstoff und Wasser. Nüstern am Heck – vier in jeder Ecke und eine größere in der Mitte – spuckten Feuer, sobald man den Befehl dazu gab.

In letzter Zeit hatten sie das FRM vernachlässigt, und Jeffer war bereit, einen Teil der Schuld auf sich zu nehmen. Das FRM produzierte zwei Sorten Treibstoff aus Wasser und der Energie in den Batterien. Die Batterien enthielten ihre volle wissenschaftliche Ladung – sie ersetzten die verbrauchte Energie irgendwie, so lange das Sonnenlicht die glasige Oberfläche erreichte –, aber die Wasserstoff- und Sauerstofftanks waren beinahe leer. Es war höchste Zeit, den Wasserbehälter aufzufüllen.

Der Bug des FRMs war an einem Dock aus Holzbalken festgemacht. Doppeltüren führten in einen Innenraum mit

Sitzen für die Passagiere, Ladenischen für die Fracht und einem breiten, transparenten Fenster. Das Fenster zeigte nichts als Rinde. In Bauchhöhe davor befanden sich eine Platte aus grauem Glas und eine Reihe farbiger Knöpfe.

Jeffer trat an die Konsole. Der Druck auf einen blauen Knopf ließ die graue Glasscheibe aufleuchten. Blau war die Codefarbe für alles, was mit dem Antrieb des FRMs zu tun hatte: die Motoren, die zwei Sorten Treibstoff, der Wassertank, Treibstofffluß. Jeffer las die blaue Schrift:

H_2: 0,518
O_2: 0,360
H_2O: 0,001
ENERGIE: 8,872

Die Ladung der Batterien war mehr als ausreichend. Warum auch nicht? Das FRM verbrauchte keine Energie. Kein Bewohner des Bürgerbaums hatte sich in den letzten sieben Jahren die Mühe gemacht, den Wassertank zu füllen, also wurde auch keine Energie benötigt, um Wasser in Hydrogen und Oxygen zu spalten. Der Wassertank war buchstäblich ausgetrocknet.

Während er auf Lawris Teich wartete, konnte er noch etwas erledigen. Jeffer drückte den blauen Knopf (die Schrift auf dem Schirm verschwand) und berührte den gelben (es erschien das Diagramm vom Bug des FRM, der Kabinensektion). Er tippte auf einen gelben Punkt in dem Diagramm und drehte die Fingerspitze. Dann ging er zum Heck.

Die im Teichwasser enthaltenen Schwebstoffe blieben im Tank, nachdem die reine Flüssigkeit verbraucht war. Mit einer Fingerdrehung hatte Jeffer (Zauberei, *Wissenschaft*) veranlaßt, daß aus einem Hahn in der Heckwand brauner Schlamm quoll. Er nahm die Kugel in die Hand und warf sie in Richtung der Luftschleuse. Der größte Teil gelangte nach draußen. Ein weiterer Schlammball bildete sich, und er beförderte ihn gleichfalls hinaus. Anschließend wischte er sich die Hand an seinem Hemd ab. Die braune Flüssigkeit war versiegt.

Als nächstes wickelte er mehrere Windungen Schlauch von den Befestigungshaken. Das eine Ende schraubte er an den Hahn und warf das restliche Stück Schlauch aus der Tür. Erledigt! Wenn Lawris Teichportion eintraf, war das FRM zur Treibstoffübernahme bereit.

Jeffer kehrte zu den Kontrollen zurück. Er hatte eine Überraschung für seine Frau.

Vor zwei Schlafzeiten, während der Rest des Stammes Wasservögel briet, die aus dem Teich stammten, hatte Lawri ihm eines dieser Geschöpfe vors Gesicht gehalten. »Hast du sie dir einmal genau betrachtet?«

Jeffer hatte zuvor schon Wasservögel gesehen ... aber er sagte nichts und schaute.

Die Geschöpfe hatten keine Federn. Die den Lebensformen des Rauchrings eigene, modifizierte trilaterale Symmetrie zeigte sich hier in zwei Flügeln und einer Schwanzflosse, umhüllt von einer glatten Membran über spreizbaren Rippen. Für den Aufenthalt in dem dichteren Element Wasser konnten die Flügel halb zusammengefaltet werden. Nur eines der drei Augen sah aus wie ein normales Vogelauge. Die anderen waren groß und vorgewölbt, mit weiten Pupillen und dicken Lidern. Die Leiber fühlten sich glatt und schlüpfrig an.

»Ich habe davon gegessen, aber ... du hast recht. Ich habe alles gesehen, von Mobys zu Triunen und Flitzern und Drillzecken, und es besteht keine Ähnlichkeit mit diesen Wesen hier. Auch nicht mit den irdischen Lebensformen. Glaubst du, sie sind so ausgestattet, damit sie sich im Wasser bewegen können?«

»Ich habe versucht, in den Kassetten einen Hinweis zu finden«, hatte Lawri erklärt. »Ich habe es unter *Vogel* versucht, unter *Wasser* und *Teich*. Gefunden habe ich nichts.«

Jeffers nächste Schlafzeit endete mit einem verblassenden Traum, von dem nur ein einziger Satz in seinem Bewußtsein haften blieb: ›... können selbst die Fische fliegen.‹

Er hatte bis jetzt warten müssen, um sich Gewißheit zu verschaffen.

Er drücke Gelb (der Schirm erlosch), dann Weiß (und erhielt ein kleines weißes Rechteck am unteren Schirmrand). Weiß rief die Kassetten ab; Weiß aktivierte die Stimme. »Prikazyvat Stimme«, sagte er.

Die Stimme des FRMs war ein kehliger Baß, der an Mark den Zwerg erinnerte. »Bereit, Jeffer der Wissenschaftler.«

»Prikazyvat lies *Fisch*. Akustische Übermittlung.«

Die Kassette gehörte zu denen, die Jeffer dem London-Baum gestohlen hatte, doch sie funktionierte genauso wie die verlorenen Aufzeichnungen des Quinn-Stammes über die Lebensformen des Rauchrings. Während Stimme sprach, wanderten Druckzeilen über den Schirm: Worte, die vor langer Zeit von einem Crewmitglied der *Discipline* gespeichert worden waren.

FISCHE

Wenn die Vögel im Rauchring Fischen ähneln – Wesen ohne Beine, geschaffen, um sich so schwerelos in der Luft zu bewegen wie die Fische im Wasser –, dann ähneln die Fische in den Teichen den Vögeln.

Jeder Fisch, den wir untersucht haben, atmete Luft. Es sind keine Säugetiere, sondern Lungenfische. Die einzige Ausnahme, die *Kiemenfische,* wird an anderer Stelle behandelt. Einige Arten schieben Atemröhren bis zur Wasseroberfläche. Andere können mittels Membranen ihre Flossen vergrössern, so dass sie ihnen als Flügel dienen. Eine Art, der *Sinkfisch,* pumpt sich mit der Luft voll und taucht bis in das Herz des Teichs, wo er die eingeatmete Luft als Blase ausstösst. So kann er bis zu einem Tag unter Wasser aushalten – mehrere Rauchringtage –, indem er von dem Luftvorrat in der Blase existiert, die er zu kurzen Raubzügen verlässt, um anschliessend wieder zurückzukehren.

Der walgrosse *Moby* benutzt seinen Teich als Stützpunkt, von dem aus er sich auf vorbeiziehende

Insektenschwärme stürzt. Der Moby ist eine Mischform, und es gibt weitere.

Selbstverständlich kann auch der grösste Teich sich auflösen, er kann verdunsten oder von einem Sturm entzweigerissen werden. Jedes Lebewesen in einem Teich muss darauf vorbereitet sein, in einen anderen überzuwechseln: sich wie ein Vogel fortzubewegen. Selbst Kiemenfische ...

»Prikazyvat Stop«, sagte Jeffer. Diese Erinnerung an die Zeit seiner Ausbildung bei dem Wissenschaftler des Quinn-Stammes würde ihm gegenüber seiner Frau einen Pluspunkt einbringen.

Zurück an die Arbeit. Er drückte auf den weißen Knopf, den grünen, dann auf jedes der grünen Rechtecke, die auf dem Schirm auftauchten. In dem großen Fenster, durch das nichts weiter als Baumrinde zu sehen war, erschienen fünf kleinere Fenster, die einen Ausblick nach Steuerbord, Backbord und achtern, nach oben und geradeaus ermöglichten. Das Bild auf dem ventralen Schirm war verschwommen und flackerte, die übrigen boten ihm einen so klaren Überblick wie das eigentliche Fenster.

Auf dem Schirm, der die Vorgänge achteraus zeigte, war die Leine zu erkennen, die nach Westen zum Teich führte. Die Bürger kehrten zum Baum zurück. Hinter ihnen schwebte eine kleine Teichkugel, in der als Schatten das Traumtänzernetz zu sehen war. Lawris verrückte Idee funktionierte.

Sie hangelten sich am Seil entlang zum Mittelteil des Baumes. Gavving, Minya und Anthon bildeten die Nachhut und zählten die Heimkehrer, um sicherzugehen, daß keines der Kinder zurückgeblieben war. Ein Mädchen verlor den Halt und trieb davon; sie japste und versuchte durch die Luft zu schwimmen, bis Anthon sie einfing.

Sobald die Kinder ankamen, trieb Clave die kleineren nicht ohne Mühe in ein rechteckiges Gestell mit einem

Boden aus Latten: die Aufzugskabine. Nachdem er zwölf Kinder untergebracht hatte, winkte er ab. Es mußte noch Platz für einige Erwachsene bleiben.

Die Wartenden klammerten sich an die rauhe Borke oder schwebten wie Ballons an ihren Sicherheitsleinen. Es gab Ringkämpfe. Der achtjährige Arth wurde immer besser darin, den Rückschwung der Leine seines Gegners auszunutzen. Er war Claves Jüngster und stand noch am Anfang des unglaublichen Längenwachstums, das mit der Pubertät einsetzte.

Debby war allen anderen voraus. Clave konnte sie etliche hundert Meter weiter oben an der Borke entlangklettern sehen, in Richtung auf das FRM.

Der Teichableger bewegte sich weiter voran. Lawri trug ein besitzergreifendes Lächeln zur Schau. Trotzdem, sollten sie noch einmal versuchen, einen Teich einzufangen, mußte der Bürgerbaum eine längere Leine nehmen. Der Teich kam dem Baum zu nahe. Hätte er den Stamm berührt, wäre eine Flut die Folge gewesen.

In dem Aufzug befand sich jetzt ein Dutzend Kinder. Wer immer in der Tretmühle Dienst tat, er würde Mühe mit diesem Gewicht haben. Es ließ sich nicht ändern. Clave schaute sich um. Mark und Anthon sahen drollig nebeneinander aus – Mark klein und breit gebaut, Anthon lang und dürr, und ihre Köpfe zeigten in entgegengesetzte Richtungen ... Er rief: »Anthon, Mark. Begleitet die Kinder nach unten und bringt jeden Erwachsenen mit zurück, den ihr finden könnt. Bereitet euch darauf vor, ein Feuer zu bekämpfen.«

Anthon warf ihm einen verdutzten Blick zu. »*Feuer*?«

»Ein brennender Baum. Er befindet sich jetzt noch auf der anderen Seite des Stammes. Fahrt nach unten und schafft Helfer herbei. Gerner – wo auf Erden steckt Gerner?«

Mark deutete nach draußen. »Ich sah keinen Grund sie zurückzuhalten«, verteidigte er sich. »Sie hätten nicht mehr in die Aufzugskabine hineingepaßt ...«

Leise fluchend schaute Clave zu, wie Rather und Jill sich

an der Rinde nach draußen arbeiteten. Es gab keine Tide, die ihnen Unbehagen bereiten konnte. Wenn sie den Halt verlören, würde irgend jemand sie zurückholen. Doch er hätte ihre Hilfe brauchen können.

Jeffer hatte keine Ahnung, wie lange er brauchte, um festzustellen, daß der Hintergrund sich verändert hätte. Hinter den fünf von Kameras übermittelten Bildern zeigte das große Fenster nicht mehr nur die Gebirge und Schluchten der wenigen Zentimeter entfernten Baumrinde. Es zeigte ein riesiges Gesicht, stark, mit massiven Knochen: das grobschlächtige Gesicht eines Zwerges.

2 Discipline

Bürgerbaum-Kassetten, Jahr 6 SM

FEUER

Im freien Fall ein Kochfeuer in Gang zu bringen, ist eine ungemein faszinierende Erfahrung, wenn man eigentlich nur ein Mittagessen zubereiten wollte. Es hat mich acht Staatsjahre gekostet, um meine Technik zu perfektionieren.

Als erstes ist zu beachten, dass im Freifall keine Flamme entsteht. Das lernte ich an einer Kerze, als ich ein Kadett war, der von fernen Welten träumte. Ohne Wind (man schalte die Belüftung ab) scheint die Kerze zu verlöschen.

Das ist ein Irrtum. Da sind die Gase, die das Wachs verströmt, da ist die umgebende Luft, und wo sie aufeinandertreffen, entsteht eine Hülle aus Plasma, wo Gas und Sauerstoff zusammenwirken. Der Docht kann mehrere Minuten lang eine Hitze bewahren, die zur Entzündung ausreicht. Man schwenke die Kerze, und *Puff!* Die Flamme ist da.

Im Falle eines Kochfeuers glimmt das Holz weiter. Man warte eine Stunde und entfache die Holzkohle mit einem Blasebalg. Das Feuer erwacht schlagartig zu neuem Leben, und futsch sind die Augenbrauen.

Dennis Quinn, Kapitän

Die *Discipline* zeigte Abnützungserscheinungen.

Die außenbords montierten Kameras zeigten regenbogenfarbene Narben in der Schiffshaut, wo Materiebrocken die elektromagnetische Schaufelramme durchschlagen hatten, während die *Discipline* sich in der Flugphase befand. Inzwischen waren Aufschlagstellen von Mikrometeoriten hinzugekommen. Sharls konnte alles abwehren, was groß genug war, um es rechtzeitig zu erkennen, indem er für einige Sekunden diese magnetischen Schutzschirme einschaltete, aber sie verschlangen Unmengen von Energie.

Eines Tages bereute er vielleicht sogar die minimalen Energiemengen, die er aufwendete, um die Gärten und die Katzen am Leben zu erhalten.

Im Innern des Schiffskörpers hatte die Zeit das Metall und Plastik seiner Farbe beraubt. Die Luft war staubfrei, die Metallteile sauber, aber glanzlos. Viele der Servomechanismen waren ausgefallen. Die meisten der Mannschaftskabinen blieben kalt und dunkel und wurden nicht mehr belüftet. Die Küchengeräte waren abgeschaltet und befanden sich im Laderaum. Ein Teil des Bettzeugs war vermodert. Wassermatratzen waren entleert und gelagert worden.

Der Kontrollraum hielt Sharls frei von Feuchtigkeit, und die Temperatur lag nur knapp über dem Gefrierpunkt von Kohlendioxid. Er hoffte, daß der Computer und seine Nebenstellen in der Kälte länger funktionsfähig blieben. Doch die Gärten und Flure und sogar einige der Unterkünfte erhielt er in einem wohnlichen Zustand. Für die Beleuchtung programmierte er einen Tag-Nacht-Zyklus wegen der Vögel und Katzen und Pflanzen.

Die Gärten entwickelten sich recht ordentlich. Es stimmte, daß einige der Pflanzen ausgestorben waren, aber immerhin fehlte in seinem Ökosystem der wichtigste Faktor. Die menschliche Besatzung war eingeplant, aber vor fünfhundert Jahren von Bord gegangen, um nie mehr wiederzukehren.

Dutzende Katzen durchstreiften das Schiff und machten Jagd auf Hunderte von Ratten sowie eine geringere Anzahl von Truthähnchen und Tauben. Die Truthähne gaben einen nicht zu unterschätzenden Feind ab. Die Katzen hatten gelernt, sie nur zu zweit anzugreifen.

Sharls gewöhnte die Katzen daran, auf seine Stimme zu reagieren. Die Laborratten hatte er bereits vor langer Zeit freigelassen, während das bei den Vögeln nicht nötig gewesen war. Ihre Befreiung mußte während des blinden Flecks in seiner Erinnerung stattgefunden haben, der Meuterei; aber die Vögel allein hätten als Futter für die Katzen nicht ausgereicht. Zum anderen waren sie zu flink. Da jetzt die gesamte Fauna in das System eingegliedert war, hatte die Flora eine größere Chance zu überleben.

Indem er das Zusammenwirken der Katzen und Ratten und Pflanzen und Truthähne und Tauben beobachtete, hoffte Sharls, genauere Aufschlüsse darüber zu erhalten, wie sich ein ökologisches System im freien Fall entwikkelte ... zum Beispiel das System, das in dem endlosen Wolkenstrom unter der *Discipline* kreiste.

Oder fühlte er sich nur einsam? In seiner Jugend war Sharls nicht eben ein Katzenliebhaber gewesen. (Eine plötzliche Erinnerung: geschwollene weiße Flecken auf seiner Hand, mit roten Striemen, die entsetzlich juckten. Ein Kätzchen hatte spielerisch nach ihm getatzt, während er es streichelte.) Und jetzt? Sie scherten sich keinen Deut um Befehle ... aber das war bei seiner Mannschaft nicht anders gewesen.

Von einem Computerprogramm erwartete man schwerlich, daß es alte Haßgefühle kultivierte; aber wer hätte gedacht, daß ein Computerprogramm sich einsam fühlen konnte?

Die *Discipline* zog über den vierten Lagrange-Punkt hinweg. Ein Teil von Sharls Davis Kendys Bewußtsein beobachtete auf verschiedenen Wellenlängen. Aus dieser geringen Entfernung vermochte er eine frühere Entdeckung zu bestätigen: kleine Mengen Karbon wurden an verschiedenen Stellen längs der Ränder dieses endlosen Sturms verbrannt. Es handelte sich nicht um einen Waldbrand: zu klein, und er bemerkte diese Erscheinung schon seit Jahren. Vielleicht ein Zeichen menschlicher Industrie auf einer primitiven Ebene.

Nun, wo befand sich FRM 6?

... Merkwürdig, daß die Meuterer die Katzen nicht mitgenommen hatten. Die Mannschaft bestand aus lauter Katzenfreunden. Irgendwo in dem verlorenen Teil seiner Erinnerung mußte es einen Grund geben. Vielleicht hatte Sharls den Rauchring ohne Vorwarnung verlassen. Das war möglich, falls die Meuterer etwas wirklich Übles planten, wie etwa den Computer auszuschalten und zu versuchen, die *Discipline* von Hand zu steuern.

Die Meuterei war eine leere Seite in Sharls' Gedächtnis.

Er hatte diese Erinnerung gelöscht. Er kannte sogar noch den Grund. Die Nachkommen der Meuterer würden eines Tages Sharls Davis Kendys Hilfe brauchen. Es war nicht gut, daß er einen Groll gegen bestimmte Ahnen bewahrte, gegen alte Namen. Aber war er *zu* gründlich gewesen?

Da! Das Kommunikationssystem von FRM 6 hatte sich eingeschaltet.

Es befand sich tausend Kilometer hinter ihm und etwas weniger als sechstausend Kilometer einwärts in Richtung Voy. Kendy tat mehrere Dinge auf einmal. Bevor sein neuer Orbit ihn weiter weg führte, schaltete er den Antrieb an. Er funkte: »Kendy für den Staat. Kendy für den Staat.«

Der Autopilot des FRM antwortete.

»Verbindung herstellen. Übermittle Daten.«

Während jenes unerwarteten Kontakts vor zwanzig Erdenjahren hatte er genug Fehler begangen! Wenigstens etwas hatte er erreicht: Er hatte das Programm überwunden, das ihm den Zugang zu dem Fracht- und Reparaturmodul verweigerte. Die Antriebssysteme blieben seinem Zugriff entzogen. Die ursprünglichen Meuterer mußten das Glasfaserkabel ganz brutal und primitiv durchgeschnitten haben. Aber die Kommunikation funktionierte!

Er hatte den Autopiloten programmiert, in Abständen von zehn Minuten zu fotografieren. Er übermittelte seine Botschaft während des Wiedereintritts in die Atmosphäre und rechnete damit, daß seine Nachricht von der Statik ausgelöscht würde. Doch die Bilder strömten herein:

Die Zeit verging mit rasender Schnelligkeit. FRM 6 schob eine Flammenwand vor sich her, als es sich einen Weg durch die dichter werdende Atmosphäre bahnte und dabei Pflanzen und Teichen und Lebewesen auswich. Es näherte sich einem Teich, um Treibstoff aufzunehmen, und landete anschließend in dem Voy zugewandten Busch des größten in einer Ansammlung (Hain?) von Integralbäumen. Dort blieb es mit immer demselben Ausblick den größten Teil eines Rauchringjahres. Verschwommene Gestalten schnitten Gänge in das Laub und flochten aus kleinen Zweigen Gebilde, die an Wespennester erinnerten. Plötzlich schob sich das FRM rückwärts in den Himmel, taumelte von unerfahrenen Händen gesteuert nach außen und legte am Mittelteil des Baumes wieder an.

Ein anderer Teil von Kendys Gehirn beschäftigte sich mit dem Fusionsmotor der *Discipline*. Er war nicht in der Lage, seinen Orbit dem des FRMs anzupassen. Um die *Discipline* vor Korrosion zu bewahren, mußte er sich von dem Rauchring fernhalten. Es blieb ihm nichts anderes übrig, als das FRM bei einer Umkreisung zweimal zu überfliegen und einmal alle zehn Stunden und acht Minuten über dem jeweiligen Standort tiefer hinunterzugehen. Doch blieb er noch eine halbe Stunde in Reichweite, während sein Antrieb arbeitete.

Ein größerer Teil seiner Aufmerksamkeit spaltete sich ab, um den einsamen Insassen des FRMs in der Jetztzeit zu beobachten.

Jeffer, der ›Wissenschaftler‹, war in seinem Gedächtnis gespeichert. Er war um zwanzig Erdenjahre gealtert: erstes Grau in Bart und Haaren, Falten auf der Stirn (unterbrochen von einer weißen Narbe, die in Kendys Aufzeichnungen als kaum verheilte, rosa Wunde enthalten war) und knotig hervortretende Fingerknöchel. Größe: 2.30 Meter. Gewicht: 86 Kilogramm. Lange Arme und Beine, Zehen wie stumpfe Finger, Finger wie Spinnenbeine: lang, zerbrechlich, die Hände eines Chirurgen.

Der Rauchring hatte den Nachkommen der Raumschiffbesatzung seinen Stempel aufgedrückt. Die Stämme des London-Baums und des Dalton-Quinn-Baums hatten alle so ausgesehen. Die Dschungelriesen, aufgewachsen ohne Schwerkrafteinwirkung, hatten wegen ihrer absurden Größe und den langen, dünnen, beweglichen Fingern und

Zehen kaum noch Menschenähnlichkeit. Einer der zwölf war ein Krüppel gewesen, andere hatten verschieden lange Beine. Nur Mark, der Silbermann, hatte ausgesehen wie ein normaler Staatsbürger. Sie hatten ihn ›Zwerg‹ genannt.

Sie waren Wilde, aber sie hatten gelernt, sich Staatstechnologie in Gestalt des FRMs zunutze zu machen. Das menschliche Erbe war nicht gänzlich ausgelöscht. Vielleicht konnte man sie wieder zu Bürgern machen.

Für Kendy, der mit der Schnelligkeit eines Computers dachte, bewegte sich der ›Wissenschaftler‹ viel zu langsam. Jetzt stand er vor den Kontrollen und hörte eine Kassette ab; jetzt überprüfte er die von den Kameras eingespielten Bilder der Gegenwart ...

Die ihm übermittelten Szenen aus der Vergangenheit zeigten Wolken und Teiche und Bäume und dreiseitig-symmetrische fischähnliche Vögel, die sich auf wechselnden Bahnen durch den Himmel bewegten. Eingeborene tauchten in der Kabine des FRMs auf, waren beim nächsten Bild wieder verschwunden: stets dieselben Wilden, langsam älter werdend, eine zunehmende Anzahl Kinder.

Bei fünfzehn Jahren Minuszeit löste sich das FRM zu einem Erkundungsflug von seiner Balkenpier. Es besuchte einen grünen Wattebausch von mehreren Kilometern Durchmesser, und als es wieder zum Vorschein kam, trug es bündelweise Vegetation, ähnlich einer ganzen Scheune voll grüner Spaghetti, auf der Rückenplatte. Es schwebte am Himmel, während die Besatzung sich inmitten eines Vogelschwarms zu schaffen machte – richtige Vögel mit richtigen Flügeln: Truthähne –, und kehrte mit den Gefangenen zu seinem Liegeplatz zurück.

Bei dreizehn Jahren Minuszeit legte es ab, um mit zweifelhafter Beute zurückzukehren: mehreren Tonnen schwarzen Schlamms.

Mehr Ausflüge gab es nicht. Das Fracht- und Reparaturmodul war zu einem Motor für den Baum geworden.

Es blieb angedockt, während der Hauptantrieb mehrere Stunden lang arbeitete. Kendy betrachtete Seitenansichten von der Kursänderung des Integralbaumes. Er hatte sich zu weit von dem Neutronenstern entfernt. Je größer der Abstand zu dem Median des Rauchrings, desto dünner die Luft. Der Baum bewegte sich jetzt auf einer tieferen Ebene; die Luft mußte so dicht sein wie Höhenluft auf der Erde. Von da an wurde das FRM überhaupt nicht mehr benutzt, aber es gab viel zu sehen. Der Rauchring als Lebensraum war faszinierend. Große Wasserkugeln, Stürme, Dschungel wie gewaltige Portionen Zuckerwatte.

Was die Gegenwart betraf, so zeigte die Kamera des FRMs annähernd dreißig Eingeborene, die sich zwischem dem Baum und einer riesigen Kugel aus Wasser bewegten. Sie nutzten die Gegebenheiten des freien Falls besser als jeder Staatsastronaut. Der Staat brauchte diese Leute!

Das Teleskop der *Discipline* hatte den verstümmelten Baum ausgemacht, indem es die Teichbahn verfolgte. Und was war das auf der gegenüberliegenden Seite des Baums? Infrarotlicht glühte nahe der Mitte ...

Wenige Minuten entschädigten ihn für fünfhundert Jahre ohne sensorische Wahrnehmung. Nach einer kleinen Ewigkeit hatte Sharls Davis Kendy den festen Punkt hinter Goldblatts Welt verlassen. Er hatte unersetzlichen Treibstoff verbraucht und hielt es nicht für Verschwendung! Sharls versuchte alles in sich aufzunehmen, zu integrieren ... aber das hatte Zeit. Der ›Wissenschaftler‹ konnte jede Minute des FRM verlassen!

Er funkte: »Aufzeichnung unterbrechen.« Nach zwanzig Jahren der Untätigkeit konnte der kleine Autopilot des FRMs nicht zu viele Aufgaben auf einmal bewältigen. »Stimme aktivieren.«

»Stimme aktiviert.« Die Verzögerung von 0,04 Sekunden war kaum zu merken.

»Übermittle ...« Er sendete ein Bild von sich selbst als menschliches Wesen, mit kleineren Verbesserungen. Im Alter von zweiundvierzig Jahren war Kendy ein ansehnlicher, gesunder, reifer Mann gewesen, mit festem Kinn und autoritärer Ausstrahlung: die für ein Rekrutierungsplakat wie geschaffene Version eines Staatlichen Prüfers.

Hier hatte er es nicht mit gehorsamen Staatsbürgern zu

tun. Sie hatten ihm vor zwanzig Jahren nicht getraut. Mit welchen Worten konnte er Jeffer, den ›Wissenschaftler‹, in den Griff bekommen?

Er sendete: »Kendy für den Staat. Jeffer, deine Bürger sind zu lange untätig gewesen.«

Jeffer zuckte zusammen wie ein auf frischer Tat ertappter Dieb. Zwei lange Sekunden verstrichen, bevor er die Stimme wiederfand. »Prüfer?«

»Spricht. Wie geht es deinem Stamm?«

Jenseits des furchtbaren Sturmkreisels um Goldblatts Welt, draußen, wo Wasser gleichzeitig kochte und gefror und die Sterne aus dem Reich der Sage in die Wirklichkeit hinaustraten, lebte Kendy der Prüfer. Er hatte sich als eine Art komplizierte Kassette bezeichnet: die Aufzeichnung eines Menschen. Er hatte behauptet, Autorität über jedes menschliche Wesen im Rauchring zu besitzen. Er hatte Wissen und Macht angeboten, solange sie ihm noch nahe genug waren, um seine wirren Reden zu hören.

Vielleicht war er nur ein Verrückter gewesen, gefangen an Bord des Raumschiffs, das die Menschen von den Sternen hierhergebracht hatte. Doch er besaß Wissen. Er hatte ihnen geholfen, den entsetzlichen Sturz zurück in den Rauchring zu überstehen – vierzehn Jahre war das her.

Das Gesicht in dem Fenster des FRms war seither nicht mehr aufgetaucht. Es war das Antlitz eines Zwerges, ein brutaler Rückfall. Der Kiefer und die Augenwülste wirkten sogar noch massiver als bei Mark, die Muskulatur war noch stärker ausgebildet.

»Wir haben den Wiedereintritt überlebt«, berichtete Jeffer. »Ilsa und Merril sind inzwischen gestorben. Kinder wurden geboren.«

»Jeffer, dein Stamm ist seit vierzehn eurer Jahre im Besitz des FRMs. In dieser Zeit habt ihr zweimal den Baum bewegt und seither nichts mehr getan. Was wißt ihr über die Menschen des vierten Lagrange-Punktes?«

Des was? »Ich verstehe nicht einmal die Frage.«

»Sechszig Grad vor Goldblatts Welt im Bogen des Rauchrings und sechzig Grad dahinter gibt es Regionen, wo Materie sich verdichtet. Es handelt sich dabei um Gebiete der Stabilität im Orbit von Goldblatts Welt. Material aller Art sammelt sich dort.« Auf den groben Zügen des Zwergengesichts malte sich Ungeduld. »Von euch aus gerechnet zwölfhundert Kilometer im Osten, ein gewaltiger, träger, permanenter Sturm.«

»Der Klumpen? Du meinst, dort leben *Menschen*?«

»Ich spüre dort Aktivität. Eine Zivilisation bildet sich heran, nur zwölfhundert Kilometer von der Stelle entfernt, wo euer Baum nunmehr seit fünfzehn Erdenjahren schwebt. Jeffer, wo ist deine Neugier geblieben? Hat man sie aus dir herausgezüchtet?«

»Was willst du von mir, Prüfer?«

Kendy sagte: »Alle zehn Stunden und acht Minuten komme ich diesem Punkt nahe genug, um dich zu unterweisen, das heißt, einmal an jedem zweiten eurer Tage. Ich will mehr über die Bewohner des Rauchrings erfahren. Ganz besonders möchte ich über euch und über die Zivilisation des Klumpens Bescheid wissen. Ich denke, ihr solltet euch mit ihnen vereinigen, sie vielleicht regieren.«

Aus dem einzigen früheren Zusammentreffen glaubte Jeffer schließen zu können, daß Kendy harmlos war. Gut oder schlecht, er konnte nur reden. Jeffer nahm allen Mut zusammen und sagte: »Kendy, die alten Geschichten behaupten, du habest uns hier im Stich gelassen, vor langer Zeit. Ich vermute, jetzt langweilst du dich und ...«

»Allerdings.«

»Und du möchtest mit jemandem reden. Auch maßt du dir eine Autorität an, die ich dir nicht zugestehe. Warum sollte ich dir zuhören?«

»Ist dir bewußt, daß euch eine Invasion bevorsteht?«

»Was?«

Kendys Gesicht verschwand, und an seine Stelle trat ein verwirrender Ausblick. Jeffer schaute in einen Strudel aus Stürmen, der sich schneller, als das Auge folgen konnte, auf einen winzigen, grellblauen Stecknadelkopf zu verengte.

Jeffer hatte dieses Bild schon einmal gesehen: der Rauchring vom Weltraum aus betrachtet.

Bevor er sich darauf besinnen konnte, Atem zu holen, änderte er die Szenerie. Jetzt zeigte sich ihm in vielfacher Vergrößerung, was der Mittelpunkt des vorigen Bildes gewesen war.

»Hier.« Eine rote Pfeilspitze zeigte auf einen bestimmten Punkt. »Euer Baum.«

»Bürgerbaum, vom äußeren Busch gesehen? Ja, und das muß der Teich sein.« Beide erschienen winzig. Jenseits der Wasserkugel befand sich ... noch ein Baum? Und eine dunkle Wolke breitete sich über die Mitte des Stammes?

Das Bild wechselte erneut. In dem Flackern und den Störungen dieser Vortäuschung eines Fensters erkannte Jeffer einen brennenden Baum. Zwischen den beiden Stämmen bewegten sich Geschöpfe, wie er sie nie vorher zu Gesicht bekommen hatte.

»Baumfutter! Ausgerechnet jetzt stecken alle auf der anderen Stammseite. Diese Vogelbiester werden auf unserem Baum gelandet sein, bevor es irgend jemand merkt.«

»Sieh dir das Infrarotbild an.« Der Ausblick vor ihm veränderte sich wieder, diesmal zu roten Klecksen auf schwarzem Hintergrund. Jeffer hatte keine Ahnung, was das bedeuten sollte.

Die rote Pfeilspitze erregte seine Aufmerksamkeit. »Was du vor dir siehst, ist Wärme. Das ist Feuer, hier in dem fremden Baum. Diese fünf Punkte dort haben genau die Temperatur eines Menschen.«

Jeffer schüttelte den Kopf. »Das sagt mir nichts.«

Die Vergrößerung füllte das Fenster aus ... und plötzlich rückten die winzigen ›Geschöpfe‹ in die richtige Perspektive. »Geflügelte Menschen!«

»Ich hätte das eher als vergrößerte Schwimmflossen betrachtet, denn als Flügel. Aber das ist nicht wichtig. Hast du jemals Geschichten über fliegende Menschen gehört?«

»Nein. Auch in den Aufzeichnungen findet sich kein Hinweis darauf. Ich muß etwas unternehmen. Prikazyvat Stimme aus.« Jeffer hastete zur Luftschleuse, ohne abzuwarten, ob das Gesicht verschwand. Seine Bürger hatten keine Chance gegen fliegende Krieger!

Die Sonne stand bei drei Uhr: genau im Osten, knapp über der Region, wo der Rauchring definitive Form annahm. *Kendy kann nichts weiter als reden, sicher, aber er redet in Bildern, und er berichtet von Dingen, die niemand wissen kann. Er wird jeden Tag um diese Zeit im Sendebereich sein. Will ich das überhaupt wissen?* Doch Jeffer hatte andere Sorgen, und der Rest dieses Gedankens rollte sich auf dem Grund seines Bewußtseins zusammen, ohne zu Ende geführt worden zu sein.

Jill ließ Gerner ohne Schwierigkeiten hinter sich. Sie schaute einmal über die Schulter und kletterte weiter, und in ihr angestrengtes Atmen mischte sich unterdrücktes Lachen.

Jill war ein halbes Jahr älter als er. War ihm nach Gesellschaft zumute, machte er sich gewöhnlich auf die Suche nach Jill, aber sie wetteiferten auch miteinander. Es hatte ein Jahr gegeben, da besiegte sie ihn beim Ringen, als sie plötzlich in die Höhe schoß, während er keinen Zentimeter wuchs. Sie hatte ihn auf die harte Methode in die Kunst des Schwitzkastens eingeführt, indem sie ihm die kurzen Rippen mit den Knien derart zusammenpreßte, daß er kaum noch Luft bekam. Inzwischen konnte er ihr diese Behandlung heimzahlen – er war ein Junge *und* ein Zwerg –, aber was die Fortbewegung betraf, verschafften ihr die lange Arme und Beine einen unschlagbaren Vorteil. Er würde sie nie einholen können.

Mit Ende Vierzehn betrachtete man Gerner als Erwachsenen. Er war breit und muskulös gebaut, mit starken Wangen-, Kiefer- und Stirnknochen. Sein Haar was schwarz und lockig wie das seiner Mutter, der Bartwuchs noch zu spärlich, um sich zu kräuseln. Seine Augen waren grün (und Grün schimmerte auf seiner Wange; ein Befall von Staubflaum, der viele Tage brauchen würde, um abzuheilen). Seine Körpergröße betrug 1,75 Meter.

Zwerg. Arme zu kurz, Beine zu kurz. Er hätte auf die andere Seite des Stammes klettern sollen. Jill konnte dem Wissenschaftler von dem brennenden Baum berichten; Debby wußte vielleicht schon Bescheid. Derweil hätte er sich die Sache genauer ansehen können!

Das FRM ragte vor ihm auf. Es war genauso groß ... nein, *größer* als der Versammlungsplatz des Bürgerbaums.

Debby rief etwas in die Luftschleuse. Jemand kam heraus: Jeffer. Sie sprachen miteinander, nickten. Debby bewegte sich zum Vorderteil des FRMs; Jeffer machte Anstalten, in die Kabine zurückzukehren ...

Gerner hörte Jills Stimme: »Wissenschaftler! Ein brennender Baum kommt auf uns zu!« Sie unterbrach sich, um Luft zu holen. »Wir haben ihn gesehen, ich und Gerner, wir ... beim Schwimmen im Teich ...«

Jeffer rief zurück: »Ich weiß Bescheid, Debby hat es mir gesagt. Habt ihr etwas gesehen, das wie Menschen mit Flügeln aussah?«

»... Nein.«

»In Ordnung. Helft Debby mit der Vertäuung, vorn am Bug.« Er entdeckte Gerner, der sich ein gutes Stück hinter Jill abstrampelte. »Laß dir von Gerner helfen.«

Debby und Jill hatten beide ihre liebe Not mit dem Knoten, und Jill murmelte: »Baumfutter, Baumfutter, Baumfutter«, als Gerner sie erreichte. »Ich habe mir den Finger verknackst«, sagte sie.

Debby antwortete: »Ich hasse es, gutes Seil zu zerschneiden. Sieh zu, was du erreichen kannst.«

Die Vertäuung des FRMs war seit Jahren nicht mehr angerührt worden, und die Knoten waren beinhart. Gerners kurze Finger konnte sie lösen. *Ein Zwerg. Tolpatschig, aber stark.* Schließlich wurde das FRM von nichts anderem mehr festgehalten als von seiner eigenen Trägheit. Jill sah nicht erfreut drein. Debby und Gerner grinsten sich an. Es machte Spaß, etwas zu tun, wozu ein ausgewachsener Krieger nicht in der Lage war!

Aus der Luftschleuse, zwölf Meter von der Borke entfernt, rief Jeffer nach ihnen. »Kommt an Bord!«

Debby sprang, und Jill folgte ihrem Beispiel. Gerner zögerte, bis er sie gegen die Tür der Luftschleuse prallen sah. Der Sprung schien nicht ungefährlich zu sein. Die Tide machte sich kaum bemerkbar, aber mit etwas Pech *konnte* man in den Himmel fallen. Gerner war noch nie im Innern des FRMs gewesen, und er war nicht sicher, ob er überhaupt einsteigen wollte. Der Kasten aus Sternenstoff ließ sich mit nichts anderem am und um den Baum vergleichen.

Doch er wolte auch nicht allein zurückbleiben. Er packte die Kante der äußeren Tür, als sie an ihm vorüberzog, nutzte die Kraft seiner Arme zu einem Überschlag und schwang sich mit den Füßen voran in die Kabine. *Kann nicht ordentlich springen, habe eine zu kurze Reichweite. Wenn ich nun danebengegriffen hätte*?

Der Innenraum des FRMs mutete ihn unheimlich an. In der Rückwand gab es Öffnungen, aus der Decke und den Seitenwänden ragten feste, runde Schlaufen. Weiter vorne waren reihenweise schalenförmige Gebilde befestigt, groß genug, um einen Erwachsenen aufzunehmen. Sie bestanden aus einem Material, das weder Holz noch Stoff sein konnte.

Gerner macht sich auf den Weg zum Bug. Die anderen hatten in der ersten Reihe der Schalensitze Platz genommen. »Setz dich und schnall dich an«, befahl Jeffer. »Sieh her. So geht das.« Er befestigte zwei elastische Gurte über Jills Oberkörper. »Lawri hat mir das gezeigt, vor Jahren.«

Der Sitz hatte eine Kopfstütze, die für ihn genau in der richtigen Höhe angebracht war. Bei Debby und Jill drückten sie in die Schultern. »Es stimmt«, dachte Gerner plötzlich. »Das FRM wurde für Zwerge gebaut!« Die Idee gefiel ihm.

»Die geflügelten Menschen waren noch ziemlich weit entfernt«, meinte der Wissenschaftler. »Wir können uns Zeit lassen.« Seine Finger trommelten auf die flache Platte unter dem Fenster.

Unvermittelt einsetzende Tide zog Gerner nach vorn. Ein flüsterndes Grollen ertönte in der Kabine, wie von einem stetigen Wind. Die Rinde vor dem Fenster wich zurück; der

Baum schrumpfte in den Himmel hinaus. Jill umklammerte die Armlehnen ihres Sitzes. Ihr Mund stand weit offen. Debby bemerkte: »Clave sagte nichts von abheben, Wissenschaftler. Er sagte lediglich etwas von Vorbereitungen zum Start.«

»Keine Zeit. Sie nähern sich unzweifelhaft dem Stamm. Außerdem gehört das FRM *mir*. Das haben wir vor langer Zeit geregelt.«

»Sag das Clave.«

»Clave weiß Bescheid.«

Die Invasoren stießen sich mit ruckartigen Beinbewegungen durch den Himmel, langsam, im letzten Stadium der Erschöpfung. Fünf schienen es zu sein, bis Gerner feststellte, daß die ältere Frau ein halbwüchsiges Mädchen in den Armen trug.

Jeffer steuerte das FRM mit niedriger Geschwindigkeit längs des Baumstamms auf die Gruppe zu.

Bei den Bewohnern des Rauchrings unterschied man lang, länger oder Zwerg. Diese Fremden gehörten zu der längeren Kategorie; sie ähnelten im freien Fall geborenen und aufgewachsenen Dschungelriesen. Es handelte sich um eine Frau und einen Mann, beide schon älter, sowie vier Mädchen. Die Flügel waren künstlich, aus gespreizten Rippen und Stoff gefertigt und an den Schienbeinen befestigt.

Ein Mädchen, das sich mit nur einem Flügel abmühte, war hinter der Gruppe zurückgeblieben.

Sie waren in einem traurigen Zustand. Der Abstand verringerte sich, und Gerner konnte Einzelheiten erkennen. Das Haar des Mannes war versengt, das lose Tuch, das ihn umhüllte, angekohlt. Das Mädchen ohne Flügel hustete; ihr fehlte sogar die Kraft, sich an die Frau zu klammern, die sie trug.

Ihre Beine hörten auf, sich zu bewegen, als sie, einer nach dem anderen, das FRM erblickten.

Debby sagte: »Ich kann nichts entdecken, was nach Pfeil

und Bogen oder Harpunen aussieht. Sollen wir sie an Bord nehmen?«

»Daran habe ich auch gedacht, aber schau sie dir an. Das FRM erschreckt sie mehr als die Aussicht, hilflos im Himmel zu treiben. Außerdem hat der Mann es fast geschafft.«

Der von Brandwunden bedeckte Mann hatte sie nicht bemerkt. Den anderen weit voraus, näherte er sich mit stetigen Beinschlägen dem Baum und klammerte sich an die dicke Rinde. Ohne sich eine Atempause zu gönnen, rammte er einen Stab in die Borke und befestigte daran ein Seilbündel, das er anschließend der älteren Frau zuwarf. Sie machte eine Hand frei, fing es auf, zog sich an den Baum heran und ließ das Seil nach einem knappen Ruck zu einer Sinuskurve zum Stamm laufen. Das vorderste der Mädchen griff die Leine mit den Zehen, als die Welle sie erreichte.

Clave tauchte über der Wölbung der Borke auf. Er zögerte, als er die Fremden entdeckte. Gavving und Minya kamen hinzu. Gemeinsam näherten sie sich den Neuankömmlingen.

Es klammerten sich jetzt vier an den Stamm: ein Mädchen, der Mann und die ältere Frau mit ihrer hustenden Bürde. Gerner schaute zu, wie Clave das Seil zur Hand nahm, eine Schlinge um den Leib des Mädchens schnippte, das sich mit nur einem Flügel abplagen mußte, und es zum Baum zog.

»Scheint alles in Ordnung zusein«, murmelte der Wissenschaftler.

Clave blickte auf und winkte. Jeffer nickte und setzte das FRM in Bewegung. »Kein Grund zur Sorge«, meinte er. »Sie sehen ganz und gar nicht gefährlich aus. Ich frage mich, was ihnen zugestoßen ist. Woher kommen sie?«

»Ich habe noch nie Fremde gesehen«, bemerkte Jill. »Ich weiß nicht, was ich denken soll.«

»Dieser brennende Baum kommt immer noch auf uns zu«, sagte Gerner.

Jeffer nickte. Das FRM neigte sich zur Seite und beschrieb einen Bogen.

Schwarzer Rauch umhüllte den Mittelteil des Baumes. Hinter dem Qualvorhang glühten träge Flammen und beleuchteten verschwommene Rundungen und Rechtecke. Debby sagte: »Da liegen Gegenstände im Feuer. Künstliche Dinge, Maschinen. Sie werden verbrennen.«

Es war Wissen, das im Herz des Feuers verging. Jeffer haßte, was er jetzt sagen mußte. »Wir können die Sachen nicht retten. Wenn wir Mark und den silbernen Anzug bei uns hätten ... nein. Dieser Brand könnte sogar ihm etwas anhaben.«

»Du fliegst doch mit uns nicht in das Feuer?«

»Wir können uns jede beliebige Stelle aussuchen, um zu schieben. Die Tide hält den Baum aufrecht.« Jeffer hatte bereits den inneren Rand des Feuers angesteuert, wo eine schwarze Wolke nach Osten trieb. Das FRM passierte den Stamm auf der Nordseite. »Es ist trotzdem gefährlich. Der Baum könnte auseinanderbrechen, während wir ihn aus der Gefahrenzone manövrieren.«

Er steuerte auf den Stamm zu. Der Bug scharrte gegen die Ringe; Jeffers Mannschaft wurde nach vorne gegen die elastischen Gurte gedrückt. »Ich glaube beinahe, das FRM wurde gebaut, um Dinge zu schieben«, meinte er. Er tippte auf einen blauen Punkt in der Mitte der Konsole, und das Flüstern der Aggregate wurde zu einem pfeifenden Brüllen. Tide senkte sich auf seinen Rücken.

In Situationen wie dieser wurde ihm besonders klar, was es bedeutete, ein Wissenschaftler zu sein. Wissen, Macht, die Herrschaft über ein Universum. Das war es, was Kendy der Prüfer ihm zu bieten hatte. Um welchen Preis? Wer außer einem Wissenschaftler hätte die Kraft zu widerstehen?

Die Sonne überschritt den Zenit und begann die zweite Hälfte ihres Weges. Jeffer hatte den Schirm neu programmiert; er beobachtete Reihen von Buchstaben und Zahlen. Das Brüllen des Hauptantriebs vibrierte in seinen Knochen.

3 Flüchtlinge

Bürgerbaum-Kassetten, Jahr 4 SM:

ZEIT

Wir haben versucht, an der Erdenzeit festzuhalten, aber das Wort ›Tag‹ ist hier ungefähr so nützlich wie Eier für einen Prüfer. Je dichter man an Voy herankommt, desto kürzer werden die Tage – bis zu einer Dauer von nur mehr zwei Stunden. Jenseits dieser Linie ist die Luft zu dünn, und es gibt kaum noch Wasser. Bei einem Orbit von zehn Stunden ist es dasselbe; es gibt nichts zu Atmen. Inzwischen leben wir nach der Schiffszeit. Vierundzwanzig Stunden ergeben einen ›Schlaf‹. Ein ›Tag‹ ist eine Umkreisung Voys, wo immer man sich gerade befindet. Golds Umlaufzeit ist ein ›Standard-Tag‹.

Der Staat beginnt seine Zeitrechnung mit dem Gründungsjahr. Wir sind diesem Beispiel gefolgt: Unser Rauchringjahr 0 liegt vier Jahre zurück. Die Dauer eines unserer Jahre entspricht einer halben Rotation von Voy und seiner Sonne ... Wir haben uns für eine halbe Rotation entschieden, weil es bequemer ist.

Sollte die *Discipline* jemals kommen, um uns zu holen, wird Kendy eine vollständig neue Sprache erlernen müssen.

Michelle Michaels, Kommunikation

Die Hütten des Bürgerbaums waren Gebilde aus miteinander verflochtenen lebenden Zweigen. Die Hütte der Wissenschaftler war größer als die meisten und zudem mit allem möglichen Kram vollgestopft.

Die Wissenschaftler waren die Lehrer und Ärzte des Stammes. Gewöhnlich ragten Harpunen aus den Wänden und der hochgewölbten Decke einer Hütte; doch hier entsprossen den Wänden Messer aus Sternenstoff, Töpfe mit Kräutern und Salben und verschiedenes Schreibgerät.

Die Hütte war überfüllt.

Lawri bewegt sich vorsichtig zwischen fünf schlafenden Dschungelriesen.

Sie hatte die Wunden der Fremden mit ungefärbtem Stoff verbunden. Jetzt stöhnten sie im Schlaf und bewegten sich unruhig. Das jüngste Mädchen, deren Haar an einer Kopfseite bis auf die Haut verbrannt war, hielt sich mit dem halben Oberkörper in die Luft.

Der Lärm von draußen war der Erholung der Verletzten nicht eben förderlich. Lawri bückte sich durch die Türöffnung. »Könntet ihr etwas leiser sein«, flüsterte sie zischend. »Diese Bürger vertragen keinen ... oh. Clave ... Vorsitzender, ich versuche ihnen etwas Ruhe zu verschaffen. Könnte man die Diskussion auf den Versammlungsplatz verlegen?«

Clave und Anthon wagten nicht mehr, den Mund aufzumachen. Jeffer fragte: »Ist einer von ihnen in der Lage, Fragen zu beantworten?«

»Sie schlafen. Bis jetzt haben sie noch nicht Vernünftiges von sich gegeben.«

Ihr Mann nickte nur. Lawri trat wieder in die Hütte. Draußen entfernten sich raschelnde Schritte. Einen Augenblick lang empfand sie Reue. Jeffer war bestimmt ebenso erpicht darauf, die Fremden zu sehen, wie alle übrigen.

Sobald die Wunden verheilt waren, würden die Fremden recht ansehnlich sein, wenn auch auf seltsame Art. Nur Vögel trugen die bunten Farben ihrer versengten Kleidung. Ihre Haut war dunkel, Lippen und Nase breit; ihr Haar erinnerte an schwarze Kissen.

Das jüngste Mädchen zuckte zusammen, regte sich und öffnete die Augen. »Tide«, sagte sie verwundert. Die dunklen Augen blickten schärfer. »Wer bist du?«

»Ich bin Lawri, die Wissenschaftlerin. Du befindest dich auf dem Bürgerbaum. In Sicherheit.«

Das Mädchen wandte den Kopf, um nach den anderen zu schauen. »Wend?«

»Eine von euch ist gestorben.«

Das Mädchen wimmerte.

»Kannst du mir sagen, wer ihr seid, und woher ihr kommt?«

»Ich bin Carlot«, antwortete das Mädchen. Zwei Tränen bildeten sich in ihren Augenwinkeln. »Wir sind das Haus Serjent. Holzfäller. Da war ein Feuer ... der ganze Baum brannte. Wend wurde getroffen, als der Wassertank explodierte.« Sie schüttelte den Kopf.

»Schon gut, Carlot. Trink einen Schluck Wasser, und dann schlaf weiter.«

Carlots Art zu trinken war eine Überraschung. Sie nahm das Tongefäß, legte zwei Finger über die Öffnung, bis sie beinahe verschlossen war und ruckte das Gefäß bis kurz vor ihr Gesicht. Der Wasserstrahl traf ihre Unterlippe. Sie versuchte es noch mal und traf ihren Mund.

»Möchtest du etwas essen, Laub?«

»Was ist das?«

Lawri ging hinaus, um von einigen kleinen Zweigen das Laub abzustreifen. Carlot betrachtete die flaumige grüne Masse mit zweifelnden Blicken. »Oh, das ist *Grün*.«

»Du kennst es?«

»Ich bin schon einmal in einem Busch gewesen.« Sie probierte. »Es ist süß. Ein älterer Baum?« Sie aß weiter.

Lawri sagte: »Später werde ich dir etwas Eintopf bringen. Du solltest jetzt schlafen.«

Carlot klopfte auf den Flechtboden. »Wie soll ich schlafen, wenn das da von unten gegen mich drückt? All mein Blut will sich auf einer Seite sammeln.«

Der London-Baum, Lawris Heimat, war größer gewesen, mit einer stärkeren Tide. Im Bürgerbaum konnte man in Augenhöhe einen Stein fallen lassen, tief ein- und wieder ausatmen, bevor er den Boden erreichte. Aber diese Carlot war scheinbar an ein Leben ganz ohne Tide gewöhnt.

Sie legte sich behutsam auf die Seite. Ihre Augen fielen zu, und sie schlief ein.

Sie wanderten durch die grüne Dämmerung des Laubtunnels zurück zum Versammlungsplatz. Anthon meinte: »Ich habe mich das schon immer gefragt. Lawri nimmt keine Befehle von dir entgegen, oder?«

Jeffer lachte. »Baumfutter, nein!«

Clave sagte: »Ich hätte ihnen wirklich gerne einige Fragen gestellt, bevor wir den Feuerbaum in Angriff nehmen.«

»Wir können nicht warten«, erwiderte Jeffer. »Sehen wir zu, was zu retten ist. Was heute passiert ist, ist das interessanteste Ereignis seit vierzehn Jahren.«

»Es wird Veränderungen zur Folge haben.«

»Was für welche?«

Clave grinste Jeffer an. »Zum Beispiel in deinem Familienleben. Du kannst nicht in der Hütte der Wissenschaftler schlafen, und Lawri kommt nicht heraus.«

»Und ich muß auf die Kinder aufpassen. Ich wohne im Junggesellenhaus, mit meinen drei Kindern und Gerner. Seht mal, ich möchte *jetzt* aufbrechen, ehe der verstümmelte Baum zu weit abgetreiben ist. Anthon?«

»Einverstanden«, sagte der Dschungelriese.

Clave nickte zögernd. »Nur wir drei? Also gut. Wir werden ein paar Kinder zusammentrommeln, um die Tretmühle zu bedienen. Und laßt uns die Flügel mitnehmen. Ich möchte sie ausprobieren.«

Der Baum brannte immer noch. Das Feuer hatte sich von der Mitte aus an der Leeseite sechs oder sieben Kilometer weit einwärts gefressen; längs der Wasserrinne, wo der Wind nicht so stark wehte. Die Flammen strömten nach Osten wie die Mähne eines Himmelspferdes. Im Mittelteil schwelte nur mehr rote Glut auf schwarz verkohltem Holz. Jeffer steuerte das FRM in die Richtung der ungleichmäßigen Erhebung im Zentrum dieser Brandstelle.

Clave sagte: »Ich begreife nicht, warum er nicht schon auseinandergebrochen ist.«

Anthon nickte unbehaglich. Jeffer erklärte: »Es ist ein kurzer Baum. Da ein Busch fehlt, ist er sogar noch kürzer. Einem ausgewachsenen Baum würde die Tide härter zusetzen, aber er kann immer noch auseinanderbrechen, während wir uns darauf befinden. Das möchte ich auf *keinen Fall* noch einmal mitmachen.«

Anthon wollte wissen: »Warum brechen Bäume auseinander?«

»Sie tun es, wenn sie sterben«, antwortete Clave.

Jeffer fügte hinzu: »Wenn ein Baum sich zu weit vom Rauchring-Median entfernt, beginnt er unter Nahrungsmangel zu leiden. Er rettet sich, indem er auseinanderbricht. Die Tide drängt die eine Hälfte nach außen, die andere nach innen. Die eine Hälfte sinkt dorthin zurück, wo es Wasser und Dünger gibt. Die andere Hälfte ... stirbt, nehme ich an.«

»Du hast vergessen, die Käfer zu erwähnen«, sagte Clave. »Es sind die Käfer, die einen Baum zerfressen, oder nicht? Der Baum bekommt keine Nahrung, also läßt die Borke die Käfer ins Innere vordringen ...«

»Ich weiß auch nicht alles, Clave.«

»Wie schade.«

Sie hatten sich inzwischen so weit genähert, daß sie schwarze Klumpen in der Mitte des verbrannten Gebiets ausmachen konnten. Dort: Umrisse wie von einer aufgeplatzten, großen Samenkapsel. Dort: eine dünne Schale aus verkohltem Holz, in ihrer Glockenform nicht unähnlich den feuerspeihenden Düsen am Heck des FRMs. Ein Kranz aus Asche verband die Glocke mit der zersprungen Samenkapsel. Dahinter: mehrere zerbrechliche Holzkohleplatten, die Überreste einer rechteckigen Hütte mit Trennwänden.

Clave griff nach den Flügeln, die er an den Frachtkrampen festgebunden hatte. »Wissenschaftler, du kannst das FRM auf dieser Position halten? Wir werden hinausgehen und uns umschauen. Sollte der Baum auseinanderbrechen, hast du uns immer noch an der Leine.«

Jeffer verschluckte einen Protest. Er sehnte sich danach, die zerstörten Gerätschaften zu untersuchen, aber ... »Ich komme schon zurecht. Nehmt doch Seile mit.«

In etlichen zehn Atemzügen würde die Sonne genau im Osten stehen.

Ein Stock ragte aus dem hinteren Ende eines jeden fächerförmigen Flügels. Nach einigen Versuchen einigten sie sich darauf, die Stöcke mit den Riemen am Schienenbein festzubinden. Selbst zusammengefaltet neigten die Flügel dazu, an allem und jedem hängen zu bleiben. Clave und Anthon schlängelten sich durch die Luftschleuse und flatterten davon.

Jeffer drückte den weißen Knopf. »Prikazyvat Stimme«, sagte er.

Das FRM antwortete: »Aktiviert, Jeffer.«

Clave und Anthon arbeiteten sich auf einer wirren Flugbahn durch den Himmel. Plötzlich bewegte sich Anthon zielstrebig auf die Ansammlung verbrannter Gerätschaften zu, als wäre er schon immer ein Vogel gewesen. Clave folgte ihm, wobei er gegen die Tendenz ankämpfte, nach links abzudriften.

Sie entfernten die weiße Asche zwischen der Glocke und dem Tank. Die Asche hüllte sie in eine Wolke. Als die Wolke sich auflöste, hatten sie ein Stück Rohr freigelegt, das von einem Gewirr von Drähten umgeben war.

»Kendy für den Staat. Hallo, Jeffer.«

Jeffer zuckte nicht zusammen. »Hallo, Kendy. Was stellst du dir darunter vor?«

»Du weißt mehr über die verstümmelte Pflanze als ich. Ich habe die Maschinen studiert.« Die Metallfäden und das von ihnen eingeschlossene Rohr im Bugfenster begannen zu blinken, eingerahmt von einem Umriß aus rotem Licht. »Das Rohr und die Drähte bestehen aus Metall. Bei dem geborstenen Tank« – auch er jetzt von einer leuchtendroten Linie umrissen – »scheint es sich um eine riesige Samenkapsel gehandelt zu haben. Der Kegel dort ist eine halbierte ähnliche Kapsel. Die Asche um das Rohr herum scheint Holzasche zu sein.

»Wir haben eine dampfgetriebene Rakete vor uns, Jeffer. Eure Invasoren benutzten ein Holzfeuer, um das Rohr zu erhitzen. Sie leiteten Wasser durch das Rohr und in das Mündungsteil. Nicht sehr leistungsfähig, aber in eurer merkwürdigen Umgebung genügte diese Vorrichtung, um einen Baum zu bewegen. Langsam, natürlich.«

»Warum haben sie sich einen verstümmelten Baum ausgesucht?«

»Frag sie. Gibt es Überlebende?«

»Ein Mädchen ist tot. Ein Mann, eine Frau und drei weitere Mädchen sind arg mitgenommen. Meine Frau will mich nicht zu ihnen lassen. Es wird uns nichts anderes übrig bleiben, als abzuwarten.«

Clave und Anthon flogen an dem Riß in dem großen Tank entlang. Sie kamen zu der Ansammlung schwarzer Kästen am anderen Ende.

Der Prüfer bemerkte: »Ihre Wunden werden sich nicht infizieren. Wir haben keine Krankheitsbakterien mitgebracht.«

»Was?«

»Ich habe laut gedacht. Ich möchte mit euren Besuchern sprechen. Nimm sie auf einen Ausflug mit, Jeffer, sobald sie sich erholt haben. Zeig ihnen das FRM.«

»Kendy, ich bin nicht sicher, ob ich möchte, daß sie von dir erfahren.«

»Ich werde schweigen und lediglich beobachten.«

Clave und Anthon näherten sich flatternd dem FRM. Sie trugen rußige Lasten und hatten sich von den Leinen befreit. »Wir bekommen Gesellschaft«, sagte Jeffer.

»Jeffer, du hast deinen Kontakt zu mir vor deinen Stammesgenossen verheimlicht, nicht wahr?«

»Ich habe ihnen bis jetzt nichts davon gesagt.«

»Ich werde mich still verhalten, während die anderen an Bord sind. Spiele das Spiel, wie du es für richtig hältst.«

Clave und Anthon waren bei ihrer Rückkehr von Kopf bis Fuß mit Ruß bedeckt. Sie schnallten die jetzt lästigen Flügel ab und zwängten sich durch die Luftschleuse, wobei sie mehrere Armvoll geborgenes Gut vor sich herschoben. Clave verkündete begeistert: »Die Flügel sind fantastisch. Es ist wirklich wie fliegen!«

»Du hast dich nie mit der Tide anfreunden können, nicht wahr, Clave? Was macht dein Bein?«

»Das wird nicht mehr besser.« Clave beugte sein rechtes Bein. Unter Haut und Muskeln an seinem Oberschenkel wölbte sich der schlecht zusammengewachsene Knochen. Der komplizierte Bruch, den er sich in den Carther-Staaten zugezogen hatte, war geheilt, doch hatte es im Dschungel keine Tide gegeben, die das Wachstum des Knochens rechtzeitig eindämmte. »Es fühlt sich an, als hätte ich mir etwas verrenkt. Bei einem Flug über größere Entfernung werde ich nur einen Flügel benutzen.«

Sie machten sich daran, ihre Beute entlang der Wände zu befestigen. Zwei mächtige Haken aus metallverstärktem Holz. Ein meterlanger Metallstreifen mit kleinen Zähnen an einem Rand. Ein Rohr aus Hartholz hatte seine Form bewahrt, wenn auch nicht die Festigkeit; die Reste eines verschmorten Plastikschlauchs hingen an einem Ende.

»Waffen und Werkzeuge«, meinte Clave. »Da lag auch noch Draht, der so verwickelt war wie ein Traumtänzer, doch er war an mehreren Stellen durchgebrannt. Sonst haben wir nichts gefunden, das mitzunehmen gelohnt hätte, das Rohr ausgenommen. Das Rohr müssen wir unbedingt haben. Wir haben die Leinen darumgebunden, Jeffer. Damit können wir es losreißen.«

»Es muß wichtig sein, wenn man bedenkt, daß ihr das FRM an einem Baum vertäut habt, der jeden Moment auseinanderbrechen kann. Warum? Nur weil es aus Metall besteht?«

»Ich habe eine vage Vorstellung von dem Zweck dieser Maschinerie«, meinte Clave. »Bis auf das Rohr können wir alles andere nachbauen, theoretisch zumindest. Das Rohr besteht nicht einfach nur aus Metall, sondern aus Sternenstoff, einem Material der alten Wissenschaft.«

»Wie kommst du darauf?«

»Wir haben keine Schweißnaht gefunden«, erklärte Anthon. »Es glänzt, wenn man den Ruß abwischt. Clave, ich bin nicht sicher, daß mir gefällt, was wir hier tun. Jeffer hat recht, dieser Baum könnte zerbrechen und uns in den Himmel schleudern, und für was? Flügel, sicher, die sind wunderbar, aber der andere Kram ist mir einfach unheimlich!«

Clave der Vorsitzende sagte: »Schaff uns dieses Rohr herbei, Wissenschaftler.«

Anthon schäumte und schwieg. Jeffer befahl: »Schnallt euch an. Hoffen wir, daß die Leinen halten.«

Unter dem Schub der Steuerdüsen erbebte das FRM und bockte. In einer Aschenwolke lösten sich sechs Meter Rohr mit einem Durchmesser von zweihundert Zentimetern und kamen von dem Baum frei.

Als Anthon und Clave das FRM verließen, um das kostbare Gut zu bergen, folgte Jeffer ihnen. Sie beobachteten ihn grinsend, während er zappelte und ins Trudeln geriet, bis er plötzlich seine Bewegungen unter Kontrolle bekam und steifbeinig die Flügel schwang wie nur je ein Schwertvogel.

Sie befestigten das Rohr am Schiffsrumpf und flogen das FRM zurück nach Hause. Der brennende Baum trieb weiter auf seiner Bahn nach Westen und einwärts.

Lawri hielt die Bürger fünf Tage lang von ihrer Hütte fern, einen vollen Wach-Schlaf-Zyklus. Diese Isolation ließ sich nicht länger aufrechterhalten, als sie Gerner um etwas zu essen schickte. Gerner kehrte zurück mit Wasservogelragout und mit Clave, Jeffer, Gavving, Minya, Debby, Jayan, Jinny, Mark, Jill sowie einer Schar Kinder. Sie mußten draußen warten, während die Fremden aßen. Dann rissen Lawri und Jeffer die Vorderseite der Hütte auseinander. Man konnte sie später wieder aufbauen.

Der Mann stellte sich selbst vor: Booce Serjent. Es klang seltsam, wie er die Worte aussprach. Er nannte die Namen der anderen: sein Frau Ryllin und ihre gemeinsamen Töchter Mishael, Karilly und Carlot.

»Wir haben die Bestattung verschoben, bis ihr kräftig genug seit«, erläuterte Clave. »Fühlt ihr euch gut genug, um über die Art der Beisetzung zu sprechen?«

Booce zuckte traurig die Schultern. »Wir verbrennen unsere Toten. Die Asche wandert in die Erdgartentanks. Wie sehen eure Bräuche aus?«

»Die Toten füttern den Baum.«

»Auch gut. Vorsitzender Clave, was ist mit *Holzfrachter* geschehen?«

»Was meinst du?«

»*Holzfrachter* ist unser Schiff. Ihr habt einen brennenden Baum gesehen? Das Feuer ist im Mittelteil von *Holzfrachter* ausgebrochen.«

»Wir sind bei dem Baum gewesen. Wir haben ein Metallrohr mit zurückgebracht und noch anderen Kram.«

»Ihr habt das Hauptleitungsrohr gerettet! Wie?«

»Wir haben das FRM benutzt. Das ist ein Gerät der alten Wissenschaft, das immer noch funktioniert. Es hilft uns, den Baum zu bewegen.«

Booce lächelte und seufzte und schien wieder von der Erschöpfung übermannt zu werden.

Lawri fragte: »Was seid ihr? Carlot sagte, *Holzfäller*.«

»Laßt ihn schlafen. Ich bin wach.« Die Stime der älteren Frau hörte sich müde an. »Ich bin Ryllin. Ja, wir sind Holzfäller. Wir schaffen das Holz zum Klumpen und verkaufen es dort.«

Vorsitzender Clave erkundigte sich: »Du meinst, es gibt Menschen dort?«

Ryllins Lachen brach ab, als hätte es ihr Schmerzen bereitet. »Mehr als tausend. Mit den Kindern etwa zweitausend.«

»Tausende. Hm. Und ihr bewegt Bäume. Gibt es keine Bäume im Klumpen?«

»Nein. Die Tide läuft verkehrt.«

»Wie bewegt ihr den Baum?«

»Man kappt einen Busch. Dann drückt der Wind nur gegen den anderen Busch. Gewöhnlich führt Booce uns nach Westen, also wollen wir natürlich erreichen, daß der

Baum nach Westen treibt, und wir kappen den inneren Busch. Der Wind trifft den äußeren Busch und schiebt den Baum nach Westen, wodurch die Vorwärtsbewegung sich verlangsamt. Der Baum sinkt in Richtung auf Voy, und die Geschwindigkeit erhöht sich wieder ...«

Die Kinder und einige Erwachsene schauten verwirrt drein. *Das haben wir ihnen beigebracht*! dachte Lawri verärgert. *Westen bringt dich nach innen*. Bewegt man einen Baum entgegen der Rotation des Rauchrings – nach Westen –, sank er auf eine tiefere Kreisbahn. Tiefere Kreisbahnen waren schnellere Kreisbahnen. Der Baum wurde nach Osten zum Klumpen getrieben.

»Aber natürlich brauchen wir außerdem noch die Rakete«, fuhr Ryllin fort. »Eine Rakete ist ein Wassertank und eine Mündung und ein Metallrohr mit einem Feuer darum. Man leitet Wasser durch das Rohr. Der Dampf entweicht nach der dem Ziel entgegengesetzten Richtung. Ohne das Rohr gibt es keinen *Holzfrachter*. Ihr kennt das Rückstoßprinzip.

Die Bürger schauten sich an. Kinder verstanden das Gesetz des Rückstoßes, bevor sie sprechen konnten!

Ryllin sagte: »Nun, wenn man den Klumpen erreicht hat, trennt man den anderen Busch ab und lenkt den Stamm mit Hilfe der Rakete zu einem Liegeplatz. Dann muß man ihn verkaufen. Das haben wir unser ganzes Leben lang getan. Nur ist diesmal das Feuer unter dem Rohr außer Kontrolle geraten ... Lawri? Ich bin müde.«

Gavving fragte: »Verkaufen?«

»Hör nicht zu, Ryllin. Hinaus, alle miteinander«, befahl Lawri. »Vorsitzender, kannst du ihnen Beine machen?«

In angeregte Gespräche vertieft, entfernten sich die Bürger in kleinen Gruppen.

Vier Schlafzeiten nach ihrer Ankunft auf dem Bürgerbaum waren alle vier Serjents auf den Beinen. Mehrere Bürger boten an, sie herumzuführen. Sie bewegten sich zaghaft, zum einen durch ihre Verletzungen behindert, zum anderen durch die ungewohnte Tide. Sie lauschten aufmerksam und sprachen auch, mit einem seltsamen Akzent und unter Verwendung vieler fremder Wörter … bis auf Karilly, die im Kreis ihrer Familie Trost zu suchen schien und den Mund nicht auftat.

Vor ihrem ersten Ausflug kehrten Booce und seine Familie erschöpft zurück. Ihre neue Heimat war primitiv und geräumig und auf merkwürdige Art schön. Die Bürger hatten mit so wenigen Mitteln Beachtliches geleistet.

Lawri die Wissenschaftlerin musterte sie eingehend und befand, sie seien kräftig genug, um an der Bestattung teilzunehmen.

4 Der innere Busch

Bürgerbaum-Kassetten, Jahr 7 SM

INTEGRALBÄUME

... Diese Integralbäume erreichen eine beeindrukkende Grösse. Hat eine solche Pflanze ihre volle Länge erreicht, wird sie durch den Tideneffekt stabilisiert. Sie besteht aus einem langen schlanken Stamm mit grünen ›Quasten‹ (Büschen) an beiden Enden: zehntausende radiale Speichen, die Levoys Stern umkreisen, jede einzelne mehrere Dutzend Kilometer lang.

Wie viele andere Gewächse des Rauchrings ist der Integralbaum ein Nährstoffsammler. An den beiden Endpunkten herrscht eine Tidenschwerkraft: und Wind! Die Büsche sind unablässiger Windeinwirkung ausgesetzt, die den inneren Busch von Westen trifft und den äusseren von Osten. Unter der Kraft des Windes biegen sich die Enden des von der Tide ausgerichteten Baumes zu je einem beinahe horizontalen Ast; daher erinnert die Form des Baumes an ein Integral-Zeichen. Die Büsche filtern sich ihren Dünger aus dem Wind: Humus, Wasser, sogar vom Aufprall zerschmetterte Tiere und Pflanzen.

Ausser in den Integralbäumen herrscht überall Schwerelosigkeit. Die medizinischen Gefahren eines Lebens im freien Fall sind wohlbekannt. Hat uns die *Discipline* tatsächlich im Stich gelassen, sind wir tatsächlich in dieser merkwürdigen Umgebung gefangen, so könnte uns ein schlimmeres Schicksal beschieden sein als ein Leben in den Büschen der Integralbäume ...

Claire Dalton, Soziologie/Medizin

Üppiges Laub umrahmte die halbe Welt aus Himmel.

Der Baumschlund in der Beuge zwischen Ast und Stamm zeigte nach Westen. Fingerzweige strichen in westlicher Richtung den Stamm entlang und führten alles, was ihre Belaubung aus dem Wind aufgefangen hatte, dem trichterförmigen Abgrund zu. Auch die Bürger kamen hierher, um den Baum zu füttern. Der Baumschlund war ihre Toilette, ihr Müllschlucker und ihr Friedhof.

Lawri die Wissenschaftlerin hatte das alles vorher beschrieben und erklärt. Booce versuchte sich einzureden, daß dieses Vorgehen durchaus einen Sinn ergab, nur mußte man sich erst daran gewöhnen.

Man hatte Wend am Rand der Grube aufgebahrt. Inzwischen hatten die Fingerzweige sie halb in den Trichter gezogen. Booce war froh, daß er sie nicht genauer sehen konnte.

Verbrennen war sauberer. Zerfiel der Körper zu Asche, vergingen auch die Erinnerungen ...

Wie nahm Karilly es auf?

Karilly war schweigsam. Sie führte Anweisungen aus, doch tat sie selten etwas aus eigenem Antrieb. Sie sprach fast nie zu den Fremden. Ein gutes Kind, aber Booce hatte sie nie wirklich verstanden.

Sie war unverletzt geblieben. Sie alle hatten Wend sterben sehen, wie konnte es für Karilly schlimmer sein als für die anderen? Doch sie hatte seit dem Brand kein Wort mehr gesprochen.

Vorsitzender Clave ergriff das Wort und hieß Wend im Stamm willkommen. Lawri redete von der letzten Pflicht eines Bürgers, den Baum zu füttern. Ryllin sprach von den Erinnerungen an ihre Tochter, die nun tot war. Karilly weinte stumm; die Tränen hüllten ihre Augen in Kristall.

Die älteren Bürger aßen zuerst. Booce sah seine Töchter weiter hinten in der Reihe stehen – soviel hatten sie bereits gelernt –, während ein Bürgerbaum-Mädchen seine Schale mit Wasservogelragout aus einem großen, ungeschlachten

Keramiktopf füllte. Mit tapsigen Schritten folgte er seiner Frau über den aus Fingerzweigen geflochtenen Boden des Versammlungsplatzes und versuchte dabei, nichts vom Inhalt seiner Schale zu verschütten.

»Du siehst die Tide als etwas, das es zu bekämpfen gilt«, bemerkte seine Frau leise. »Betrachte sie als eine Annehmlichkeit.«

»Ha!«

»Die Tide gibt dir eine verläßliche Richtung. Etwas, wovon man sich abstoßen kann. Schau.« Die Eßschale in einer Hand, sprang Ryllin mit einem Bein in die Luft und drehte sich langsam im Kreis, bevor ihre Füße wieder den Boden berührten. Sie hatte nicht einen Tropfen verschüttet.

»Sich bei Tide zu bewegen, ist nicht unangenehm, es ist nur anders. Gegen diese, ah, *Bürger* wirken wir unbeholfen, aber wir können uns anpassen, Lieber. Wir *werden* uns anpassen.«

»Na gut. Ich bin mein ganzes Leben lang in Bäumen herumgeklettert ... Wir kriegen Gesellschaft.«

Sie wurden von Kindern umringt. Ein dickliches halbwüchsiges Mädchen fragte: »Wie bewegt man einen Baum ohne ein FRM?«

Booce antwortete: »Setzen wir uns, und ich erkläre es dir.«

Ein Dutzend Kinder warteten geduldig, während Booce und Ryllin sich in dem Laubwerk niederließen. Dann setzten sie sich alle auf einmal.

Booce begann zu essen und überlegte derweil. Er sagte: »Man braucht eine Rakete. Meine Rakete hieß *Holzfrachter*, und vor mir gehörte sie meinem Vater. Um eine Rakete herzustellen, braucht man eine Rakete.«

Jemand fragte: »Und wie hat man die erste Rakete gebaut?«

Booce lächelte den zwergenhaften Jungen an. »Die erste Rakete stammte von der *Discipline*. Sie verfügte über ein Gehirn – die Bibliothek –, das sich im Besitz der Admiralität befindet und mehr Wissen enthält als eure kleinen

Kassetten. Wie auch immer, man benötigt eine Rakete, um zu den Kapselfeldern zu gelangen.«

Eine Frau von etwa Booces Größe setzte sich in Hörweite nieder. Booce gab vor, es nicht zu bemerken. »Die größe Kapsel, die in dem Kapselfeld zu finden ist, nimmt man als Wassertank. Eine zweite Kapsel wird halbiert und ergibt eine Raketendüse. In die Öffnung, wo der Stengel gewesen ist, schiebt man das Metallrohr, das mit Feuerborke umwickelt wird und anschließend mit Draht. Man entzündet die Feuerborke. Man pumpt Wasser durch das heiße Rohr. Das Wasser verwandelt sich in Dampf, der aus der Düse schießt, und das treibt den Baum in die entgegengesetzte Richtung.«

Das dickliche Mädchen (obwohl alle Kinder dicklich wirkten, gut genährt und von der Tide im Wachstum behindert) fragte: »Woher bekommt man das Rohr?«

»Ich weiß nicht. Von der *Discipline* vielleicht, wenn es je eine *Discipline* gab.« Die Kinder kicherten. Booce wußte nicht warum, also achtete er nicht darauf. »Es gab einhundertzwanzig Meter Rohr im Reich, hat man mir gesagt, und achtundvierzig Meter davon dienen als Rohre auf elf Holzfällerschiffen. *Waldläufer* führte ein Ersatzrohr, aber die sind auch reicher als wir.

Also: Eine Rakete besteht aus einer Samenkapsel und noch einer halben, einem Rohr, etwas Draht und dem Wohnbereich am anderen Ende des Tanks. Man braucht große Haken zum Abschleppen, Sägen zum Holzschneiden und Armbrüste, weil man sich selbst mit Nahrung versorgen muß. Eine Reise dauert ein oder zwei Jahre. Die meisten von uns reisen mit ihren Familien.

Als nächstes muß man einen Stacheldschungel suchen. Die Honighornissen leben in den Stacheldschungeln, und nichts ist so groß, daß sie es nicht töten können. Man muß sich vom Scheitel bis zur Sohle panzern, um an das Nest heranzukommen. Honig ist klebriges rotes Zeug, noch süßer als Laub.

Ist das erledigt, wählt man einen Baum aus. Ist er mehr als vierzig Kilometer lang, ist das Holz zu porös und man braucht eine Ewigkeit, um ihn abzuschleppen. Dreißig Meter sind ungefähr die richtige Länge. Man befestigt die Rakete am Mittelteil, nimmt sie aber noch nicht in Betrieb. Mit dem Honig zieht man eine Spur den Stamm entlang, bis zu einem der Büsche. Dann schneidet man die Borke um den Busch ringförmig ein und füllt auch diesen Schnitt mit Honig. Ihr wißt von den Käfern, die einen Baum zerfressen, sobald er abzusterben beginnt?«

Die Kinder nickten. Man hatte den Serjents vom Tod des Dalton-Quinn-Baumes erzählt. Die Kinder konnten diese Geschichte gar nicht früh genug hören.

Booce fuhr fort: »Die Käfer folgen der Honigspur. Sie fressen den Honig über dem Busch. Dann sitzen sie in der Falle, weil sie den Honig aufgezehrt haben. Es ist nichts zu fressen da, außer Holz. Nach ein paar Schlafzeiten fällt der Busch ab.«

Bestürzte Rufe unterbrachen ihn. »Wir nehmen keine bewohnten Bäume«, sagte Booce tröstend. »Der Baum würde ohnehin sterben, sobald er sich dem Klumpen nähert. Integralbäume benötigen einen gleichmäßigen Tidensog aus der Richtung von Voy.«

Das dickliche Mädchen fragte einigermaßen kühl: »Wie viele Bäume habt ihr getötet?« Booce merkte, daß sie beinahe erwachsen sein mußte. Ihre geringe Körpergröße hatte ihn getäuscht: durch die Tide war sie nicht wie die Dschungelriesen in die Höhe geschossen.

»Zehn.«

Der Zwerg (ebenfalls ein Erwachsener, dem bereits ein Bart zu sprießen begann) wollte wissen: »Warum schneidet ihr den Busch ab?«

»Um den Baum zu steuern. Ihr kennt die Regel? Der Westen bringt dich nach innen, innen bringt dich nach Osten. Ich will erreichen, daß der Baum nach Osten treibt, in Richtung auf den Klumpen. Also kappe ich den inneren Busch. Jetzt habe ich den Westwind, der gegen den äußeren Busch drückt, während der innere Stumpf dem Wind keinen Widerstand bietet. Der Baum bewegt sich nach Westen. Er sinkt in Richtung auf Voy. Die Dinge bewegen sich um so schneller, je näher sie Voy kommen, also treibt der Baum nach Osten. Nach einer Weile befinde ich mich innen unterhalb des Klumpens und treibe immer noch weiter. Das ist der Moment, wo die Rakete ins Spiel kommt. Ich muß den zweiten Busch kappen und dann die Rakete zünden, um den Baum in den Klumpen zu bewegen.«

Der kleinwüchsige Junge fragte: »Was dann?«

»Dann verkaufe ich den Baum für einen möglichst guten Preis und hoffe, daß niemand sonst zur gleichen Zeit einen Baum hereingebracht hat. Wenn ich einen Konkurrenten unterbieten muß, verdienen wir vielleicht nicht genug, um uns für die Arbeit zu entschädigen.«

Die meisten der Kinder schauten verwirrt drein. Der Zwerg erkundigte sich: »Und was ist diesmal schiefgegangen?«

Booce wurde die Kehle eng. *Seine* Entscheidung! Mit einiger Erleichterung hörte er Ryllin sagen: »Wir waren in Eile. Wir dachten, wir könnten mehr Wasser für die Rakete tanken. Also zündeten wir die Rakete, bevor der Busch abgefallen war. Dadurch brach das Feuer aus. Wend versuchte aus der Hütte zu entkommen, als der Wassertank – nun, er wurde zu heiß und ...«

Rasch kam Booce ihr zur Hilfe. »Der Wassertank zerplatzte. Wend konnte sich nicht retten. Carlot und ich trugen Brandwunden davon, als wir sie aus dem heißen Dampf zogen. Wir hatten den Baum in Richtung auf den Teich dort draußen gesteuert, und euer Baum befand sich zwischen uns und unserem ursprünglichen Ziel. Deshalb versuchten wir, ihn zu erreichen. So habt ihr uns sechs an die Borke geklammert gefunden wie Toks an jemandes Haar, und ... und Wend war tot, und auch wir anderen waren dem Tode nahe, glaube ich.«

Die Erwachsenen hatten ihr Essen bekommen. Eins nach dem andern standen die Kinder auf und traten an den Kochtopf. Booce beendete seine Mahlzeit. Das Ragout in seiner Schale war inzwischen kalt geworden.

Wahrscheinlich würde er den Klumpen nie wiedersehen. Es war ganz gut so. Er und seine Familie wären dort Bettler gewesen. *Holzfrachter* war sein einziger Besitz gewesen, und den hatte er jetzt verloren. Doch war es denn wirklich so unvorstellbar, daß diese Leute einen neuen *Holzfrachter* bauen konnten?

Sobald alle Erwachsenen sich mit gefüllten Schüsseln zurückgezogen hatten, stellten sich die Kinder in einer Reihe am Kochtopf auf. Gerner stand vor drei hochgewachsenen und dunklen jungen Frauen und hinter seinem Bruder Harry.

»Übernimm du Jills Posten«, sagte Gerner zu Harry.

»Warum sollte ich?«

»Frag nicht. Also?«

»Schon gut.«

Die Gefälligkeit würde nicht unerwidert bleiben. Vielleicht übernahm Gerner Harrys Schicht am Kochtopf oder in der Tretmühle oder zeigte ihm einen Ringergriff, irgend etwas. Diese Dinge bedurften keiner Erwähnung. Harry trat aus der Reihe und sprach mit Jill, die am Topf das Essen austeilte. Jill füllte ihre eigene Schüssel, und Harry stellte sich an ihren Platz.

Das blonde Mädchen gesellte sich zu Gerner. »Was soll das?« fragte sie, schien aber recht erfreut zu sein.

»Ich habe mit den Alten gesprochen; jetzt will ich mit den Mädchen reden. Kommst du mit?« Wenn sie mit einem zu kurz geratenen Jungen nicht reden mochten, dann vielleicht mit einem Mädchen.

Sie folgten den Serjent-Töchtern, die sich übertrieben vorsichtig über den Flechtboden des Versammlungsplatzes bewegten. Während sie sich langsam im Laubwerk niederließen, hielten sie den Blick unverwandt auf ihre Schüsseln gerichtet. Trotzdem schwappte etwas von dem Inhalt über den Rand von Carlots Schale. »Die Öffnung ist zu groß«, klagte sie.

»Man braucht nur ein bißchen Übung. Ich bin Jill, er heißt Gerner.«

»Wie haltet ihr es denn im Mittelteil mit dem Essen?«

Jill und Gerner setzten sich ihnen gegenüber hin. Gerner streifte das Laub von vier kleinen Zweigen, die als Eßstäbchen dienen sollten. Jill sagte: »Ich würde einen geräucherten Truthahn mitnehmen. Wie sieht denn euer Eßgeschirr aus? Schüsseln mit kleineren Öffnungen?«

»Ja, und wir benutzen so was.« Carlot brachte ein paar reich geschnitzte Knochenstäbchen zum Vorschein. »Ihr habt es gut. Ihr habt überall ... Fingerzweige? ... zur Hand.«

»Das hier sind Reiser. Die Fingerzweige sind die großen.«

Das dritte Mädchen, Karilly, nahm an der Unterhaltung nicht teil.

Sie konzentrierte sich ganz auf ihre Schüssel.

Mishael sagte: »Ihr scheint glücklich zu sein.«

Gerner fand diese Bemerkung rätselhaft. »Was meinst du damit?«

»Ihr, ihr alle. Ihr habt euren Baum, und das ist alles, was ihr braucht. Holz vom kahlen Ende des Astes. Die Kleider, die ihr tragt – der Stoff besteht aus den Fasern der Reiser, nicht wahr?«

»Es ist Laub, aus dem der Zucker herausgespült wird.«

»Und die Farbe stammt von den Beeren. Das Wasser läuft den Stamm hinab in jenes Becken, ihr habt Laub zu essen und fangt euch das Fleisch aus dem Himmel. Und da ist noch das FRM. Ohne das FRM müßtet ihr eine Rakete bauen, um den Baum in Bewegung zu setzen.«

»Richtig.« Gerner dachte: *Und wir haben keine Ahnung vom Bau einer Rakete. Einzig das FRM bewahrt uns davor, Wilde zu sein. Sieht so das Bild aus, das sie von uns haben?* »Wir mußten den Baum verlassen, um uns die Leinen zu beschaffen. Und die Erwachsenen reden ständig davon, Erdfrüchte anzubauen. Sie hatten keine Gelegenheit, Samen und Eier mitzunehmen.«

»Das kann man auf dem Markt kaufen, sofern man reich genug ist.«

Jill sagte: »Diese Worte kennen wir nicht. Reich? Kaufen?«

Carlot erklärte: »Reich bedeutet, man kann sich jeden Wunsch erfüllen.«

»Vorsitzender werden, zum Beispiel?«

»Nein ...«

Mishael sprang helfend ein. »Schau mal. Angenommen, du möchtest Erdfruchtsamen oder Tauben oder Truthähne haben. Gut, du gehst auf den Markt und findest dort alles, was du suchst. Dann mußt du es kaufen. Du brauchst etwas, das du dem Besitzer anbieten kannst. Metall vielleicht.«

»Wir besitzen nicht viel Metall«, meinte Gerner. »Wie sehen die Leute aus? Wie ihr?«

»Manchmal«, erwiderte Carlot. »Wie meinst du das? Groß? Dunkel? Es gibt bei uns dunkel- und hellhäutige, kleine und ... na, die meisten sind groß wie ich, und die Männer sind größer.«

»Keine Zwerge?«

»Oh, natürlich gibt es Zwerge. In der Marine.«

»Was hältst du von Zwergen?« Er hatte nicht so unumwunden fragen wollen; ihm war nicht bewußt gewesen, wie sehr diese Frage ihn beschäftigte.

Carlot fragte: »Was hältst du von meinen Beinen?«

Gerner errötete. »Sie sind in Ordnung.« Es war ohnehin nicht viel davon zu sehen; Carlot trug das rote Hemd und die langen Hosen des Bürgerbaums.

»Das eine ist länger als das andere. Bei meinem Lehrer ist ein Bein länger als meins und das andere sieht aus wie bei dir, und *er* macht sich überhaupt nichts daraus. Und der Admiral hat einen Arm wie das Gabelbein bei einem Truthahn. Ich habe ihn gesehen. Bei uns findest du alle Formen und Farben, Gerner.«

Es gehörte zu Marks Gewohnheiten, in der Nähe des Kessels zu essen, wo er für andere leicht zu finden war. Trotzdem bekam er nur selten Gesellschaft. An diesem Tag nahm er milde überrascht zur Kenntnis, daß Clave und Minya sich ihm gegenüber niedersetzten. Sie pflückten Reiser und aßen. Schließlich fragte Clave: »Wie denkst du über die Serjents?«

»Sie sind ganz in Ordnung.«

»Das habe ich nicht gemeint«, sagte Clave, während Minya einwarf: »Welche Veränderungen werden sie im Bürgerbaum auslösen?«

»Oh.« Mark überlegte. »Die Hälfte von euch stammte aus dem inneren Busch eines auseinandergebrochenen Baumes. Du stammtest aus dem äußeren Busch, Minya. Drei aus den Carther-Staaten. Lawri und ich vom London-Baum. London-Baum pflegte die Carther-Staaten zu überfallen, um Copsiks zu fangen. Seit vierzehn Jahren leben wir jetzt hier, und noch hat keiner dem anderen den Schädel eingeschlagen. Wir können auch mit den Serjents zusammenleben.«

Clave meinte: »Oh, wir können mit ihnen zusammenleben ...«, während Minya laut grübelte: »Was halten sie von uns?«

Clave schnaubte. »Sie halten uns für ein bißchen zurückgeblieben, und sie möchten uns mit sich zum Klumpen lokken.«

Worauf wollten seine unerwarteten Besucher hinaus? Mark fragte: »Glaubst du, daß sie es auf das FRM abgesehen haben?«

»Nein, das nicht. Obwohl der Gedanke gar nicht so abwegig ist ... Hast du in letzter Zeit mit Gavving oder Debby gesprochen?«

»Sie legen keinen Wert auf meine Gesellschaft. Wie du, Minya.«

Minya ging darauf nicht ein. »Sie tüfteln daran herum, wie man aus der Metallröhre, die von dem brennenden Baum gerettet wurde, eine Dampfrakete bauen könnte!«

»Aha.« Jetzt erkannte Mark den Grund für diese Unterhaltung. »Eventuell bauen sie eine Maschine, mit der sich Bäume bewegen lassen. Eventuell erzählen sie uns, daß es ganz interessant sein könnte, den Klumpen zu besuchen. Macht dich das nervös, Vorsitzender? Wir könnten den halben Stamm verlieren. Lawri predigt ohnehin, daß es schon jetzt nicht genug von uns gibt.«

»Und wie stellst du dir die Zukunft vor, Mark?«

Mark hätte gern eine Frau gehabt oder auch drei, aber er hielt es für sinnlos, davon zu reden. »Ich interessiere mich nicht für den Klumpen. Wir leben hier. Zwölf Erwachsene, zwanzig Kinder, glücklich wie Dumbos im Bürgerbaum. Das sollten wir nicht durch den ganzen Himmel posaunen. Selbst wenn man im Klumpen keine Copsiks hält, vielleicht gibt es irgendwo da draußen Leute mit weniger menschenfreundlicher Einstellung. Hier ist nicht alles perfekt, aber es ist gut. Ich möchte nicht als irgend jemandes Copsik enden.«

Clave nickte. »Das ist auch meine Sorge.«

Minya fügte hinzu: »Wir haben so hart gearbeitet, um uns hier eine Heimat zu schaffen. Gavving weiß, wie nahe wir dem Tod gewesen sind. Wie kann er aufs Spiel setzen wollen, was wir erarbeitet haben?«

»Wir scheinen einer Meinung zu sein«, sagte Clave energisch. »Also? Was unternehmen wir in der Sache?«

Lawri und Jeffer verpaßten die Hauptmahlzeit des Tages. Lawri hatte ihren Mann in östlicher Richtung den Ast entlang geführt, vorbei an dem Bezirk mit den Hütten. In einem dunklen Nest aus Laub und Reisern sorgten sie für Nachkommen.

Nach vollbrachter Tat ruhten sie nebeneinander, und Lawri, die sich zum erstenmal seit Tagen friedfertig und entspannt fühlte, pflückte Laub, um es Jeffer in den Mund zu schieben. Undeutlich murmelte er: »Erinnert dich das an deine Jugend?«

Ihr Lächeln erlosch. »Nein.«

Er grinste lüstern. »Kleine Jungs und Mädels im London-Baum schlugen sich nie seitwärts in die Büsche, um ...?«

Sie schüttelte heftig den Kopf. »Für ein Mädchen ist es im London-Baum nicht so einfach. Wenn die Jungen alt genug sind, brauchen sie uns nicht. Sie gehen zum inneren

Busch. Copsikfrauen stehen jedem männlichen Bürger zur Verfügung. Jeffer, das weißt du doch!«

»Ich sollte es wissen. Auf die Art hat Mark Minya geschwängert, bevor wir entkommen konnten.«

Sie veränderte ihre Lage und streckte sich an seinem Körper lang aus. »Wenn er es tat. Jeder Mann kann einen Zwerg zeugen.«

»Das glaubt nicht einmal Gerner.«

»Stört es ihn?«

»Ja ... Aber auch im London-Baum bekamen die Frauen Kinder, oder nicht? Und heirateten?«

»Ja, vorausgesetzt, wir waren bereit, uns selbst wie Copsiks zu benehmen. Wie hätten wir sonst Schritt halten können? Ich hätte eines Mannes Copsik werden müssen, wenn ich Babys machen wollte. Also machte ich niemals Babys.«

Jeffer schaute ihr in die Augen, als sähe er sie zum ersten Mal. »Bist du froh, daß ich gekommen bin?«

Sie nickte. Vielleicht konnte er in der zunehmenden Dunkelheit nicht erkennen, wie sie errötete.

»Warum hast du mir das nie erzählt?«

Das war eine dumme Frage. Kaum wußte er, wie sehr sie ihn brauchte, suchte er das zu seinem Vorteil auszunutzen. »Darüber wollten wir hier nicht miteinander sprechen!«

»Wollten wir überhaupt sprechen?«

»Was habt ihr auf dem verbrannten Baum gefunden?«

»Wir haben nichts davon geheimgehalten. Ach richtig, du warst nicht dabei, als Booce uns die Funde erklärte. Also, wir fanden einen Topf mit einer verschmorten Masse – Honig, sagte er – und ein Metallding zum Holzschneiden und Haken ... alles mögliche. Und das Metallrohr. Alles andere, was verbrannt ist ... ich habe vergessen, wie er es nannte, aber man kann es ersetzen, außer ... wie hat Booce dazu gesagt? Den Maschendraht.«

»Ich bin neugierig auf den Klumpen«, sagte Lawri.

»Ich auch. Aber Clave würde nie beide Wissenschaftler gehen lassen.« Jeffer küßte sie auf die Wange. »Laß uns warten bis zur letzten Minute und dann darüber streiten.«

»Und was ist mit dem Maschendraht?«

»Wir werden uns etwas ausdenken. Glaubst du, Clave wird uns das FRM überlassen?«

»Nein.«

Sie konnte sein Schulterzucken fühlen. »Auch gut. Reisen wir wie die Holzfäller?« Sie nickte (ihre Stirnen berührten sich), und er sagte: »So wie ich mir das vorstelle, sehen die meisten Bewohner des Klumpens wie Dschungelriesen aus. Wir sollten ein paar bei uns haben. Anthon und Debby sind bereit mitzukommen. Ein paar von den Serjents als Führer. Verteidigung ... wir dürfen das FRM nicht aufs Spiel setzen, aber wir könnten die silberne Rüstung mitnehmen.«

»Irrtum. Ein Großteil der Bürger ist gegen Veränderungen. Clave ist schon lange der Meinung, daß wir uns zu nahe am Klumpen befinden. Er möchte uns weiter nach Westen führen. Mark stimmt mit ihm überein.«

»Ja, ich habe mit Mark gesprochen. Baumfutter! Ohne ihn können wir mit der Rüstung nichts anfangen ... Lawri? Clave möchte uns weiter nach Westen führen?«

»Woran denkst du?«

»Wir wissen noch nicht genug. Vergiß es. Soll ich dir zeigen, was dir als jungem Mädchen alles entgangen ist ...?«

Wie vielfältig auch die Meinungsverschiedenheiten sein mochten, die jetzt die Gemeinschaft des Bürgerbaums auf die Probe stellten, in einem Punkt waren sich alle einig: sie wollten fliegen.

Die Serjent-Töchter zeigten sich hilfsbereit. Aus Zweigholzstöcken und Stoff, der auf den Webstühlen an der Unterseite des Astes hergestellt wurde, bastelten sie Flügel. Karilly arbeitete schweigend und geschickt. Mishael und Carlot erklärten jeden Arbeitsgang und verbesserten die Fehler der Kinder, die ihnen nacheiferten. Die Arbeit ging schnell voran. Die Bürger würden ihre alten Kleider ein halbes Jahr länger tragen müssen, denn der verbrauchte Stoff ließ sich nicht so rasch ersetzen, aber dafür entstanden innerhalb von zwölf Tagen vierundzwanzig Flügel.

Jeffer ließ sich mit Mishael, Minya, Gavving und acht der älteren Kinder vom Aufzug zum Mittelteil tragen. Andere Kinder liefen mit Feuereifer in der Tretmühle, denn sie wußten, daß sie als nächste an die Reihe kamen.

Jeffer hatte seine Wahl mit Überlegung getroffen. In dieser ersten Gruppe befanden sich die Kinder, die nicht gezögert hatten, am Tag des Feuerbaums zum Teich hinüberzuschweben.

Allerdings hatten sie damals Leinen gehabt, an denen sie sich festhalten konnten. Diesmal gab es nichts als Borke, und einige von ihnen suchten daran Halt.

Gerner schwang sich in die Luft und verliebt sich augenblicklich in dieses neue Erlebnis. Jill war so bleich, als sähe sie dem Tod ins Auge, aber als man ihr die Flügel an den Unterschenkeln befestigte und Gerner sich bereits im Himmel tummelte, löste sie sich von der Borke und flog. Mishael erteilte Unterricht. Jeffer lernte wie man die Beine bewegte, wie man einen Bogen ausführte. Als der Himmel erfüllt war von geflügelten Erwachsenen und Kindern, holten die Zurückgebliebenen tief Atem, lösten ihren Griff an der Borke und stürzten sich ins Abenteuer.

Während eines vollen Sonnenumlaufs blieben sie in der Luft. Die Erwachsenen hatten alle Hände voll zu tun, die Kinder zum Aufzug zurückzulotsen. Arth machte sich einen Spaß daraus, davonzufliegen, bis Jeffer und Gavving ihn einkreisten und ihm die Flügel abnahmen. Im Osten ging die Sonne auf, bevor sie die ausgelassene Horde heil an ihrem Heimatbaum abgeliefert hatten.

Jeffer stieg nicht mit den anderen in den Aufzug nach unten. Er sagte zu Minya: »Ich habe einige Reparaturen auszuführen. Laß die zweite Gruppe heraufkommen, sobald ihr unten seid.«

»Kendy für den Staat. Hallo, Wissenschaftler.«

»Hallo, Kendy.«

»Wie geht es euren Flüchtlingen?«

»Vier von den Serjents haben sich erholt. Eins der Mädchen, Karilly, sieht ganz gesund aus, aber sie spricht kein Wort.«

»Schock. Vielleicht verschwinden die Symptome. Wann kann ich sie sehen?«

»Kendy, ich wollte Mishael das FRM zeigen. Der Vorsitzende legte Widerspruch ein. Er befürchtet, sie könnten versuchen, das FRM zu stehlen.«

»Unsinn. Was denken die übrigen Angehörigen deines Stammes?«

»Wir sind in zwei Lager gespalten. Die eine Hälfte möchte aufbrechen und sehen, was es mit dem Klumpen auf sich hat. Dort gibt es einen Ort ... den Markt? ... wo wir alles bekommen könnten, was wir brauchen. Die Serjents haben uns davon erzählt.«

»Und?«

»Der Vorsitzende hat eine Todesangst vor dem Klumpen. Er findet, daß wir ihm jetzt schon zu nahe sind. Einige von den anderen denken dasselbe. Jayan und Jinny natürlich, aber Mark und Minya auch. Selbst von den Serjents möchten einige lieber hierbleiben. Mark hat Ryllin um Erlaubnis gebeten, Karilly zu heiraten, und sie war einverstanden.«

»Gut. Wie denkst du über die Sache, Jeffer?«

»Ich möchte den Klumpen sehen. Booce hat erzählt, es gäbe dort etwas, das man die Bücherei nennt, aber nach seiner Beschreibung scheint es sich eher um einen FRM-Autopiloten zu handeln. Ich möchte ihre Kassetten durchsehen. Kendy, ich tue, was ich kann. Gerade habe ich einige von ihnen zum Fliegen mitgenommen. Es gefällt ihnen. Vielleicht fangen sie an darüber nachzudenken, was ihnen sonst noch entgeht.«

»Ich erinnere mich an Clave. Er führt seine Bürger, wohin sie wollen. Berufe eine Versammlung ein. Zwing deine Bürger zu einer Entscheidung.«

»Was soll uns das nützen?«

»Verlierst du die Abstimmung, weißt du, wo du stehst. Dann laß Clave einen Termin für die Kursänderung des

Baums festsetzen. Du mußt festlegen, was du brauchst und wen du brauchst. Besteht eine Chance, Mark doch noch zu bekehren?«

»Nein.«

»Die Serjents haben dir erklärt, wie man einen Holzhandel aufbaut. Erzähl mir davon.«

Die Kinder waren von ihren Flugübungen so erschöpft, daß sie weiterschliefen. Gavving bereitete sich ein zeitiges Frühstück aus geräuchertem Dumbofleisch. Er sagte: »Die Admiralität besitzt Erdfruchtpflanzen.«

»Wir haben vierzehn Jahre lang ohne sie gelebt«, bemerkte Minya schläfrig.

»Wir haben noch länger ohne Aufzüge und das FRM gelebt. Aus dem einzigen Grund, weil wir nichts davon *wußten.*«

»Die Admiralität hat sich nie bei uns gemeldet. Wir wüßten gar nicht, daß so etwas existiert, hätte Booce es nicht erzählt. Aber du willst mehr erfahren. Sollte man diese Dinge nicht besser auf einer Versammlung diskutieren?«

Gavving musterte seine Frau eingehend. »So hast du vor vierzehn Jahren dreingeschauft, als du mich töten wolltest. Im ganzen Busch herrscht eine solche Stimmung. Es hat bei uns keine Kämpfe mehr gegeben seit dem Krieg auf dem London-Baum!«

»Ich habe den London-Baum nicht vergessen. Wir haben uns hier eine Heimat geschaffen. Jede Veränderung kann nur eine Verschlechterung sein.«

»Liebes, tut es dir leid, daß sie aufgetaucht sind?«

»Nein!« antwortete Minya mit einigem Nachdruck. Sie war jetzt hellwach. »Wir sind eine zu kleine Gesellschaft. Jeder von uns empfindet das.«

»Lawri spricht von einem Gen-Reservoir, das zu klein ist ...«

»Das intellektuelle Geschwätz ist unnötig. Wir können *fühlen,* daß wir zu wenige sind. Jetzt haben wir drei Frauen mehr, selbst wenn Ryllin zu alt ist, um einen Gast zu beherbergen und sie *anders* sind als wir ...«

»Das sind sie allerdings!«

»Nun, das ist gut!«

»Angenommen, sie wollen nach Hause?«

»Das ist unmöglich«, entgegnete Minya knapp.

Ein Kind rühte sich: Qwen. Gavving senkte die Stimme. »Angenommen, wir bauen ihnen eine neue Rakete. Angenommen, ein paar von uns wollen sie begleiten.«

Minya schwieg, um ihre Gedanken zu ordnen. Gavving wartete geduldig. Schließlich sagte sie: »Sie müßten verrückt sein. Wir müßten verrückt sein, wenn wir sie gehen ließen. Gav, hast du den London-Baum vergessen?«

»Nein. Auch den Quinn-Busch habe ich nicht vergessen oder die Carther-Staaten. *Dort* hielt man keine Bürger als Copsiks und bei deinen Leuten auch nicht.«

»Nein. Aber wir haben euch sofort angegriffen, als wir euch sahen.«

»Stimmt.«

»Erinnerst du dich noch, wie wir hilflos im Himmel schwebten, an ein Stück Borke geklammert und halbtot vor Durst? Wir haben uns Gefahren gegenübergesehen, die wir unseren Kindern nicht einmal beschreiben können, weil sie zu unwahrscheinlich klingen! Wir haben hart gekämpft für den Bürgerbaum! Und jetzt wollen *beide* Wissenschaftler tausend Kilometer weit zum Klumpen reisen und verkünden: Hier sind wir! Warum wollt ihr aufs Spiel setzen, was wir uns aufgebaut haben?«

»Sie haben Waren, mit denen sie Handel treiben. Sie haben Flügel ...«

»Wir haben auch Flügel.«

»Wir haben Gasschoten gepflückt, wenn wir welche fanden. Und dabei ist es so *einfach*! Minya, was hättest du für ein paar Flügel gegeben, als wir im Himmel gestrandet waren? Alle Geschöpfe im Rauchring können fliegen, außer dem Menschen, und um das zu ändern, braucht es nicht mehr als ein paar Fingerzweige und etwas Stoff! Sie besitzen eine Rakete, um Bäume zu bewegen, und die besteht nicht aus gestohlenem Sternenstoff, sondern größtenteils aus Materialien, die sie im Rauchring vorfinden. Was gibt es im Klumpen noch alles? Was haben wir noch nicht gesehen?«

Sie verlieh ihrem Lachen einen bitteren Beiklang. »Tausend Menschen und einen großen Bedarf an Copsiks vielleicht.«

Gavving seufzte. »Du bist einfach gegen jede Veränderung. Was sollen wir tun? Sie sind nun mal *hier*.«

»Dafür sorgen, daß sie sich wie zu Hause fühlen«, sagte Minya. »Sie lehren, in einem Baum zu wohnen. Die Mädchen verheiraten. Sie zu einem Teil unserer Gemeinschaft machen. Gavving, Mark hat die Absicht, Karilly zu heiraten.«

»Karilly ist nicht recht bei Verstand. Sie hat den Schock noch nicht überwunden.«

»Sicher, und Mark ist ein Zwerg. Er braucht eine Frau, und keine von uns mag ihn anrühren. Ich habe nie Mitleid für diesen Copsik-Jäger empfunden, aber ... aber er ist bereit, für sie zu sorgen. Und ich denke, du solltest eines der anderen Mädchen heiraten.«

Peng! Gavving riß die Augen auf. *Das* war eine Frau, die sich vor Veränderungen fürchtete? »Ich bin verheiratet.«

»Clave hat zwei Frauen. Anthon desgleichen, bis Ilsa starb. Ich werde zu alt, um Babys zu machen, Liebling.«

»Du meinst doch nicht ...«

»Nein!« Sie umarmte ihn. »Aber ich kann keinen Gast mehr beherbergen.«

»Du meinst es ernst? Also gut, welche?«

Sie zögerte. Dann sagte sie – tapfer, wie er glaubte: »Ich habe an Mishael gedacht. Sie ist die älteste. Gavving, sie hat mich fliegen gelehrt. Ich mag sie.«

»Hast du ...«

»Nein, du Tropf! Eine Frau bittet nicht eine Frau, ihren Mann zu heiraten!« Auf sein Lachen reagierte sie mit einem matten Lächeln. Gavving merkte, wie schwer es ihr fiel, sich auf die neue Situation einzustellen. Minya mußte lange und eingehend über alles nachgedacht haben.

»Es ist genug Platz, um die Hütte zu vergrößern«, sagte sie. »Wir hätten ein zusätzliches Paar Hände, erwachsene Hände. Die Kinder werden größer, sie gehen ihre eigenen Wege ...«

Und wenn einige von uns Serjent-Töchter heiraten, können wir uns ihrer Loyalität sicher sein, sollte die Admiralität uns aufspüren! Holzfrachter *war bestimmt nicht das einzige Schiff am Himmel.* Gavving fragte sich, ob sein Gehirn im Dienste seiner Keimdrüsen arbeitete. Minya hatte Mishaels fremdartige Schönheit unerwähnt gelassen.

Und wenn wir doch zum Klumpen fliegen, spann sein Gehirn den Faden weiter, *brauchen wir Führer. Booce oder Ryllin werden uns begleiten müssen. Wenn ihre Töchter in unserer Gemeinschaft leben, gehört ihre Loyalität uns ...*

5 Die silberne Rüstung

Kassetten der Admiralität, Jahr 3 SM:

Wir wurden für diese Aufgabe ausgewählt. Kein Bürger verlässt die Erdumlaufbahn, ehe der Staat nicht seine Schwerelosigkeitstoleranz überprüft hat. Nur bei einem Menschen von zehntausend finden sich die genetischen Schnörkel, die ihn zu einem monate- oder jahrelangen Überleben im freien Fall befähigen, ohne dass seine Knochen sich erweichen, sein Verdauungsapparat versagt oder ihn die Angst vor dem Fallen übermannt.

Wir haben dem Staat gedient, indem wir zu den Sternen flogen. Wenn der Antrieb abgeschaltet war, übten wir uns im Fliegen, eingezwängt in ein Stauschaufel-Saatschiff, das uns kaum genügend Platz liess, um mit den Armen zu wedeln. Hier können wir tatsächlich fliegen.

Natürlich muß *uns* der Rauchring erscheinen wie ein unglaublicher Traum, der Wahrheit geworden ist …

Sharon Levoy, Astrogator

»Kendy für den Staat. Hallo, Jeffer. Unser letztes Gespräch liegt mehr als dreißig Tage zurück.«

»Ich hatte zu tun. Wir haben die Versammlung abgehalten. Sie ist zu Ende.«

»Was ist dabei herausgekommen?«

»Wir haben verloren.«

»Wer hat gegen euch gestimmt?«

»Clave. Jayan und Jinny. Minya. Mark.«

»Fünf von zehn. Wenn man die Serjents dazurechnet, zwölf.«

»Dreizehn. Mishael ist alt genug und außerdem verheiratet, aber sie führt sich wahrhaftig auf wie eine Zweitfrau. Sie möchte weder Minya *noch* Gavving verärgern. Gavving will keinen Streit mit Minya. Die Serjents denken noch nicht wie Bürger. Anthon mag sich nicht in die Diskussion einmischen. Ich bin mir nicht sicher, auf welcher Seite er steht. Wir anderen wollen sehen, was es da draußen alles gibt, aber wir wollen es nicht dringend genug. Debby streitet gerne, aber sie kann es nicht sehr gut. Wir sind für Clave keine große Hürde gewesen.«

»Du bist enttäuscht. Das lohnt sich nicht. Hast du geglaubt, die Sache mit dem Fliegen würde sie zu deinen Fahnen locken? Die Leute neigen dazu, es mit der Autorität zu halten, und die Autorität neigt dazu, ihre eigene Macht zu bewahren. Clave ist der Schlüssel. Clave findet die Erfüllung aller seiner Wünsche im Bürgerbaum.«

»Kendy, betrachtest du uns als Wilde?«

»Ja. Das muß dich aber nicht bekümmern, Wissenschaftler. Vermutlich würde ich auch die Mitglieder der Admiralität als Wilde betrachten. Ich möchte euch alle unterweisen.«

»Dann mach mit mir den Anfang, Kendy. Ich kann nicht einfach Booce und Ryllin schnappen und in den Himmel hinausfliegen. Wir ...«

»Du mußt gehen, Jeffer. Der Reichtum des L4-Punktes spielt dabei fast keine Rolle. Es bedarf vieler Menschen, um eine Zivilisation aufzubauen. Von euch gibt es hier viel zu wenige, um jemals mehr als Wilde zu sein.«

Jeffer reagierte nicht auf die Beleidigung und mühte sich, eine Zunahme von Infrarotstrahlung im Bereich von Wangen, Nacken und Ohren zu verhindern. »Wir brauchten dafür Mittel, die der Bürgerbaum nicht entbehren kann. Lawri ist auf meiner Seite, aber wir können nicht beide fort. Der Baum benötigt einen Wissenschaftler. Wir müßten auch das FRM nehmen. Wir ...«

»Das meinst du nicht ernst. Der Dalton-Quinn-Baum starb, weil wir ihn nicht bewegen konnten. Auf keinen Fall darf der Bürgerbaum das gleiche Schicksal erfahren.«

»Bringt das FRM zurück, sobald ihr es nicht mehr braucht.«

Jeffer überlegte eine Weile. (Kendy legte nie eine Denkpause ein. Ein weiterer Grund, ihm zu mißtrauen: Er schien ohne vorheriges Überlegen zu antworten.) »Wir könnten das FRM verlieren.«

»Dann bleibt euch die Möglichkeit, eine Dampfrakete zu bauen. Jeffer, ich treibe außer Reichweite.«

»Wir haben *ein* Rohr, und das brauchen wir, wenn wir Holzfäller sein wollen. Ohne das Rohr ist der Bürgerbaum nicht in der Lage, eine Dampfrakete zu konstruieren. Ich hätte *nie* geglaubt, daß sich innerhalb von zwanzig Schlafzeiten so viele Veränderungen ergeben könnten. Kendy?« Das Rufsignal verschwamm in Störgeräuschen.

Kendy kehrte zu seinen Aufzeichnungen zurück.

Zwanzig Staatsjahre lang hatte FRM 6 Aufnahmen gemacht, nicht allein mit den eigenen Kameras, sondern auch mit der Fischaugenlinse des Druckanzugs.

Hier: der Förderkorb des mit Muskelkraft betriebenen Aufzugs und die Leinen, die in die Höhe führten. Viel zu viele Bilder davon.

Hier: Feuer in einer großen Schale aus weichem Ton. Der silberne Anzug umrundete das Feuer, stocherte zwischen den Scheiten oder justierte Borkenplatten, die man zu Fächern zusammengefügt hatte, um den Wind zu dem brennenden Holz zu leiten. Die Farbe des Tons begann sich zu verändern.

Hier: weniger Feuer als Rauch. Was aussah wie genug Spaghetti, um sämtliche Verwaltungsbehörden des gesamten Sonnensystems zu ernähren, ringelte sich auf der Leeseite brennender Holzwälle. Der Druckanzug bewegte sich am Rand der Masse wie auch mitten darin und drehte und lockerte die Stränge – Lianen – mit dem Stiel einer Harpune, um eine gleichmäßige Gerbung zu erzielen. Das waren die Taue, die jetzt im Bürgerbaum Verwendung fanden.

Recht erfinderisch. Nicht die bestmögliche Art, mit Staatseigentum umzugehen, aber sie machten sich auch die einheimischen Materialien zunutze.

Die Plattform um den Kochtopf bestand aus mit Leinen verbundenen Brettern und war von Anfang an eine gebrechliche Konstruktion gewesen. Bei der geringen Schwerkraft des Bürgerbaums bot das keinen Anlaß zur Sorge, aber mit den Jahren hatte sich die Vertäuung gelokkert. Jayan und Jinny beschwerten sich, daß die Plattform schwankte, während sie mit der Zubereitung des Essens beschäftigt waren. Also hatte man Gerner und Carlot beauftragt, die Plattform auszubessern.

Gerner bereitete die Arbeit Freude. Es war eine Tätigkeit, die eher Muskelkraft als Geschicklichkeit erforderte. Er stemmte das Ende einer neuen Astholzplanke an den vorgesehenen Platz und rief: »Halt fest.« Sobald Carlot sich untergestellt hatte, eilte er zum anderen Ende und hob es gleichfalls an Ort und Stelle.

Carlot kicherte.

Gerner machte sich daran, die Planken zu vertäuen. Eine Schlinge, um die Verbindung zu halten, dann konnte er sich ganz auf eine kunstvollere Befestigung konzentrieren. Er fragte: »Was ist denn so lustig?«

»Nichts weiter«, antwortete Carlot. »Übernimmst du das Verschnüren für mich?«

»Ich dachte eher daran, dich da stehen zu lassen. Du gibst einen strammen Stützpfeiler ab und einen hübschen dazu …«

»Oh.« Sie hielt die Plankenenden mit einem Arm zusammen, während sie nach einer Seilrolle angelte. Ihr rechtes Bein war zwanzig Zentimeter länger als das linke, weshalb es sich besonders gut zum Greifen eignete. Ihre langen Zehen umfaßten das Seilbündel und zogen es in die Reichweite ihrer Hände. Sie knüpfte eine vorläufige Halteschlinge.

In den zweiundzwanzig Schlafzeiten seit ihrer Ankunft

hatten sämtliche Mitglieder der Serjent-Familie sich den Schwerkraftbedingungen im Bürgerbaum ausgezeichnet angepaßt.

Gerner wickelte ein Dutzend Seilwindungen um die Bretterenden, um sie anschließend straffzuziehen. Durch die Öffnung jenseits des Baumschlunds wehte unablässig der Wind und trocknete den Schweiß so schnell wie er sich bildete.

Von ihrem Ende rief Carlot: »Fester kann ich es nicht binden.«

Gerner war mit seiner Seite fertig. Er trabte zu Carlot hinüber (reife Gasschoten surrten um seine Füße) und begann die Leine festzuziehen. Natürlich hatte sie die Schlingen ziemlich locker gelassen. Carlot war beweglich, aber nicht stark. Er fragte: »Weshalb hast du so gekichert?«

»Weil du so komisch trippelst.«

Gerners Hände unterbrachen für den Bruchteil einer Sekunde ihre Tätigkeit, um sogleich weiterzuarbeiten.

»Du hast gefragt«, verteidigte sie sich. »Du mußt hin- und herlaufen, weil du nicht so weit reichst …«

»Das weiß ich.«

»Habt ihr diesen Kessel selbst angefertigt? Ich hätte nicht geglaubt, daß das hier möglich wäre. Er ist groß genug, um zwei Leute auf einmal darin zu kochen.«

»Sag mal, Carlot, es ist im Reich doch nicht wirklich üblich, Menschen zu essen, oder?«

Sie lachte. »Nein! Es gibt einen Stamm der Wanderfüße, von denen man das erzählt. Aber wie ist euch das mit dem Kessel gelungen?«

»Die Erwachsenen haben westlich des Baums eine Kugel grauen Lehms gefunden. Vielleicht war es der Kern eines Teichs, der auseinandergerissen wurde. Einen Teil davon schafften sie her. Wir sammelten alle Steine auf dem Bürgerbaum und stapelten sie schalenförmig aufeinander, draußen auf dem Ast, wo wir keinen Schaden anrichten konnten. Ich war noch klein, aber sie ließen mich bei den Steinen helfen. Wir strichen den Lehm über die Steine. Von einem anderen Baum holten wir Feuerborke, füllten die

Schale damit und setzten es in Brand. Es dauerte zwölf Tage, bis die Tonform abgekühlt war, und dann sah sie aus wie jetzt. Wir mußten den Vorgang wiederholen ...«

»Du bist süß«, unterbrach sie ihn ernsthaft.

Carlot war ein Jahr älter als Gerner. Erste Zeichen einer exotischen Schönheit machten sich bei ihr bemerkbar. Ein Teil ihres Haares war verbrannt, also hatte sie die andere Hälfte gleichfalls kurzschneiden müssen. Jetzt bedeckte es ihren Kopf wie eine enganliegende Kappe aus schwarzem Draht.

Sie maß zwei und einen halben Meter, mit langen Fingern und langen, gelenkigen Zehen und Armen und Beinen, die schier endlos zu sein schienen.

Carlot rief bei Gerner Regungen hervor, die er lieber noch nicht zur Kenntnis nehmen wollte. Er sagte: »Kipp's in den Baumschlund. Wann werde ich atemberaubend schön sein?«

»Süß ist ganz in Ordnung. Wenn ich nicht deine Tante wäre ...«

»Baumfutter.«

»Bist du nicht mein Neffe?«

Gerner musterte sein Werk. »Ich glaube, wir sind fertig. Das ist so Sitte bei euch im Reich, ja? Ihr macht keine Babies mit den Verwandten von Verwandten? Schön, aber im Reich gibt es eintausend Leute! Wenigstens behaupten das deine Eltern. Wir waren zehn Erwachsene und zwanzig Kinder, als ihr kamt. Ich kann mir nicht groß aussuchen, wen ich heirate.«

»Und an wen denkst du?«

Er zuckte die Schultern. »Jill ist ein halbes Jahr älter als ich. Die anderen Mädchen sind alle jünger. Ich müßte warten.« Das Thema bereitete ihm Unbehagen. Er schaute hinauf zur Tretmühle und den Stamm entlang, wo eine Handvoll Bürger ihre Flügel ausprobierten. »Ich wünschte, ich wäre da oben. Du hast dein ganzes Leben fliegen dürfen, nicht wahr?«

»Ich *sollte* da oben sein und deinen Leuten das Fliegen beibringen. Dieser verdammte Flaum«, beschwerte sich

Carlot. An ihrem buschbeerenroten Hemd hatte man mit flüchtigen Stichen lange Ärmel befestigt. Sie schob einen davon hoch. Der grüne Pelz auf ihrer Haut hatte sich braun verfärbt, die befallene Stelle war kleiner geworden. »Was macht deiner?« Sie berührte seine Wange. Der Fleck fühlte sich halb taub und rauh an; er reichte von seinem Gesicht über den Hals bis auf seine Brust. »Er trocknet ein. Zehn Tage, und es ist nichts mehr zu sehen.«

»Viel zu lange dauert das.«

»Wir müssen eben die nächste Zeit im Schatten bleiben. Staubflaum braucht Sonnenlicht zum Wachsen.«

»Stimmt.«

Aus östlicher Richtung übertönte die Stimme seiner Erstmutter das Brausen des Windes. »Gerner!«

Gerner eilte mit großen Sprüngen über den federnden Boden aus verflochtenen Fingerzweigen auf Minya zu. Carlot ließ ihm einen großen Vorsprung, bevor sie den Wettlauf aufnahm. Die asymmetrischen Beine führten zu einem ungewöhnlichen Bewegungsrhythmus, der bezaubernd anzusehen war: tappTAPP, tappTAPP, kurze Schwebeflüge dicht über dem Boden. Bald würde sie schneller sein als Jill.

Sie erreichte Minya gut sechs Meter vor Gerner, drehte sich herum und schenkte ihm ein breites Lächeln, das augenblicklich erlosch, als Minya zu sprechen anfing.

»... hat sich dem Baumschlund zu weit genähert, und jetzt kann er nicht ...« Minya unterbrach sich, holte tief Luft und begann von neuem. »Gerner! Es geht um die Kinder. Harry und Qwen und Gorey haben in den alten Westkammern herumgestöbert. Gorey hat sich zu weit gewagt und Harry und Qwen können ihn nicht erreichen und er kann nicht zurück.«

»Ihr kommt nicht an ihn heran?«

»Ich habe es noch nicht versucht. Gerner, wir wissen nicht, wieviel Zeit vergangen ist, bis Harry kam, um uns zu holen.«

»Oh.« Bestimmt hatte Harry erst versucht, Gorey selbst zu retten, dann hatte er noch länger gebraucht, um all seinen Mut zusammenzunehmen und seine Mutter zu rufen. Und Gorey war erst fünf! »Ich werde ein Messer brauchen«, sagte er.

»Was?«

»Ich bin nicht schmaler als du, Erstmutter. Nur kürzer. Vielleicht muß ich einige Fingerzweige durchschneiden, um vorwärts zu kommen.«

Der Wind hatte keine Macht über Marks langes Haar und den Bart. Sie speicherten den Schweiß wie zwei Schwämme. Die Platte aus hartem Astholz auf seinem Rükken wog ebensoviel wie er selbst. Er kletterte schnaufend in der Wölbung der Tretmühle nach oben und versuchte, immer ein Stück höher zu bleiben als Karilly und sieben Kinder.

Mit einem Gewicht auf dem Rücken war Mark so effektiv wie zwei beliebige Erwachsene.

Die Tretmühle maß sechs Meter im Durchmesser und vier in der Breite, ein gebrechliches Rad aus Astholzstäben. Das Wasser, das den Stamm hinunterfloß, half dabei, es zu drehen, trotzdem wurden noch Läufer gebraucht.

Die Arbeit wurde leichter, das Rad drehte sich schneller. Die Käfige mußten fast auf einer Höhe sein. »Raus!« japste Mark. »Läufer raus!« Sieben lachende Kinder hüpften zu beiden Seiten aus der Tretmühle, bis nur noch Mark und Karilly übrig waren.

Eine plötzliche blendende Helligkeit zeigte an, daß die Sonne über den Rand des Laubwerks gestiegen war.

Karillys dunkle Haut glänzte vor Schweiß; sie atmete tief, während sie neben ihm auf die Sprossen trat. Er wußte, daß sie ihn verstehen konnte. »Karilly, wenn die steigende Kabine ankommt ... hat sie kaum ein Gewicht. Wir alle sind nötig ... um die sinkende Kabine zu heben. Im Augenblick ... befinden sich die Kabinen nebeneinander. Das kann ich alleine bewältigen. In kurzer Zeit bekommt die sinkende Kabine das Übergewicht. Dann muß ich das Rad verlassen. Sie Bremse betätigen. Die Gleitfahrt verlangsamen.« Sie schaute ihn an, als hörte sie ihm aufmerksam zu. »Also spring du jetzt hinaus.«

Dann merkte er, daß sie Angst hatte.

»Na gut.« Er ließ sich von dem Rad herumtragen. Kopfüber krabbelte er die andere Seite hinunter. »Jetzt wird es langsamer. Ist es so gut?«

Karilly kletterte nach draußen.

Zwanzig Kilometer über seinem Kopf mußten Lawri und ihre Flugschüler sich wundern, was passiert war. Mark setzte das Rad wieder in Bewegung und ließ seinen Körper die gewohnte Arbeit tun, während seine Gedanken schweiften.

Vor langer Zeit und weit entfernt hatte es Zivilisation gegeben. Der London-Baum hatte ortsfeste Fahrräder benutzt, um die Aufzugskabinen zum Mittstamm zu transportieren, und bedient wurden die Fahrräder von Copsiks. Im Bürgerbaum ging es primitiver zu. Natürlich verfügten sie über das FRM des London-Baums: ein Gerät der Wissenschaft aus den Tagen, da die Menschen von den Sternen kamen. Alles andere mußten sie selber bauen.

Mark hatte den Flüchtlingen gezeigt, wie man einen Aufzug konstruierte. Mark hatte auch an Fahrräder für den Antrieb gedacht, aber der Wissenschaftler baute statt dessen das Laufrad. Sie bauten den silbernen Anzug neben dem Rad auf und ließen den Helm geöffnet. Bürger im FRM konnten durch das Funkgerät im Helm eine Aufzugskabine anfordern.

Weit unten konnte er die freie Fläche des Versammlungsplatzes ausmachen und zwei Kinder, die sich in östlicher Richtung bewegten. Das große dunkle Mädchen befand sich ein gutes Stück vor dem kleineren Jungen, der mit langsameren, kürzeren Schritten lief, als wäre die Schwerkraft für ihn eine größere Last.

Sein Sohn. Der geringe Wuchs bewies es. Mark hätte es ihm nicht unbedingt gewünscht, aber Gerner würde der nächste Silbermann sein. Mark fragte sich, ob die Bürger ihr Glück zu schätzen wußten. In der kurzen Zeit seit der Gründung von Bürgerbaum hatte kein Notfall das Eingreifen eines unverwundbaren Kriegers erfordert, und die silberne Rüstung war zu einer bloßen Kommunikationseinrichtung verkommen.

Hätte er sich nicht zu einer aus Sturheit geborenen, unvernünftigen Tat hinreißen gelassen, wäre Mark jetzt immer noch ein Bürger des London-Baums gewesen. Aber er hätte nie die Sterne gesehen, und er hätte nie von seinem Sohn erfahren.

Das Laufrad drehte sich von selbst. Mark sprang nach draußen. Er schnallte die Holzlast von seinem Rücken. Dann schaute er den Stamm hinauf, konnte die sinkende Kabine aber noch nicht entdecken. »Lassen wir es noch ein bißchen laufen.«

Wenn Karilly reden könnte, würde sie ihn trotzdem so anlächeln? Er nahm ihre Hand. »Lawri wollte, daß du mit ihnen kommst. Du hattest Angst davor, nicht wahr?« Er hatte einen Bürger des London-Baums gekannt, der unter Höhenangst litt. Ein fehlerhafter Instinkt. Wurde eine solche Frau an einem Ort wie den Carther-Staaten geboren, lebte sie dann in ständiger Angst? Bis der zusätzliche Schrecken eines Brandes ihr den endgültigen Stoß versetzte.

»Mich wollte Lawri auch dabei haben. Ich wüßte gerne wie das ist, fliegen.«

Doch der silberne Anzug zog seinen Blick an. *Nein.*

Sein Geschäft im London-Baum war der Krieg gewesen. Gab es Copsik-Jäger im Klumpen? Karilly mußte es wissen. »Es wäre schön, wenn du reden könntest. Die Wissenschaftler können uns nicht verheiraten, bis du die Worte nachsprechen kannst. Das Schlüsselwort lautet *Ja.* Willst du es versuchen? *Ja.*«

»Mark!«

Er zuckte zusammen. »Debby?«

Sie rief von unten herauf. »Ja. Sollen wir dich ablösen?«

Mark schluckte seine Verärgerung hinunter. »Die Leerkabine kommt. Du solltest bremsen, wenn die Sonne bei Elf steht.«

»Machen wir.« Debby und Jeffer klommen zu ihnen herauf. »Hallo, Karilly.«

Jeffer sagte: »Du bist nicht beim Fliegen? Du solltest es versuchen.«

»Nicht ich. Ich bin der Silbermann. Ich fliege mit der silbernen Rüstung. Komm mit, Karilly.« Vielleicht benötigte jemand Muskelkraft auf der Kochtopfplattform.

Die Tunnels durchzogen den Busch wie Wurmlöcher einen Apfel. Unbenutzte Tunnels schlossen sich mit der Zeit, aber die Bürger pflückten im Vorbeigehen immer wieder Laub und aßen es, so daß die regelmäßig benutzten Gänge offen blieben. Ein solcher Gang führte an Gerners Heim vorbei.

Das Westende der Hütte war so klein, daß Gerner sich mit gespreizten Beinen hätte darüberstellen können. Es war der älteste Teil. Da die Fingerzweige in westlicher Richtung den Ast entlangwanderten, um schließlich vom Baumschlund verschlungen zu werden, schrumpften die Räume allmählich. Die neuesten Bauten waren die größten.

Diese langsam der Auflösung zustrebende Sektion war von Anfang an klein gewesen. Sie beherbergte nur Gavving, Minya und den Säugling Gerner. Weitere Kinder kamen, und Gavving flocht neue Räumlichkeiten im Osten, schneller, als der Baumschlund sie einfordern konnte. Inzwischen bestand die Familie aus sieben Kindern und Gavvings neuer Frau, und es gab auch einen viel größeren Gemeinschaftsraum, da die Bevölkerung des Bürgerbaums insgesamt sich vermehrt hatte. Die ursprünglichen Anlagen waren im Baumschlund verschwunden. Die Kammern, an denen er jetzt vorbeiging, Weidenkäfige längs der Tunnelwände, waren niedriger als Gerner selbst. Die Kinder beanspruchten sie als Spielplatz.

Gerner entdeckte eine verzogene Tür. Als er hineinkroch, hörte er Minya sagen: »Lauf, Carlot. Geh zum Gemeinschaftsraum und nimm meine alte Machete von der Wand und bring sie her. Beeil dich.«

Harry, acht Jahre alt und so groß wie Gerner, lag weinend an Mishaels Brust. Gerner begrüßte Mishael mit einem Kopfnicken. »Zweitmutter. In welcher Richtung hat er sich davongemacht? Westen?«

In Mishael, sieben Jahre älter als Carlot, war Carlots dunkle, exotische Schönheit zur Vollendung gereift. Ihre Beine zogen selbst Gerners Blicke unwiderstehlich an: Lang und schlank und genau gleich. Die im Bürgerbaum übliche Hose hatte sie kurzerhand abgeschnitten, was sehr ungewohnt aussah. Die niedrige Decke beraubte sie eines Teils ihrer Würde. Sie mußte sich ducken und ließ erkennen, daß sie sich unbehaglich und verärgert fühlte. »Genau nach Westen. Und er sagt nichts mehr. Ich glaube, er ist wütend auf uns.«

Gerner sagte: »Du weißt, daß das kein Unglück ist, oder? Es passiert dauernd.«

»Ich weiß es *nicht*. Gerner, ich kriege immer noch Zustände in euren kriechenden Hütten! Deine Eltern verstehen das nicht. Und der arme Gorey hat Angst.«

»Sicher. Carlot kommt gleich mit Mutters Machete. Sie soll mir folgen. Ich muß mir den Weg freischneiden.« Es kam ihm gar nicht merkwürdig vor, so herablassend mit seiner Zweitmutter zu sprechen. Mishael war nicht so sehr viel älter als Gerner; ihr war das alles neu, und man merkte es.

Gerner kroch nach Westen.

Erinnerungen regten sich um ihn her. Das Schlafzimmer seiner Eltern: Er hatte in einem Korb gelegen, in einer Nische, die jetzt viel zu klein für einen Säugling war. Das private Eßzimmer und die Geister wundervoller Düfte: Roch er sie tatsächlich, oder war es nur Einbildung? Der Gemeinschaftsraum und zu viele Fremde: Er hatte geweint und mußte aus dem Zimmer gebracht werden. Die einzelnen Gelasse waren verzogen und winzig, ein grün-schwarzer Mutterleib. Die Fingerzweige wucherten immer weiter. Er riß sie mit den Händen aus und durchbrach dabei eine alte Flechtwand.

Er fühlte sich nicht wohl. Seine Vergangenheit war zu klein für ihn. »Gorey!«

Aus nordwestlicher Richtung ertönte ein durchdringender Schrei, der sich allerdings eher zornig als furchtsam anhörte. Wie war er bloß dahintergekommen? Die ehemalige Küchenwand war zusammengedrückt und zu einer Dicke von einem halben Meter herangewachsen! Er mußte ein Schlupfloch gefunden …

»Gerner?«

Carlot, hinter ihm. Er streckte den Arm nach hinten und umfaßte, was ihm in die Hand gedrückt wurde. »Danke.« Er zog die Machete bis in Kopfhöhe, drehte sie mit einiger Mühe und stieß die Klinge nach vorn.

»Kannst du ihn erreichen?«

»Auf die eine oder andere Art.«

Jahrelang war die Machete nichts anderes gewesen, als ein Teil der Wand. Er hatte sie nie wirklich zur Kenntnis genommen. Der Griff war lang und etwas zu breit für seine kurzen Finger. Die Klinge bestand aus sechzig Zentimetern schwarzen Metalls, von der Zeit rötlich angehaucht. Die Schneide wies Scharten auf, vom Gebrauch und vom Rost. Früher hatte sie einem Mariner vom London-Baum gehört.

Unter diesen beengten Verhältnissen mußte er sie als Säge benutzen. Er machte keinen Versuch, die Wand zu durchschneiden, statt dessen kappte er die Reiser westlich von ihm. Dann drehte er sich nach steuerbord und lichtete dort das verworrene Gestrüpp. »Gorey?«

Vorsichtig, mißtrauisch: »Gerner?«

»Hier. Gib mir deine Hand. Kannst du mich erreichen?«

»Ich kann mich nicht bewegen!«

Gerner entdeckte einen zappelnden Fuß. Probeweise zog er daran. Gorey war zwischen einem Fingerzweig und einer schwarzen, glatten Wand eingeklemmt: dem Hauptast. Er mußte versucht haben, sich zwischen beiden hindurchzuzwängen. Gerner schob sich vorwärts. Er sägte den Fingerzweig halb entzwei und zerbrach die restlichen Fasern mit den Händen. Gorey riß sich los, umschlang seinen Bruder mit Armen und Beinen und klammerte sich fest. Schließlich fragte er: »Sind sie böse?«

»Natürlich sind sie böse. Wie bist du hierhergekommen? Habt ihr Verstecken gespielt?«

»Ja. Harry hat gesagt, er würde mich fangen und den Triumen vorwerfen, also bin ich immer weiter gekrochen. Dann hatte ich Angst, der Baumschlund würde mich verschlucken, und da habe ich mich erst *richtig* gefürchtet.«

»Harry würde gar nicht nahe genug an eine Trium-Familie herankommen. Das weißt du.«

»Ja, aber ich war so wütend.«

»Du wärst längst verhungert, bevor du im Baumschlund landen würdest. Hier, halt dich an meinem Fuß fest und bleib hinter mir.«

Die Finger des Jungen waren lang genug, um Gerners Knöchel zu umfassen. Schon jetzt war er größer als Gerner. Langsam krochen sie ins Freie, mit jedem Meter wurde das Vorankommen leichter.

Im Gemeinschaftsraum empfingen Gerners Mütter ihn wie einen Helden, während Gorey ausgeschimpft und gestreichelt wurde. Gerner ertrug die Prozedur mit aller Würde, die er aufzubringen vermochte. Er fragte sich, ob Carlot über ihn lachte, aber tatsächlich schien sie zu glauben, er habe ein sehr gefährliches Abenteuer überstanden.

Er fühlte sich unbehaglich und empfand eine ungeheure Erleichterung, als Gavving den Kopf durch die Tür steckte. »Laufrad-Mannschaft!« rief er. »Gerner?« Und Gerner war gerettet.

Harry und Carlot schlossen sich ihnen an. Als sie sich dem Baumschlund näherten, schlug Gavving vor: »Carlot, warum seht ihr nicht nach, ob am Kochtopf noch Helfer gebraucht werden?«

Sie trennten sich, obwohl Harry murrte.

Gerner folgte seinem Vater durch die Tunnels zur Tretmühle. Er verspürte ein seltsames Gefühl im Magen. Irgend etwas Ungewöhnliches lag in der Luft. »Vater? Werden tatsächlich Leute für das Laufrad gebraucht?«

»Nein«, sagte Gavving, ohne auf ihn hinunterzuschauen.

Die Tretmühle stand still. Debby und Jeffer lagen nahebei im Laub, aßen und redeten. Sie setzten sich auf, als Gavving erschien. »Hier ist er«, sagte Gavving.

Es mußte mit der Serjent-Familie zusammenhängen und mit der Konferenz vor der letzten Schlafzeit, von der die Kinder ausgeschlossen blieben, und auch mit den Meinungsverschiedenheiten, die die Hälfte der Familien im Baum in zwei Lager spalteten. *Wissen meine Mütter hier von? Wären sie einverstanden*? Statt dessen fragte Gerner: »Hätte Carlot uns begleiten sollen?«

»Nicht nötig. Gerner, wir müssen etwas herausfinden.« Gavving deutete auf einen kurzbeinigen, gesichtslosen fetten Mann aus silbrigem Metall. »Probier das an.«

»Die silberne Rüstung?«

»Ja. Versuch hineinzusteigen.«

Gerner betrachtete den Anzug von allen Seiten. Das Ding hatte einen furchteinflößenden, quasi-wissenschaftlichen Ruf.

Es war eine fliegende Kampfmaschine, stärker als Armbrustbolzen, stärker als der luftleere Raum jenseits der bekannten Welt. Gerner hatte es nie zuvor mit geschlossenem Helm gesehen.

Jeffer leistete Hilfestellung. »Den Hebel hochziehen. Die Hände an den Helm legen und drehen. Nach oben ziehen. Nach der anderen Seite drehen.«

Der Helm löste sich von einem Scharnier.

»Jetzt auch diesen Hebel. Nach unten ziehen ... auseinander ... gut.«

Die Vorderseite des Anzugs stand offen und zeigte den leeren Innenraum.

»Glaubst du, daß du hineinpaßt?«

»Wo ist Mark?«

»Debby?«

»Kein Problem. Wir haben ihn abgelöst, und er ist mit Karilly zur Küche gegangen.«

»Vater ... warte. Hör zu. Ich bin der einzige Junge im Baum mit zwei Müttern und zwei Vätern.« Gerner haspelte weiter, trotz des verletzten Ausdrucks auf dem Gesicht seines Vaters. »Wir haben nie darüber gesprochen, aber ich weiß es seit langem … früher oder später hätte ich … weiß Mark, was ihr mit der silbernen Rüstung vorhabt?«

»Nein.«

»Dann erklärt mir, worum es geht.« Vier Erwachsene konnten ihn zwingen zu tun, was sie wollten, aber sie waren auf seine Mitarbeit angewiesen, und er wußte zu wenig, um sich so ohne weiteres dazu bereitzufinden.

Jeffer sagte: »Es geht darum zu erforschen, wie es außerhalb des Bürgerbaums aussieht. Es geht darum, mehr Wissen über den Rauchring zu sammeln, was wir uns zunutze machen können, welche Gefahren es gibt. Oder wir hausen hier weiter als Wilde, bis jemand aus dem Himmel kommt und uns mit dem Knüppel belehrt.«

»Wir fliegen zum Klumpen«, fügte Gavving hinzu. »Der Silbermann würde zu unserer Sicherheit beitragen.«

»Aha. Mark will nicht mit?«

»Richtig.«

Sie schauten zu, wie Gerner in den Anzug zu steigen versuchte. Er mußte zuerst die Beine unterbringen und sich dann unter dem Halsring hinwegducken. Er schloß die Gleitverschlüsse, den Helm, die Hebel. Um den Bauch saß der Anzug etwas lose, überall sonst paßte er genau.

Jeffer verband den Helm mit dem Anzug. Er drehte ihn nach links, bis er zwei Millimeter nach unten ruckte, dann nach rechts.

Gerner fand sich in einer Hülle von seiner Größe und Gestalt eingesperrt. Der Anzug roch schwach nach früheren Benutzern, nach Anstrengung und Furcht. Er bewegte die Arme, die Beine, wobei er einen leichten Widerstand zu überwinden hatte. Er drehte sich herum, streckte den Arm aus, pflückte eine Handvoll Laub … gut. Er konnte sich bewegen. Er konnte sich bewegen wie ein normaler Mensch.

Die Luft wurde schal … aber Jeffer drehte bereits den Helm und hob ihn ab. Die Erwachsenen lächelten einander zu. Gavving sagte: »In Ordnung. Komm heraus.«

Aus dem Anzug hinauszukommen war genauso umständlich wie das Hineinsteigen. Gerner sagte: »Erzählt weiter.«

»Einige von uns werden dem Klumpen einen Besuch abstatten. Willst du mitkommen?«

»Wer gehört zu euch? Wie lange werden wir unterwegs sein?«

»Ich bin dabei«, antwortete Jeffer. »Gavving. Booce und Ryllin. Anthon und Debby. Im Klumpen gibt es nur Dschungelriesen. Wir müssen entsprechend große Leute dabei haben.«

»Und wie hat der Vorsitzende ...?«

»Er wird versuchen, uns aufzuhalten.«

»Vater, der Gedanke, nie wieder nach Hause kommen zu dürfen, gefällt mir nicht.«

Gavving schüttelte den Kopf. »Sie werden das FRM zurückhaben wollen. Und uns. Der Bürgerbaum ist nicht so übervölkert, daß sie es sich erlauben können, irgend jemanden zu verlieren, der noch imstande ist, einen Atemzug zu tun. Sie werden erfahren wollen, was wir entdeckt haben. Sie werden von dem profitieren wollen, was wir mitbringen. Die meisten Bürger sind ohnehin auf unserer Seite, sie wollen nur den Vorsitzenden nicht vor den Kopf stoßen.«

»Ihr nehme das *FRM*?«

»Allerdings.« Gavving schlug ihm auf die Schulter. »Denk drüber nach. Wir haben zwei Schlafzeiten, um uns vorzubereiten. Wie immer du dich entscheidest, erzähle niemandem von dieser Unterhaltung, besonders nicht deinen Müttern.«

»Vater, du würdest mich besser in alles einweihen.« Gerner dachte nicht darüber nach, ob er ein Recht zu diesem Ansinnen hatte. Hier war eine Verschwörung im Gange, die Clave nicht gefallen würde und Minya gleichfalls nicht. Und wenn er daran teilnahm – er begriff es erst jetzt: Wenn Gerner daran teilnahm, dann war *er* der Silbermann.

Jeffer sagte: »Es geht nicht nur um den Reichtum der Admiralität in Klumpen. Es ...«

»Erklärt mir, *was* genau ihr vorhabt.«

Sie taten es.

6 Ein Anschein von Meuterei

Logbuch der Discipline, *Staatsjahr 1893 = 370 SM:*

Die medizinischen Aufzeichnungen belegten, dass die Mannschaft von FRM 6 mich angelogen hatte. Sie reagierte sehr heftig auf den Vorwurf der Meuterei. Ich hatte keine Gelegenheit mehr, sie im Detail zu befragen. Vielleicht haben sie gegen die rechtmässige Besatzung des FRMs gemeutert. An ihren Nachkommen wird es sich zeigen.

Die Neigung zur Rebellion ist eine schlechte Angewohnheit. Ich werde sie ihnen austreiben.

Sharls Davis Kendy, Prüfer

Clave schwang sich aus der Aufzugkabine. Flügel lagerten neben dem Käfig, er zog einen heraus und schnürte ihn an seinen linken Unterschenkel. »Das war eine gute Idee, Gavving. Im Busch nützen Flügel nicht viel.«

»Oh, wir werden auch im Busch einen Vorrat anlegen. Die Jäger nahmen bisher Gasschoten mit. Flügel sind besser. Aber es ist lästig, sie jedesmal hin und her zu transportieren, wenn jemand fliegen möchte. Was tust du da?«

»Ich nehme eine Korrektur vor.« Er schlug mit der Machete den zweiten Flügel zurecht. Als er ihn um zehn Zentimeter gekürzt hatte, befestigte er den Flügel an seinem rechten Bein. Er fühlte sich stark zu einer Seite gezogen.

Jeffer und Gavving hatten ebenfalls Flügel angelegt. Gemeinsam flatterten sie zum FRM hinauf und straften die sich anbietende griffige Borke mit Verachtung. Claves Flugbahn wirkte unstet, wurde aber bald sicherer. Er hatte recht gehabt. Mit dem gekürzten Flügel war die Anstrengung für die verwachsenen Muskeln in seinem Oberschenkel weniger groß.

Jeffer schob sich als erster durch die Luftschleuse. »Prikazyvat Stimme.«

Die sonore Stimme des FRMs antwortete: »Aktiviert, Wissenschaftler ...«

Die Stimme einer Frau meldete sich. »Jeffer, hier spricht Lawri. Ich denke, ich werde mich euch anschließen.«

»Dann komm. Bring etwas zu essen mit. Wir werden den Hauptantrieb etwa zwei Tage lang arbeiten lassen.«

»Das geht. Lawri Ende.«

»Worum ging's?« wollte Clave wissen.

»Lawri hat kein Vertrauen zu mir, wenn es um das FRM geht.« Jeffer lachte. »Jetzt geben wir dem Untier zu trinken.«

Clave seufzte. »Pumpen?«

»Ganz recht. Du pumpst, während ich die Checkliste durchgehe. Sonst verlieren wir den Teichableger, sobald wir Schub geben.«

Einige Arbeit war bereits an der Pumpe verrichtet worden, aber noch immer schwebten etliche Tonnen Wasser in unmittelbarer Nähe des Stammes. Clave trug den Schlauch vom FRM zum Teich. Die Pumpe bestand aus einem Rad, Rohr und Kolben, sämtlich aus hartem Astholz geschnitzt. Clave stemmte Rücken und Arme gegen die Borke, stellte die Füße auf die Speichen und setzte das Rad in Bewegung. »Hilfe ist jederzeit willkommen«, schnaufte er.

Gavving gesellte sich zu ihm.

Die Pumpe war leck. Der Teich schrumpfte nicht besonders schnell, aber er wurde kleiner. Sie unterbrachen die Arbeit, um ihen Durst zu löschen, und pumpten weiter. Die Sonne war vom Zenith zum Nadir gewandert – der im Mittjahr nicht hinter Voy, sondern drei Grad nördlich zu suchen war –, als Jeffer den Kopf aus der Schleuse steckte. »Aufhören! Der Tank ist voll!«

»Kommt rein.« Jeffer schob sie zu ihren Plätzen in der vorderen Sitzreihe. »Schnallt euch an.«

Er tippte auf einen Schalter, und vertikale blaue Striche erschienen auf der Konsole unter dem Fenster. Vier Vierergruppen, verteilt auf die Ecken eines Quadrats und ein größeres Symbol in dessen Mitte. Er berührte das mittlere Symbol.

Das Geräusch in der Kabine erinnerte an das Brausen des Windes am Baumschlund. Clave spürte eine Andeutung von Tide und wußte, der Baum befand sich in Bewegung.

Jeffer erklärte es ihnen. »Wir befinden uns in der richtigen Position. Der Antrieb ist nach Westen gerichtet und schiebt uns nach Osten. Das bringt den Bürgerbaum in eine größere Umlaufbahn, wir werden langsamer, treiben nach Westen und entfernen uns vom Klumpen.«

Clave hätte das Schauspiel gerne von außen beobachtet. »Ist es draußen gefährlich?«

»Vielleicht. Du könntest in das Feuer des Antriebs fallen. Außerdem ist von hier drinnen die Aussicht besser.« Jeffers Finger tanzten über die Konsole, und in dem großen Fenster des FRMs erschienen fünf kleinere. »Der mittlere Schirm wurde bei unserem Wiedereintritt in den Rauchring beschädigt ...«

»Jeffer, du redest nie so viel, außer wenn du nervös bist. Was ist los? Wir bewegen den Baum nicht zum erstenmal.«

Gavving lachte. Es sah aus, als wäre auch er nicht die Gelassenheit in Person. »Erinnert ihr euch, wie zappelig wir beim ersten Mal waren? Merril war überzeugt, wir würden den Baum zerbrechen und ein unrühmliches Ende nehmen.«

Clave zuckte die Schultern. Er ging zum Heck und stellte sich in die Luftschleuse.

Was von dem Teichableger übriggeblieben war, erstreckte sich neben dem Stamm, mit einem Schweif aus einem großen und vielen kleinen Tropfen. Der Mutterteich, den sie vor zweiundzwanzig Schlafzeiten eines Teils seiner Masse beraubt hatten, trieb langsam nach Westen. Die Sonne wanderte an Voy vorbei und begann zu steigen. Ein massiger Vogel mit drei Flügeln – oder Flossen –, der sich in einer Entfernung von etwa drei Kilometern durch den Himmel schwang, wurde von plötzlichen Zuckungen geschüttelt und teilte sich in drei schlanke Silhouetten, die fächerformig auseinandertrieben. Mit einiger Verspätung begriff Clave, was er gesehen hatte: eine Trium-Familie, deren Verband von der unsichtbaren Hitzeausdünstung des FRMs gesprengt worden war.

Clave trat in die Kabine zurück und schnallte sich an.

Er hatte seit einiger Zeit mit Lawris Ankunft gerechnet, aber das Dröhnen des Antriebs übertönte ihren Eintritt. Als er sich zu ihr herumdrehte, sah er sie bereits auf sich zu kommen ... und hinter ihr Debby. Und Ryllin. Und Booce und Carlot. Clave fingerte an dem Verschluß des Gurtes, der ihn auf seinem Platz festhielt.

Es dauerte zu lange. Schon fand er sich eingekeilt zwischen Jeffer, Gavving und Lawri, die hinter ihm stehengeblieben war. Er seufzte. »Was soll das alles?«

Jeffers Finger huschten über die Konsole. Die Symbole erloschen. Er sagte: »Wir können uns prügeln oder wir können reden. Wir können auch erst reden und uns anschließend prügeln, aber du bist allein, Clave. Wenn du mich ausschaltest, wird Lawri das FRM fliegen.«

Um Hilfe rufen? Wenn er es schaffte, an Jeffer vorbeizukommen, um die Stimme zu benutzen, brauchte der Aufzug immer noch einen vollen Tag um ... Erledigt. Die Funkverbindung wurde über die silberne Rüstung hergestellt, die Gerner eben mit dem Kopf voran durch die Luftschleuse bugsierte.

Er verspürte das dringende Bedürfnis, jemanden zu schlagen. Clave sagte: »Ich werde mich ruhig verhalten. Also, was hat das zu bedeuten?«

»Wir werden der Admiralität einen Besuch abstatten«, erklärte Jeffer.

Gerner und Booce schafften Vorräte herein: zwei geräucherte Truthähne, einen großen Batzen Laubwerk, Wasserkapseln.

»Wir alle?«

»Du nicht, Clave. Lawri bleibt auch hier. Der Bürgerbaum braucht einen Vorsitzenden *und* einen Wissenschaftler. Wissenschaftlerin«, verbesserte er sich.

»Wie habt ihr entschieden ...«

Eine Spur von Zorn klang aus Lawris Stimme. »Wir wußten, daß einer von uns zurückbleiben mußte. Jetzt hat bei mir die Blutung ausgesetzt. Ich beherberge einen Gast. Deshalb war der Copsik in letzter Zeit so liebebedürftig.«

»Ihr solltet alle bleiben. Habt ihr das FRM in euren Plan einbezogen?«

»Das FRM, die silberne Rüstung und das Rohr von *Holzfrachter*.«

Sie alle schauten sehr entschlossen drein. Das Dröhnen im Hintergrund veranlaßte Clave zu der Frage: »Werdet ihr vorher den Baum in Bewegung setzen, oder war das auch eine Lüge?«

»Wir geben einen Tag lang Schub«, antwortete Jeffer. »Nicht mehr. Ich werde nicht hier sein, um die Bewegung des Baums notfalls zu verlangsamen, und außerdem wollen wir es uns nicht unnötig schwer machen, euch bei unserer Rückkehr wiederzufinden.«

»Womit wollt ihr denn zurückkehren? Hätte London-Baum euch das FRM gelassen? Die Admiralität ist bestimmt nicht großzügiger.«

Geduldig erklärte Gavving: »Das haben wir alles besprochen. Niemand im Klumpen wird je erfahren, daß das FRM existiert. Jeffer wird er irgendwo verstecken. Wir anderen nähern uns dem Klumpen als Holzfäller, unter der Anleitung von Booce und Ryllin.«

In Claves Kopf jagten sich die Gedanken. »Jetzt hört mir mal zu. Seid ihr bereit, mir zuzuhören?«

»Ja, Vorsitzender.«

»Erstens: Seid ihr alles Freiwillige? Gerner, wie haben sie dich in diese Sache hineingezogen?«

»Ohne die silberne Rüstung können sie nicht gehen«, erwiderte Gerner.

»Oh, sie könnten. Und sie würden. Nicht wahr, Jeffer?«

»Ja.«

»Trotzdem bin ich mit von der Partie«, beharrte der Junge.

Er machte nicht den Eindruck, als könnte man ihn dazu bringen, seine Meinung zu ändern. Gerner schien es nicht einmal für nötig zu halten, Gründe vorzubringen, obwohl das eine Spezialität von ihm war. Clave wußte, wie *er* es anfangen würde, einen vierzehn Jahre alten Jungen auf seine Seite zu bringen. Man stecke ihn in die silberne Rüstung, nenne ihn den Silbermann, verspreche ihm Status und Abenteuer ... »Carlot?«

»Ich gehe nach Hause«, sagte das Mädchen trotzig.

»Debby?« Doch schon ein Blick überzeugte Clave, daß er diese Schlacht verloren hatte. Debby strahlte eine wilde Fröhlichkeit aus. Seit dem Krieg des London-Baums hatte er sie nicht mehr so gesehen. »Was ist mit Anthon?«

Debby gestand: »Ich habe ihm nichts von unserem Plan erzählt. Es ist mir gelungen, ihn zum Sprechen zu bringen. Ihm gefällt es im Bürgerbaum, und er legt keinen Wert auf irgendwelche Veränderungen. Habt ihr gemerkt, wie dick er geworden ist?«

»Zu schade«, meinte Jeffer.

Clave sagte: »Schluß. Ich muß mich damit abfinden, daß ihr euer Vorhaben ausführen werdet. Ich habe eure Reden gehört, und ihr habt meine Rede gehört, und der Baumschlund kann sie haben. Aber seht ihr nicht, daß eure Tat den Bürgerbaum spalten wird? Es ist Meuterei. Langsam! Ich meine, so, wie ihr es plant, ist es Meuterei. Wenn wir das nicht ändern, wird der Bürgerbaum sich nie wieder davon erholen. Die Sache muß besser aussehen, als sie ist.«

Die Meuterer schauten einander an.

»Ich werde euch sagen, was geändert werden muß«, verkündete Clave. »Erstens, ich komme mit, Gavving nicht. Jeffer, du hast es gesagt, und es stimmt. Der Baum braucht einen Vorsitzenden, und Gavving wird es sein.«

Gavving sagte: »Das ist Blödsinn. Du ...«

»Ich bin der ehrenwerte Vorsitzende, und wenn ich an der Expedition teilnehme, wird sie damit offiziell. Abgesehen davon muß ich dafür sorgen, daß ihr das FRM und die silberne Rüstung wieder zurückbringt. Die Bürger müßten verrückt sein, sich nur mit eurem Versprechen abspeisen zu lassen. Hiermit ernenne ich dich zum Vorsitzenden auf Zeit, bis ich zurückkomme.«

Kühl erkundigte sich Gavving: »Sonst noch was?«

»Ja. Ihr werdet nicht beide, Booce und Ryllin, mitnehmen. Einer von ihnen bleibt hier. Die Serjents müssen einen Grund haben, uns den Weg nach Hause zu zeigen.«

»Das ist unmöglich«, meldete sich Ryllin zu Wort. »Booce kümmert sich um *Holzfrachter*. Ich kümmere mich ums Geschäft. An- und Verkauf werden von mir abgewikkelt. Jeder, mit dem wir im Klumpen zu tun haben, wird uns beide sehen wollen.«

Clave rieb den Knoten an seinem Bein. Manchmal half ihm das beim Nachdenken. *Denken*! »Die Bürger, mit denen ihr Handel treibt, die ... Kaufleute? Wenn sie mit Booce verhandeln müssen, was wird geschehen?«

Ryllin sagte: »Mein Mann ist sehr tüchtig im Umgang mit Maschinen, beim Handeln nicht so sehr. Seine Geschäfte erfuhren einen beträchtlichen Aufschwung, nachdem er verständig genug gewesen war, mich zu heiraten. Aber *Holzfrachter* untersteht ihm, er ...«

»Ohne deine Anwesenheit können sie einen größeren Profit herausschlagen?«

»Da hast du verdammt noch mal recht«, entfuhr es Booce voller Bitterkeit. Dann bestätigte er ruhiger: »Ja, das stimmt.«

»Das wird ihnen gefallen? Sie werden gar nicht so genau wissen wollen, welcher Tatsache sie ihr Glück verdanken?«

Es war Ryllin, die mit dem Kopf nickte. »Es ist schon gut, Liebling. Erfinde eine Geschichte. Sie werden sie nur zu gern glauben.«

»Aber wie erkläre ich das Fehlen unserer drei Töchter?«

»Das Haus. Sie müssen inzwischen mit dem Bau unseres Hauses fertig geworden sein. Die Mädchen und ich sind bei *Holzfrachter* oder wir sind im Haus, abhängig davon, wo du dich gerade aufhältst. Vielleicht bin ich irgendwo auf dem Markt, um Möbel zu kaufen. Das war überhaupt der Zweck unserer letzten Reise, wir wollten ... wir wollten ...« Sie wandte sich ab.

Gefühlsausbrüche konnten sie jetzt nicht brauchen! Clave sagte: »Wir haben nichts weiter zu verbergen als die silberne Rüstung und das FRM. Ansonsten können wir jede Geschichte erzählen, die uns einfällt. Was kommt als nächstes? Gavving, Lawri, Ryllin, ihr gebt euch gegenseitig Rückendeckung, wenn ihr zum Busch zurückkehrt. Wer immer euch fragt, der Vorsitzende mußte zu der Expedition überredet werden, aber ich gab schließlich meine Zustimmung und übernahm die Planung der Details.«

Vom Heck meldete sich Gerner. »Jeffer, das Rohr ist an der Schiffshülle festgemacht. Wir haben auch alles übrige herbeigeschafft, aber die Sachen müssen noch verstaut werden.«

»Macht weiter. Ich komme später nachsehen. Gavving, bist du einverstanden?«

»Baumfutter. Na, es wird Minya vermutlich davon abhalten, mich umzubringen ... Clave, werden sie uns das abnehmen? Ist es glaubhaft genug?«

»Nur, wenn wir zurückkommen. Mit dem FRM und noch einigen Dingen mehr. Was wir mitbringen, fällt gar nicht so sehr ins Gewicht.«

»Gut. Ich bin also Vorsitzender auf Zeit.«

Jeffer schaltete den Hauptantrieb ab. »Einer von euch muß hinausgehen und die Leinen losmachen.«

Gerner übernahm diese Aufgabe. Debby ging mit Booce zum Heck. Sie zurrten fest, was von der Ladung noch am Boden lag: zwei große Haken, Reservekleidung, Säcke aus ungefärbtem Stoff, Harpunen, Armbrüste.

Lawri sagte: »Jeffer, ich will dir etwas zeigen.« Sie stellte sich neben ihn, betätigte die Kontrollen und flüsterte. Ihre Schulter versperrte Clave die Sicht. Clave überlegte immer noch angestrengt ... er suchte nach Löchern in einem Gedankennetz! Es gab keine Möglichkeit, eine Meuterei in Unschuld zu kleiden.

»Nehmen wir die Spuckkanone mit? Nein, selbstverständlich nicht.« Die Waffe, die Mark bei seiner Gefangennahme getragen hatte, befand sich jetzt im Gewahrsam des Vorsitzenden. »Gavving, du findest sie in dem älteren Teil meiner Hütte, der früher mal als Gemeinschaftsraum diente. Ohne die Spuckkanone kannst du nicht Vorsitzender sein. Hol sie dir, bevor irgend jemand etwas merkt.«

Gerner schob sich durch die Luftschleuse herein. Gavving, Ryllin und Lawri verließen die Kabine. Jeffer wartete, bis sie sich in ausreichender Entfernung befanden, ehe das FRM sich mit den kleinen Düsen vom Stamm löste.

Der Baum entfernte sich. Die winzigen Gestalten dreier Bürger hasteten zum Halteplatz des Fahrstuhls. Eine Kabine hatte beinahe den Boden erreicht, die Insassen schrien und schwenkten die Fäuste.

»Jemand muß Mark gefunden haben«, sagte Debby. »Keine Aufregung, Clave, wir haben ihn nur gefesselt.«

»Ja. Aber wenn ich geahnt hätte, daß eine Rettungsmannschaft unterwegs war … schon gut. Ihr habt ihnen die Luftschleuse vor der Nase zugemacht. Ich hoffe, es gelingt euch Baumfütterern, im Klumpen etwas zu finden, das diesen Aufwand rechtfertigt. Jetzt ist es *mein* guter Ruf, der auf dem Spiel steht.«

Teil Zwei

Die Holzfäller

7 Die Honighornissen

Bürgerbaum-Kassetten:

JAHR 384, TAG 1590. JEFFER, WISSENSCHAFTLER. WIR HABEN DEN BÜRGERBAUM VERLASSEN, UM DEN VIERTEN LAGRANGEPUNKT ZU ERFORSCHEN, WOBEI UNSER BESONDERES INTERESSE DEM WARENANGEBOT UND DER BEVÖLKERUNG GILT. DAS BESAGTE UNTERNEHMEN IST UMORGANISIERT WORDEN WIE FOLGT: VORSITZENDER CLAVE HAT DIE LEITUNG ÜBERNOMMEN. DIESE EXPEDITION IST NUNMEHR EINE OFFIZIELLE AKTION DES BÜRGERBAUMS. HIERMIT ÜBERGEBE ICH DAS LOGBUCH AN DEN VORSITZENDEN CLAVE.

CLAVE, VORSITZENDER. DIE MANNSCHAFT BESTEHT AUS JEFFER ALS WISSENSCHAFTLER UND KAPITÄN, DEN BÜRGERN DEBBY UND GERNER, BOOCE UND CARLOT SERJENT ALS FÜHRER SOWIE MIR SELBST. PRIORITÄT HAT IN JEDEM FALL DER SCHUTZ DES FRMS UND ANDERER LEBENSWICHTIGER AUSRÜSTUNG DES BÜRGERBAUMS. ALLE ERKENNTNISSE SIND WERTLOS, WENN WIR SIE DEM BÜRGERBAUM NICHT ÜBERMITTELN KÖNNEN.

Carlot schaute ihnen über die Schulter. »Ihr gebraucht …«

»Prikazyvat Logbuch Ende«, sagte Jeffer.

»… dieselben Daten wie wir?«

»Warum nicht?«

»Nun ja, wie könnt ihr Schritt halten?« wollte Carlot wissen. »Die Jahre ergeben sich aus den Durchgängen der Sonne hinter Voy, aber was ist mit den Tagen? Innerhalb von fünf Tagen schlafen wir soundsooft, richtig? Aber wenn ihr euch jetzt verzählt ...«

»Wen stört's?« meinte Clave. »Wer weiß, wie viele Tage ein Jahr hat. Es hängt davon ab, wo man sich befindet.«

Jeffer ließ Zahlen auf dem Schirm erscheinen. »Das FRM rechnet mit einem Standard-Tag. Viereinhalb davon ergeben eine Schlafzeit. In der Hütte der Wissenschaftler hatten wir Stöcke, auf denen wir die entsprechenden Markierungen anbrachten. Wie berechnet man bei euch die Zeit?«

Carlot sagte: »Die Admiralität gibt das Datum bekannt.«

Booce lachte. »Sie bedienen sich wahrscheinlich der gleichen Methode! Die Bibliothek hat große Ähnlichkeit mit dieser Konsole, Jeffer. Als hätte jemand diesen Teil aus einem FRM herausgerissen.«

»Auch solche Tasten?«

»Ich war zu weit weg, um Einzelheiten erkennen zu können. Gewöhnliche Menschen lassen sie an ihr Heiligtum nicht allzu nahe heran. Mal überlegen ... während der Kreuzjahrzeremonie hielt Radyo Mattson die Rede, aber ein Marineoffizier stand vor der Bibliothek, und seine Hände bewegten sich ...«

Und Kendy beobachtete sie alle.

Der Autopilot des FRMs hörte jedes Wort. Alle zehn Stunden und ein paar Minuten übermittelte er seine Aufzeichnungen der *Discipline*. Kendy überflog das Material auf der Suche nach Brauchbarem.

Zwei FRM-Autopiloten, die seit 532 Jahren und 11 Monaten getrennt waren, richteten sich beide nach der Rauchring-Zeit, mit der Ankunft der *Discipline* als Jahr Null. Interessant. Die Meuterer mußten diese Änderung programmiert haben, nachdem ihnen klar geworden war, daß es für sie kein Zurück mehr gab. Sie hatten alle Verbindungen zu ihrer Vergangenheit gelöst, zu Kendy, zur Erde, sogar zum Staat.

Dennoch galt *Meuterei* bei ihnen als Obszönität. Merkwürdig.

Das FRM flog nach Osten. Die Reisegeschwindigkeit betrug einundsiebzig Stundenkilometer, die Tanks waren zum größten Teil gefüllt, und es trug eine Ladung Wasser, die in Treibstoff umgewandelt wurde. Der Solarkollektor brachte zweiundfünfzig Prozent seiner Leistung, die Platten wurden von dem Rohr überschattet, das am Schiffskörper befestigt war.

Es handelte sich um eine Leitung für flüssigem Sauerstoff, die man aus einem FRM herausgerissen hatte. Viele FRMs mußten ausgeschlachtet worden sein, nachdem sie den Dienst versagten. Bei der ›Bibliothek‹ der Admiralität handelte es sich bestimmt um die Kontrollkonsole eines defekten FRMs, aber war sie noch funktionstüchtig?

Das Innere der Kabine war ekelhaft schmutzig. Kendy entdeckte Spuren alter Mahlzeiten, die an Bord verzehrt worden waren; Federn und Vogelkot von der Truthahnjagd vor zehn Jahren sowie eingetrocknete Reste von dem schwarzen Schlamm, der die Ausbeute desselben Ausflugs gewesen war, und Schlamm, den man aus dem Wassertank abgelassen hatte. Schmutz war nicht gefährlich, nur ästhetisch kein Genuß. Kendy sah keine besondere Probleme voraus, höchstens solche, die sich aus der Mikrosoziologie ergaben.

Er befand sich auf dem gewünschten Kurs.

Die Menschheit lebte weit verstreut. Er konnte noch nicht übersehen, in welchem Ausmaß sie den Rauchring in Besitz genommen hatte. Menschen lebten in Dschungeln aus Zuckerwatte, siedelten in den Büschen von Integralbäumen; er wußte von zwei winzigen Zivilisationen außerhalb des L4-Punktes. Doch die Admiralität schien das wichtigste Gemeinwesen zu repräsentieren, mit der größten Kopfzahl und der besten Organisation: das politische Gebilde, das sich am besten eignete, das Herz eines sich ausbreitenden Imperiums zu werden.

Natürlich würde dieses Gebilde anfänglich keinerlei Ähnlichkeit mit dem Staat besitzen. Zu unvorstellbar verschieden waren die Bedingungen. Doch das stellte kein Hindernis dar. Er brauchte ihnen nur Kommunikationsmittel an die Hand zu geben, zu veranlassen, daß sie sich zu einem politischen Block vereinigten. Dann konnte die Arbeit des Formens beginnen.

Er brauchte umfassendere Informationen. Die Geschichten einer Familie von umherziehenden Holzfällern waren nicht gut genug. Die ›Bibliothek‹ – dort konnte er die Antworten auf seine Fragen finden ... aber ihm war seit langem klar, daß es schließlich unumgänglich sein würde, mit den Offizieren selbst Kontakt aufzunehmen.

Er mußte irgendwie dafür sorgen, daß das FRM nicht außerhalb des Klumpens zurückgelassen wurde.

Dabei schien Jeffer die Angelegenheit fest im Griff gehabt zu haben. Welche Auswirkungen die Meuterei auf dem Bürgerbaum haben mochte, interessierte Kendy nicht ... aber Clave hatte eine Meuterei vereitelt, indem er sich ihr anschloß! Jetzt mußte er beide, Jeffer und Clave, behutsam in die von ihm gewünschte Richtung lenken. Doch Kendy durfte nicht mit Clave in Verbindung treten. Jeffers Geheimnis zu verraten bedeutete, sein Vertrauen zu verlieren.

Das war genau die Art von Problem, die einen Prüfer am meisten entzückte.

In der Zwischenzeit beobachtete Kendy die sechs Barbaren, indem er die während der zurückliegenden zehn Stunden entstandene Aufzeichnung ablaufen ließ. Er konnte viel von ihnen lernen.

Booce sprach: »Wir haben – hatten unser eigenes Schiff. Vermutlich waren wir damit reicher als die meisten. Ich erbte *Holzfrachter* von meinem Vater, mit dem ich auch die ersten Reisen unternahm. Ryllin war die Tochter eines anderen Holzfällers, und sie kannte das Leben, das unsereins führt. Ryllin wurde etwa zwanzigmal schwanger, von den lebend geborenen Kindern sind uns vier Töchter geblieben, die anderen sind Verlorene. Ich habe mich zu einem ausgezeichneten Geburtshelfer entwickelt ...« Die Kassette war zu Ende.

Das Leben im Rauchring hatte die Menschen verändert.

In der niedrigen Gravitation war die Schwangerschaft keine Mühsal. Die Frauen wurden sehr oft schwanger.

Die Kindersterblichkeit (›Verlorene‹) war hoch, annähernd sechzig Prozent; die Eingeborenen schienen es als unabänderlich hinzunehmen. Die *Discipline* hatte keine Krankheiten eingeführt, doch die veränderten Schwerkraftbedingungen beeinflußten die Entwicklung von Skelett und Organen. Manche Kinder konnten ihre Nahrung nicht verdauen. Bei manchen verformte sich während des Wachstums der Körper in einem Maße, daß Nieren, Leber oder Herz oder andere Organe schließlich den Dienst versagten.

Wer das Glück hatte, die ersten Jahre zu überleben, fand sich in einer durchaus verbraucherfreundlichen Umgebung wieder. Unter Kendys Schützlingen gab es absonderliche Gestalten. Kendy fand einen Hinweis auf Merril Quinn und erfuhr, daß sie vor sechs Jahren in mittlerem Alter gestorben war. Merril hatte *überhaupt* keine Beine gehabt. Sie hatte gegen den London-Baum gekämpft – und nicht etwa als Krüppel!

Dem menschlichen Auge mißgebildet erscheinende Geschöpfe waren durch das FRM gewandert, und der Autopilot hatte ihre Bilder aufgezeichnet. Ryllin Serjent hatte einen unglaublich langen Hals, bezaubernd und anmutig und zerbrechlich. Carlots Beine ... Kendy hätte sie gerne beim Gehen oder Laufen beobachtet.

Sie brauchten länger bis zur Reife. Carlot behauptete, vierzehneinhalb Jahre alt zu sein; nach der Zeitrechnung der Erde wäre sie zwanzig gewesen. Allerdings sah sie nicht älter aus als fünfzehn.

Die Evolution des Menschen hatte ihn nicht auf einen Lebensraum wie dien Rauchring vorbereitet. Unter der ursprünglichen Mannschaft mußte die Kindersterblichkeit grausam hoch gewesen sein, doch fünfhundert Jahre natürlicher Auslese hatten ihr Werk getan. Wie bei den Katzen ein paar Generationen zurück: In der nächsten Zukunft war eine beeindruckende Bevölkerungsexplosion zu erwarten.

Die daraus entstehende Zivilisation wollte Kendy unterweisen und leiten. Er hatte recht daran getan, *jetzt* zu handeln.

Das FRM kam wieder in Reichweite seines Signals. Kendys Teleskope zeigten ihm, daß es sich in langsamer Fahrt nach Osten und außen bewegte.

In der Gegenwart befanden sich Booce, Carlot und Gerner auf Wache, während die anderen schliefen. Das FRM trieb durch ein dünnes Nebelfeld. Die Sinne des FRMs blieben durch Nebel unbeeinträchtigt. Kendy bemerkte die Anomalität einige Zeit, bevor die Mannschaft darauf aufmerksam wurde.

Er entdeckte Vögel einer unbekannten Art. Es handelte sich um Lungenatmer (das Sonar des FRMs vermochte den dreifachen Hohlraum wahrzunehmen), doch ein hartes, himmelblaues Knochenoval bedeckte eine Seite ihres Körpers: Überrest eines früheren Exoskeletts. Vierzehn dieser Vögel, jeder ungefähr schweinsgroß, hingen wie auf eine Schnur gereiht am Himmel. Genaue Merkmale waren nicht zu erkennen, denn Flossen und Flügel und Köpfe waren unter dem ovalen Panzer verborgen. Himmelblaue Batzen ohne Infrarotanzeige, komatös oder tot.

Booce war aufmerksam geworden. Er weckte Jeffer. »Ein ganzer Schwarm toter Vögel. Was hat sie umgebracht?«

»Nichts, das uns etwas anhaben kann, solange die Luftschleuse geschlossen bleibt.« Jeffers Finger huschten über die Tasten. »Die Luft da draußen ist in Ordnung, nichts Schädliches. Na, *Baumfutter*!«

»Was?«

»Die Temperatur. Es ist kalt da draußen.«

Kendy hatte den Grund für die Kälte bereits herausgefunden.

Die aktuelle Übermittlung zeigte, wie Jeffer das FRM neben einen der großen Vögel lenkte. Der Rest der Mannschaft hatte sich um die geöffnete Luftschleuse versammelt. Debby schoß einen angeleinten Pfeil in den Leib des Vogels. Das Tier zuckte.

Sie schoß einen zweiten Pfeil ab ...

… während Kendy den Teich auf dem Schirm mit einer Umrandung aus blinkendem Licht markierte.

Nur Jeffer konnte es sehen. Er sagte leise: »Nanu!«

Sie hatten den Vogel an Bord gezogen. Clave meinte: »Na. Jetzt ist er endgültig tot.«

»Ich habe etwas gefunden«, meldete sich Jeffer von den Kontrollen. »Clave, in der dichten Wolke gibt es einen Teich. Fällt dir etwas Ungewöhnliches daran auf?«

»Kein Leben in der Nähe. Für ihre geringe Größe ist die Wolke ungewöhnlich dicht. Was hat das zu bedeuten?«

»Keine Ahnung.«

Eis. Der Teich bestand aus einem Kern von porösem Eis und einer Hülle aus Schmelzwasser. Eis war im Rauchring eine Seltenheit. Die riesige Kugel hatte garantiert eine Masse von mehreren tausend Tonnen, aber Kendy vermutete, daß sie ursprünglich noch größer gewesen war. Ein ungeheurer Teich mußte durch einen Schwerkraftschub von Gold aus dem Rauchring herausgeschleudert worden sein. In dem Beinahe-Vakuum des Gas-Torus war er im brodelnden Aufschäumen gefroren, und als er später in den Rauchring zurückfiel, hatte er durch Verdunstung Masse verloren und verlor noch mehr durch die Hitzeeinwirkung beim Wiedereintritt. Jetzt sorgte er während des langsamen Schmelzprozesses für einen drastischen Temperaturabfall in seiner näheren Umgebung. Kendy konnte das feine *Ping* hören, mit dem in der Eiskugel die Einschüsse des Beinahe-Vakuums platzten.

»Mir gefällt das nicht«, meinte Booce. »Es ist zu seltsam.«

»Dann entfernen wir uns von hier. Vertäut den Vogel und setzt euch auf eure Plätze.« Jeffer wartete, während seine Anordnungen ausgeführt wurden, dann zündete er die Steuerdüsen am Heck. Das FRM beschrieb einen Bogen und zog davon.

Carlot deutete zum Heckschirm. »Seht!«

Die Schildvögel taumelten in dem Hitzeschwall des FRMs. Einer nach dem anderen begann zu flattern, dann spreizten sie einen wahren Regenbogen aus Schwingen und Schwanz und flaumigen Federn. Sie aalten sich in der

Wärme und nahmen so viel davon auf, wie nur möglich. Im Verhältnis gesehen, war der ovale Panzer nicht größer als der Schild eines Kriegers. Als die *Discipline* den Signalbereich verließ, strichen die Vögel in einer Linie nach Westen und entfernten sich stetig von dem schmelzenden Gletscher am Himmel.

»Es ist überflüssig, einen Baum auszuwählen, solange du den Honig nicht hast«, erklärte Booce. »Einen Baum kannst du in dreihundert Kilometern Entfernung vom Klumpen finden, und dann mußt du ein halbes Tausend Kilometer zurücklegen, bevor du einen Stacheldschungel sichtest.«

Der erlegte Vogel war an den Frachtkrampen festgezurrt; man hatte ihn seiner Haut, der Eingeweide und einiger Portionen Fleisch beraubt. Booce aß von dem dunkelroten Fleisch, das hauchdünn geschnitten und um einen Stengel Zitronenfarn gerollt war. Er zeigte mit der Rolle auf den oberen Schirm. »Und *das* ist ein Stacheldschungel. Der grüne Punkt da, genau vor uns.«

»Gut.« Jeffer erweckte mit einem Fingerdruck die Steuerdüsen zum Leben. Das FRM vollführte eine Wendung. Carlot quiekte und klammerte sich an Gerner, der davon erwachte. Booce ließ seinen Leckerbissen fallen, um sich an einer Sitzlehne festzuhalten.

Jeffer verbarg ein Grinsen. Diese aus dem angeblich so großartigen Reich der Admiralität stammenden Bürger fanden das FRM ebenso beunruhigend wie Jeffers Freunde vom Bürgerhaus. Er gab dem FRM einen Kurs östlich von Booces grünem Punkt. Osten bringt dich nach außen … »Ein halber Tag, und wir haben unseren Honig. Was brauchen wir sonst noch?«

»Eine Methode, um ihn einzusammeln«, erwiderte Booce.

»Wir stecken Gerner in den silbernen Anzug. Kein baumfütterndes Insekt kann diese Haut durchstechen!«

»Richtig. Besser als jeder Panzer.«

»Erzähl uns von der Admiralität«, meinte Clave.

Booce schloß die Augen, um ungestört nachdenken zu können. Dann: »Ihr seid einsam da draußen. Viel zu viel leerer Raum. Im Klumpen sitzt alles viel dichter aufeinander. Stellt euch eine Samenkapsel vor und die Admiralität als die Schale. Allein auf dem Markt drängen sich zu jeder beliebigen Tages- oder Nachtzeit viel mehr Menschen, als ihr je gesehen habt.

Nach einer Reise von ein oder zwei Jahren erreichen wir mit unserem Stamm den Klumpen und arrangieren eine Versteigerung auf dem Markt.

Zweimal wurden wir von räuberischen Wanderfüßen überfallen. Einmal kamen wir zurück, als gerade ein anderer Stamm anlegte, und wir erzielten nur die Hälfte des erwarteten Gewinns. Doch über die Jahre haben wir genügend Geld beiseite gelegt, um meine Einzelhandelsgenehmigung zu kaufen. Dies sollte unsere letzte Reise sein. Wir hatten vor, uns im Klumpen niederzulassen, wo ich das Holz selbst verarbeiten und gefirnißte Bretter und Knorren verkaufen wollte, während Ryllin nach geeigneten Freiern für unsere Töchter suchte. Das war der Grund: Sie kommen in das Alter ...«

Clave fragte: »Können wir die Admiralität wirklich glauben machen, daß wir Holzfäller sind?«

»Wir werden Holzfäller *sein*«, erwiderte Booce. »*Holzfrachter* wieder aufzubauen, ist kein Problem. Wir könnten mehr Waffen brauchen, falls Wanderfüße uns angreifen, und alles muß den Eindruck erwecken, es stammte von der Admiralität – und trotzdem werden wir nicht aussehen wie eine gewöhnliche Holzfällerfamilie. Aber das ist auch nicht nötig, weil ich meine Einzelhandelslizenz habe.«

»Was hat die für eine Bedeutung?«

»Sie bedeutet, daß wir den Stamm nicht sofort verkaufen müssen. Die Marine wird uns eskortieren und einen Liegeplatz anweisen. Ich kann auf dem Markt einen Stand aufbauen und Holz verkaufen und so viele Helfer einstellen, wie ich möchte. Es wird keinen Verdacht erregen, wenn ich erzähle, ich hätte euch in einem Wanderfuß-Dschungel angeheuert oder als Copsiks gekauft. Einige von den Wanderfüßen halten sich Copsiks, die Admiralität aber nicht, also wärt ihr nach dem Kauf frei.«

»Frei, aber keine Bürger.«

»Richtig.«

»Warum kannst du uns nicht von einem Baum angeheuert haben?«

Booce überlegte und lächelte dann. »Du hast Talent, Clave. Immer so nahe wie möglich an der Wahrheit bleiben. Debby, du kommst aus den Carther-Staaten. Du wurdest in den Himmel hinausgetrieben, konntest dich auf einen Baum retten, und jetzt möchtest du wieder in einem Dschungel leben. Gut so, Debby?«

Debbys Lippen bewegten sich, während sie lautlos die Einzelheiten wiederholte. »In Ordnung.«

»Wir werden sagen müssen, daß der Bürgerbaum sich ganz in der Nähe des Klumpens befindet. Sonst fällt es auf, daß wir so schnell zurückkommen, und wir müssen von dem FRM erzählen.«

Clave nickte. »Also dann verkaufen wir den Stamm. Wie?«

»Sucht euch einen Platz auf dem Markt und kündigt eine Versteigerung an. Bezahlt mit dem Erlös eure Erdfruchtpflanzen und kehrte nach Hause zürück. Die Hälfte zieht die Admiralität als Steuer ein ...«

»Die Hälfte?« rief Clave aus.

Jeffer fragte: »Steuern?«

»Steuern«, erläuterte Booce, »sind das Geld, das die Admiralität braucht, um arbeiten zu können. Jeder zahlt, aber die Reichen zahlen mehr. Ein guter Stamm bedeutet Reichtum. Mit dem Preis für ein FRM könntet ihn zu den wirklich Reichen gehören.«

»Das FRM macht uns zu dem, was wir sind. Das setzen wir nicht aufs Spiel«, sagte Clave.

»Dann nehmt es nicht mit in den Klumpen. Die Marine wird es nicht gerne sehen, daß ein funktionierendes Stück der alten Wissenschaft sich in anderen Händen als den ihren befindet. Sie werden einen guten Preis zahlen, aber kaufen werden sie, ob ihr einverstanden seid oder nicht.«

Jeffer zündete den Antrieb. Sie näherten sich dem Stacheldschungel.

Einige der Befestigungshaken paßten verdächtig gut um den silbernen Anzug, als wären sie eigens dafür vorgesehen. Vier Paare. Für vier Anzüge?

Jeffer machte ihn los. »Der silberne Anzug gehört dir, Gerner. Ich werde dir erklären, wie du damit umgehen mußt.«

Gerner hatte den silbernen Anzug als eine Art Rangabzeichen betrachtet. Daß er auch eine Verpflichtung sein könnte, hatte er nicht bedacht. »Hat Mark dir gezeigt, wie er funktioniert?«

»Ich habe ihm zugesehen. Du mußt diese Klappe anheben. Den Helm umfassen und drehen, bis es nicht mehr geht. Nach oben ziehen. Zur anderen Seite drehen. Anheben. Jetzt diese Klappe. Das hier nach unten ziehen ... auseinander ... gut.«

Der Anzug wirkte wie die abgezogene Haut eines Zwergs.

Erst die Beine, dann die Arme. Unter den Halsring bükken. Gerner zog die Gleitverschlüsse hoch, kippte die Hebel. »Muß ich den Helm schließen?«

»Du mußt dich schützen, wenn du nicht gestochen werden willst«, warnte Booce. »Diese kleinen Biester können einen Moby töten.«

Gerner schloß den Helm. Er sagte: »Die Luft wird schal.

Sie hörten ihn nicht. Er konnte doch wohl nicht so schnell ersticken?

Jeffer hob das Visier. »Hör erst mal zu. Leg deine Hand hierher.« Er führte Gerners Finger zu einer Reihe viereckiger Tasten an der Außenseite des Halsrings. Er drückte auf eine davon (farbige Lichter glühten unter Gerners Kinn), dann auf eine zweite (Luft strömte aus dem Bereich des Halsrings in den Helm). Er bediente sich Gerners Fingerspitze, um ein kleines Rad zu drehen (der Luftstrom wurde stärker, schwächer). »Schließ den Helm.«

Gerner tat, was Jeffer ihm gezeigt hatte. Luft aus dem Halsring zischte um seinen Kopf.

Clave sagte etwas Unhörbares. Jeffer führte Gerners Fingerspitze zu einem weiteren kleinen Rad, und plötzlich wurde Claves Stimme zu einem Brüllen. »... die Luft verbrauchen? Muß das Ding da geschlossen sein? Wir haben doch nicht etwa vor, den Rauchring wieder zu verlassen, oder?«

»Ich hoffe, nicht. Gerner, da stimmt noch was nicht. Schließ diese Klappe an deiner Brust. So, wie Booce von den Hornissen redet, kannst du dir nicht erlauben, irgendwo undicht zu sein.«

Gerner tastete über den Anzug und drückte mit den Fingern die Schnalle zu, die er vergessen hatte.

Anschließend zeigte man ihm kleine Räder an seiner Brust. Probeweise drehte er an dem linken. Sein linker Fuß fuhr in die Höhe, er überschlug sich in der Luft, stieß sich Kopf und Ellenbogen und schnappte nach einem Ladehaken, während er mit der anderen Hand das Rädchen auf Null zurückdrehte. Er schlug sich beide Knie an, bevor er die Kreiselbewegung stoppen konnte.

Clave und Debby waren ganz hilflos vor Lachen. Jeffer hatte sich mit einem Sprung in Sicherheit gebracht. »Laß die Finger davon, während du dich in einem geschlossenen Raum befindest! Die sind zum Fliegen gedacht. Jetzt werde ich dich zu der Luftschleuse führen. Du mußt mit den Jets üben. Wenn du in Schwierigkeiten gerätst, kommen wir dir zu Hilfe.«

Gerner hielt sich in der Luftschleuse im Gleichgewicht und fühlte sich eingekerkert. Der Stacheldschungel hing als dicker, flaumiger Ring von einem halben Kilometer Durchmesser am Himmel und drehte sich langsam. Der äußere Rand schimmerte dunkelgrün, der innere flammte orange und scharlachrot. Gerner, der aus der Luftschleuse schaute, entdeckte Bewegung dort, wie einen flimmernden Nebel.

Clave und Booce schoben ihn in den Himmel hinaus.

Sie hatten keine Ahnung, was der Junge durchmachte, dachte Kendy. Wie sollten sie auch? Keiner von ihnen konnte den alten Druckanzug fliegen. Gerner würde lernen müssen, sowohl gegen Klaustrophobie als auch gegen Agoraphobie anzukämpfen.

Kendy hatte die Funktionsweise des Druckanzugs unter Zuhilfenahme von Diagrammen und Hinweispfeilen erklärt, aber hatte er Jeffer auch gezeigt, wie der Sauerstoff- und Treibstoffvorrat des Anzugs ergänzt werden mußte? Die betreffende Stelle der Aufzeichnung überprüfen ... nein. Dieses Versäumnis mußte schnellstens nachgeholt werden, wenn es nicht bereits zu spät war. Was Kendy im Moment vor sich ablaufen sah, lag bereits zwei Stunden zurück.

Doch das FRM befand sich wieder in Reichweite, und in der Gegenwart war der Junge an Bord zurückgekehrt und aus dem Anzug gestiegen, und er lebte noch. Kendy ließ das Band weiterlaufen.

Debby und Clave hielten sich in sicherer Entfernung. Der Junge taumelte. Er brauchte fast den ganzen Himmel für seine Flugübungen, drehte sich im Kreis, schneller ... langsamer, neigte sich zurück und seitwärts, um die Drehbewegung zu verlangsamen ... lernte Arme und Beine einzusetzen, um seinen Kurs zu ändern. Er tastete nach den Antriebsreglern und stellte beide Düsen auf minimale Leistung. Er umkreiste das FRM und machte sich dann in einem Bogen auf den Weg zu dem grünen Hefekringel, den Booce zu seinem Ziel bestimmt hatte.

Jeffer meldete sich durch das Funkgerät im Anzug. »Noch nicht, Gerner. Komm zurück. Du hast kein Behältnis für den ... den ... Booce?«

»Honig.«

»Den Honig. Booce, was nimmt man dazu?«

»Dafür sind die Säcke vorgesehen.«

Gerner nahm Kurs auf das FRM, verstärkte den Schub, krümmte sich zwei Sekunden lang zusammen und bog sich nach hinten, als er sich der Luftschleuse näherte. Funken sprühten von seinen Knöcheln. Nicht schlecht, dachte

Kendy. Natürlich war er kein völliger Anfänger. Er war schon mit diesen riesigen Fächerflossen geflogen.

Der Junge ließ den Helm offen (ohne die Luftdüsen abzuschalten!). Debby schnürte zwölf grobe Säcke auf seinen Rücken, mußte sich anschreien lassen und befestigte sie auf seiner Brust, wo er sie greifen konnte. Sie verbrauchte mehrere Längen Seil. Diese Barbaren waren nie ohne Seil, erinnerte sich Kendy. Lobenswerte Angewohnheit in einer Welt der Schwerelosigkeit.

In der Gegenwart verließ Gerner zum zweiten Mal das FRM, und das Signal wurde schwächer. Kendy wartete.

Der große grüne Ring wurde zu einer Landschaft, als Gerner sich ihm weiter näherte. Er war dunkler als das Laub der Integralbäume und wirkte wie ein luftiges, bauschiges Gewebe, das soviel Sonnenlicht einfing wie nur möglich. Scharlachrote und orangefarbene Farbschattierungen lugten über die Wölbung und nahmen allmählich Gestalt an. Orangefarbene Blüten, deren Form an Hörner erinnerte, an Raketendüsen, recht hübsch anzuschauen. Tausende davon.

Auch das Rätsel des flimmernden Nebels löste sich: keine vom Wind umgetriebenen Dunstschleier, sondern Myriaden von Punkten, die die Blumen umschwirrten, in die Kelche tauchten und weiterflogen. Jetzt verließen die Punkte die hörnerähnlichen Blüten und strömten Gerner entgegen.

Sie hüllten ihn ein, eine summende, schwarze Wolke des Zorns.

»Wissenschaftler? Ich bin mitten drin. Ich kann kaum etwas sehen. Die Honighornissen sind ...«

»Halt nach etwas Rotem Ausschau!« sagte Booces Stimme.

Orange und Scharlachrot. Orangefarbene Hörner mit den Ausmaßen von Flaschenkürbissen und scharlachrote Blüten von anderer Form. Gerner ließ sich näher heran tragen.

Die Honighornissen begleiteten ihn. Tausende daumengroßer Vögel: eine winzige Harpune als Nase, dahinter die Flügel als verschwommener Fleck. Er konnte das wütende Summen durch den Helm wahrnehmen. »Ich habe etwas Rotes entdeckt ... Booce, es ist eine Art von schlampigem Polyeder, etwa einen halben Meter groß, mit vielen kleinen dreieckigen Löchern. Das Ding wächst zwischen diesen Blütenhörnern.«

»Das ist nicht gewachsen, es wurde dort befestigt. Hast du ein Messer dabei?«

»Nein. Warte einen Moment, da ist eine Machete an meinem Bein. Die muß Mark gehört haben.«

»Du mußt die Honigwabe losschneiden und den Sack darüber stülpen. Binde ihn fest zu.«

Gerner schwang die Machete über dem roten Polyeder. Der silberne Anzug behinderte seine Bewegungen. Endlich schwebte die Honigwabe in der Luft. Gerner band einen der vor seiner Brust verschnürten Säcke los und zog ihn über die Wabe.

»Hast du's? Jetzt binde den Sack zu, aber richtig. Geschafft?«

»Geschafft. Meine Handschuhe sind voll von diesem klebrigen roten Zeug.«

»In Ordnung. Jetzt mach weiter, bis alle Säcke gefüllt sind. Und laß dir nicht einfallen, an dem Honig zu lecken.«

»Mit geschlossenem Hals?«

»Unter *keinen* Umständen darfst du von dem Honig essen. Es wäre Selbstmord.«

8 Die Honigspur

Bürgerbaum-Kassetten, Staatsjahr 1426:

Am Anfang ihrer Existenz ist Goldblatts Welt vermutlich ein dem Neptun ähnlicher Planet in der Kometenwolke um die Doppelsterne gewesen. Mehrere Jahre nach der Explosion der Supernova geriet er in den Anziehungsbereich von Levoys Stern. Der kollabierende Kern der Supernova, der seine äussere Hülle aufgrund eines gefangenen Magnetfeldes asymmetrisch abstiess, dürfte eine ungleichmässige Geschwindigkeit angenommen haben, die annähernd der Geschwindigkeit des Proto-Neptuns entsprach. Seiner Orbitalbewegung beraubt, wurde Goldblatts Welt in eine drastisch exzentrische Umlaufbahn gezwungen, die ihn sehr nahe an Levoys Stern heranführte. Extreme Roche-Tiden werden den Orbit innerhalb weniger Umläufe zu einem Kreis korrigiert haben.

Es ist wahrscheinlich, dass der Orbit von Goldblatts Welt sowie der Gas-Torus während all der Billionen Jahre stetig geschrumpft sind. Levoys Stern hat sich in der Zwischenzeit abgekühlt – in einem Neutronenstern laufen keine Fusionen mehr ab – und sorgt für eine relativ stabile Temperaturbalance im Rauchring.

Es ist zu bedenken, dass die Roche-Grenze niemals als absolut angesehen werden kann. Sie verändert sich wie die Dichte des in der Umlaufbahn befindlichen Körpers. Ein Gasriese kann an seiner Roche-Grenze existieren, und das war hier vermutlich der Fall. Doch der Kern aus Fels und Metall ist von grosser Dichte. Das Roche-Volumen von Goldblatts Welt wird abgenommen haben, nachdem der Gasriese über die Lagrangepunkte Teile seiner Materie

ABGEGEBEN HAT UND DER EXZENTRISCHE ORBIT SICH EINER KREISBAHN NÄHERT.

DER PLANET BESITZT INZWISCHEN NICHT MEHR ALS DIE ZWEIEINHALBFACHE MASSE DER ERDE …

SAM GOLDBLATT, PLANETOLOGE

»Seht ihr das Problem? Zu vieles davon ist Kauderwelsch«, erklärte Jeffer den Kindern. Gerner und Carlot nickten, allerdings mit glasigen Augen. »Einige der Worte findet man auf anderen Kassetten erklärt. Auch mit Raten kann man sich weiterhelfen. Goldblatts Welt ist Gold. Es gibt eine Kassette über die Erde und Neptun und den Rest des Sonnensystems, aber es ist mühsam, sich da hindurchzuarbeiten. Roche-Volumen, Roche-Grenze – das scheint ein Punkt des Gleichgewichts zwischen der Tide und einer anderen Kraft zu sein, vielleicht derselben Kraft, die die Umlaufbahn eines Baums verändert, wenn er zu nahe an Gold vorbeizieht. Fusion bedeutet Energie: Sie ist der Grund, weshalb die Sonne wärmt und leuchtet, und die *Discipline* wurde durch Fusion angetrieben. Kometenwolke, Magnetfeld, Supernova – Lawri und ich konnten nie enträtseln, was man sich darunter vorzustellen hat.«

Er wandte sich an Booce. »Die Kinder müssen das lernen, aber es tut mir wirklich leid, daß du in deinem Alter …«

Booces Augen glänzten. »Nein, nein, nein. Das ist alles neu für mich.«

»Hattet ihr keinen Unterricht? Die Bibliothek …«

»Nur für die Kinder der Offiziere«, entgegnete Booce knapp. »Machen wir weiter. Was bedeutet ›exzentrisch‹?«

»Darunter versteht man eine runde Bahn, die nicht kreisförmig ist. Auf der einen Seite geht es zu weit nach außen, auf der anderen nicht weit genug. Booce, begehe ich ein Verbrechen, indem ich dich und Carlot diese Dinge lehre?«

»Aber ich möchte lernen!«

»Still, Carlot. Etwas Ähnliches ist noch nie vorgekommen«, meinte Booce. »Aber schließlich verrätst du uns ja nicht die Geheimnisse der Bibliothek.«

Carlot fügte hinzu: »Wissenschaftler, was hätte es für einen Sinn, *jetzt* aufzuhören?«

Jeffer lachte. Er drückte auf einen Knopf, und das Fenster wurde transparent. Der Klumpen war nähergerückt, und mehrere parallele Striche lagen auf dem Kurs der FRM. »Du hast recht, Carlot, aber die Schulstunde ist ohnehin vorbei. Wir sind unserem Ziel gefährlich nahe gekommen.«

Debby antwortete mit einem Räuspern.

»Booce?« fragte Jeffer. »Erscheint dir einer besonders brauchbar?«

»Der Kleinste, denke ich, aber wir sollten uns das genauer anschauen.« Booce löste die Sicherheitsgurte an seinem Sitz und ging nach hinten. »Jeffer, öffnest du wohl die Tür?«

»Selbstverständlich.« Er tippte auf das entsprechende Symbol. »Booce, traust du den Sichtfenstern nicht?«

»Ich verlasse mich lieber auf meine Augen. Würdest du das FRM wenden?« Er suchte festen Halt am Rahmen der Luftschleuse. Der Rest der Mannschaft war ihm gefolgt.

Jeffer begann mit dem Wendemanöver. Auf dem Frontschirm begann einer der Bäume zu flimmern, während das Bild zum Backbordschirm wanderte: ein grüner Halo, der aufleuchtete, erlosch, aufleuchtete, erlosch.

Kein Unberufener befand sich in der Nähe. Jeffer flüsterte: »Warum?«

Als Antwort begann ein Punkt nahe der Stammitte zu blinken, um plötzlich zu verschwinden.

Ein Arm stieß an Jeffers Ohr vorbei, und er mußte einen Aufschrei unterdrücken. »Da«, sagte Booce und zeigte auf einen der Bäume. »Dreißig Kilometer, und er scheint gesund zu sein.«

»Wie wäre es mit dem, Booce?« Jeffer tippte auf den Stamm, den eben noch ein grüner Lichtkranz umgeben hatte.

»Auch nicht schlecht. Er ist größer, vielleicht die doppelte Masse. Es wird länger dauern, ihn zum Markt zu schaffen, aber natürlich ergibt er auch mehr Brauchholz, und schließlich haben wir das FRM … Warum ausgerechnet den?«

»Nur so eine Ahnung. Du hast keine Einwände?«

Clave war hinter sie getreten. »Jeffer, spielst du Herrschaftsspielchen?«

»Ich …«

»Ich bin der Vorsitzende, du führst das FRM, Booce ist der Holzfäller. Booce wählt den Baum aus.«

Jeffer unterdrückte einen Seufzer. »Ja, Vorsitzender. Booce?«

Booce deutete auf den Baum, den Jeffer ausgesucht hatte. »Den da.«

Zehn Kilometer über dem Busch war ein Fremdkörper in den Stamm eingewachsen. Jeffer bemerkte, wie Booce seiner Tochter einen warnenden Blick zuwarf, als Carlot zum Sprechen ansetzte. Sie schwieg.

Bug voran ließ Jeffer das FRM mittstamms gegen den Baum treiben. Er hielt es mit den Steuerdüsen in Position, während seine Mannschaft mit eingeschlagenen Bolzen ein Rechteck in der Borke markierten, dessen Größe dem Bug des FRMs entsprach. Das FRM verharrte schwebend vor dem Stamm, bis sie mit ihren Macheten einen Anlegeplatz aus dem Holz herausgearbeitet hatten.

Selbst bei diesem jungen Baum war die Borke fast einen Meter dick. Sie erleichterten sich die Arbeit, indem sie an natürlichen Schrunden ansetzten. Wenn sie alle fünf gemeinsam zupackten, konnten sie große Rindenplatten von dem Holz darunter losreißen und anschließend zersägen. Booce und Carlot arbeiteten mit der Säge und ließen sich dann der Reihe nach von den anderen ablösen, bis auch sie gelernt hatten, mit diesem Werkzeug umzugehen.

Booce und Carlot kehrten zu Jeffer in das FRM zurück. Booce meinte: »Sie stellen sich recht geschickt an.«

»Aber jetzt hat der Baum eine Wunde«, beschwerte sich Carlot.

»Und wieviel Holz wird uns das kosten?«

Sie zuckte die Schultern. »Fünf Prozent vielleicht. Und wollten wir nicht schnell wieder nach Hause kommen?«

»Genau.« Booce lächelte. »Jeffer, warum diesen Baum?«

»Du streichst eine Honigspur auf den Baum, klar? Wirf einen Blick auf diese Narbe.«

»Kannst du mir sagen, was ich da finden werde?«

»Nein, kann ich nicht.«

»Wissenschaftler, der Bürgerbaum bot uns Schutz und einen Platz in eurer Gemeinschaft. Wir sind dankbar. Ich habe nicht vor, irgendeine deiner Entscheidungen anzuzweifeln. Du brauchst es nicht ein zweitesmal auszuprobieren.«

Jeffer konnte fühlen, wie seine Ohren und Wangen brannten. »Wenn diese Narbe sich nicht als interessanter erweist, als du erwartest, kannst du dich darauf verlassen, daß ich nicht so schnell wieder einen Narren aus mir machen werde. Klar?«

»Klar. Dem Vorsitzenden gegenüber werde ich nichts von dieser Sache erwähnen.«

»Du bist sehr freundlich. Was kommt als nächstes?«

»Die Honigspur.«

In der Kabine klang das Dröhnen des Hauptantriebs wie das Brüllen eines riesigen Tieres aus großer Entfernung, außerhalb der Luftschleuse war es ohrenbetäubend. Eine transparente blaue Flamme wehte aus der Hauptdüse des FRMs. Hitze schwemmte gegen den Stamm.

Carlots Augen waren groß vor Angst. Gerner zog an ihrem Arm, bis sie mit schlagenden Beinen in Richtung auf den anderen Busch davonflog, und folgte ihr dann, seinerseits gefolgt von Booce.

In einiger Entfernung wurde der Lärm erträglicher, und sie unterbrachen ihren Flug. Die zerklüftete Borke dämpfte alle Geräusche. Booce schrie: »Dieser Krach ist unglaublich! Was ist dieses verdammte FRM, ein Schiff von den Sternen?«

»Jeffer sagt, es wurde von dem Sternenschiff hierhergetragen. Mein Vater hat die *Discipline* nie gesehen.« Diese Behauptung stimmte für jeden seiner beiden Väter. »Aber die Sterne hat er gesehen. Es gibt sie wirklich.«

»Mir jagt das Ding Angst ein, ich gebe es zu. Seht, der Lärm scheucht die Käfer aus der Rinde! Gehen wir ans Werk.«

Booce benutzte eine Astholzmachete, um in eine der Honigwaben ein Loch zu schlagen. Das Innere war vielfach unterteilt, die Zellen enthielten roten, klebrigen Honig. Booce strich ihn mit der flachen Klinge auf die Borke.

»Du wirst noch ein paar Hornissen darin finden«, erklärte er Gerner. »Sie versuchen, den Sack zu durchstechen, wenn sie nach ein paar Tagen ungeduldig werden, und dann sterben sie. Aber verlaß dich nicht darauf. Laß dich nicht von einer erwischen. Jetzt malt man mit ein paar Metern Abstand Kleckse auf den Stamm. Sind sie zu eng beieinander, verschwendet man den Honig. Bei zu großem Abstand verlieren die Käfer die Richtung.«

Gerner hatte sich für einen guten Kletterer gehalten, aber diese Arbeit war etwas ganz anderes. Es fiel ihm schwer, Schritt zu halten. Er verschwand beinahe unter all den Säkken, die er tragen mußte. Booce und Carlot kletterten mit den Köpfen nach unten; er wäre hoffnungslos zurückgeblieben, hätte Booce nicht immer wieder innehalten müssen, um Honig auf die Borke zu streichen.

Als die Sonne im Nadir stand und die Schatten das Auge verwirrten, gönnten sie sich eine Atempause. Je weiter das Jahr fortschritt, desto dichter zog die Sonne auf ihrer Kreisbahn an Voy vorbei.

Am Tag darauf legten sie eine längere Pause ein. »Das ist die Phase, die mir am besten gefällt«, meinte Booce. »Gewöhnlich sind wir zu sehr in Eile. Diesmal ist euer FRM schon dabei, uns nach Hause zu schieben. Wir können uns Zeit lassen und tun, was uns gefällt!«

»Was zum Beispiel?«

»Das zeige ich euch unterwegs.« Booce fing an, mannsgroße Borkenstücke abzulösen und sie auf dem nackten

Holz gegeneinander zu kanten. Als er mit dem Aufstellen fertig war, zündete er sie an.

Der Rauch blieb dicht über der Stelle hängen, wo er sich bildete. Booce plazierte ein mehrere Kilogramm schweres Stück Schildvogelfleisch in der Wolke. Auf ihren Macheten brieten sie dicht am Feuer kleinere Fleischscheiben und verzehrten sie heiß.

»Das Räucherfleisch wird reichen, bis wir unten ankommen«, sagte Booce. »Doch ein Stamm hat noch mehr Eßbares zu bieten. Du bist nie geklettert?«

»Als Kinder sind wir ein wenig herumgestiegen, aber nur auf dem unteren Stamm. Wir durften uns nicht weiter als einen Kilometer vom Busch entfernen. Wenn man stürzte, wurde man vom Laubwerk aufgefangen. Um höher hinaufzukommen, benutzten wir den Fahrstuhl.«

Sie schliefen sorgfältig angeleint in einem der Risse in der Borke. Hin und wieder drang für einen Moment das Dröhnen des FRMs bis zu ihnen. Eine dunkle Wolke hatte sich am Stamm über ihnen formiert und wanderte langsam abwärts.

Die Käfer des Baums hatten den Honig entdeckt.

Sie frühstückten von dem geräucherten Vogel. Dann übernahm Carlot das Markieren, während Booce den Proviant trug.

Die Sonne zog ihre Kreisbahn, einmal, zweimal. Ihre Rast legten sie ein, wenn die Schatten genau vor ihnen lagen. Träge Wasserrinnsale bildeten sich neben ihrem Pfad. »Käfer lieben Feuchtigkeit«, erklärte Booce. »Mittstamms enthält die Borke genug Flüssigkeit für sie, tiefer unten ist sie zu trocken. Man muß die Honigspur an der Ostseite anlegen, längs des Wasserfalls, oder sie kümmern sich nicht darum. Außerdem hält der Stamm den Wind ab. Man will schließlich nicht riskieren, daß die Käfer davongeweht werden.«

Fächerpilze reckten sich gleich bleichen Händen aus der Rinde. Carlot zeigte Gerner, wie man die rote Umrandung entfernte, bevor man das weiße Innere essen konnte. Es schmeckte fade, fast nach gar nichts, aber es paßte recht gut zu dem aromatischen, geräucherten Fleisch.

Es gab Unterhaltung beim Essen: ein Schwarm Rosen wurde vom Wind vorübergetrieben. Die Stiele waren vier Meter lang. Dunkelrote Blüten, so zart wie Seidenpapier, reckten sich Voy entgegen und sogen das blaue Licht in sich ein. Gerner hatte nie dergleichen gesehen. Er und Carlot schauten den Rosen nach, bis sie im Osten verschwanden.

Gerner war mit dem Honig an der Reihe. Booce ließ ihn anfangs nicht aus den Augen, aber die Sache schien einfach genug zu sein. Hier ein Klecks von der Größe einer Kinderhand, der nächste Klecks zwei Meter darunter.

Eine dunkle Wolke strömte hinter ihnen den Stamm hinunter.

Der Wind wurde stärker, obwohl der Stamm seine Gewalt dämpfte. Die zunehmende Tide erleichterte Gerner die Arbeit. Das Wasser neben ihrem Pfad floß reichlicher. Es war sauberer als Teichwasser, sauberer als das Wasser, das sich im Becken der Siedlung sammelte. Es schmeckte köstlich, und das Anstreichen war eine harte, schweißtreibende Arbeit.

Nach zwei Tagen war Gerners Arm ein einziger Krampf.

Er war zu erschöpft, um bei der Zubereitung des Abendessens zu helfen. Booce mußte alleine zurechtkommen. Er entdeckte gepanzerte Lebewesen, die in den Ritzen der Borke saßen, und sammelte sie ein. Geröstet ergab ihr weißes Fleisch eine schmackhafte Mahlzeit.

Auch diesmal drängten sie sich in einem breiten Riß der Borke zusammen, Carlot in der Mitte. Es war nicht ganz ungefährlich auf dem Stamm.

Gerners Schmerzen hielten ihn wach. Nach einiger Zeit merkte er, wie Carlot unruhig die Füße bewegte. »Carlot?«

Er hätte sie kein zweitesmal angesprochen, aber sie antwortete sofort. »Kannst du nicht schlafen?«

»Nein. Mein Vater hat mir erzählt, wie er mit seinen Freunden einen Baum hinaufkletterte. Als sie oben ankamen, brach der Baum auseinander.«

»Das ist ein Grund, weshalb wir den Busch nicht einfach abschlagen oder abbrennen. Mit dem Honig geht es leichter, aber es lockt auch die Käfer vom Mittstamm weg. Wenn der Baum stirbt, sind sie nicht zur Stelle, um ihn zu zerfressen.«

»Wie werdet ihr den äußeren Busch los?«

»Oh, einige von den Käfern mögen der Honigspur nicht folgen. Sie vermehren sich derweil. Sobald wir uns dem Klumpen nähern, legen wir eine zweite Spur nach außen.«

»Warum bist du noch wach?«

»Tide. Ich habe Schwierigkeiten, bei Tide zu schlafen.« Doch ihre Stimme wurde bei den letzten Worten immer leiser. Auch er verstummte und schlief endlich ein.

Nach dem Frühstück verkündete Booce: »Es gibt an der Westseite des Stammes etwas, das ich mir ansehen möchte. Unsere Ausrüstung lassen wir solange hier.«

Klettern war ein Vergnügen, wenn man dabei keine Honigkleckse anbringen mußte. In weniger als einem halben Tag hatten sie den Stamm zur Hälfte umrundet. Einen Viertelkilometer über ihnen wölbte sich die Borke gleich einer Welle auf der Oberfläche eines Teichs. Das war ihr Ziel.

»Jeffer wollte, daß wir einen Blick darauf werfen«, erklärte Booce. »Irgend etwas muß in den Stamm eingeschlagen sein, als er noch jünger war. Das Holz hat die Stelle überwuchert.«

Der Stamm wölbte sich, als wolle er einen geheimen Schatz verbergen. Gerner war schon in den Krater hineingestiegen, bevor er etwas sehen konnte. Carlot, die vor ihm kletterte, hielt inne.

Booce schaute über seine Schulter. Gerner hörte ihn tief Atem holen.

Carlot sagte: »Metall!«

»Ich werde mich bei Jeffer entschuldigen müssen«, meinte Booce. »Wahrhaftig Metall! Der Baum hält es wahrscheinlich für etwas Schädliches; seht, wie widerstrebend das Holz sich darum geschlossen hat! Die Admiralität wird allerdings begeistert sein.«

Gerner fragte: »Behalten wir's?«

»Keine Frage. Eine geheime Versteigerung wäre das Richtige, denke ich.« Booce stand am Boden der Spalte und strich mit den Händen über die rötlich-schwarze Oberfläche des Metalls. »Sechs- oder achttausend Kilogramm. Das Gewicht können wir nicht bewältigen. Also müssen wir die Marine unterrichten, außer ... hm.«

Carlot schaute zu ihrem Vater. »Wir wollen keine Aufmerksamkeit erregen.«

»Ganz genau. Ich muß darüber nachdenken. Nun, meine tüchtigen Gesellen, ich glaube, wir haben uns einen freien Tag verdient.«

Sie kletterten zurück und ließen sich reichlich Zeit dabei. Booce wußte unfehlbar, wo sich die gepanzerten Rindenbohrer verborgen hielten. Nach dem Essen verbrachten sie einen Tag angeleint in dem jetzt üppig fließenden Wasserfall, wuschen sich gegenseitig, wrangen den Honig aus ihren Kleidern und trugen plantschende Ringkämpfe aus. Trotzdem verlängerten sie ihre Honigspur noch ein gutes Stück, bevor es Schlafenszeit war.

Nach zwanzig Tagen hatten sie den wilden Busch erreicht.

Gerner hatte das Laub niemals richtig zu schätzen gewußt. Schließlich war er damit aufgewachsen. Jetzt stopfte er sich voll, genoß den Geschmack und die Beschaffenheit der grünen Zuckerwatte. »Euch schmeckt es auch«, sagte er. »Carlot, Booce, warum lebt ihr nicht auf einem Baum?«

»Oh, im Klumpen gibt es auch Laub«, entgegnete Carlot. »Viele Sorten. Gerner, ich kann gar nicht abwarten, es dir zu zeigen!«

Sie suchten sich im Laub einen Ruheplatz. Gerner schlief wie ein Toter, vor Erschöpfung und weil das vertraute Gefühl der Tide ihn sanft einwiegte. Er wachte früh auf und fühlte sich herrlich.

Carlot lag nicht weit von ihrem Vater entfernt. Auf ihrem Gesicht malte sich Kummer. Mit eigenartig langsamen Arm- und Beinbewegungen versuchte sie sich gegen die Tide zu stemmen.

Gerner faßte behutsam ihre Hand. »He. Schlecht geträumt?«

Sie öffnete die Augen. »Oh, Gerner. Ich habe mich so bemüht, Wend zu erreichen. Sie schrie und versuchte zu fliegen, mit nichts als ihren bloßen Füßen ...« Sie schüttelte heftig den Kopf und setzte sich auf. »Ich muß dir etwas sagen.«

»Fang an.«

»Es war beim Schwimmen. Vater hat gemerkt, daß du aufrecht warst.«

»Aufrecht? Oh, aufrecht. Du bist sehr hübsch«, meinte Gerner etwas verlegen.

»Wir können keine Babys machen.«

»Können wir nicht? He, die Dschungelriesen und die Bürger vom London-Baum hatten keine Schwierigkeiten damit. Ich bin ein Zwerg, aber ...«

Carlot lachte. »Vater sagt, daß wir nicht dürfen. Er will, daß ich einen Holzfäller heirate. Ich glaube, er denkt dabei an Raff Belmy, vom *Waldläufer*, aber es muß auf jeden Fall ein Holzfäller sein. Ich dachte, ich sollte dir Bescheid sagen, bevor du ... nun ja, bevor du auf irgendwelche Gedanken kommst.«

»Gedanken? Na, da hast du zu lange gewartet.«

»Ist dann alles in Ordnung zwischen uns?«

»Sicher. Schlaf jetzt weiter.« Um die Wahrheit zu sagen, fühlte Gerner sich beinahe erleichtert. Carlot ohne Kleider verursachte ihm Schwindelgefühle und Hitzewallungen: außerordentlich unangenehm.

Und Booce wollte nicht, daß seine Tochter einen Barbaren und Zwerg liebte. Sollte er sich beleidigt fühlen? Irgendwie brachte er es nicht fertig.

Zum Frühstück gab es wieder Laub. Dann gab Booce Gerner die Machete. »Du schälst die Borke ab. Wir brauchen einen kompletten Ring von ungefähr einem halben

Meter Breite, wo das Holz freigelegt ist. Wir führen die Honigspur hinter dir her.«

Dreieinhalb Tage später hatte er die Aufgabe zur Hälfte bewältigt. Die Rinde war weich und ließ sich ohne weiteres ablösen, aber der Stamm mußte einen Umfang von gut zwei Kilometern haben. Zum Schlafen und Essen zogen sie sich in den Busch zurück. Gerner wurde von Schmerzen am ganzen Körper geplagt, aber trotzdem war es gut, unter Tide zu schlafen, umhüllt von Geäst.

Nach dem Frühstück arbeitete Gerner weiter mit der Machete. Die Serjents schienen das Vertrauen des Bürgerbaums in die überlegenen Kräfte eines Zwergs zu teilen. Er brachte die Arbeit vor der nächsten Schlafenszeit zu Ende. Sie waren ihrem Zeitplan voraus. Ihnen blieben noch sechs oder sieben Tage, bevor Jeffer mit dem FRM kam, um sie abzuholen.

Vom unteren Teil des Stammes beobachteten sie einen Moby, der Anstalten machte, die Käfer auf der Honigspur anzugreifen. Gewöhnlich ernährten Mobys sich von Insektenschwärmen, die sie aus der Luft siebten. Dieser war ein gewaltiges Geschöpf, nichts als Maul und Schwingen, das sich in Windrichtung mit einer Geschwindigkeit von hundert Metern pro Atemzug dem Stamm und der Käferkarawane näherte. Er bemerkte seinen Fehler gerade noch rechtzeitig. Mit weit aufgerissenem Maul und wild schlagenden Flügeln/Flossen versuchte er, die Richtung zu ändern, und wirkte unwiderstehlich komisch, während der Wind ihn weiter gegen den Baum drückte. Im Vorüberfliegen schrammte er mit der Flanke einen Schauer von Rindenstücken vom Stamm.

Die Käfer strömten heran wie eine Wolke Holzkohlenstaub. Sie erreichten das freigelegte, mit Honig eingestrichene Holz und folgten der Spur nach Norden und nach Süden. Die Wolke wurde dichter, dunkler, die Insekten wimmelten übereinander und bildeten einen Wulst, der mehrere Zentimeter über die Rinde hinausragte.

»Carlot. Gefällt dir das Leben auf einem Baum?«

Sie nickte, den Blick auf die Käfer geheftet.

»Booce? Ich habe dich beobachtet. Dir gefällt es hier.«

»Gefallen ist fast zu wenig gesagt.«

»Wie kannst du es dann über dich bringen, Bäume zu töten?«

Booce zuckte die Schultern. »Es gibt viele Bäume.«

9 Die Rakete

Holzfrachters *Logbuch, Eintrag von Kapitän Booce Serjent:*

JAHR 384, TAG 1280. ZEHN GRAD WESTLICH DES KLUMPENS. WIR HABEN EIN WÄLDCHEN ENTDECKT UND EINEN BAUM AUSGEWÄHLT. ETWA DREISSIG KILOMETER LANG.

TAG 1300. IN EINER REGENWOLKE AUFGETANKT. ALLES IST NASS.

TAG 1310. MITTSTAMMS FESTGEMACHT.

TAG 1330. RYLLIN UND KARILLY MÜSSTEN INZWISCHEN DIE HONIGSPUR GELEGT HABEN. KÄFER FOLGEN IHNEN DEN STAMM HINUNTER. ICH WERDE *HOLZFRACHTER* NEHMEN UND SIE AM INNEREN BUSCH ABHOLEN. WIR HABEN ES ALLE EILIG, ZUR ADMIRALITÄT ZURÜCKZUKEHREN, ABER DIE KÄFER LASSEN SICH NICHT ANTREIBEN.

TAG 1335. RYLLIN UND KARILLY SIND AN BORD. VOM INNEREN BUSCH AUS ENTDECKTEN SIE EINEN TEICH, ETWA FÜNFZIG KILOMETER IM WESTEN UND EIN STÜCK EINWÄRTS. DIE FRAUEN SIND DER ANSICHT, WIR SOLLTEN DIE RAKETE ZÜNDEN UND DIE HEIMREISE BEGINNEN, OHNE AUF DIE KÄFER ZU WARTEN. AN DEM TEICH KÖNNTEN WIR DEN WASSERTANK AUFFÜLLEN. DIE ZEITERSPARNIS WÜRDE ZWANZIG BIS DREISSIG TAGE BETRAGEN.

JETZT LIEGT ES AN MIR. EIN RISIKO BESTEHT, ABER ICH HABE MICH BIS JETZT NIE GEGEN DIE FRAUEN DURCHSETZEN KÖNNEN. ICH WERDE MICH SCHNELL ÜBERREDEN LASSEN UND ZEIT SPAREN.

TAG 1360. DIE KÄFER HABEN DEN HONIGRING ÜBER DEM INNEREN BUSCH ERREICHT. NORMALERWEISE WÄRE ICH DORT, UM DIE ENTWICKLUNG IM AUGE ZU BEHALTEN, ABER DA WIR BEREITS UNTER SCHUB SIND, KANN ICH DIE RAKETE NICHT UNBEAUFSICHTIGT LASSEN.

WIR HALTEN ABWECHSELND WACHE, FALLS WANDERFÜSSE AUFTAUCHEN SOLLTEN. WENN SIE UNS AUFSPÜREN, KÖNNEN WIR *HOLZFRACHTER* IN EINEM HALBEN TAG AUF einen unabhängigen Kurs bringen. Die Rakete ist gezündet und arbeitet einwandfrei.

Tag 1370. Ich werde das Feuer um das Rohr ausbrennen lassen, bevor die Käfer mit ihrer Arbeit fertig sind. Der Rest Dampf genügt, um uns zu dem Teich zu bringen.

Sollte die Rakete wegen Wassermangels ausfallen, wird das die Mädchen lehren, in Zukunft grössere Umsicht walten zu lassen. Es wird sich trotzdem Gelegenheit bieten, den Tank zu füllen, bevor wir den Klumpen erreichen. Unterwegs trifft man immer auf den einen oder anderen Teich.

Tag 1380. Ein ausgewachsener Baum treibt in unseren Weg. Verdammt. Vielleicht zieht er vorbei.

Keine weiteren Einträge.

Das FRM kam zum Ast, um sie an Bord nehmen, und brachte außer seinen Passagieren eine halbe Kabine voll Laub zum Anlegeplatz zurück. Gerner war überzeugt, daß sie für lange Zeit kein Laub mehr essen oder unter anständiger Tide schlafen würden.

Er war Zeuge des Streits, als Clave verlangte, den Antrieb wieder zu starten.

»Das ist sinnlos«, hielt Jeffer ihm entgegen. »Reine Treibstoffverschwendung, um gegen den Wind anzukämpfen. Wir kommen auch so gut voran.«

Booce war mit Jeffer einer Meinung. »Sobald der Busch abgefallen ist, treiben wir sogar noch weiter nach innen. Laß uns etwas Luft zum Atmen!«

Hatte einer von den anderen Claves Blick nach hinten gesehen? Weniger als ein Atemzug genügte Clave, um die Meinung seiner Leute aus ihren Mienen zu lesen, aber Gerner hatte es bemerkt.

Vor nicht allzu langer Zeit, weit entfernt im Bürgerbaum, hatte Gavving zu seinem ältesten Sohn gesagt: »Du bist jetzt ein Bürger. Behalte während einer Versammlung Clave im Auge. Er führt auf dem Weg, den wir einschlagen wollen. Das hat er immer getan. Du mußt nicht Claves Weg gehen, nur weil Clave es sagt ...«

Der Antrieb wurde nicht eingeschaltet.

Der Baum trieb schwerfällig westwärts und nach innen. Die Bewegung nach Westen verlangsamte sich während mehrerer Tage. Die Tage wurden kürzer, und Voy rückte näher. Schon die kleinsten Kinder lernten, niemals direkt auf Voy zu schauen, aber Gerner wußte es dennoch. Der weißblaue Stecknadelkopf in seinem Augenwinkel wirkte greller, näher und *kleiner*, da weniger Himmel zwischen ihm und dem Betrachter die Umrisse verwischte und verzerrte.

Eine Schlafzeit bestand aus sechs Tagen, dann aus sieben. Die Zeit schlug Kapriolen, bis sie sich nicht mehr darum kümmerten. Die Reise war wichtiger geworden als das Ziel.

Die Mannschaft lebte auf der Borke, bis auf Jeffer. Sie empfanden das FRM als zu fremdartig. Selbst Gerner verließ das FRM nach ein paar Schlafzeiten. Er hatte zwar festgestellt, daß er diese Art von Fremdartigkeit mochte, aber er spürte auch, daß Jeffer ihn als Eindringling empfand. *Der Wissenschaftler befehligt das FRM.*

Debby und Booce verschwanden den Stamm hinunter, um die Arbeit der Käfer zu beaufsichtigen. Sie kehrten zurück mit geräuchertem Dumbofleisch und zwei gegerbten Häuten, die von Booce so bearbeitet wurden, daß sie dem silbernen Anzug erstaunlich ähnlich sahen. »Auf dieser Reise brauchen wir sie nicht, aber sie gehören zur Standardausrüstung. Die Marine erwartet, daß wir Lederpanzer an Bord haben.«

Ein Wäldchen von Integralbaum-Schößlingen zog voywärts an ihrem Baum vorbei, das erste, das die Bürger je zu Gesicht bekommen hatten. Sie waren ein paar Meter lang und trugen nur am äußeren Ende einen Busch. »Die Samen treiben sowohl nach außen wie nach innen«, erklärte Booce ihnen. »Nach dem Sprießen müssen sie sich wieder dem Median nähern. Den zweiten Busch entwickeln sie, sobald sich genügend Nahrung findet.«

Eines Tages rief Carlot ihren Vater und zeigte nach außen. »Ist das nicht ein Kapselfeld?«

Vor dem hellen Sonnenlicht hätte der dunkle Fleck auch ein Hain winziger Bäume in mehreren hundert Kilometern Entfernung sein können. »Klein ... ja. Allerdings zu weit weg.«

»Warum?« wollte Debby wissen.

»Nun, es würde zu lange dauern ... Ich habe das FRM vergessen. Fragen wir Jeffer.«

Jeffer befragte seine Fenster-im-Fenster. »Natürlich läßt sich das machen. Clave, hast du Lust auf einen Ausflug?«

»Wirst du den Rückweg finden? Der Baum kommt einem groß vor, wenn man daran festgebunden ist, aber aus einer Entfernung von sechshundert Kilometern ...?«

»Vertrau mir.«

Vierzig Pflanzen, die alle gleich aussahen, vereinigten sich zu einem losen Strauß. Aus einem faserigen, nach Westen ausgerichteten Kelch wuchs in die entgegengesetzte Richtung ein längliches schlaffes Blatt, das vom Wind in träge Wellenbewegungen versetzt wurde. Eine dicke Ranke erstreckte sich an die hundert Meter nach der anderen Seite und endete in einer Art Kragen. Jeder Kragen enthielt eine braune, eiförmige Kapsel.

»Das sind Gasschoten«, erkannte Debby plötzlich. »In den Carther-Staaten sind wir damit geflogen.«

Booce schickte Gerner zu einer der größten Pflanzen. Carlot und Debby hielten sich im Hintergrund. Gerner umkreiste die Kapsel in vorsichtiger Zurückhaltung vor dem Unbekannten: ein faseriges braunes Ei, so groß wie der Gemeinschaftsraum in seines Vaters Hütte. Die Tide war stark genug, um die Ranke straffzuziehen. Kleinere Kapseln wuchsen in einer Spirale am Stielende, von der Größe einer Faust bis zur Größe eines Menschen. Ersatz, vermutete er, der nachrückte, sobald die reife Kapsel abfiel.

Befriedigt schlang Gerner wegen der Hebelwirkung die Beine um den Stiel und schwang die Machete.

Der Knall erschütterte seinen gesamten Körper. Der Himmel drehte sich um ihn. Tide drohte ihn zu zerreißen. Seine Finger und Zehen schienen anzuschwellen, als die atemlose Kreiselbewegung das Blut hineinsaugte.

Entgegen der Tide, die ihn geradebiegen wollte, zwang Gerner die Beine senkrecht vor den Oberkörper, zog einen Arm an die Brust und zündete die Knöcheldüsen. Der wirbelnde Himmel verlangsamte seine tolle Fahrt.

Er stemmte die Füße gegen die Drehrichtung und kam zum Stillstand.

Zerschlagen und taub öffnete er den Helm, um hören zu können, was Booce ihm zurief.

»Die war reif! Versuch eine andere!«

Gerner flog mit den Düsen zurück zu dem Kapselfeld. Booce beriet ihn aus der Ferne. »Nein, die taugt nichts. Wir brauchen eine große.«

»Sind die größten nicht auch die reifsten?«

»Deshalb benutzen wir ja Rüstungen! Da drüben ...«

Die Kapsel explodierte und schleuderte ihn ein gutes Stück nach Westen, während Samenkörner von dem silbernen Anzug abprallten. Er geriet diesmal nicht so heftig ins Trudeln, der Stoß hatte ihn genau am Körper getroffen. Gerner öffnete den Helm. »Ich glaube, auf dem Baum hatte ich mehr Spaß!«

»Es ist zu feucht hier. Die Kapseln verschießen ihren Samen besonders gern, wenn genügend Wasser in der Luft enthalten ist. Versuch es mit der. *Und mach deinen Helm zu!*«

Gerner erwog ernsthaft, dem fremden Kaufmann vorzuschlagen, er möge gehen und sich an den Baum verfüttern, doch er war schon auf dem Weg zu einer dritten Ranke. *Es gibt keinen anderen Silbermann*, dachte er und schwang die Machete gegen den unteren Teil der Kapsel. *Und was bin ich, wenn ich nicht der Silbermann bin*?

Die Kapsel fiel nach außen und trieb davon. Carlot und Debby flatterten hinterdrein.

Der nächste Versuch war ebenfalls erfolgreich. Gerner folgte der Samenkapsel, seinerseits verfolgt von Booce. Gemeinsam stemmten sie die Schultern gegen die Kapsel und machten sich auf den Rückweg. Sie hatten das FRM beinahe erreicht, als Gerners Düsen ausfielen.

Er fummelte an den Antriebsreglern. Nichts.

»Booce! Laß mich nicht allein!«

»Was ist los?«

»Der Anzug will sich nicht bewegen!«

Booce lachte. »Müssen wir dem Ding Flügel anschnallen?«

»Kannst du mich schieben …?«

»Kann ich und werde ich. Da kommt Debby. Ich werde dich schieben, und die Damen nehmen die Kapseln.« Booce wirkte unanständig fröhlich, und es dauerte eine Weile, bis Gerner begriff, warum.

Booce hatte eine Schwachstelle in der einschüchternden Wissenschaft des Bürgerbaums gefunden.

»Dir ist der Treibstoff ausgegangen, nichts weiter«, erklärte ihm Jeffer. »Siehst du das kleine rote Licht unter deinem Kinn?«

»Es brannte, als ich in den Anzug stieg. Ich weiß aber nicht, was es bedeutet.«

»Es bedeutet, daß du keinen Wasserstoff mehr hast. Es muß eine Möglichkeit geben, den Anzug aufzutanken. Ich werde die Kassetten überprüfen. Wenn ich da nichts finde, werde ich Mark fragen müssen, sobald wir nach Hause zurückkommen. Jedenfalls kein Grund zur Aufregung! Wir haben Kapseln, und wir haben Honig. Vielleicht brauchen wir den silbernen Anzug gar nicht mehr.«

Ein vierzig Kilometer langer Baum ist auch aus sechshundert Kilometern Entfernung schwer zu übersehen. Jeffer hatte keine Schwierigkeiten, sie heil zum Stamm zu bringen.

Booce begann die Arbeit an der ersten Kapsel mit größter Vorsicht. Bei jedem Hieb mit der Machete zuckte er zurück. Nach dem sechsten Schlag schoß plötzlich unter heftigem

Druck ein weißlicher Luftstrom aus der Kapsel. Booce ließ sich in den Himmel fallen. Als er mit schweren Flügelschlägen zum Stamm zurückkehrte, beschrieb er einen respektvollen Bogen.

Die zweite Kapsel öffnete er auf dieselbe sorgsame Art. Dann sägte er sie mit Carlots Hilfe in zwei Teile. Das Innere war mit faustgroßen, geschwänzten Sporenkugeln ausgekleidet, die Booce herauskratzte.

Von der ersten Kapsel sägte er den Stiel ab, wodurch er ein kleines Loch in der Schale erhielt. Er feilte die Ränder, bis das Loch nur mehr wenig kleiner war als das Metallrohr, und ging dann zum Essen.

Nach dem Frühstück nahmen sie die Arbeit wieder auf. Vier von ihnen waren nötig, um die Rohrenden in die Stielöffnungen der beiden Kapseln zu schieben.

Clave fragte: »Und wie kriegt man da jetzt Wasser hinein?«

»Du mußt ein kleines Loch in das andere Ende des Tanks bohren. Dann schiebst du das Rohr in einen Teich und saugst. Als Holzfäller braucht man kräftige Lungen.«

»Wir sind zu weit innen, um viele Teiche zu finden.«

»Ich weiß. Gewöhnlich tanken wir *Holzfrachter* auf, bevor wir mit der Arbeit an einem Baum beginnen. Aber, verdammt, wir haben das FRM, und irgendwo werden wir schon einen Teich auftreiben, und *Holzfrachter* ist wieder startklar. Bis auf die Leinen. Und die Kabinen. Wir brauchen Holz, um Kabinen zu bauen.«

»Um das Holz kümmern wir uns nach der nächsten Schlafzeit«, sagte Jeffer. »Wir werden den äußeren Ast nehmen, denke ich. Der innere Ast fällt vielleicht schon bald ab.«

»Nein. Mindestens noch dreißig Tage ...«

Carlot sagte: »Vater ...«

»Verlaß dich nicht darauf«, verbesserte Booce sich sofort. »Wir schlagen das Holz am äußeren Ast.«

»Du bist der Fachmann. Was hat deine Meinung geändert?«

Booce seufte. »Was ich sagte, war nur eine Vermutung.

Ich *weiß* nicht, wann der Ast abfallen wird. Jeffer, es kann einen ordentlichen Ruck geben, wenn der Ast sich löst. Bleib du an Bord des FRMs. Es wäre gut, wenn du dich auch zum Schlafen anschnallst, und laß den Motor abgeschaltet.«

»Geht klar. Und was ist mit euch auf dem Stamm?«

»Solange wir unsere Flügel in Reichweite behalten, kann uns nichts passieren. Man muß seine Flügel immer griffbereit haben ... immer. Doch es ist beruhigend, dich im FRM zu wissen, falls wir Hilfe brauchen.«

Die Arbeit an der Dampfrakete war längst nicht zu Ende. Booce und Carlot umwoben den Wassertank mit einem Netz von Leinen, die am Bug miteinander verflochten wurden. »Daran befestigen wir die Kabinen. Davon abgesehen ... ich weiß immer noch nicht, was wir anstelle des Maschendrahts verwenden könnten. Wir brauchen irgendwas, womit wir die Holzkohle am Rohr festhalten könnten.«

Clave hatte einen Vorschlag. »Und wenn wir eine Havarie vortäuschen? Lassen wir uns von dem FRM anschieben, damit der Stamm in das Randgebiet des Kumulus treibt, und geben wir dann Notsignale. Der Marine können wir erzählen, wir hätten unseren Maschendraht verloren und wären nur mit viel Glück nach Hause gekommen.«

»Mmm ... vielleicht. Ich werde wie ein Narr dastehen, aber vielleicht. Ich will mich einfach nicht hetzen lassen.« Er verstummte abrupt. Dann fügte er hinzu: »Ryllin und die Mädchen, sie – wir hatten es so verdammt eilig, zurück zur Admiralität zu kommen. Wir setzten die Rakete in Gang, bevor der Busch abgefallen war.«

»Was hat das ...«

»Habe ich dir gesagt, daß ihr reiche Leute seid?«

»Ich verstehe kein Wort«, meinte Clave.

»Dieser Knoten in unserem Stamm enthält mehrere Tausend Kilogramm Metall. Damit könnt ihr alles kaufen, was auf dem Markt zu haben ist. Es macht uns aber auch zur Zielscheibe. Jemand könnte versuchen, es zu stehlen.«

»Gute und schlechte Neuigkeiten.«

»Richtig. Wir bringen erst unser Holz an den Mann und lassen uns hübsch Zeit damit, das Metall zu verkaufen. Nur keine Eile.«

Die Vorräte waren knapp geworden. Debby und Clave flogen den Stamm entlang nach innen, bis sie einen Schwarm Flitzer entdeckten. Mit dem Stamm als Rückhalt verschossen sie ihren gesamten Vorrat an Pfeilen und erlegten ein halbes Dutzend der kleinen Vögel. Sie brauchten sechs Tage dazu.

Sie entzündeten auf dem Stamm ein Feuer, um die Vögel zu kochen. *Holzfrachters* Mannschaft war bereit für ein Festmahl.

Booce bildete eine Ausnahme. Er aß wenig. Er war ungewohnt schweigsam und schaute still in die Flammen, bis Carlot sagte: »Vater? Zwanzig, fünfundzwanzig Tage?«

»Ungefähr«, bestätigter Booce. Dann fügte er hinzu: »Letztesmal habe ich geraten. Ich sollte am Busch sein und die Käfer beobachten.«

»Paps, du könntest uns von da unten ohnehin nicht rechtzeitig Bescheid geben.«

»Ich könnte mich zehn oder fünfzehn Tage vorher an den Aufstieg machen ...«

»Paps ...«

»Ich bin froh, daß die Rakete noch nicht in Betrieb ist. Wir hatten sie gezündet, als es passierte.«

Ein langes Schweigen entstand. Debby fragte: »Was ist passiert?«

Booce erzählte es ihnen.

Booce lag in tiefem Schlaf, als die eingedrückte Holzwand der Kabine gegen sein Gesicht und seine Brust stieß. Sein überraschtes Ächzen wurde von erschreckten Rufen aus weiblichen Kehlen übertönt. Er tastete nach seinen Flügeln, bevor er noch die Augen geöffnet hatte.

Um ihn herum herrschte besorgte Geschäftigkeit; die Frauen griffen nach ihren Flügeln und eilten hinaus. Ryllin trat aus der Tür, schaute sich um und wandte sich sofort einem weißblauen Lichtschein zu, der nicht zu sehen gewesen, war als sie sich schlafen legten. Carlot und Karilly folgten ihr. Wend hatte ihre Flügel noch nicht gefunden. Den Tränen nahe, suchte sie weiter.

Booce ließ sie in der Kabine zurück. An Bord von *Holzfrachter* konnte Wend nichts zustoßen, aber dieser Zwischenfall würde sie lehren, ihre Flügel immer und unter allen Umständen griffbereit zu haben.

Er sah auf einen Blick, was geschehen war:

Holzfrachter lag an einer ungeheuren Mauer aus Borke vertäut, der Westseite des Stammes. Kohlen in ihrer Hülle aus Maschendraht glühten hellrot am Mittelteil des Rohrs. Die Ausstoßdüse war nach Osten, auf den Klumpen gerichtet. Einige Meter hinter der Düse kondensierte heißer Dampf zu einem kilometerlangen weißen Schweif.

Der Klumpen war ein ferner Wirbel aus weißgrauen Stürmen; weit dahinter und ein gutes Stück tiefer schwang sich das weiße Band des Rauchrings dem Konvergenzpunkt entgegen. Das Auge konnte der weißen Linie am Himmel folgen ... und wo der Baumstamm zu einem Punkt zusammenlief, dort stand Voy.

Der grell-weißblaue Nadelkopf war hinter dem inneren Busch verborgen gewesen, als Booce sich schlafen legte. Jetzt war der innere Busch verschwunden, hatte sich Tage früher losgerissen, als Booce erwartete. Von der Last befreit, hatte der Baum einen Sprung nach außen getan. Booce hatte bereits damit gerechnet, jetzt sah er sich bestätigt.

In Richtung auf Voy zappelte eine schwarze Silhouette in einem Kranz aus blauem Licht.

Mishael hatte draußen Wache gehalten. Der Ruck hatte sie vom Stamm geschleudert. Sie befand sich weit innen am Stamm und mühte sich mit unbeholfenen Flügelschlägen nach außen und Osten, ganz wie sie es gelernt hatte. Allerdings hatte er sie nicht gelehrt, einen ihrer Flügel zu verlieren!

Ryllin und die Mädchen flogen ihr entgegen: verkürzte schwarze Gestalten. Sie kamen nur langsam voran. In Richtung Innen-West hätten sie sie schneller erreicht, aber im Westen ragte eine Mauer aus schwarzer Rinde auf.

Booce folgte ihnen langsam. Mishael schien sich nicht in unmittelbarer Gefahr zu befinden.

Ohne den inneren Busch lag der Schwerpunkt des Baums höher. Die Tide zog Booce nach innen und weg von dem Stamm. Eine aufkommende Brise kündigte an, daß der Baum neuen Schub erhielt, von dem Wind im äußeren Busch. Er bewegte die Beine auf und ab, um nicht fortgetrieben zu werden. Ryllin und die Mädchen hatten Mishael fast erreicht. Karilly hob den Kopf und flatterte heftig, als wollte sie kehrtmachen. Sie rief ihm etwas zu. Der Wind riß ihr die Worte vom Mund. Er bemühte sich, sie zu verstehen. Sie strebte ihm entgegen und schrie ...

Booce drehte sich zu *Holzfrachter* herum. Zu spät.

Der Ruck und der Wind und Booces Unaufmerksamkeit, das waren die Gründe für das Unglück. Ein paar Splitter Holzkohle waren aus dem Maschendraht geschüttelt worden. Die Glut um das Rohr hatte die Borke darunter seit Tagen ausgetrocknet und erwärmt. Es fehlte nur noch ein Funke, um sie in Flammen aufgehen zu lassen.

Unter normalen Umständen befindet sich ein Integralbaum im Gleichgewicht mit dem Wind. Ein niemals nachlassender Sturm weht an jedem der zwei Büsche, dagegen regt sich kein Luftzug am Mittelteil des Stamms. Ein Feuer brennt nur in bewegter Luft, aber ein Baum unter Schub ist in Bewegung, und es entsteht Wind. Kohlestückchen rieselten auf die Borke, die augenblicklich Feuer fing.

Booce arbeitete sich verbissen auf eii .en *Holzfrachter* zu, der bereits von Flammen umhüllt war.

Er war nicht in Panik geraten. Es gab einen Schlauch, und der Wasserbehälter mußte unter Druck stehen, weil das Feuer ihn erhitzte. Er konnte den Schlauch benutzen, um Wasser und Dampf auf die Flammen zu spritzen. Während des Fliegens atmete Booce tief ein, um sein Blut mit Sauerstoff anzureichern. Die seiner Meinung nach größte Gefahr bestand darin, daß er Feuer einatmete.

Wend krabbelte ängstlich aus der Tür der Kabine. Sie

trug keine Flügel, Augen und Mund waren vor Entsetzen weit geöffnet. Sie entdeckte Booce, sammelte ihre Kräfte und sprang ihm entgegen in den Himmel.

Der Wassertank explodierte.

Booce sah, wie Wend von einer Bö aus heißem Dampf und kochendem Wasser hinweggeweht wurde. Er stieß und trat mit den Beinen, um sie einzuholen, und konnte sich dabei selber schreien hören. Sie flog an ihm vorbei. Er reckte sich bis zum äußersten und ergriff ihren bloßen Knöchel und fühlte, wie sich die verbrühte Haut unter seinen Fingern löste.

Tröstende Hände lagen auf Booce, auf seinen Schultern, Armen, Knöcheln, denn so war es auf dem Bürgerbaum Sitte.

Gerner zögerte, da er nicht genau wußte, ob er sich solche Freiheiten herausnehmen durfte. Booce war ein ausgewachsener Mann.

Wo war Carlot geblieben?

Booce war heiser, denn er hatte geschrien, gebrüllt, aber jetzt wirkte beinahe ruhig. »Danach ist alles verschwommen … Lawri fütterte mich mit Laub, und ich konnte mich an nichts erinnern. Nur Stück für Stück ist mir alles wieder eingefallen.«

Gerner rückte unauffällig von dem Kochfeuer ab und flog in Richtung Voy davon. Hinter ihm richtete Booce seine Worte hauptsächlich an Debby, die seine Schläfen massierte.

»Es ist nie zuvor passiert – wenigstens nicht uns. Hin und wieder verschwindet eine Holzfällerfamilie. Man fragt sich, warum. Herausgefunden haben wir es nie. Ryllin zuliebe, der Mädchen wegen sollte ich das Geschäft aufgeben. Aber ich kann nichts anderes …«

Die Erinnerung mußte für Carlot zuviel gewesen sein. Wenn sie sich hatte verstecken wollen … ein Riß in der Borke? Die Mauern aus Rinde würden den Schmerz in ihres Vaters Stimme dämpfen. Sie konnte jede beliebige

Richtung eingeschlagen haben, aber die Risse verliefen nach innen und nach außen. Versuch es *innen*.

Gerner schwebte über der Rinde. Es machte ihm nichts aus, gesehen zu werden. Sie war bestimmt so weit geflohen, daß sie die Worte nicht mehr verstehen konnte.

»Geh weg.«

Er überschlug sich und trat Luft, um seinen Schwung aufzuheben. »Carlot?«

Keine Antwort. Die Stimme war von links gekommen, von Norden. Da: ein roter Schimmer in einer Furche. Er sagte: »Ich hätte dich nicht gefunden, wenn du still gewesen wärst.«

Sie war ganz in sich selbst zurückgezogen, wie die Schildvögel um den Teich aus Eis. Die Flügel lagen gefaltet auf ihrem Rücken. Er setzte sich neben sie, machte aber keine Anstalten, sie zu berühren. »Es muß schlimm gewesen sein.«

»Es war schlimm.«

Er versuchte es wieder. »Möchtest du in den Arm genommen werden?«

»Ich möchte Wend zurückhaben.«

»Du mußt lernen, an sie als eine Verlorene zu denken.«

»Sie war fünfzehn!«

»Sie war nicht einmal zwei!« hatte Jill geweint, nachdem eine Schwester erkrankt und gestorben war. Ilsa hatte ihre Tochter immer wieder umarmt. Als Ilsa im Alter von einunddreißig Jahren starb, war der Schmerz für Jill nicht geringer.

Auf das Alter kam es nicht an. Berührungen spendeten Trost. Gerner grub seine Finger in ihr Haar und begann mit einer Kopfhautmassage. Sie rührte sich nicht. Er sagte: »Ich hatte Brüder und Schwestern gehabt, die gestorben sind. Wir alle haben das erlebt. Man vergißt.«

Nachdem der Staubflaum abgeheilt war, hatte sie die Ärmel wieder von ihrem Hemd abgetrennt. Die Haut ihrer Arme war glatt und von einem satten, dunklen Braun, und plötzlich drehte sie sich herum und hielt ihn in einem Würgegriff.

Langsam um die eigene Achse rotierend, trieben sie in den Himmel hinaus. Gerner trug noch seine Flügel; sein Instinkt gebot ihm, zum Baum zurückzukehren. Er hielt Carlot fest.

Sie weinte nicht. Schließlich nahm sie ihr Kinn von seiner Schulter und küßte ihn.

Er fragte: »Besser?«

»Ja. Ich möchte nicht zurück.«

»Wird dir hier nichts zustoßen? Soll ich bleiben?« Ein halbes Dutzend Fingerkakteen trieben in weniger als einem Kilometer Entfernung nach Osten. Ein vom Wind getragener Fingerkaktus konnte tödlich sein. Diese hier trieben gemächlich dahin und entfernten sich außerdem ... aber man hörte nie auf, nach Gefahren Ausschau zu halten.

Garlot hatte nicht geantwortet. Er meinte: »Dein Vater könnte sich beunruhigen, wenn wir zu lange ausbleiben ...«

»Vater hat genug eigene Fehler gemacht.«

»Er bestimmt aber, mit wem du Babys machen sollst. Mishael mußte ihn fragen, und sie ist älter als du.«

»Willst du zurück?«

»Nein.«

»Ich habe lange nachgedacht, bevor ich mich in deiner Gegenwart auszog.«

Ihm fiel ein, wie sie im Wasserfall geschwommen waren, und er lachte. »Ich habe es gemerkt. Aber Booce war dabei.«

Sie ließ ihn los, und sämtliche Muskeln in seinem Körper zuckten zusammen. *Frei am Himmel, ohne einen Halt!* Aber er hatte Flügel. Carlot schwebte und entfernte sich allmählich von ihm ... Legte sie ihre Flügel an? Nein, sie zog das Hemd über den Kopf, rollte ihre Hosen nach unten und knüllte beides zusammen.

Er konnte die Augen nicht abwenden. *Jetzt* schnürte sie die Flügel an einen Fußknöchel. Die Kleider ebenfalls. Nacktheit war ihm nicht fremd, aber hier war es anders. Carlot war groß, anderthalbmal so lang wie er. Ihre Brüste waren perfekte Kegel, eine abrupte Unterbrechung des langen, glatten Oberkörpers. Gerner widerstand dem Bedürfnis, sie zu berühren. Er sprach hastig, bevor er diesen Kampf verlor. »Was würde denn passieren, wenn wir tatsächlich ein Baby machen? Könntest du noch immer heiraten, wen du willst?«

Sie antwortete: »Keine Sorge. Es gibt bestimmte Zeite, da kann nichts passieren.«

»Ja?« Gerner hatte nie davon gehört, wie man es anstellte, *kein* Baby zu machen. »Und wann ist eine solche Zeit?«

»Jetzt.«

»Ich habe noch nie ...«

»Ich zeige es dir. Zieh das aus.«

10 Geheimnisse

Bürgerbaum-Kassetten, Jahr 31 SM:

Fischerpflanze

Kugelförmiges Gewächs von 100-300 m Durchmesser. Ernährt sich mittels einer langen, flüssigkeitsspeichernden Wurzel, die aus vorbeiziehenden Teichen Nährstoffe und Wasser aufnimmt.

Fischerdschungel

Kann man als grosse (400-700 m), stachelbewehrte Fischerpflanze ansehen, die ihre Nahrung gleichfalls aus Teichen bezieht, aber auch grosse Vögel angreift. Jede Beute wird dem Dschungel einverleibt, um dort zu verwesen.

Fingerkaktus

Die junge Pflanze ähnelt einer grünen Kartoffel mit Augen. Aus den Augen wachsen Finger, die sich verzweigen und wieder verzweigen, bis man an einer ausgewachsenen Pflanze 20-30 Finger zählt. Jeder Finger trägt an der Spitze einen Dorn. Lebewesen, die in die Nähe des Kaktus' geraten, werden aufgespiesst und anschliessend von einem Wurzelgeflecht durchzogen. Im Lauf der weiteren Entwicklung spriessen aus den Fingern neue Kakteen. *Gefährlich.*

Gerner erwachte, weil seine Augen brannten.

Sie waren voller Tränen. Blinzeln half nichts. Die Tränen waren unter den Lidern eingeschlossen und drückten dagegen. Er wimmerte vor Schmerzen. Schließlich zog er die Lider mit den Fingerspitzen in die Höhe, um die Tränen abfließen zu lassen. Das tat weh. Mit dem Hemd über die

Augen zu reiben war rotglühende Qual. Er konnte nicht sehen!

»Carlot?« Ihm fiel ein, daß sie nicht bei ihm war. Sie waren erst zum Kochfeuer zurückgekehrt, als alle schliefen, bis auf Debby, die Wache hatte und ihnen zuzwinkerte. Dann hatten sie sich getrennt ...

Schlaf und jetzt Dolche in den Augen. Es war gut, daß Carlot ihn nicht so erlebte. Aber er war allein, und blind!

»Clave? Debby? Ist niemand hier?«

Gerner konnte die Borke fühlen, die ihn umgab. Um Hilfe rufen? Er hatte um Hilfe gerufen, als die Düsen des silbernen Anzugs ausfielen. Der Gedanke daran war ihm peinlich. Er hatte schon früher brennende Augen gehabt ... wenn er müde war ... aber nicht so wie jetzt! »Hilf mir jemand! Ich kann nicht sehen!«

»Gerner?«

»Debby? Meine Augen brennen wie Feuer, und ich weiß nicht warum!«

Er fühlte ihre Hände kühl und rauh auf seinen Wangen. »Sieh mich an.«

»Ich kann nicht ...« Es gelang ihm, die Lider zu heben, nur ganz wenig, für einen Moment. Das Licht war unerträglich.

»Sie sind feuerrot. Ich werde Clave holen. Sieh zu, daß du deine Leine festhältst.«

»Ganz sicher!«

Der Schmerz wurde nicht schlimmer und nicht besser. Es verging eine lange Zeit, bevor er Stimmen hörte.

»Gerner?«

»Clave! Was ist los mit mir?«

Lange Finger umfaßten seinen Kopf; Daumen hoben seine Lider an. »Du bist nicht blind. Du liegst auch nicht im Sterben. Das ist ein Allergieschub. Dein Vater litt darunter, als auf dem Dalton-Quinn-Baum die Dürreperiode begann. Wir befanden uns zu weit innen und zu dicht an Voy. Trokkene, dünne Luft und nicht genug Schlaf.«

»Was muß ich tun?«

»Gavving hat hauptsächlich still gelitten. Nach einem

halben Tag hatte er es gewöhnlich überstanden. Du darfst auf keinen Fall die Augen reiben. Laß mich nachdenken.«

Es schien nicht mehr so weh zu tun, jetzt, da er wußte, es würde vorübergehen. Gavving war nicht daran gestorben. Und wenn sie beide unter derselben Allergie litten, dann ... *Er ist wirklich mein Vater! Ich muß es ihm sagen! Und Mutter ... und Mark?* Doch der Schmerz war im Moment wichtiger. »Clave, wenn Schlafmangel einen solchen Anfall hervorruft, ich aber wegen der Schmerzen nicht schlafen kann ... Clave?«

Seine Leine wurde schlaff. »Mir ist etwas eingefallen. Entspann dich. Ich werde dich ziehen.«

»Kendy für den Staat ...«

»Kendy? Baumfutter! Du hast dich lange nicht mehr gemeldet.«

»Das ist nicht meine Schuld, Jeffer. Jedesmal, wenn unsere Kreisbahnen sich näherten, befanden sich außer dir noch andere Personen in dem FRM. Wo sind sie jetzt? Ich kann sie auch draußen nicht entdecken.«

»Sie schlafen. Ich bin selber eben erst aufgewacht. Alle außer mir schlafen auf der Borke. Kendy, wie wird der silberne Anzug aufgetankt?«

Diagramme erschienen: das FRM und der silberne Anzug Seite an Seite. Teile des Schemas leuchteten in blauem Licht, während Kendy sprach. Jeffer sah, daß die Beine des Anzugs deshalb so unförmig erschienen, weil dort Treibstoffbehälter eingearbeitet waren. »Wasserstoff hier, Sauerstoff dort. Unter den kleinen Klappen befinden sich die Zuleitungsschläuche. Die Anschlüsse sind hier und hier, unter diesen Abdeckungen in der Schiffshülle eingelassen. Geöffnet werden sie von der Konsole aus. Du mußt das Diagramm anfordern, dann drehst du den Finger über diesen Punkten, in diese Richtung.« Ein Pfeil verdeutlichte die Erläuterung.

»Gut.«

»Vergiß nicht: Sauerstoff von hier nach hier. Wasserstoff

von hier nach hier. Eine Verwechslung könnte eine Explosion zur Folge haben.«

»Und wie werden die Gase gekühlt?«

»In einem Druckanzug? Nein, die Gase stehen lediglich unter Druck. Deshalb werden die Tanks so schnell leer.« Kendys Gesicht erschien wieder im Bugfenster. »Habt ihr sechs Tonnen Erz gefunden?«

»Ja. Danke. Booce sagt, damit sind wir reich.«

»Gut. Wie ich sehe, habt ihr eine Dampfrakete gebaut. Ist sie fertig?«

»Die Kabinen fehlen noch. Das Holz wollen wir vom äußeren Busch holen. Booce grübelt noch darüber nach, wie er das Rohr erhitzen soll ...«

»Hier ist das FRM«, ertönte eine Stimme. »Kannst du den Rahmen der Luftschleuse fühlen? *Baumfutter*!«

Clave stand in der Luftschleuse, Gerner hinter sich. Der Schirm erlosch, einen Atemzug zu spät.

Clave machte den Mund zu. »Alles der Reihe nach. Wissenschaftler, Gerner hat einen Allergieschub. Du erinnerst dich, wie es Gavving während der Dürre erging? Gerner, du brauchst dichte, feuchte Luft. Also werden wir die Luftschleuse verriegeln und den Druck und die ... ah, Luftfeuchtigkeit erhöhen. Fang an, Jeffer.«

Jeffer ließ die Finger wandern. Beide Türen schließen, Feuchtigkeit erhöhen, Druck erhöhen. Druck auf den Ohren. Er bewegte den Unterkiefer. Schließlich löste er die Gurte und ging zum Heck. Gerners Lider waren geschwollen, die Augen rot. Jeffer meinte: »Die Reaktion verschwindet nach einer Weile, ganz egal was du tust. Hier geht es vielleicht schneller. Oder auch nicht. Du mußt den Kiefer hin- und herbewegen, damit die Ohren frei werden.« Er wandte sich an Clave. »Nun?«

»Wie lange ist es her, daß der Prüfer sich wieder gemeldet hat?«

»Seit die Serjents aufgetaucht sind.«

»Warum hast du niemandem davon erzählt? *Mir* zum Beispiel!«

»Laß uns nach draußen gehen.«

Er öffnete die innere Tür der Luftschleuse und winkte Clave hinein. Nach seinem Gesichtsausdruck zu urteilen, stand Clave kurz vor einer Explosion, aber er nahm sich zusammen. Sie standen Nasenspitze an Nasenspitze, während die innere Tür sich schloß und die äußere zur Seite glitt.

»Erhält den Innendruck aufrecht«, erklärte Jeffer. »Deshalb heißt es Luftschleuse.« Er stieß sich ab und schwebte in den Himmel hinaus.

Clave folgte mit seinen verschieden großen Flügeln. »Du willst bloß Zeit schinden.«

»Nein. Kendy kann uns nicht erreichen, außer wenn die Sonne genau im Osten steht, aber alles was im FRM vor sich geht, wird für ihn aufgezeichnet. Hier kann er uns nicht hören.«

»Auf dem Versammlungsplatz des Bürgerbaums hätte er uns auch nicht gehört!«

»Ja. Clave, die Wahrheit ist, daß ich niemanden mit Kendy reden lassen wollte. Ich traue Kendy nicht, und er verfügt über eine große Überzeugungskraft.«

»Bin ich zu flaumhirnig, um Nein zu sagen?«

»Clave ... schon gut, also war ich arrogant und stur. Gehen wir und sagen es den Serjents.«

»Ah ...«

»He!« Er wollte nicht wirklich rufen, aber Claves lange Finger legten sich rasch über Jeffers Gesicht. Einen Moment später hob sich die Hand und enthüllte ein boshaftes Grinsen.

Clave sagte: »Trotzdem hättest du *mir* Bescheid sagen können. Gerner hat nichts gesehen. Hast du Lawri davon erzählt?«

»Nein.«

»Was will Kendy überhaupt?«

»Ihn interessiert der Klumpen. Er will *alles* über den Klumpen wissen, was es nur zu wissen gibt.«

»Diese Reise war seine Idee, nicht wahr?«

»Ich habe dir gesagt, daß er sehr überzeugend ist. Clave, wir müssen Gerner einweihen, damit er nicht irgend etwas ausplaudert. Er weiß schon zu viel. Aber sonst niemanden, in Ordnung?«

»In Ordnung. Dann will ich mit Kendy sprechen.«

»Er kommt alle vier Tage in Reichweite. Vier Tage von jetzt an, wenn die Sonne im Osten steht.«

Jeffer fand Gerner auf dem Sitz des Wissenschaftlers, die Hände über den Kontrollen. »Finger weg«, sagte er. »Und steh auf.«

Gerner gehorchte. »Ich habe versucht, die Luftschleuse zu öffnen.«

»Dazu gibt es die kleinen Lichter an den Türen. Gerner, jeder Bürger ist schlau genug, nicht an den Kontrollen herumzufummeln. Einmal habe ich beinahe uns alle getötet – mit einem schlecht überlegten Knopfdruck. Aber ich muß dir keine Erklärungen geben. Ich brauche nur zu sagen: Jeffer befehligt das FRM, laß deine baumfütternden Finger von den Kontrollen. Klar?«

»Klar. Tut mir leid, Jeffer. Ich habe dich die Türen öffnen sehen, und ich fühlte mich eingesperrt.«

»Wie geht es deinen Augen?«

»Besser.«

Er hielt still, während Jeffer nachschaute. Gerners Augen waren rosa und die Lidränder geschwollen, aber er blinzelte nicht. »Von jetzt an schläfst du bei mir im FRM. Es ist ohnehin besser, einen zweiten Mann hier zu haben, falls wir zu heftig durchgeschüttelt werden, wenn der Busch abfällt.«

Gerner hatte bereits das Diagramm der Kabine angefordert. Jeffer spreizte die Finger über den Linien, die die Luftschleuse darstellten. Er sagte: »Hilf mir, den Schlauch anzuschließen. Dann nimm ihn mit nach draußen.«

An der Tür trafen sie mit Booce zusammen. »Ich nehme das, Gerner. Wir füllen den Tank, an der Rakete. Wie geht es dir?«

»Wieder besser.«

Debby, Clave und Carlot warteten an der Rakete. Booce

und Gerner kletterten an der Borke entlang und zogen den Schlauch hinter sich her. »Wußtest du, daß Carlot ein Kreuzjahrkind ist?« bemerkte Booce ruhig.

»Nein. Was bedeutet das? Ein Kreuzjahr ist, wenn Voy vor ...«

»Kinder, die in einem Kreuzjahr geboren werden, sind unberechenbar. Bei ihnen ist alles möglich. Gerner, ich versuche dir klarzumachen, daß aus dir und Carlot nichts werden kann. Sie wird einen Holzfäller heiraten.«

Gerner gab keine Antwort. Carlots Gesicht blieb ausdruckslos, bis zu dem Moment, da Booce ihr den Rücken wandte. Sie nutzte die Gelegenheit zu einem Augenzwinkern. Gerner spürte, wie sein Gesicht glühte.

An die Arbeit. Booce schob mit einiger Mühe den Schlauch durch die halbierte Samenkapsel in das Rohr. »Jeffer behauptet, er kann den Tank füllen, ohne daß jemand am anderen Ende saugt. Clave, faß eben mit an. Jetzt schieben. *Jeffer! Fertig!*«

Alle drei spannten die Muskeln, um den Schlauch an Ort und Stelle zu halten. Clave sagte: »Es gibt ein Signal, mit dem Jeffer dem FRM befehlen kann, den Inhalt des Wassertanks auszustoßen. Damit entfernt man den Schlamm ...«

Der Schlauch bäumte sich. Wasser sprühte aus der Verbindungsstelle. Gerner spürte, wie die Kraft des Wasser versuchte, ihm den Schlauch aus den Händen zu reißen.

Sie hielten, hielten ... und plötzlich buckelte sich der Schlauch aus dem Rohr und peitschte durch die Luft wie ein lebendes Wesen. Gerner duckte sich und purzelte rudernd in den Himmel. »Genug!« brüllte Booce. »Jeffer, es reicht!«

Sie waren durchnäßt, bevor der Schlauch sich beruhigte. Jeffer rief munter aus der Luftschleuse: »Wann sehen wir einen Probelauf?«

Booce wiegte verlegen den Kopf. »Ich weiß immer noch nicht, was ich für den Maschendraht nehmen soll. Wir haben Zeit ...«

»Ja. Na, in jedem Fall haben wir zuviel Wasser verbraucht. Ich möchte das FRM auftanken. Clave, Gerner, ihr kommt mit. Wir brauchen nicht lange, Booce. Ihr übrigen könnt das Essen vorbereiten.«

Als sie zum FRM zurückkehrten, fragte Clave: »Was nehmen wir als Pumpe?«

Jeffer lächelte. »Ich habe mir etwas ausgedacht. Etwa dreißig Kilometer von hier und ein bißchen östlich gibt es einen Teich ...«

Die Sonne hatte den Zenit noch nicht weit überschritten. Ein nadelfeiner Diamant funkelte unmittelbar daneben, außen und ein paar Grad westlich: Sonnenlicht, von einem Teich gebündelt. Jeffer brachte das FRM auf Kurs.

Der äußere Busch flog auf sie zu und an ihnen vorbei. Der Teich befand sich nicht sehr weit darüber und war nicht viel größer als das FRM. Jeffer ließ die Frontdüsen arbeiten, sobald sie nahe genug waren. Knapp vor der Wasserkugel kamen sie zum Halten.

Jeffer öffnete die Luftschleuse. »Nimm deine Flügel und komm uns nach«, sagte er zu Gerner. »Bring den silbernen Anzug mit, wir werden ihn auftanken.«

Jeffer führte sie nach draußen und zur rückwärtigen Seite des FRMs. Gerner hielt das schlaffe Handgelenk des Anzugs umfaßt und zog ihn hinter sich her. Als sie die Rückseite erreicht hatten, ließ Jeffer sich den Anzug geben. Er schaute zu, wie Jeffer unter einer Klappe dünne Schläuche zum Vorschein brachte ...

Clave sagte: »Vergiß den Anzug für eine Weile. Jeffer kümmert sich darum. Gerner, wegen deines Allergieanfalls hast du etwas verpaßt. Was glaubst du, worum es sich gehandelt hat?«

»Mir kam es vor, als hättest du Jeffer bei etwas ertappt.«

Jeffer grunzte. Er hatte die Schläuche in Öffnungen an den Beinen des Anzugs eingehakt.

Clave eröffnete ihm: »Du hast die Gelegenheit verpaßt, Sharls Davis Kendy kennenzulernen. Die nächste Gelegenheit bietet sich in, was, einem halben Tag?«

Jeffer schaute zur Sonne: zwei Uhr vorüber, ein paar

Grad von Westen nach außen. »Etwas länger als das. Der Punkt ist, Gerner, die Sache soll ein Geheimnis bleiben.«

»Jeder hier hat Geheimnisse ... Kendy? Der Prüfer?«

»Klär ihn auf, Jeffer.«

Jeffer sagte: »Nach all der Zeit hat Kendy wieder mit uns Kontakt aufgenommen. Von ihm stammt der Hinweis auf den Metalleinschluß. Das erste Mal meldete er sich an dem Tag, als wir die Serjents retteten. Seither haben wir mehrfach miteinander gesprochen. Ich vermute, es kostet ihn Kraft, verkürzt vielleicht seine Lebensspanne, auch kann er uns nicht öfter erreichen als einmal alle zwei Tage.«

Gerner meinte: »Nach den Geschichten zu urteilen, die Mark und Gavving erzählen, würde Kendy euch getötet haben, hätte er gewußt, daß ihr das FRM stehlen wolltet.«

»Ich glaube nicht, daß er dazu in der Lage gewesen wäre«, sagte Jeffer, »aber vielleicht hätte er es gerne getan. Wir stahlen das FRM, um vom London-Baum fliehen zu können. Lawri hatten wir in ihrem Sitz festgebunden und Mark ebenfalls. Kendy hätte das vielleicht Meuterei genannt.«

»Ihr wart Copsiks«, wandte Gerner ein. »Sie betrachteten euch als Besitz. Ich habe nie verstanden, wie ihr es danach über euch bringen konntet, mit Lawri und Mark zusammenzuleben.«

Clave sagte: »Was hätten wir denn tun sollen? Sie in den Himmel werfen? Sie haben sich ihre Bürgerrecht verdient, Gerner. Als das FRM Sauerstoff verlor, fand Lawri eine Möglichkeit, das Leck abzudichten. Als Kendy unangenehme Fragen stellte, wurden wir von Mark gedeckt. Wir hätten Kendy erzählen können, daß wir geflohene Copsiks waren, aber ich bin nicht sicher, wie er es aufgenommen haben würde. Möglicherweise hielt sich Kendys Volk auch Copsiks.«

»Kendy.«

»Ja. He – Wissenschaftler, du verstehst das besser als ich.«

»Gib mir noch eine Minute«, wehrte Jeffer ab. Er war

damit beschäftigt, die Schläuche umzustöpseln. »Man muß ein Bein nach dem andern betanken …

»Also, Sharls Davis Kendy behauptet, die Aufzeichnung eines Menschen zu sein. Ich kann damit nichts anfangen. Lawri ebensowenig. Wir wissen nicht einmal genau, wie die Kassetten eigentlich funktionieren. Ich habe mich gefragt, ob er nicht einfach nur ein Verrückter war, der durch einen ähnlichen Zufall wie wir das alte Sternenschiff erreicht und sich dort eingenistet hatte. Doch das liegt jetzt vierzehn Jahre zurück, und er hört sich keinen Tag älter an. Er wollte alles über uns wissen. Ob wir Meuterer wären. Na, Baumfutter, wir *hatten* das FRM gestohlen, wir *waren* Meuterer, so sehr ich das Wort auch hasse.«

»Das ist doch alles Vergangenheit«, beschwichtigte Clave.

»Stimmt. Jetzt will er alles über den Klumpen erfahren. Clave, erinnerst du dich noch, was er vor vierzehn Jahren alles erzählt hat? Ich glaube, er möchte immer noch alle Menschen im Rauchring zu einem einzigen glücklichen Stamm vereinen, unter der Oberaufsicht von Sharls Davis Kendy.«

Der östliche Rand des ansonsten dunklen Teichs gleißte hell. Gerner fragte sich, ob die Zeit reichen würde, um noch ein wenig zu schwimmen. Er fühlte sich nicht recht behaglich in diesem Netz von Geheimnissen. »Kendy ist nicht der Vorsitzende. Wir müssen nicht tun, was er sagt.«

»Nein.«

»Also, wir sind auch neugierig auf den Klumpen. Und wenn er uns nichts anhaben kann … Warum dürfen die Serjents nichts davon wissen?«

»Der Junge hat nicht ganz unrecht«, bemerkte Clave.

»Du hast ihnen auch nichts gesagt.«

»Vielleicht war das nur ein Reflex.«

»Sprich du mit Kendy, Vorsitzender, und dann werde ich dich auf etwas aufmerksam machen.«

Clave nickte nur. Zu Gerner sagte er: »Noch etwas. Kendy hört alles, was an Bord des FRM gesprochen wird.«

Gerner lachte.

Jeffer wollte wissen: »Gibt es sonst noch etwas zu besprechen? Ich bin fertig hier. Jetzt können wir das FRM auftanken. Geht hinein und schnallt euch an.«

»Wir haben immer noch keine Pumpe.«

Das daraufhin aufblühende Lächeln des Wissenschaftlers wirkte ein wenig verrückt. Clave seufzte.

Düsen grollten, verstummten dann. Gerner schaute zu, wie eine vom Wind gekräuselte Wasserwand sich dem Bugfenster näherte.

Clave erkundigte sich: »Solltest du nicht die Türen schließen?«

Jeffer grinste und schüttelte den Kopf.

Clave versuchte es nochmals: »Ich möchte darauf hinweisen, *Kapitän*, daß wir in allernächster Zukunft diesen Teich rammen werden.«

»Ja.«

Das FRM prallte gegen die Wasserwand. Gerner sank in den Gurten zusammen. Clave grunzte. Er fragte: »Bist du ganz sicher, daß du weißt, was du tust?«

»Ich bin ganz sicher.«

Durch das große Fenster konnte man das Innenleben des kleinen Teichs beobachten. Ein Schwarm winziger, silberner Torpedos schoß durch die trübe Flüssigkeit und verschwand durch die zerstäubende silbrige Oberfläche.

»Das FRM ist Hunderte von Jahren alt, und nichts hat ihm bis jetzt etwas anhaben können. Ich senke den Innendruck.« Jeffers Finger bewegten sich; das Belüftungssystem zischte; Wasser drang als sich vergrößernde silberne Blase durch die Luftschleuse.

Die Türen schlossen sich. Die Wasserkugel blieb im Innern gefangen, strömte an den Wänden im Heck entlang, und die gewölbte Oberfläche verformte sich merklich konkav. Wellen erhoben sich und verliefen plätschernd, als Jeffer das FRM in einem Bogen aus dem Teich steuerte.

Er schenkte seinen Passagieren ein Grinsen. »Jetzt bringe ich den Druck wieder auf normal und programmiere eine niedrigere Luftfeuchtigkeit. Das befiehlt dem FRM, der Luft in der Kabine Wasser zu entziehen. Das Wasser sammelt sich im Tank. Seht ihr? Jetzt haben wir keine Sorgen mehr wegen des Treibstoffs. Auf diese Idee ist Lawri nie gekommen.«

»Es ist abscheulich *naß* hier drin, Wissenschaftler!«

»Aber du brauchst nicht zu pumpen. Der nächste Punkt auf der Tagesordnung ist Kendy. Prüfer, wenn du mich hörst, bitte melden.«

Clave fragte: »Und wenn er nicht da ist?«

»Er wird uns hören, wenn er die Aufzeichnung abspielt ...«

Ein Gesicht füllte das Bugfenster aus.

Kendy war ein Zwerg. Gerner hatte damit gerechnet und empfand trotzdem Verblüffung. Tiefliegende Augen musterten ihn, schätzten ihn ab, in einem wie aus Stein gemeißelten Gesicht. Die rumpelnde Stimme eines Riesen sagte: »Kendy für den Staat. Hallo, Vorsitzender Clave. Hallo, Gerner. Wissenschaftler, deine Methode, das FRM aufzutanken, kann es sehr leicht zerstören. Wenn der Aufprall die Solarzellen abgerissen hätte, womit wolltest du dann Treibstoff gewinnen? Ein FRM fliegt nicht mit Wasser.«

Jeffer machte ein betretenes Gesicht. Clave sagte: »Willkommen, Kendy.«

»Danke, Vorsitzender.«

»Warum hast du dich vor mir verborgen?«

»Ich war der Ansicht, Jeffer könne seine politische Situation besser beurteilen als ich.«

»Und ich kann das nicht?« fuhr Clave empört auf.

»Hätte Jeffer dir etwas gesagt, hätte er auch seine Frau einweihen müssen. Hast du Vertrauen in Lawris Urteilsvermögen?«

»Ich gebe auf. Gegen euch beide, ihr ...«

»Ich habe eure Nicht-Meuterei mit einigem Interesse verfolgt. Du bist der geborene Anführer, Clave. Du solltest über viel mehr als nur eure dreizehn Bürger herrschen.«

»Vielen Dank, Prüfer. Und wo, glaubst du, finde ich weitere tausend Bürger, die allesamt bereit sind, einem baumbewohnenden Außenseiter ihr Vertrauen zu schenken?«

Der Ton der Unterhaltung war kühl und steif. Jeffer und Clave trauten Kendy nicht, und Kendy war sich dessen zweifellos bewußt. Er sagte: »Es war nicht nötig, ein Kompliment in ein politisches Manifest umzuwandeln, Clave. Ich kann euch nicht zwingen, meinen Befehlen zu gehorchen. Ihr könnt mich nicht davon abhalten, weiterhin die Einrichtungen des FRMs für meine Beobachtungen zu nutzen. Ihr seid euch im klaren, daß ich über ein umfassendes Wissen verfüge, das euch abgeht. Können wir nicht zusammenarbeiten?«

»Vielleicht. Danke übrigens für deinen Hinweis auf das Metall.«

»Gern geschehen. Hat Booce einen Weg gefunden, das Feuerholz um das Rohr zu befestigen?«

»Noch nicht.«

»Selbst mit einer Umhüllung aus Maschendraht bildet das Rohrfeuer eine Gefahrenquelle. Ihr seid im Besitz von Metall. Baut einen Feuerkasten.«

Clave grinste. »Welch eine gute Idee.«

»Soweit ich es beurteilen kann, verfügt ihr nicht über die Mittel, einen Schmelzofen zu bauen ...«

»Einen was?«

»Ein Schmelzofen dient der Veredelung von Metall. Das Erz wird darin geschmolzen und Unreinheiten ausgebrannt. Die gewünschte Gestalt erhält man, indem man es, noch flüssig, in Formen gießt. Man benötigt Schwerkraft dazu oder Tide oder Spin. Möglicherweise verfügt die Admiralität über entsprechende technische Möglichkeiten, bei euch scheint es nicht der Fall zu sein.«

»Allerdings nicht. Du würdest den Baum in Brand setzen!«

»Aber ihr habt eine Säge. Es befand sich eine im Laderaum. Damit könnt ihr von dem Metall abschneiden, was ihr braucht.«

»Damit würden wir die Säge ruinieren.«

»Nein. Die Säge stammt von der *Discipline*. Das meiste

Werkzeug an Bord der *Discipline* war für die Dauer gefertigt. Selbst bei kleinen Gegenständen waren die Transportkosten das Hauptproblem. Der Maschendraht muß in der Admiralität hergestellt worden sein, aber euer Schlauch ist mit einer Schiffsmetallegierung verstärkt. Das Rohr besteht aus Schiffsmetall. Wie auch die Säge. Sie wird nicht dadurch beschädigt, daß man einen weichen Brocken Eisen in Stücke schneidet. Hier ...«

Kendys kantiges Gesicht wurde durch eine Strichzeichnung der Dampfrakete ersetzt, der eine weitere schematische Darstellung folgte: ein Rechteck mit Laschen an den Rändern. »Ihr müßt drei solche Platten schneiden. Die erste benutzt ihr als Vorlage ...«

»Wie befestigen wir die Teile miteinander? Leinen würden verbrennen.«

»Fügt die Platten zusammen und hämmert die Laschen, bis sie sich umbiegen. Sie knicken sich übereinander.« Drei rechteckige Platten bildeten ein dreieckiges Prisma. Die Laschen entlang der Ränder blinkten grün und legten sich um, bis sie ineinandergriffen. *Holzfrachter* tauchte wieder auf, und diesmal umschloß der dreiseitige Kasten das Rohr mit dem Rohrfeuer.

Clave meinte: »Ich werde Booce fragen. Die Luftzufuhr dürfte ein Problem sein.«

»Bringt die Rakete in eine Position zwei oder drei Kilometer ober- oder unterhalb des Massezentrums. Der Wind wird das Feuer in Gang halten. Außerdem könnt ihr ohnehin keinen völlig geschlossenen Kasten bauen. Er wird genug undichte Stellen haben.«

»Hmmm ... ja. Du scheinst dir viele Gedanken darüber gemacht zu haben.«

»Ich bin in der Lage, einfache mechanische Probleme zu lösen. Was habt ihr mit dem FRM vor, sobald ihr den Klumpen erreicht?«

Clave war noch immer damit beschäftigt, das Diagramm zu studieren. »Wir werden es vorher verstecken. Für das letzte Stück Weg haben wir die Dampfrakete. Wenn wir angekommen sind, werden wir uns reichlich Zeit lassen, den Stamm zu verkaufen.«

»Ihr braucht für das FRM ein sicheres Versteck, das andererseits schnell zu erreichen ist, falls ihr in Schwierigkeiten geratet. Nun, der Klumpen ist zwar dichter besiedelt als der Rauchring im allgemeinen, trotzdem besteht er zum größten Teil aus leerem Raum. Eine Region mit dem Volumen des Erdmondes ist mit zweitausend Menschen nicht gerade überbevölkert! Euch steht mehr als genug Platz zur Verfügung, um das FRM zu verstecken.«

»Kendy, wir können das FRM nicht einfach in den Klumpen fliegen und friedlich Umschau halten! Man würde uns sehen!«

»Ich kann den Klumpen besser überblicken als ihr, selbst wenn es kein besonders deutliches Bild ist. Wenn ihr euch dem Gebiet von Norden oder Süden nähert ...«

»Was wir tun können ist, den Stamm zum Markt bringen und uns gründlich umsehen, während wir das Holz verkaufen. Falls sich eine sichere Möglichkeit ergibt, das FRM hereinzubringen, werden wir davon Gebrauch machen.«

»Noch eins solltet ihr bedenken«, sagte Kendy. »Das FRM bedeutet Macht. Es könnte der Moment kommen, da wir von dieser Macht Gebrauch ...« Kendys Stimme verstummte, sein Bild verschwand.

»Nun, das war das.« Jeffer erhob sich von seinem Sitz und reckte sich ausgiebig. »Gehen wir nach draußen. Nehmt die Speere mit. Wir holen uns noch ein paar Wasservögel, bevor wir umkehren.«

Sie verließen das FRM. Clave meinte: »Und?«

»Begreifst du *jetzt*, was ich gemeint habe? Er will das FRM in den Klumpen bringen. Unbedingt. Wenn es ihm gelingt, ein paar Bürger der Admiralität in das FRM zu lokken, kann er sie anschauen und ausfragen.«

»Aber was er sagt, klingt ganz vernünftig«, wandte Clave ein.

»Überzeugend ist er, hab' ich's nicht gesagt? In Ordnung, überleg doch mal. Der Zufall wollte es, daß Vorsitzender Clave den Wissenschaftler bei einem Gespräch mit dem

Prüfer erwischte. Das geschah, *nachdem* Kendy sicher war, daß er mich nicht für seinen Plan gewinnen konnte.«

Clave lächelte. »Ein bemerkenswerter Zufall. Das FRM verfügt über Außenkameras oder nicht?«

»Allerdings. Und Booce wäre gerne *reich*, damit er die Holzfällerei aufgeben kann. Glaubst du, Kendy könnte Booce dazu überreden, das FRM als Metall an die Marine zu verkaufen?«

Das Lächeln erlosch. »Wir bleiben bei unserem Plan. Gerner, diese Sache bleibt unter uns. Jedes Wort. Wie steht es jetzt mit den Wasservögeln?«

»Das habe ich nur gesagt, damit wir einen Grund hatten, nach draußen zu gehen«, erklärte Jeffer.

»Holen wir uns trotzdem ein paar.«

11 Wanderfüße

Bibliothek der Admiralität, Jahr 131 SM, Tag 160:

Die Stimme hat uns dazu verpflichtet, die Abtrünnigen – Verzeihung, *Wanderer* – der Admiralität einzugliedern. Das wird Generationen dauern. Exek willoughby gibt zu, dass es sogar unmöglich sein könnte, und ich muss ihm beipflichten.

Ein halbes Dutzend Zuckerwatten-Dschungel haben inzwischen Handelsbeziehungen mit uns aufgenommen und halten regelmässig im Kreuzjahr ein Treffen ab. Sie befolgen die Gesetze der Admiralität, wo unsere Marine zugegen ist, um deren Einhaltung zu erzwingen, ausserhalb des Klumpens herrschen Piraterie und Sklavenhandel. Wir sind überzeugt, dass die Sucher und die Lupoff-Familie in solchen Unternehmungen beteiligt waren, obwohl sie als die ersten zu unserem Markt kamen, um Handel zu treiben.

Wir können nicht in einem unbewohnbaren Territorium von dem dreissigfachen Erdvolumen Recht und Gesetz durchsetzen. Der Rauchring ist zu gross, und wir sind zu wenige und zu langsam.

Leutnant Rand Carster

So hell er strahlte, war der Neutronenstern doch zu klein, um besonders viel Licht zu spenden. Trotzdem war der Himmel nie ganz dunkel, selbst nicht im Kreuzjahr, wenn die Sonne am Nadir die gesamte Dicke des jenseitigen Rauchring-Bogens durchdringen mußte.

Dunkelheit gab es nur in einer Wolke, in einem Dschungel oder einem Baumbusch oder in den unbewohnten Tiefen des Klumpens.

Jetzt stand die Sonne im Osten, irgendwo hinter dem träge brodelnden Klecks, der ihr Ziel darstellte. Es herrschte Dämmerung im Schatten des Klumpens. Körper neben der weiß umrandeten Masse schienen im Verhältnis dazu regelrecht zu gleißen.

»Wir haben schon mehr als die Hälfte geschafft«, verkündete Booce. »Debby, ich habe nach weiteren Kapselpflanzen Ausschau gehalten. Das Letzte, was ich mir je gewünscht habe, war, mit einer Samenkapsel als Kabine heimzukommen, aber wir haben keine Zeit, richtige Hütten zu bauen.«

»Sonst ist die Rakete fertig?«

»Ja.«

»Gut.« Debby hatte angestrengt gearbeitet. Sie hatte das Hemd ausgezogen, und ihre bleiche Haut glänzte vor Schweiß. »Und wie setzen wir sie in Betrieb?«

»Berufsgeheimnis.«

Debby schaute Booce verärgert an. »Wir haben das baumfütternde Ding gebaut. Und du willst uns nicht verraten, wie es funktioniert?«

»Geheimsache, Debby.«

»Wirst du uns wenigstens erklären, wie man sie abstellt? In einem Notfall, wenn du gerade nicht in der Nähe bist und Carlot auch nicht, was muß ich tun, damit nicht alles in Flammen aufgeht?«

»Wir werden eine zweite Kapsel mit Wasser füllen, um das Rohrfeuer zu löschen ...«

»*Sehr* schön. Zweites Beispiel, angenommen du und Carlot stürzt beide vom Baum und verliert eure Flügel und wir müssen euch einholen. Angenommen, die Rakete ist noch in Gang. Was muß ich tun?«

Booce fand ihre Hartnäckigkeit beunruhigend. »Das FRM benutzen, würde ich sagen ...«

»Das FRM ist nicht da.«

»Sie füllen lediglich die Tanks.«

»Es könnte auch aus anderen Gründen unterwegs sein.«

»Dann mußt du auf die Flügel zurückgreifen. Keinesfalls

darfst du versuchen, mit der Rakete zu fliegen. Das ist gefährlich.«

Debby zog ein böses Gesicht und schwieg. Sie war so groß wie Booce und annähernd so alt, eine Frau von gefährlicher, exotischer Schönheit. Lichtbraune Haut, helles glattes Haar, feurige blaue Augen; ein aus Flächen und Kanten zusammengesetztes Gesicht, mit einer Nase wie eine Axtklinge. Sie war der Typ Frau, die sich einen Mann zurechtbog und seinen Lebensweg bestimmte. Wie Ryllin. Und Ryllin war weit entfernt ... und wenn Booce diesen Gedanken in die Tat umsetzte, würde Ryllin es wissen und Booce Grund haben, seine Handlungsweise zu bedauern. Booce schaute zum Himmel auf, um Debbys Blick auszuweichen.

Er beobachtete den Himmel seit Tagen. Sie näherten sich dem Klumpen. Materie wurde schon jetzt häufiger, obwohl sie sich weit einwärts befanden: mehr Teiche, Pflanzen, Tiere, Raubtiere, vielleicht auch Marineposten oder nomadisierende Wanderfüße.

In westlicher Richtung auswärts, fast hinter dem jetzt einzigen Busch des Stammes verborgen, entdeckte er dicht beieinander einen hellen und einen schwarzen Punkt: der Teich und das FRM. Keine Spur von Kapselpflanzen. Mußten sie am Ende doch am äußeren Ast Holz schlagen? Astholz war gut ... aber es ließ sich nur mühsam bearbeiten, und die Kabinen würden schäbig aussehen.

Debby hatte sich noch nicht beruhigt. »Du mußt wissen, ich bin nicht besonders gut darin, in einem Wortwechsel die Oberhand zu behalten, aber Clave wird das Geheimnis schon aus dir herauslocken, weil es *dumm* ist, uns nicht zu erklären, wie man mit dem unentbehrlichsten Werkzeug eines Holzfällers umgeht. Wird die Admiralität nicht erwarten, daß wir ...«

»Nein. Ihr seid angeworbene Arbeitskräfte.«

»Richtig. Das hatte ich vergessen.«

So dicht an Voy vergingen die Tage rasch: neun Tage von einem Erwachen zum andern. Im Norden und Westen glitt der rötliche Ausläufer des Schattens, den der Klumpen warf, mit großer Schnelligkeit eine ungeheure Wolkenwand hinab. Stürme und Blitze tobten darin, Teiche entstanden ... Der Streifen Sonnenlicht fing einen grünen Punkt ein, einen treibenden Dschungel, der aus den Randgebieten des Sturms auftauchte.

Carlot fragte plötzlich: »Debby, sollten wir auch wissen, wie man das FRM fliegt?«

»Ja. *Ja,* wir sollten wissen, wie man das FRM fliegt! Baumfütternde Narren sind sie, Jeffer und Lawri, alle beide.«

Booce war erschüttert. »Debby? Du kannst das FRM nicht bedienen?«

»Niemand kann das, außer den beiden Wissenschaftlern. *Geheimsache.* Lawri kann ich verstehen. Aber Jeffer, er hat das Ding gestohlen, und jetzt führt er sich auf wie sie! Seit fast fünfzehn Jahren hocken sie auf ihrem Geheimnis.«

»Paps? Sie hat recht. Jeder von uns sollte über alles Bescheid wissen, und mit irgend etwas müssen wir den Anfang machen.«

Booce seufzte. Ein Kreuzjahrkind! Ließ sich mit einem Baumbewohner, einem Zwerg ein ... aber Frauen hatten grundsätzlich die besseren Argumente. »Debby, soweit es einen beliebigen Bürger der Admiralität betrifft, hast du *keine* Ahnung davon, wie eine Rakete funktioniert. Verstanden?«

»Selbstverständlich, Holzfäller Booce. Also, was ist es, das ihr Holzfäller uns Arbeitern vorenthalten habt?«

»Übernimm du das, Carlot.«

Carlot dachte nach, bevor sie mit dem Unterricht begann. »Also gut. Genau wie du es mich gelehrt hast. Debby, du mußt dir den Maschendraht um das Rohr gewickelt vorstellen. Ich fülle Rinderstücke ein und zünde sie an.«

Debby nickte.

»Die Kohlen befinden sich nur am Mittelstück des Rohrs, nicht zu dicht an den Enden. Ich warte darauf, daß das Metall heiß wird. Es muß rot glühen. Wenn es heißer wird, beginnt die Samenkapsel zu schwelen. Das ist nicht gut.

Also leite ich Wasser durch das Rohr. Das Metall bleibt dunkelrot, und aus der Düse quillt Dampf. Man kann ihn nicht sehen, aber er kann dir das Fleisch von den Knochen schälen, also halte dich fern.«

Ihr Vater lächelte und nickte beifällig. Er hatte sie gut ausgebildet.

»Nun, *wie* leite ich das Wasser in das Rohr?«

Debby überlegte. »Keine Tide ...«

»Wie läßt sich verhindern, daß ich von Außenseitern dabei beobachtet werde?«

Debbys Gesicht erhellte sich. Mit einem Beinstoß schwang sie sich zum Vorderteil des Wassertanks. »Ich befinde mich hier, richtig? Da ist eine Kabine, und ich bin drin. Und hier ist der Stopfen ...«

»Ganz genau!« Carlot gesellte sich zu ihr. »Du ziehst den Stopfen heraus. Du bläst in die Öffnung. Sobald das Wasser zu dir zurückströmt, steckst du den Pfropfen schnell wieder hinein.«

»Dabei kann man sich ordentlich verschlucken.«

»Darauf kannst du wetten. Wir haben alle schon kräftig gewürgt und gehustet. Vater hat uns das beigebracht, damit er es nicht selbst tun muß.«

»Warum strömt das Wasser zurück?«

»Ich ... Paps?«

Booce erklärte: »Der Dampf drückt nach beiden Seiten. Aus der Düse und auch nach hinten. Das Wasser im Tank gerät in Bewegung, und immer mehr davon fließt in das Rohr. Nachdem die Rakete am Stamm festgemacht hat, ist es der Schub, der das Wasser fließen läßt. Der rückwirkende Druck verhindert, daß es zu schnell nachströmt. Man kann die Rakete laufen lassen, bis das Wasser fast ganz verbraucht ist.«

Carlot fuhr fort: »Man muß das Rohrfeuer ausbrennen lassen, bevor der Tank leer ist. Sonst werden sowohl der Tank als auch die Düse durch die Hitze beschädigt. Es gibt eine große Schweinerei, wenn man ein Rohrfeuer mit Wasser löschen muß.«

Der Sturm reckte sich ganz deutlich, um den Baum einzuhüllen … und auch der Dschungel war nähergekommen. Booce streckte den Arm aus. »Carlot …«

Carlot schaute in die angegebene Richtung. »Wanderfüße?«

»Möglich. Debby, wie sieht es mit Waffen aus?«

»Harpunen. Die Rakete, denke ich.«

»Nicht genug. Also gut, meine Damen. Vielleicht ist es nur ein treibender Dschungel, und selbst wenn Wanderfüße dahinterstecken, haben sie eventuell nichts bemerkt, aber trotzdem bin ich dafür, daß wir uns verstecken.«

»*Verstecken*?« Debby war außer sich. »Booce, das ist doch ein Klacks von einem Dschungel. Die Carther-Staaten war zwanzigmal so groß.«

Der Dschungel war jetzt ziemlich nahe, ein fransiges, grünes Ellipsoid mit einem schattenhaften Schlitz darin, als hätte man das Laub dort wegrasiert, um ein Fenster in das Innere des Dschungels zu öffnen. Booce sagte: »Ein Dschungel dieser Größe kann einer Familie von zwanzig oder dreißig Personen Unterschluß bieten. Debby, ein Baum ist groß. Wir können in die Risse in der Borke verschwinden und dort unentdeckt abwarten. Ich … glaube, wir haben noch Zeit. Hilf mir, die Rakete auseinanderzunehmen.«

»Booce, es war schwer genug, sie zusammenzubauen!«

»Glaubst du, mir gefällt das?« Doch Booce und Carlot mühten sich bereits mit Rohr und Düse, und Debby blieb nichts anderes übrig, als mit Hand anzulegen.

»Das Rohr … ist unersetzlich. Die … Wanderfüße dürfen … es nicht erwischen.« In der dünnen Luft rang Booce nach Atem. Die Düse löste sich mit einem Ruck und taumelte an der Rinde entlang, von Booce grimmig umklammert. Seine Stimme tönte zu ihnen herauf. »Den Rest können sie haben. Wir verbergen das Rohr in einer Spalte und bewachen sie. Jetzt haben wir *wahrhaftig* keine Zeit mehr, Kabinen zu bauen.«

Sie lösten das Rohr von dem Wassertank. Der grüne Wattebausch rückte stetig näher und zog einen Kondensstreifen hinter sich her. Der Kondensstreifen bog sich zu einer Kurve …

Debby sagte: »Der Dschungel hat fünf Männer abgesetzt. Mit Flügeln. Jetzt entfernt er sich.«

Der Wassertank und die halbierte Samenkapsel, die sie als Düse benutzt hatten, schwebten davon und drehten sich gemächlich um die eigene Achse. Jetzt hatte Booce Zeit, selbst Umschau zu halten. »Sie haben es auf das Metall abgesehen.«

»Das können wir nicht zulassen!« rief Debby.

»Können wir doch«, erwiderte Booce. Er schlug heftig mit den Beinen und schob das Rohr vor sich her. Carlot und Debby flogen heran, um ihn zu unterstützen. »Vielleicht kann das FRM uns das Metall zurückerobern. Wenn nicht ... wir brauchen es nicht, um den Klumpen zu erreichen. Die fünf Geflügelten, die den Dschungel verlassen haben, sind hinter *uns* her.«

Der Stamm trieb weit östlich in den Ausläufern einer Sturmregion. Gerner entdeckte ihn vor Jeffer: ein Schatten vor dem lichten Hintergrund der Sonne.

Jeffer steuerte darauf zu. Das FRM schwang sich über den Wipfel des äußeren Buschs und flog längs der Ostseite des Stammes einwärts. Der Liegeplatz kam in Sicht: ein Rechteck aus nacktem Holz mit gezackten Rändern. Gerner spürte den Schub der Antriebsdüsen und hörte das Teichwasser heranschwappen. Die Flüssigkeit hatte sich über die Wände der Kabine ausgebreitet und kroch immer weiter zum Bug.

Er gewöhnte sich doch wohl nicht an diese Zustände, oder?

»Wo ist die Rakete?« Clave hörte sich nicht besorgt an, nur verwundert.

Wo sie die Rakete gebaut hatten, gab es nichts mehr zu sehen. Moment ... da, in einiger Entfernung, ein braunes Ellipsoid, das ein Gewirr von Leinen hinter sich herzog. Wo war Carlot? Wo waren die anderen?

»Was ist hier passiert?« verlangte Clave zu wissen. »Eine Explosion?«

Hatte es ein Feuer gegeben? Gerner entdeckte lediglich die kleine schwarze Narbe der Kochstelle. Die herumliegenden Gerätschaften waren unberührt.

Jeffer meinte: »Wir können nicht den ganzen Baum absuchen. Wo steht die Sonne?« Genau im Osten. »Bis Kendy sich wieder meldet, dauert es noch einen Tag.«

»Fliegen wir weiter nach innen«, schlug Gerner vor.

Jeffer schaute ihn an. »Warum?«

»Nur so eine Ahnung.« Während des letzten Schlafs war Carlot ebenfalls am Stamm entlang in Richtung Voy geflohen.

Jeffer gab den Kurs ein und zündete den Antrieb. Sie schwebten über die Borke in Richtung des verstümmelten Stammendes. Der Nebel hatte den Baum inzwischen eingehüllt.

Jeffer befragte die Kontrollen. »Da«, sagte er plötzlich. »Fünf Männer.« Doch was sie im Fenster sahen, war eine Abstraktion, orangefarbene Flecken auf einem rot-schwarzen Hintergrund.

»Wir sehen ein Wärmebild«, erklärte Jeffer. Für einen Moment erschien der normale Ausblick: Dunstschwaden über schwarzer Borke. Dann füllten die irgendwie bedrohlich wirkenden Farben wieder den Schirm. »Hat Booce nicht etwas von Wanderfüßen gesagt?«

»Wir müssen unsere Leute finden«, drängte Clave.

»Hmm ... da.« Drei orangefarbene Kleckse in einer Reihe. Bei normaler Wiedergabe verwandelten sie sich in drei menschliche Gestalten in einer Rindenspalte. »Und das kostbare Rohr, vermute ich. Gerner?«

Gerner löste sofort seine Sitzgurte und ging nach hinten. Er zog den silbernen Anzug aus dem Wasser und stieg hinein. Clave sagte: »Gut. Nimm ein paar Harpunen mit. Sie werden keine Waffen haben. Jeffer, wie sind die Gauner hergekommen?«

»Gute Frage. Ich kann nichts entdecken, das ihnen als Transportmittel gedient haben kann. Natürlich könnte etwas auf der anderen Stammseite im Hinterhalt liegen.«

Gerner wartete, während Clave sechs Harpunen an der

Vorderseite des Anzugs befestigte. Luft an; Stimme an. »Kannst du mich hören?«

Seine Stimme drang plärrend aus der Kontrollkonsole, und Jeffer zuckte zusammen. »Ich verstehe dich gut.«

»Öffne die Tür.«

Die Borke war etwa einen halben Kilometer entfernt. Gerner bediente sich der Jets. Sein gesamter Körper reagierte auf den heftigen Schub: Das Blut sackte aus seinem Kopf, der Magen rutschte von seinem angestammten Platz in Richtung der Füße. Nicht unbedingt ein angenehmes Gefühl, doch eines, das er sich mit nur wenigen anderen teilen mußte.

Hinter ihm umrundete das FRM mit erhöhter Geschwindigkeit den Stamm in südlicher Richtung und war verschwunden.

Carlot und die anderen hatten das FRM entdeckt; sie winkten.

Zwei Kilometer in Richtung auf den blauen Fleck Voys und hundert Meter außen von dem Baum, tauchten grüngekleidete Männer aus dem Nebel auf. Sie bewegten sich dicht über der Borke und spähten im Vorüberfliegen in die Risse und Spalten. Aus dieser Entfernung vermochte Gerner nur auszumachen, daß es sich um fünf Dschungelriesen handelte, die Waffen trugen.

Sie entdeckten ihn. Der eigene Schwung trug sie weiter, obwohl sie die Beine still hielten. Noch dichter heran. Eine Frau war dabei ...

Dann schlugen sie wieder heftig mit den Beinen, machten kehrt und strebten den Sturmausläufern entgegen, die den Baum fast erreicht hatten.

Er konnte sie einholen. Sie konnten von dem silbernen Anzug keine Ahnung haben. Die Tanks waren voll. Gerner zündete die Knöcheldrüsen, er beschrieb einen Bogen.

Er konnte sie fangen. Dann was? Sie töten? Gerners Eltern hatten beide getötet. Sie sprachen nicht gerne darüber. Wenn sie es taten, verzerrte alter Zorn ihre Gesichter. Und doch war es die Aufgabe des Silbermannes: von Zeit zu Zeit mußte er töten.

Einer der Eindringlinge schaute zurück, und dann versuchten alle fünf mit äußerster Anstrengung ihre Geschwindigkeit zu verdoppeln.

Ihn behinderte die Last der Harpunen, während Debby, Booce und Carlot völlig unbewaffnet waren. In einem Bogen kehrte Gerner zu seinen Freunden zurück.

Nicht weit von Booce prallte er gegen die Borke. Carlot bedachte ihn mit merkwürdigen Blicken. Er öffnete den Helm und sagte: »Ich bin es. Fünf von denen hätten euch beinahe gefunden. Was ist passiert?«

»Wanderfüße«, bestätigte Booce den von Jeffer geäußerten Verdacht. »Ein kleiner Dschungel, dampfgetrieben. Die Lupoff-Familie, nach dem Aussehen zu urteilen. Sie haben es auf das Metall abgesehen.«

Mit einem Daumendruck stellte Gerner die Sprechverbindung her. »Silbermann ruft Wissenschaftler. Jeffer, sie haben es auf das Metall abgesehen. Kümmere dich darum.«

Nichts.

»Sie können mich nicht hören. Booce, ich werde auf der Oberfläche Wache halten, aber ich glaube nicht, daß sie zurückkommen. Mir kam es vor, als hätten sie Fersengeld gegeben.«

Booce grinste. »Sie dachten, du gehörtest zur Marine.«

»Was?«

»Nicht so wichtig.«

Gerner ließ sich auf der Rinde über ihren Köpfen nieder. Der unverwundbare Krieger (und Carlot hatte ihn angesehen wie irgendeinen seltsamen Vogel). Aber die Wanderfüße tauchten nicht wieder auf.

Der Sturm umhüllte den Baum. Als Vorhut zog ein feiner Dunst heran, der alles verschwommen erscheinen ließ. *Ich wünschte, ich könnte mich dieser anderen Arten von Licht bedienen, die Kendy das Sehen ermöglichen. Und die Mittelkamera ist beinahe blind ... Wasserstoff niedrig, Sauerstoff niedrig, Wasser-*

stand niedrig, aber steigend. Wir hätten inzwischen eine Pumpe bauen können. He ... »Was ist das?«

Clave blickte auf den Schirm. »Ein Dschungel. Klein. Genau gegenüber dem Metalleinschluß.«

Jetzt entdeckte Jeffer grüne Punkte um die zerfurchte Wölbung im Stamm: Es waren Männer, und einer von ihnen deutete auf das FRM.

Kendys Stimme ließ ihn aufschrecken. »Ich sondiere das Gelände mit Infrarot. Außer in der Umgebung des Metalls kann ich kein menschliches Wesen entdecken. Bring das FRM näher heran, damit ich ein genaueres Bild bekomme.«

Jeffer beschleunigte. Er fragte: »Bist du eben erst in Reichweite gekommen?«

»Ja. Ich habe mir die Aufzeichnung vom Beginn des Zwischenfalls angesehen. Ihr hättet die Eindringlinge auf der Ostseite töten sollen. Sie könnten eure Freunde angreifen.«

Bei der Annäherung des FRMs wurde der Dschungel von seinem Dampfantrieb in Bewegung gesetzt: nach Norden, in den Sturm hinein und dann um den Stamm herum, wobei der ausgestoßene Dampf eine weit geschwungene Spur in den Nebel zeichnete. Der Dschungel war verschwunden, bevor das FRM eintraf.

Jeffer brachte das FRM einen Viertelkilometer von dem Borkenkrater entfernt in Position. Die Wanderfüße hatten an einer Seite gegraben. Langgezogene Gestalten kauerten um den Klotz aus schwarzem Metall.

»Zehn«, sagte Kendy. Rote Lichtkreise blinkten mit wissenschaftlicher Nüchternheit auf der Borke, bezeichneten Männer, die Jeffer bereits entdeckt hatte, und machten ihn auf andere aufmerksam. Drei miteinander verbundene Kreise markierten nacktes Holz. »Vier im Freien, drei zwischen Borke und Metall, drei weitere in einem Spalt außerhalb des Kraters.«

»Wir sollten dem Dschungel folgen«, bemerkte Clave. »Sie könnten den Rest unserer Gruppe ausfindig machen, während wir hier beschäftigt sind.«

Jeffer drehte sich auf seinem Sitz herum, aber Kendy kam ihm zuvor. »Wir haben noch Zeit.«

»Es sind ohnehin zu viele für uns«, sagte Clave.

»Unsinn. Ihr könnt sie mit Raketenabgasen überschwemmen. Jeffer, hat man dir die Drosselvorrichtung für den Hauptantrieb gezeigt?«

»Ja.« Der Ausdruck war Jeffer fremd, aber Lawri hatte ihm erklärt, wie man den Schub der Raketen regelte. Seine Finger bewegten sich rasch.

Das FRM näherte sich dem Krater. Die Wanderfüße warteten, verwischte Gestalten im Nebel mit wurfbereiten Speeren. »Halt dich fest, Clave.« Das FRM schwang herum und näherte sich jetzt der zerfurchten Borke mit dem Heck voran.

Menschen lösten sich von der Metallwarze, ruderten heftig durch die Luft. Andere tauchten von der gegenüberliegenden Seite aus der Borke auf. Speere flogen. Die Dorsalkamera zeigte einen merkwürdig plumpen Speer, der gegen den Schiffsrumpf prallte und zu einem qualmenden Feuerball explodierte.

Dumpfes Pochen drang durch die Hülle in das Innere der Kabine.

Mit einem Fingertippen zündete Jeffer den Hauptantrieb.

Er hatte ein Gefühl, als wäre er im Begriff, Selbstmord zu begehen. Immerhin hatte er beim letzten Mal beinahe den Tod gefunden. Das FRM schoß nach vorn. Jeffer fühlte seine Brust einsinken, während die nach hinten gezogenen Wangen seinem Gesicht ein zähnefletschendes Grinsen aufzwangen. Doch den Arm hielt er steif ausgestreckt so vor dem Gesicht, daß die Fingerspitzen beinahe die Konsole berührten.

Es funktionierte! Indem er den Finger auf der grünen Linie von oben nach unten bewegte, verminderte er den Schub des Hauptantriebs bis zu einem Punkt, wo er ihn zu kontrollieren vermochte. Das war also die Bedeutung von ›drosseln‹.

Ein fast unsichtbarer bläulicher Hitzestrom spülte über einen Trupp von zehn Wanderfuß-Kriegern hinweg. Die Angreifer gingen in helle Flammen auf. Sie erinnerten an

Kometen mit einer feurigen Schleppe. Explosionen schleuderten einzelne Körperteile in den Himmel ...

Clave brüllte: »Baumfutter, Jeffer! Hör auf!«

Jeffer schaltete den Antrieb aus. Wasserstoff und Sauerstoff: in beiden Fällen niedrige Werte. Die Warze entfernte sich von ihnen. »Clave, sie haben uns angegriffen. Mit Explosionsharpunen.«

»Mit uns auf den Fersen hätten sie ihre Beute nie in Sicherheit bringen können. Wir brauchten sie ihnen bloß abzunehmen!«

»Schon gut, Vorsitzender.« Jeffer drehte sich herum und schaute Clave ins Gesicht. »Dann verrat mir doch mal, was sie Booce und Debby und Carlot angetan haben oder noch tun.«

»Jetzt ist es an der Zeit, das festzustellen«, meldete sich Kendy. »Zeit für schnelles Handeln. Der Dschungel ist aus dem Gesichtsfeld der *Discipline* verschwunden. Er hat den Stamm halb umrundet und nähert sich dem Punkt, an dem ihr Gerner abgesetzt habt. Wir müssen hinterher, und zwar schnell, bevor die Verbindung wieder abbricht. Die Angreifer hier stellen keine Bedrohung mehr dar.«

Allerdings nicht. Einige regten sich noch, andere gaben kein Lebenszeichen mehr von sich, aber alle waren sie schwarz verbrannt. Jeffer setzte das FRM in Bewegung. Es war noch zu früh für Schuldgefühle.

Inzwischen hatte die Wolke den Baum verschluckt: Sie bewegten sich durch wogenden dichten Nebel, der immer undurchdringlicher wurde. Jeffer erkannte den Stamm nur noch als einen düsteren Schatten. »Steuerbord«, befahl Kendy. »Du brauchst keinen so großen Abstand zum Baum zu halten, Jeffer. Ich habe Infrarot.«

Das FRM umrundete den Stamm in einem weiten Bogen. Am Heck zuckten Blitze.

»Ich habe den Dschungel auf dem Schirm. Geradeaus, ungefähr fünfkommasechs Kilometer. Geradeaus, Jeffer.«

»Ich kann nichts sehen.«

»Ventral. Zwei Grad mehr. Gut. Beschleunigen. Stop! Gerner hat den Dschungel im Blickfeld. Silbermann, bitte melden.«

Gerners blecherne Stimme ertönte von der Konsole. »Ich erkenne einen großen Schatten, aber keine Einzelheiten. Sie können uns ebensowenig sehen.«

»Irgendwie haben sie uns gefunden«, gab Jeffer zu bedenken.

»Du bist nahe genug«, sagte Kendy. »Drehung um einundachtzig Grad.«

»Ich werde nicht ...«

»Bürger, ich weiß nicht, wo die Angreifer stecken! Was sonst können wir tun, als den Dschungel insgesamt anzugreifen? Tu, was ich gesagt habe.« Kendys Stimme hatte einen merkwürdigen Tonfall angenommen.

Jeffer zog das FRM herum. Beinahe hoffte er, Clave würde sich gegen den Befehl auflehnen, aber Clave schwieg.

»Hauptantrieb.« Kendy hätte sich erregt anhören sollen. Er klang nur *laut*.

Jeffer drückte den Knopf. Das FRM wurde nach vorn gestoßen. Sein Gesicht verschob sich zu einer Fratze. Ein gelbes Licht blühte in dem Nebel am Heck auf, und er hörte Gerners lauten Atemzug. Er schaltete den Antrieb ab, doch der gelbe Lichtschein blieb.

Der schroffe Baß bemerkte: »Erledigt. Die Verbindung wird gleich ...«

Kendys Stimme wurde undeutlich. »Bürger, ihr überseht das Wesentliche. Das war ein lenkbarer Dschungel. Diese Wanderfüße könnten Kontakte in der Admiralität haben. Sie haben das FRM und den silbernen Anzug gesehen.«

»Menschen sind keine Honighornissen, Kendy!«

Keine Antwort.

Regen schwebte am Hauptfenster des FRMs vorbei, in faustgroßen, von böigen Windstößen getriebenen Tropfen. Das Holz draußen war schwarz vor Nässe. Im Inneren der

Kabine sah es nicht besser aus. Jeffers Wasservorrat hatte sich als dünne Schicht über Wände und Sitze gelegt.

Warme, trockene Luft aus Düsen an Bug und Heck schoben die Feuchtigkeit vor sich her. Die Bürger hatten sich vor der Düse am Heck zusammengedrängt.

Das nächste Mal benutzen wir eine Pumpe, um den Tank zu füllen, schwor sich Jeffer in Gedanken. *Wir müssen eben eine bauen*.

Carlot berichtete: »Wir sahen diesen riesigen Schatten aus dem Nebel auftauchen. Das war unheimlich genug. Dann kamen fünf … nun, soweit ich *sehen* konnte, hätten es auch Vögel sein können, außer, daß sie auf den Dschungel zuflogen und an beiden Enden zappelten. Wahrscheinlich ruderten sie mit Armen und Beinen. Es waren die Räuber, auf der Flucht vor Gerner. Der Dschungel hielt an, um sie aufzunehmen.«

»Es waren Lupoffs«, fügte Booce hinzu. »Ich habe sie an der Kleidung erkannt. Sie sind mir schon auf dem Markt begegnet. Eine große Familie, drei Dschungel, und sie würden sich noch weiter ausbreiten, nur fehlt ihnen dazu ein Feuerrohr. Es ist eine sehr große Familie.«

»Und?« fragte Clave.

»Wenn die Lupoffs herausfinden, was hier vorgefallen ist, werden zwei Dschungel Jagd auf euch machen.«

»Sie werden es nicht herausfinden.« In Claves Stimme klang keine Spur von Triumph. Jeffer fröstelte.

Sie hatten es angenehm warm und trocken in dem Luftstrom aus der Ventilation. Doch der Sturm peitschte den Regen gegen das Bugfenster und hinter dem Nässeschleier leuchtete der gelbe Schein des brennenden Dschungels.

»Es würde mir nichts ausmachen, einen oder zwei von den Gaunern umzubringen«, meinte Booce. »Immerhin bin ich ein paarmal ausgeraubt worden. Es ist die Größenordnung, die mir auf den Magen schlägt. In dem Dschungel müssen sich an die vierzig Bürger aufgehalten haben, Kinder nicht eingerechnet.«

Clave wechselte mit weiten Sprüngen zur Vorderseite die Kabine, nach wenigen Augenblicken gefolgt von Jeffer.

Die Belüftung am Bug spendete ebensoviel Wärme wie der Luftstrom am Heck.

Clave sagte: »Ich kann das nicht mehr hören.«

»Vierzig Leute«, meinte Jeffer. »Es gibt nichts, was sie abhalten könnte, darüber zu sprechen.«

Claves Stimme sank zu einem heiseren Flüstern herab. »Überzeugend ist er, ja? Niemand außer dir kann im Umgang mit Kendy einen klaren Kopf behalten, war es nicht so? Du hast sie ausgeräuchert, während sie versuchten, ihre Bürger zu retten!«

»Sie haben uns angegriffen.«

»Mit Speeren! Was noch?«

»Was sollte ich denn tun? Sie bedrohten *unsere* Bürger!«

Clave seufzte. »Ich mache dir keine Vorwürfe. Wenn es sich so anhört, dann tut es mir leid. Aber Kendy ...« Innerhalb eines Lidschlags war Clave eingefallen, daß jedes Wort in der Kabine für Kendy aufgezeichnet wurde. Er sprach weiter und formulierte mit großer Sorgfalt. »Der baumfütternde Kendy hat sie umgebracht wie einen Schwarm Honighornissen, weil sie ihm im Wege waren. Weil sie vielleicht mit den falschen Leuten sprechen könnten!«

Schweigen und Unbehagen. Debby gesellte sich zu ihnen. »Naß«, sagte sie. »Was hat du angestellt, daß es hier drin so naß ist?«

Jeffer gab keine Antwort. Zu Clave sagte er: »Ich fühlte mich viel schlechter, als ich den Wissenschaftler Klance tötete, um das FRM in meinen Besitz zu bringen. Er war ahnungslos. Dieser Bürger waren es nicht. Sie führten Krieg.«

»Richtig!« nickte Debby begeistert. »Jedesmal, wenn London-Baum dieses FRM schickte, um über uns herzufallen, wünschte ich mir, wir könnten das Ding kapern und ihren ganzen Baum in Brand setzen. Diese Banditen sind nicht ganz dasselbe, aber beim Staat, wir haben es endlich mal getan!«

»Aber tu es nie wieder«, sagte Clave. Jeffer nickte.

Teil Drei

Zivilisation

12 Andere Länder …

Jahr 383, Tag 1992, via Heliograph:

> STATION ZWEI AN *GERFALKE: SCHWALBE* MELDET GROSSEN STAMM VON OSTEN. MEISTER UNBEKANNT. FALLS SICH GELEGENHEIT BIETET, ZOLLKONTROLLE VORNEHMEN. POSITION STAMM AN TAG 1990: ZWO-NEUN-NULL GRAD HORIZONTAL, FÜNF GRAD NORD, ZWO-ACHT-NULL KILOMETER RADIAL. BESTÄTIGEN.

»Rice, ist das eben hereingekommen?«

»Ja, Sir. Ich war gerade damit beschäftigt, die Hülle zu säubern, als ich in der Nähe des Marktes das Licht blinken sah. Ich nahm die Botschaft auf und habe sie sofort hergebracht, aber ich weiß nicht, wie lange vorher der Heliograph schon Zeichen gab.«

Maat Mart Wheeler dachte nach. Der *Gerfalke* hatte sechs Mann Besatzung; die *Schwalbe* zwei. Die Marine zog es vor, den Zivilisten die großen bewaffneten Schiffe vorzuführen. Noch während sie die Zollgebühren auf den Tisch legten, sollten sie vor Augen haben, für was sie bezahlten. Deshalb …

»Wie ist unsere Position?«

»Stelle ich sofort fest, Sir.« Kadett Rice wandte sich dem Instrumentenschrank zu.

»Nein, Sie nicht. Bootsmann Murphy, bestimmen Sie unsere Position.« Es handelte sich nicht um einen Auftrag höchster Dringlichkeitsstufe. Er konnte ihn nutzen, um die Ausbildung seiner Mannschaft zu vervollständigen.

Die Zwergin nickte fröhlich; das flammendrote Haar tanzte über ihren Rücken. Die kurzen, aber kräftigen Beine katapulierten sie durch die Kabine zum Instrumentenschrank. Sie nahm heraus, was sie brauchte, und ging nach draußen.

Das lange Haar würde sie bei der nächsten Beförderung opfern müssen. Schade. Aber Zwerge und Zwerginnen waren rar, und Bootsmann Sectry Murphy mußte so schnell wie möglich ihre Ausbildung beenden ...

Durch die Luke konnte Wheeler ein blaues Licht sehen, winzig und intensiv: ein Marine-Heliograph, der am östlichen Arm der Spirale das eingefangene Voylicht als Blinksignal in den Himmel reflektierte. Rotes Haar und ein energisches, weibliches Gesicht versperrten ihm plötzlich die Sicht. »Maat, wir befinden uns bei zwo-sechzig-fünf horizontal, sechs Süd, zwo-vierzig Kilometer.«

»Und der Tank ist noch mehr als halbvoll, richtig?« Murphy nickte. »Nachricht an den Heliographen. Wir gehen an dem Stamm längsseits. Jimson, Rice, bereiten Sie die Zündung vor.«

Der dunstige, in Aufruhr befindliche Himmel verursachte Gerner Schwindelgefühle. Wenn er hier den Halt verlöre, würde er sich nicht zu helfen wissen. Er kletterte mit besonderer Vorsicht. Clave und Debby folgten ihm.

Sie hatten eine harte Arbeit hinter sich und jetzt noch einen langen Aufstieg. Alle waren müde. Gerners Finger und Zehen begannen sich zu verkrampfen. Wenigstens konnten sie die Rakete schon sehen, hundert Meter weit außen ... falls die Richtungen hier noch dieselben waren.

Der Stamm schob sich durch das östliche Randgebiet des Klumpens. Windböen lagen im Hinterhalt, rempelten Gerner von hier, da, allen Seiten, als befände er sich inmitten eines Schwarms aufgescheuchter Truthähne. Wolken zogen in ungewohnte Richtungen, nicht von Westen nach Osten, auch waren es keine zusammengedrückten Spiralen, sondern eigentümlich wellige Gebilde. Eine Reihe kleiner, grüner Wattebausch-Dschungel schwebte in einem Bogen heran, der nichts mit Tide zu tun hatte. Angesichts derartiger Merkwürdigkeiten suchten Gerners vewirrte Augen den einen, immer gleichen Bezugspunkt.

Voy strahlte blauweiß und unerschütterlich ... fünfundzwanzig Grad östlich des verstümmelten Stammendes! Unstete Wolken verdeckten die Sonne. Schatten pulsierten, traten scharf hervor, um gleich wieder zu verblassen. Wie ein feiner, blauer Schleier breitete sich darüber Voys Schatten in eigenwilligen Richtungen. Die Kinder der Baumbewohner lernten früh, Voyschatten nicht zu beachten. Voyschatten sagten nichts aus, denn sie wanderten nie, veränderten sich nie, zogen die Blicke nicht an.

Der Baum hatte sich gedreht, er zeigte in die falsche Richtung.

Booce und Carlot warteten an der Rakete. Debby rief: »Booce! Wie kannst du das ertragen?«

»Die Tide? Ich bin darin aufgewachsen. Ihr werdet euch daran gewöhnen. Die Wanderfüße konnten es auch.«

»Die Schatten bringen mir den Magen durcheinander«, murrte Debby.

Gerner litt ebenfalls unter einem mulmigen Gefühl in der Magengegend. »Carlot ...?«

»Wir sind fast daheim.« Der Jubel in ihrer Stimme war nicht zu überhören. Ihr *gefiel* es hier. »Schau, wir haben das Rohrfeuer in Gang gebracht.«

»Ich lasse das Wasser einlaufen.« Eine kleinere Samenkapsel diente *Holzfrachter* als Kabine. Booce kroch hinein. »Bindet euch die Leinen um.«

Die Raketendüse zeigte nach Osten. Gerner steckte die Nase durch die kleine Luke. »Booce, willst du wieder Fahrt wegnehmen?«

Booces Stimme hallte dumpf. »Was? Nein, im Klumpen läuft die Tide anders. Der Dampf wird uns nach Westen treiben, auf das Dunkel zu.« Er zog einen hölzernen Stopfen aus dem Wassertank, holte tief Luft, legte die Lippen an die kleine Öffnung und blies.

Gerner zog den Kopf zurück, um sich die inzwischen fertiggestellte Rakete in Betrieb anzusehen. Gelblich-weiße Kohlen glühten in dem eisernen Feuerkasten, dessen Herstellung ihnen soviel Mühe bereitet hatte. Das Eisen leuchtete dunkelrot. In Reichweite stand eine wassergefüllte Samenkapsel für den Fall, daß die Verzahnung der Platten nicht standhielt.

An der Düse der Rakete ... »Es rührt sich nichts.«

Als Antwort ertönte ein Schnaufen, mit dem Booce seine gepeinigten Lungen auffüllte. Gleich darauf stieß die Rakete ein sattes Zischen aus, gefolgt von einem Dampfstrahl.

»Sie läuft, Booce«, meldete Gerner und steckte den Kopf in die Kabine.

Von Booces Gesicht tropfte Wasser. Er hustete und würgte, während er mit dem Handballen den Stopfen in das Loch rammte. Sein Blick unter gesenkten Brauen kündete Mord.

TÖFF, TÖFF, Töff töfftöfftöff ... Die Rakete blubberte gleichmäßig. Eine Reihe von Wolkenbällen vereinte sich zu einem steten Strom, der dem launischen Spiel des Windes ausgeliefert war. Gerner spürte keine Beschleunigung. Sie konnte nur sehr gering sein, bei der Größe der Masse, die bewegt werden mußte.

Carlot trat hinter ihn, ihre langen Finger schlossen sich um seine Hand. »Vater? Sollten wir nicht ...«

Booce hörte sich an, als hätte er immer noch Wasser in der Kehle. »Ja, geht und spielt Ausguck an der Westseite, ihr beiden. Haltet nach der Marine Ausschau und nach sonstigen Hindernissen, mit denen wir zusammenstoßen könnten.«

Der Mahlstrom lag vor ihnen, als sie den Stamm umrundet hatten. Fliegen war für Gerner ein immer wieder atemberaubendes Erlebnis, doch Carlot war ihm überlegen. Sie flog weit voraus, dann umkreiste sie ihn und trieb ihn an. Bei einem günstigen Aussichtspunkt an der Westseite legten sie die Flügel ab und ruhten aus.

Der Klumpen war eine Spirale, wie ein gewaltiger Fingerabdrück. Weiter einwärts rückte die Materie dichter zusammen. Es gab Vexierbäume, verformte Zuckerwatte-Dschungel, die viel kleineren Bausche, auf die Carlot ihn aufmerksam machte (»Fischerdschungel«), und viel pflanzliches Leben, das ihm gänzlich unbekannt war. Teiche nahmen in der chaotischen Tide die merkwürdigsten Formen an. Am Himmel wimmelte es von Vögeln: Himmelspferdchen, Triune und mindestens tausend winzig rote und gelbe Pfeile, die sich um einen Fischerdschungel sammelten. Die Windungen der ungeheuren Spirale lagen gegen das Zentrum hin dichter beisammen und färbten sich dunkler. Das Zentrum selbst war fast schwarz, aber auch dort ließ sich noch Bewegung erkennen.

Die Triun-Familien waren nur schwer auszumachen, aber zwei kamen näher, um sich den vorbeiziehenden Stamm anzusehen. Es waren massige, himmelblaue, zigarrenförmige Geschöpfe mit großen Dreiecksflossen: Männchen und Weibchen und Junges, die längs der Unterseite miteinander verbunden waren. Drei schlanke blaue Silhouetten ließen die grell-orangefarbenen Bäuche aufleuchten, als sie sich auf den roten und gelben Vogelschwarm stürzten: eine weitere Triun-Familie, die sich zur Jagd getrennt hatte.

Ein dünnes Wolkenband legte sich über die anderen Formationen. Gerner entdeckte es in einem Augenblick, bevor Carlot den Arm ausstreckte: »Da. Marine.«

»Woher weißt du das?« Gerner sah nur einen dunklen Punkt am Ende des Wolkenstreifs.

»Sie halten auf uns zu. Zollkontrolle. Sie werden eine Zündung vornehmen und uns in einem Tag erreichen. Oh, *Baumfutter*.«

Gerner lachte. Sie hatte sich seinen Fluch zu eigen gemacht. »Was?«

Sie zeigte es ihm.

Dicht an dem dunklen Herzen des Klumpens, in dem Dickicht wogender Materie, hing ein breites, flaches, ringförmiges Gebilde mit einer höckerigen Innenfläche ... kantige Bauten in pastelligen Farbtönen ... unverkennbar künstlich. Konnte es wahrhaftig so groß sein, wie es aussah?

Er schätzte die Größe an einem noch größeren natürlichen Gegenstand in der Nähe: einem Baum, dessen innerer Busch fehlte. Der Stamm war kleiner als der ihre, dachte Gerner. Im Mittelteil konnte er die Umrisse einer Rakete ausmachen, Düse und Tank und eckige Kabine.

Carlot sagte: »Ich kenne die Rakete. *Waldläufer*. Paps wird das nicht gefallen. Sie hätten ebensogut noch ein verdammtes Jahr draußen bleiben können.« Sie schaute ihm in die Augen. »Wir werden nicht mehr viel Zeit für uns haben. *Waldläufer* gehört der Belmy-Familie. Paps hat vor, mich mit Raff Belmy zu verheiraten.«

»Und du?«

»Reden wir nicht davon.« Sie packte ihn am Hemd und zog ihn an sich. »Ich will nicht darüber nachdenken. Sag einfach gar nichts«, hauchte sie in sein Ohr, und er gehorchte. Flüchtig kam ihm der Gedanke, daß Booce von ihren Entdeckungen erfahren sollte. Aber das hatte noch Zeit ...

Gerfalke hatte keine Schwierigkeiten, den Stamm zu orten: größer als gewöhnlich, beide Büsche abgetrennt. Die Rakete mußte in Betrieb sein, denn ein zerflatternder Wolkenstreifen wölbte sich über dem Stamm. Also befand sich die Rakete auf der anderen Seite.

»Instrumente«, ordnete Wheeler an. »Rice, berechnen Sie einen Konvergenzkurs. Murphy, den Naudar. Der dunkle Fleck im Holz ...«

»Ich sehe ihn, Sir.«

Er wartete und behielt sie im Auge. Seine Mannschaft war tüchtig, Bootsmann Murphy ganz besonders. Unter Einsatzbedingungen hatte sie mit dem Neudar noch nicht gearbeitet. Sie bewältigte ihre Aufgaben langsam, aber ohne Fehler. Das mußte ein günstiges Licht auf Wheeler werfen.

»Der Flecken ist massiv«, meldete sie. »Metall, Kilotonnen.«

»Jetzt die Rakete.«

»Ich kann nichts sehen ...«

»Hinter der Stammitte.«

»Oh! Ich kann *durch* das Holz schauen!« Sie versuchte es. »Hmm ... etwas ... Metall, aber nicht viel. Unsere eigene eiserne Raketendüse würde auf dem Schirm so aussehen.«

»Rice?«

»Wir brauchen eine Zündung, Maat. Fünfzig Grad plan, Zero axial, einhundert Atemzüge Schub, und wir kommen genau längsseits.«

»In Ordnung, jeder auf seinen Posten. Kadett Rice, Sie bleiben in der Kabine an den Instrumenten. Murphy, an die Pumpe.«

Der Antrieb des *Gerfalken* betand aus einem Alkoholtank und zwei Wassertanks.

Das Ventilsystem stammte aus dem Wrack eines alten Fracht- und Reperaturmoduls. Auf langen Reisen wurde so vorgegangen, daß man als Antriebsmasse Wasser in die Alkoholflamme sprühte. Wasservorräte ließen sich in Gebieten außerhalb des Einflußbereichs der Admiralität ergänzen, Alkohol im allgemeinen nicht, obwohl einige der Wanderfuß-Stämme für den Handel mit der Admiralität Brennereien betrieben.

Wheeler und Jimson leinten sich sorgfältig an die Steuerplattform über dem Motor. Murphy begann in die Pedale zu treten. Pedale konnte man verlängern, aber ein Zwerg auf dem Fahrrad brachte mehr Energie. Wheeler hielt prüfend die Hand in den Luftstrom, dann entzündete er die Alkoholflamme. Er überzeugte sich nochmals, daß alle Sicherheitsvorkehrungen getroffen waren, bevor er die Ventile weiter öffnete.

Schub zerrte an seiner Haut und lastete auf seinen Knochen. Er leitete Wasser in die Flamme. Der Schub verstärkte sich, und Hitze badete die Innenseiten seiner verkrampften Beine.

Rice meldete aus der Kabine: »Genug!«

Maat Wheeler griff nach dem Alkoholventil zwischen seinen Füßen. Das Brüllen verringerte sich zu einem Zischen: Wasser an einer heißen Oberfläche. Als nächstes die Wasserzufuhr. Der *Gerfalke* fiel aus dem Schub.

Der Baum war nähergerückt, die Dampfwolke der Rakete verschwunden. Als er das Fernglas an die Augen hob, entdeckte Wheeler zwei menschliche Gestalten an der ihm zugewandten Seite.

»Sie schenken uns nicht viel Aufmerksamkeit«, meinte er.

Murphy griff nach dem Glas. Nach einer Weile sagte sie: »Sie werden Zeit haben.« Sie schaute, bis er ihr das Fernglas aus der Hand nahm.

Das Schiff der Marine war größer und besser aufgerüstet als *Holzfrachter*. Es näherte sich in einem Schwall warmer Luft und verharrte hundert Meter vor dem Mittelteil des Stammes. Vier Männer kamen heraus und legten fliegend die kurze Strecke bis zum Baum zurück.

Holzfrachters Mannschaft erwartete sie vor der Kabine.

»Sie sind schnell«, bemerkte Debby.

Booce kicherte. »Versuche nie, der Marine davonfliegen zu wollen. Die Marine verfügt über besondere Flügel, und die Männer werden ihrer Beine wegen gesucht.«

Inzwischen hatten die Ankömmlinge sich weiter genähert. Gerner faßte plötzlich nach Booces Arm. »Booce, sie tragen alle silberne Rüstungen!«

»*Au*! Gerner ...«

Gerner lockerte den Griff. »Tut mir leid.«

»Gewöhn dir das ab. Das ist nur die Rüstung der Marine.«

»Aber es sieht aus ...«

»Nichts weitert als eine Art Uniform. Es gibt drei Druckknöpfe in der Admiralität, und wir sind nicht wichtig genug, um einen davon sehen zu dürfen. Nebenbei bemerkt, sie würden die Zahl liebend gern auf vier erhöhen.«

Noch näher. Die Rüstung umhüllte sie nicht ganz. Alle trugen Helme: Kopf- und Schulterkombinationen mit einer Öffnung für das Gesicht. Einige hatten zusätzliche Teile eines Körperpanzers angelegt. Und einer von ihnen war ein Zwerg.

Ihre Flügel! Ihre Wölbung entsprach in etwa der Linie des Fußes beim Fliegen, außerdem falteten sie sich beim Anziehen der Beine zusammen, um sich beim Strecken ruckartig zu öffnen. *Der Wissenschaftler müßte das sehen können,* dachte Gerner.

Auch nachdem sie auf der Borke gelandet waren, legten sie die Flügel nicht ab.

Der Zwerg war eine Frau. Rotes Haar lugte unter dem Helm hervor, schon ehe sie ihn absetzte. Helle Haut, spitze Nase, spitzes Kinn; Haar gleich den Flammenschleiern im Gefolge eines brennenden Baums. Ihr Brustpanzer stand um mehrere Zentimeter von ihrem Oberkörper ab. Sie war fünf oder sechs Jahre älter als Gerner, durchaus bezaubernd und in etwa gleich groß.

Sie bemerkte seinen Blick und lächelte. Er stand wie gebannt. Ihre Augen waren blau und funkelten.

Es wurde rot. Carlot sah es und wandte rasch das Gesicht zur Seite. Sofort galt seine Aufmerksamkeit dem langen, langen Mann, der sich dem Stamm näherte.

Der runde Helm war bedeutend größer als sein Kopf, mit einer Öffnung, die das Gesicht freiließ ... ähnlich dem Helm des silbernen Anzugs, wenn man sich das Visier wegdachte. Einzelne gewölbte Platten schützten seine Schenkel, den Rücken, die Oberarme und Hüften. Sie bestanden aus silbern angestrichenem Holz, doch bei dem bis über die Schultern reichenden Helm handelte es sich um gehämmertes Metall. Breite Nase, dunkle Haut, schwarzer krauser Haarschopf: er hätte ein Mitglied von Booces Familie sein können.

Er erkannte Booce (und ignorierte die Mannschaft).

»Booce Serjent? Vielleicht erinnern Sie sich an mich: Maat Wheeler. Willkommen daheim.«

»Schön, Sie wiederzusehen, Maat. Sie erinnern sich an Carlot ...«

Sie lächelte strahlend. »Guten Tag, Maat Wheeler.«

»O ja. Du bist groß geworden, Carlot.«

Booce fuhr fort: »Diese anderen sind die Bürger Clave und Gerner vom Bürgerbaum, ein paar hundert Kilometer westlich von hier. Debby Carther haben wir angeheuert, bevor wir aufbrachen.«

Im Umgang mit Fremden hatte Gerner nicht die geringste Erfahrung. Booce hatte ihm beigebracht, wie er sich verhalten mußte. Also sagte er: »Es ist ein Vergnügen, Sie kennenzulernen, Sir«, und streckte die Hand aus.

»Ganz meinerseits.« Für einen Dschungelriesen war der Händedruck des Offiziers überraschend kräftig. »Ich werde mich später mit dir unterhalten, Gerner. Clave, Debby, schön, euch kennenzulernen. Booce, haben Sie etwas zu verzollen?«

»Ja. Einen Stamm, vierzig Kilometer oder so. Wenn ihr selber nachmessen wollt ...«

»Nein, wir nehmen einfach die Hälfte der Frachtbriefe, wenn Sie das Holz verkaufen.«

»Und den Metallklotz«, fügte Booce gelassen hinzu. »Unser Glückstreffer, und beinahe wäre ein Stamm Wanderfüße damit auf und davon gegangen.«

»Dieser riesige Metallklumpen im Holz?«

»Ja. Ihr habt ihn bereits entdeckt? Genaue Maße haben wir nicht, aber es sind ein paar tausend Tonnen. Maat, ich möchte beantragen, daß das Metall als geheim eingestuft wird. Dann brauchen wir uns nicht mit Dieben herumzuärgern.«

»Läßt sich machen, aber wenn ihr schon von Wanderfüßen angegriffen wurdet ...«

»Ich will keine Anzeige erstatten. Sie sind entkommen, aber wir konnten ihnen tüchtig einheizen, und ich will nicht, daß sie erfahren, mit wem sie es zu tun hatten. Am Ende rücken sie uns mit Verstärkung auf den Hals.«

»Diese Einstellung erschwert die Arbeit der Marine, Booce. Wir würden die Gauner lieber zu fassen kriegen. Sind Sie sicher? … Na gut. Wir legen Wert darauf, daß die Steuern in Metall erlegt werden.«

»Ist mir recht. Den Feuerkasten möchte ich behalten, bis ich eine ausreichende Menge Maschendraht gekauft habe. Sieht nicht schön aus, aber sie tut ihre Dienste. Den Kasten ausgenommen, würde ich den ganzen Batzen am liebsten gleich der Marine verkaufen, wenn ihr in herausstemmen und wegschaffen könnt. Dann wäre ich diese Sorge los.«

Gerner konnte nicht anders, er stierte Booce fassungslos an. *Und wenn er dich beim Wort nimmt?*

Maat Wheeler lachte. »Ich verfüge nicht über genügend Alkohol, um eine derartige Last abzuschleppen, und bin ich nicht befugt, über solche Ausgaben zu entscheiden. Doch wir werden uns die Sache ansehen, und sobald ihr festgemacht habt, schicke ich einen Trupp meiner Leute, die unseren Anteil sicherstellen.«

Maat Wheelers Mannschaft begann, *Holzfrachter* von oben bis unten zu durchsuchen. Gerners erster Impuls bestand darin, sie aufzuhalten, aber Booce zeigte keine Überraschung … und natürlich gab es an Bord von *Holzfrachter* nichts, was sie in Schwierigkeiten bringen konnte. Währenddesen wandte der Marineoffizier sich an Gerner und meinte: »Gerner, nicht wahr? Du solltest in Erwägung ziehen, der Marine beizutreten.«

»Warum?«

Der Mann lächelte. »Die Bezahlung ist gut, besonders nach den Maßstäben eines Baumbewohners – vorausgesetzt, man nimmt dich. Wir bringen dich in Form, und du lernst allerhand Nützliches, zum Beispiel, wie man einen Kampf gewinnt. Du wirst deinen Teil dazu beitragen, die Zivilisation am Leben zu erhalten. Deine besondere Eignung besteht darin, daß du die richtige Größe hast. Du hast Bootsmann Sectry Murphy bemerkt? Klein, rotes Haar …«

»Ja?«

»Sie wird in sechs Jahren einen Druckanzug tragen. Gardist ist der höchste Rang in der Marine, außer man ist als

Offizier geboren. Du könntest es genausoweit bringen.«

»Darüber muß ich erst nachdenken.«

»Sprich mit ihr. Frag Booce, er kann dir auch Auskunft geben. Booce, wir fliegen rüber und sehen uns Ihren Fund an. Würden Sie gerne mitkommen?«

»Es wäre mir eine große Freude.« Booce schaute in die Gesichter seiner Mannschaft und fügte hinzu: »Es wäre uns *allen* eine große Freude.«

Die Hülle des *Gerfalken* war mit Haltegriffen übersät. Die Mannschaft von *Holzfrachter* wurde von den Marinern hoch oben an einer der Flanken untergebracht. Es gab Stützbretter für die Füße und natürlich Sicherheitsgurte, die bei den Dschungelreisen um die Taille führten und bei Gerner um den Brustkorb. »Kampfkreuzer«, flüsterte Clave Debby zu. »Sie können die Außenhülle mit Bogenschützen besetzen.«

Drei Mariner waren am Heck mit dem Motor beschäftigt. Sie ignorierten die Zivilisten.

Ein grüner Bewuchs schien sich auf der Hülle ausbreiten zu wollen. Flaum eventuell. Das Holz war erst vor kurzem gespänt worden. Soviel vermochte Gerner von seiner Umgebung in sich aufzunehmen, bevor die Rakete gezündet wurde.

Falls Wheeler es darauf angelegt hatte, einen hinterwäldlerischen Zwerg zu beeindrucken, so gelang es ihm. Die Rakete brüllte und spie Feuer. Gerner fühlte, wie ihm das Blut in die Beine sackte. Mit größerer Geschwindigkeit zog die zerfurchte Borke ihres Stammes an ihnen vorbei. Am Heck bedienten Wheller und Murphy ein Zahnradwerk, um die Antriebsdüse zu verstellen. In gewisser Weise war dieses Vehikel beeindruckender als das FRM. Man konnte *sehen*, wie alles funktionierte.

Er konnte sicher sein, daß das Dröhnen des Motors seine Stimme übertönte (und die Furcht darin). Gerner fragte: »Warum lassen sie uns nicht hinein?«

»Geheimsache. Niemand weiß, wie es im Innern eines Marinekreuzers aussieht«, antwortete Carlot. »Wir haben auch nicht die vollständige Besatzung zu Gesicht bekommen, da wette ich. Gerner, ich habe bemerkt, daß du diese, hmm, rothaarige Frau angestarrt hast?«

Gerner rettete sich mit einer Halbwahrheit. »Sie sieht klein aus. Ich meine, das ist seltsam, weil sie genauso groß ist wie ich. Mark ist mir nie klein vorgekommen.«

Carlot wirkte erleichtert. »Natürlich nicht. Du hast ihn aus deiner Kinderzeit als jemanden in Erinnerung, der größer war als du.«

Wheeler verstellte die Düse um zehn Grad nach Backbord. Feuersprühend schwang das Schiff herum. Mittels der Zahnradsteuerung drehte er die Düse nach Steuerbord, die Drehung verlangsamte sich, hörte auf, und *Gerfalke* verlor an Geschwindigkeit. Weniger als hundert Meter von der Narbe im Stamm kam er gleitend zum Stillstand.

»Die Gauner hätten den Brocken beinahe freibekommen«, bemerkte Wheeler.

Booce nickte.

Dieselben vier Mariner, die an Bord von *Holzfrachter* gekommen waren, begleiteten sie zum Krater. Drei widmeten sich der Untersuchung der Holzwülste, die sich um das Metall gebildet hatten und den überall sichtbaren Spuren von Machetenhieben. Der vierte näherte sich Gerner. »Maat Wheeler sagte, du hättest vielleicht einige Fragen an mich«, sagte Bootsmann Murphy.

Gerner dachte nicht ernsthaft daran, in die Marine einzutreten, doch das behielt er für sich. »Ich weiß nicht gut genug Bescheid, um kluge Fragen stellen zu können.«

Sie lächelte betörend. »Dann versuch es mit weniger klugen. Das stört mich nicht.«

»Was sind Druckanzüge? Warum sind sie so wichtig?«

»Sie sind alte Wissenschaft, so alt wie die Bibliothek. Sie sind unzerstörbar«, fügte sie hinzu. »Der höchste Rang in den Kampfeinheiten ist Gardist, und als Gardist trägt man einen der Druckanzüge. Es sind neun Gardisten vorgesehen. Wir haben acht. Das hier ...« Sie klopfte gegen ihren Helm und dann gegen die Platten an ihren Schenkeln. »... so sehen die Anzüge aus, aber man kann ganz hineinsteigen. Du kannst aufsteigen bis zum Maat, nur weil du die richtige Größe hast, und dann wirst du feststellen, ob du tatsächlich in einen Druckanzug paßt.«

»Wie ist es mit dir?«

»Ich weiß nicht. So weit bin ich noch nicht gekommen.« Sie warf einen unglücklichen Bick auf ihren abstehenden Brustpanzer. »Vielleicht passe ich nicht hinein. Auch dann behalte ich meinen Rang als Bootsmannsmaat. Versteh mich richtig, du mußt tüchtig sein und gut ausgebildet. Nur ist mit der richtigen Größe alles leichter.«

»Ausbildung. Wie sieht das aus?«

»Man wird dich in Form bringen. Vielleicht hältst du dich für stark – du bist ein Baumbewohner? Man sieht die Muskeln. Aber Maat Wheeler könnte dich zu einem Knoten schlingen. Wenn du das Training hinter dir hast, kannst du wahrscheinlich ihn zu einem Knoten schlingen. Ich kann es, denke ich, und du bist stärker. Deine Leute, benutzten sie Polarkoordinaten, um sich zurechtzufinden?«

»Nein.«

»Man wird dich lehren, wie man sich beim Fliegen orientiert. Du lernst zählen, wenn du nicht ...«

»Ich kann zählen.«

»Du wirst lernen, wie man eine Rakete fliegt; keine Dampfrakete, sondern einen Marinekreuzer. Man wird dir auch Gehorsam beibringen. Darauf mußt du vorbereitet sein, Gerner. Wenn ein vorgesetzter Offizier dir befiehlt zu fliegen, dann fliegst du, Flügel oder nicht.«

Letzteres klang nicht sehr verlockend. »In welchen Gebieten bewegen sich die Marineschiffe?«

»Hmmm ... Woher kommst du?«

»Bürgerbaum. Ein Stück westlich vom Klumpen.«

»Es ist nicht sehr wahrscheinlich, daß du deine Familie besuchen kannst. Unsere Schiffe unternehmen zwar Flüge außerhalb des Klumpens, aber nicht sehr oft und selten weiter als ein paar tausend Kilometer. Meistens kreuzen wir nur im Klumpen selbst. Natürlich treiben wir die Steuern ein ...«

»Das ist nicht zu übersehen.«

»Wir bekämpfen die Lebewesen, die unsere Sicherheit bedrohen. Dunkelhaie und sonstiges Ungeziefer. Wenn Bürger ein Drillzeckennest finden oder Honighornissen, dann rufen sie uns, und wir räuchern die Plage aus.«

»Triune auch?«

»O nein, die Triune haben schnell begriffen. Sie machen niemals Anstalten, uns anzugreifen. Einige von ihnen mögen uns. Da ist ein Bursche, Exek Martin, der macht mit Triunen Jagd auf Schwertvögel. Man weiß nicht genau, wie intelligent sie wirklich sind, aber sie lassen sich abrichten.«

»Warum vernichtet ihr die Honighornissen? Booce sagt, sie sind wertvoll.«

Ihr Gesichtsausdruck verfinsterte sich. »Honig gilt als Konterbande. Nur einen Fingernagel voll davon, und du träumst herrliche Träume. Dann kannst du nicht mehr aufhören. Nimm ein bißchen mehr, und du stirbst in Ekstase. Manche Leute sind bereit, dafür eine Menge Geld zu bezahlen.«

Honig ist Selbstmord. Gerner hatte nicht geahnt, daß Booces Warnung wörtlich gemeint war. Er dachte nach, dann sagte er: »Aber es ist doch ihre Entscheidung ...«

Sie schüttelte den Kopf. »Das liegt nicht in meiner Hand. Außerdem gehören zu unseren Pflichten noch Detektivarbeit, die Unterdrückung von Aufständen und Lebensrettung. Es gibt nicht für alles Spezialeinheiten. Jeder muß alles können, aber als erstes lernst du, wie man ein Schiff fliegt.«

»Was passiert mit Kadetten, die ihre Prüfungen nicht bestehen? Murphy, was passiert mit *Zwergen*. die ihre Prüfungen nicht bestehen?«

»Nichts. Ich meine, sie werden natürlich aus der Marine entlassen. Sie lassen sich anheuern oder bauen ein Geschäft auf, vielleicht tauchen sie im Dunkel nach Fächerpilzen oder versuchen es mit der Holzfällerei. Was tut denn ein Holzfäller, wenn er beruflich Pech hat?« Sie betrachtete ihn aufmerksam. »Was ist los mit dir?«

»Ich habe Schwierigkeiten, das richtig zu verstehen. Hier

gibt es mehr Leute, also gibt es auch mehr Beschäftigungsmöglichkeiten, richtig? Wenn man nichts von der Jagd oder dem Erdfruchtanbau versteht, versucht man es einfach mit etwas anderem?«

Murphy nickte lebhaft. »Nächste Frage?«

Könnten wir uns öfter treffen, wenn ich in die Marine eintrete? Darf ich dich Sectry nennen? »Vielen Dank, Bootsmann.«

»Keine Ursache«, erwiderte sie und schwang sich in die Luft. Sie schwebte parallel zur Borke auf Wheeler zu, der hinter dem Metallklotz zum Vorschein kam.

»Das ist ein Riesenbrocken«, rief er. »Booce Serjent, Sie haben Ihr Glück gemacht.«

»Ich habe es mir zurückerobert. Das erste, was ich jetzt tue, ist, *Holzfrachter* zu reparieren.«

»Ja ... Nun, ich habe genug gesehen. Achttausend Tonnen oder so. Diese Schrammen auf dem Metall ...«

»Wir haben mit der Säge die Platten abgeschnitten, die wir für den Feuerkasten brauchten. Es ging besser, als ich hoffte. Der Kasten ist ein guter Ersatz für den Draht, und die Säge hat keinen Schaden davongetragen.«

Wheeler war zufriedengestellt und nickte. »Sollen wir euch zu eurem Schiff zurückbringen?«

»Nein. Wir wollen versuchen, unseren Schatz etwas zu tarnen, bevor wir den Markt erreichen.«

»Ich glaube, Sie machen sich unnötige Sorgen. Wie könnte jemand etwas so *Riesiges* stehlen?«

»Mit Sägen ... Nun, vielleicht haben Sie recht.«

Sie sahen zu, wie der *Gerfalke* Kurs auf die Mittelregion des Klumpens nahm. Ein grelles Blinken am Bug erregte ihre Aufmerksamkeit. »Er meldet zur Basis«, sagte Booce. »Sie benutzen Spiegel, um das Voylicht in die Richtung zu lenken, wo sie es haben wollen.«

»Was geschieht jetzt?« wollte Clave wissen.

»Wheeler ist überzeugt, daß ich mehr von dem Metall abgeschnitten habe als nur die Platten für den Feuerkasten. Er wird auf der Lauer liegen, falls ich es auf dem schwarzen Markt anbiete. Er hätte den Klotz vom Fleck weg kaufen können, aber er glaubt, daß ich ihm mit dem Preis entgegenkomme, wenn er noch etwas wartet. Ein paar Tage, nachdem wir angelegt haben, wird er mir ein Angebot zukommen lassen. Natürlich ist die Summe zu klein, und ich werde mich zieren, und schließlich nehme ich doch an, damit ich aufhören kann, das Metall zu bewachen ...«

»Was tun wir *jetzt*, Booce? Jeffer wird schon halb wahnsinnig, weil wir uns nicht melden.«

»Wir werden immer noch beobachtet.«

Der *Gerfalke* war nur noch ein kleiner Punkt. Die Dampfspur löste sich auf. Clave fragte: »Können sie uns immer noch sehen? Verfügen sie über etwas ähnliches wie die Fenster des FRMs?«

»Ein Kasten, den man vor die Augen hält. Clave, wir müssen uns etwas ausdenken, um diesen Eisenklumpen zu tarnen.«

Also schwärmte *Holzfrachters* fünfköpfige Besatzung über die Warze, um das Problem in Ruhe von allen Seiten zu betrachten, als gäbe es eine Möglichkeit, diesen verdächtigen Fremdkörpfer in dem ehrbaren Holz eines Baumes zu verbergen. Die Sonne wanderte vom Zenith an Voy vorbei nach Norden. Schließlich meinte Debby: »Booce, du hast mehr Bäume gesehen als sonst einer von uns. Was kann der Grund für eine solche Narbe sein?«

»Irgend etwas schlägt in den Baum ein. Statt Metall kann es ebensogut ein Steinbrocken sein. Ich habe schon einen Krater gesehen, in dem gar nichts zu finden war, nur geborstenes Holz, das sich zu wulstigen Narben geschlossen hatte. Das Rätsel zu lösen, ist mir bis jetzt noch nicht gelungen.«

»Eis vielleicht?« vermutete Debby.

Booces Gesicht verzog sich zu einem fast dümmlichen Ausdruck. Sein Mund stand halb offen, die Augen blickten in Leere. Er sagte: »He, natürlich! Ein Eisklumpen schlägt in den Baum und schmilzt.«

»Das löst aber nicht unser Problem. Was noch? Krankheit? Gibt es Ungeziefer, das Nester baut? Oder die Baumkäfer fressen aus irgendeinem Grund nur an einer Stelle …«

»Sicher, eine Honigwabe könnte an dem Stamm kleben bleiben, und die Käfer würden ein großes Loch fressen … gib mir Zeit zum Überlegen, Debby.« Wieder der dümmliche Gesichtsausdruck: Booce dachte nach. »Das läßt sich machen. In zwanzig Tagen erreichen wir den Markt. Gut. Wir müssen einen Fischerdschungel finden, der von Termiten befallen ist, und wir müssen den Eindruck erwecken, schwer mitgenommen zu sein – aber damit können wir wahrhaftig dienen. Ich habe nie für möglich gehalten, daß ich einmal mit einer Samenkapsel als *Holzfrachters* Kabine von einer Reise zurückkehre!«

»Was gibt es für uns zu tun?« erkundigte sich Clave.

»Du bleibst hier und gibst Jeffer Nachricht. Wir anderen fliegen den Stamm hinauf. Es könnte alles nicht besser zusammenpassen. Wenn Wheeler sich fragt, warum wir uns immer noch an dem Krater zu schaffen machen, sieht er nichts weiter, als daß wir eine Tarnung anbringen!«

Gerner schluckte seinen Protest hinunter, weil Clave sagte: »Gerner bleibt hier. Ich brauche ihn.«

»Gut.« Booce hatte bereits seine Flügel angelegt. »Kommt, Leute.«

13 Das Termitennest

Bürgerbaum-Kassetten, Jahr 5 SM:

DIE LAGRANGE-PUNKTE

Materie zeigt die Tendenz, sich an dem vierten und fünften Lagrange-Punkt (L4 und L5) von Goldblatts Welt zu sammeln. Diese Regionen erscheinen weniger aufgewühlt als die Stürme um Goldblatts Welt, aber ihre genaue Erforschung haben wir auf einen späteren Zeitpunkt verschoben.

Lediglich L4 haben wir inspiziert. Die mehr oder weniger stabile Region hat einen Durchmesser von sechshundert Kilometern. Die Aufzeichnung der potentialgleichen Tidekurven lässt halbmondförmige Einschlüsse erkennen. Was sich dem Auge darbietet, ist eine missgestaltete Spirale, die im Westen und Osten in den eigentlichen Rauchring übergeht.

Die Spirale weist an der Peripherie eine grüne Färbung auf, eine dunklere, ins braune übergehende Tönung in der Nähe des Zentrums, wo die angehäufte Materie dicht genug ist, um das Sonnenlicht abzuhalten. Von der Tide abhängige Pflanzen können dort nicht gedeihen. Wir haben vertraute Lebensformen angetroffen – Triune und Zuckerwatte-Dschungel –, aber auch spezialisierte Arten, die in anderen Gebieten nicht vorkommen.

Das Tiefenradar weist auf feste Körper in der dunklen inneren Region hin. Sie sind alle ziemlich klein.

Wir haben uns gefragt, warum die Klumpen sich niemals zu einer grossen Masse verdichtet haben. Vielleicht ist das Leben selbst bemüht, Materie aus den inneren Regionen auszustossen. Die Wurzeln der Fischerdschungel zerreissen grosse Teiche.

Saprophyten reifen in dem dichten Kern und katapultieren Sporenbündel in den Rauchring hinaus. Vögel werden durch Nahrungsmangel oder Überbevölkerung gezwungen, einen anderen Lebensraum zu suchen ...

Sein Kopf schmerzte.

Jeffer aß beim Lesen. Wenn er das Ende erreichte, spulte er verbissen wieder zum Anfang zurück. Seine Schüler hatten diese Informationen verwirrend gefunden. Jeffer erging es nicht anders, aber er war seinen Studenten gegenüber im Vorteil. Er hatte Kendy.

Wenn Kendy sich nur melden wollte!

Heute war er zu einem Jagdausflug durch den Himmel aufgebrochen. Mit einem ansehnlichen Schildvogel als Beute war er zu dem abgestorbenen Fischerdschungel zurückgekehrt. Ein kleines Feuer in der Nähe des FRMs diente ihm als Kochstelle. Er bekam langsam Übung darin. Wenn er das Fleisch zwischen zwei von den Panzerplatten des Schildvogels legte, wurde es schön zart, ohne anzubrennen.

Er hätte sich fast verschluckt, als plötzlich eine Stimme das FRM erfüllte. »Jeffer? Hier spricht Clave. Jeffer, kannst du mich hören?«

Jeffer schluckte angestrengt und sagte: »Prikazyvat Senden an Druckanzug. Das war aber auch Zeit! Seid ihr noch am Leben?«

»Jeffer, wir konnten nicht an den Helm heran. Die Marine hat *Holzfrachter* durchstöbert. Auch nachdem sie abgelegt hatten, beobachteten sie uns aus der Ferne. Wo bist du? Hast du ein Versteck gefunden?«

»Sogar ein besonders gutes. Clave, erinnerst du dich an Booces Beschreibung von einem Fischerdschungel? Ein grüner Wattebausch von etwa einem Kilometer Durchmesser, mit einer langen, zusammengerollten Wurzel. Die Wurzel reckt sich nach vorüberziehenden Teichen, aber sie ist giftig, und der Dschungel kann damit Lebewesen töten, die er anschließend in die Knolle zieht, um sie langsam zu verdauen ...«

»Richtig. Angeblich kommen sie außerhalb des Klumpens nicht vor.«

»Mag sein. Dieser hier treibt fünfzig Kilometer von der Peripherie entfernt, und er ist tot. Der Hauptstamm ist hohl. Ein Marinekreuzer kommt auf mich zu. Es ist nicht wahrscheinlich, daß sie Lust haben, an einem Fischerdschungel herumzuschnüffeln, aber trotzdem habe ich das FRM in dem Innern der Pflanze festgemacht. Sobald unsere Freunde wieder verschwunden sind, vertäue ich es oberhalb der Wurzel, damit die Solarzellen Sonne tanken können. Wo seid ihr denn? Ich kann nichts sehen.«

»Ich sitze hier im Finstern. In dem Tunnel, den wir hinter dem Metalklotz ins Holz gegraben haben. Wir haben den silbernen Anzug noch nicht hervorholen können.«

Jeffer erinnerte sich an ihre Bemühungen, das von den Wanderfüßen begonnene Werk weiterzuführen. Rücken und Schultern schmerzten immer noch. »Wir hätten die Wanderfüße noch einen Teil der Arbeit machen lassen sollen.«

»Die Mühe hat sich gelohnt. Booce hatte recht. Die Marine riecht es, wenn einer Metall an Bord hat. Dieser Maat Wheeler wußte davon, aber er hat nicht festzustellen versucht, ob sich dahinter noch etwas verbirgt.«

»Wie sieht es in dem Klumpen aus?«

»Voll. In zwanzig Tagen werden wir den Anlegeplatz erreicht haben. Booce hat einen Weg gefunden, das Metall zu tarnen. Er hat Angst vor Dieben, und wir können den silbernen Anzug nicht einsetzen, um einen Angriff abzuwehren, weil ...«

»Nein, auf keinen Fall.«

»... weil sie ihn erkennen würden. Jeffer, sie besitzen *drei* silberne Anzüge. Sie dienen als eine Art Rangabzeichen. Zwerge sind in der Marine sehr willkommen, und Gerner hat schon ein Angebot bekommen.«

Ein Angebot? »Gerner, bist du da?«

Jeffer hörte Claves entfernten Ruf. Endlich meldete sich Gerner. »Hier.«

»Man hat dir ein Angebot gemacht, in die Marine einzutreten? Was haben sie gesagt? Was hast du ihnen erzählt?«

»Ich habe den Maat nicht ernst genommen. Unser Plan sieht vor, Informationen über die Admiralität zu sammeln, ein paar Erdfruchtpflanzen zu kaufen und wieder zum Bürgerbaum zurückzukehren!«

»Über die Marine möchten wir auch einiges erfahren.«

»Etwas habe ich herausgefunden ...«

Clave mischte sich ein. »Was hast du eigentlich vor? Jeffer, was kann die Marine haben, das wir unbedingt sehen müssen? Ich bin nicht neugierig auf das Innere eines Marinekreuzers, daß ich einen meiner ...«

»Die Bibliothek! Die Kassetten! Was ist auf den Kassetten der Admiralität gespeichert?«

»Schon *gut*, Jeffer. Was bringt dich auf den Gedanken, Gerner könnte so weit in ihr Allerheiligstes vordringen? Booce könnte es wissen, aber er ist nicht in Reichweite.«

Jeffer beendete seine Schildvogel-Mahlzeit, während er überlegte. »Fragt ihn, wenn sich die Gelegenheit ergibt. Genug davon. Ich langweile mich hier tödlich. Könnt ihr es wagen, den silbernen Anzug in die Rakete zu schaffen?«

»Nein. Man erkennt ihn zu leicht als das, was er ist«, wehrte Clave ab.

»Wie steht es mit dem Helm?«

»Wir müßten Booce fragen, aber ... ich bin nicht dafür. Soll Kendy uns einen Rat geben. Hast du Verbindung?«

»Er hat gesagt, er müßte den Orbit wechseln. Noch ein Tag, und er kommt wieder in Reichweite. Clave, ich wünschte, du könntest mir einen Ausblick verschaffen.«

»Ich werde mir etwas ausdenken. Jeffer, Gerner gibt mir ein Zeichen.«

»Wissenschaftler Ende.«

»Clave? Du solltest dir das besser ansehen«, meinte Gerner.

»Was? Ich habe gerade mit Jeffer gesprochen.« Clave stemmte sich aus der Höhlung hinter der Warze. »Oh.«

Aus dem von Leben wimmelnden Himmel tauchte ein formloses Ding auf, von einem stumpfen, gelbstichigen Braun. Die Oberfläche überzog ein flimmerndes Wogen, das die Sehnerven in Aufruhr brachte. Es kam stracks auf sie zu, unmittelbar gefolgt von *Holzfrachter*.

»Geh beiseite, Gerner, das Ding trift den Stamm! Hast du deine Flügel?«

Sie ergriffen die Flucht. Der Klumpen stürzte mit einem feinen, furchteinflößenden Summen dem Baum entgegen. Myriaden schwarzer Pünktchen umschwirrten es – Insekten, aber viel kleiner als Hornissen.

Es landete in dem Krater und zerfloß wie weicher Schlamm.

Holzfrachter stieß sehr viel behutsamer gegen den Stamm. Debby stieg aus der Luke in der vorderen Kapsel. Nach einem forschenden Blick auf die seltsame Masse rief sie nach hinten: »Es bleibt kleben.«

Von drinnen erwiderte Booces Stimme: »Gut. Verteil den Honig.«

Debby winkte Clave und Gerner kurz zu, mehr Aufmerksamkeit schenkte sie ihnen nicht. Sie bückte sich, um den Rand des Kraters mit dem zähen roten Honig einzustreichen.

Der Schwarm der Insekten folgte ihr. Als sie den Kreis vollendet hatte, war der größte Teil der Insekten bereits um die süße Spur versammelt.

»Erledigt!«

»Gut. Komm an Bord. Clave, Gerner, ich muß Holzfrachter festmachen. Wollt ihr mitfliegen?«

Clave bellte: »Booce, du kommst jetzt her und beantwortest ein paar Fragen!«

Booces Kopf erschien in der Luke. Nach kurzem Nachdenken verließ er die Kapsel und schwang sich zu ihnen herüber. Er machte einen unanständig selbstzufriedenen Eindruck.

»Das ist ein Termitennest«, erklärte er, bevor Clave fragen konnte. »Wir werden erzählen, daß wir keine andere Wahl hatten; es war der einzige Baum in der Nähe des Klumpens, und wir mußten unbedingt nach Hause zurück, weil ... na, ich werde mir einen plausiblen Grund einfallen lassen.«

»Aha. Und der Honig?«

»Eine Ermunterung. Wenn der Honig aufgezehrt ist, werden die Termiten sich über das Holz hermachen. Sie werden sich im Krater festsetzen.«

»Und was ist mit dem silbernen Anzug? Willst du ihn in dem Versteck liegen lassen?«

»Wo könnte er sicherer sein?«

»Jeffer sitzt ganz allein in dem FRM. Er wird verrückt werden!«

Booces Grimasse drückte unmißverständlich aus, was er darüber dachte. Clave sagte: »Er ist Bürgerbaums Wissenschaftler, und er ist kein mordgieriger Irrer. Er befand sich in einem Kampf, in dem unser Leben auf dem Spiel stand, Booce, und er bediente sich der Waffen, die ihm zur Verfügung standen. Sie waren vernichtender, als er angenommen hatte ...«

»Er hat sie zweimal eingesetzt.«

»Booce, wenn du jemals selbst ein Wanderfuß-Pirat gewesen bist, dan sag es mir jetzt.«

Booce wirkte erstaunt, dann belustigt. »Also, wirklich! Nein, ich versuche *nicht*, meine ehemaligen Kumpane zu verteidigen. Ich empfinde *keinerlei* Sympathie für Gauner, die hart arbeitenden Holzfällern auflauern. Zugegeben, im allgemeinen ziehen sie es vor, über einen Stamm harmloser Wilder herzufallen. Dein Verdacht war nicht ganz unbegründet, Clave, aber es stimmt nicht, daß ich für diese Piraten etwas übrig habe. Allerdings hätte ich auch nicht einen ganzen Stamm von ihnen ausgerottet.«

»So, so. Du hättest sie davongejagt, ohne ihnen große Verluste zuzufügen. Wie? Laß mich die Einzelheiten wissen.«

»Das kann ich nicht. Jeffer hat keinem von uns gezeigt,

wie man mit dem FRM umgeht! Clave, der Wissenschaftler soll nie wieder sein Spielzeug benutzen, um Menschen zu verbrennen, ganz egal, wie groß die Gefahr ist. Ich sage es dir, nicht ihm. *Du* mußt ihn davon abhalten.«

»Ich werde es ihm sagen. Jetzt was?«

»Oh ... Wir lassen alles, wo es ist – bis auf den Helm. Jeffers wissenschaftliche Augen sitzen in dem Helm, stimmt's? Diese kleinen Fenster in der Stirnpartie? Wir bringen ihn in dem Nest unter, dann hat er ein gutes Blickfeld. Da es am Krater genug Arbeit für uns gibt, können wir bei solchen Gelegenheiten mit ihm sprechen.«

Das FRM mit seinen Kameras lag an einem dunklen Ort verborgen, der Druckanzug befand sich ebenfalls in einem Versteck, die hereinkommenden Bilder zeigten Begebenheiten, die bereits Tage zurücklagen, und in der Gegenwart war Jeffer nicht anwesend. Kendy schenkte den Aufzeichnungen nur flüchtige Beachtung. Die Sinne der *Discipline* leisteten seinem Wissensdurst bessere Dienste.

Holzfrachter ließ sich ohne Schwierigkeiten im Auge behalten: vierzig Kilometer Baumstamm ohne Büsche und mit einem Fremdkörper aus Metall unterhalb der Mitte, der jetzt den Steuerbordarm der L4-Spirale umrundete. Es würde nicht einfach sein, unter diesen Bedingungen die Funkverbindung aufrechtzuerhalten. *Disciplines* neuer Orbit beanspruchte die zweifache Umlaufzeit von Goldblatts Welt. Seine geneigter, aus dem Rauchring herausführende Umlaufbahn erlaubte es den Instrumenten, einen Großteil des Gerümpels im Klumpen zu ignorieren; aber der Baum und das FRM und sämtliche von Kendys Bürgern umkreisten jenen Mittelpunkt auf langen, nierenförmigen Bahnen.

Wenigstens entfiel die Notwendigkeit, Treibstoff zu verbrennen. Wenn es ihm gelang, eine dauerhafte Verbindung zu der Admiralität aufzunehmen, konnte er diesen Orbit für Hunderte von Jahren beibehalten.

Barbaren in einer aufstrebenden Zivilisation mußten früher oder später in Schwierigkeiten geraten. Nicht lange, und Jeffer würde gezwungen sein, ihnen mit dem FRM zur Hilfe zu kommen. Dann kam er nicht umhin, die Marine an Bord zu lassen …

Eins nach dem anderen. Warten. Lernen.

Jeffer betrat die Kabine, bevor Kendy den Sendebereich verließ. Er hatte frische, rosafarbene Blutflecken am Hemd und noch mehr Blut an den Händen.

»Kendy für den Staat …«

»Hallo, Kendy. Wie können wir …«

»Jeffer, wenn die Marine Gerner ein Angebot gemacht hat, dann möchte ich, daß er es annimmt.«

»Du vielleicht. Gerner klang gar nicht sehr begeistert. Ich bin es auch nicht. Wie können wir erreichen, daß der silberne Anzug nicht die ganze Zeit in seinem Versteck bleiben muß?«

»Eine ausgezeichnete Frage.« Kendy programmierte eine leichte Vergrößerung, doch es gab nichts weiter zu sehen als Eisenerz und zernarbtes Holz. Clave und Gerner waren gegangen. »Wenn die Marine Druckanzüge besitzt, dann wird man den euren identifizieren. Ich dachte daran, ihn auseinanderzunehmen, aber den Helm erkennen sie auch als das, was er ist. Die Kamera darf man nicht abmontieren, sonst ist sie ruiniert, außerdem wird sie durch den Helm mit Elektrizität versorgt.«

»Also?«

»Geduld.«

»Deine Geduld kannst du an den Baum verfüttern, Kendy. Ich habe hier einen rätselhaften Eintrag unter ›Lagrange-Punkte‹ …«

»Ich habe dreihundertvierundachtzig Jahre Zeit gehabt, mich in Geduld zu üben. Die Verbindung wird gleich zusammenbrechen. Findest du genug zu essen da unten?«

»Sicher. Es gibt hier Pilze und Flitzer, die hinter den Käfern her sind, und sonst noch einiges, das eßbar ist. Es ist fast so, als würde man noch einmal ganz von vorne lernen zu jagen …«

Kendy hatte den Sendebereich verlassen.

Eine Chance, den militärischen Zweig der Admiralität von innen her zu erforschen! Aber Gerner war nicht begeistert. Und Kendy mußte erst Jeffer überzeugen, bevor er seine Argumente dem Jungen vorlegen konnte.

Geduld …

14 Ankunft

Holzfrachters *Logbuch, Eintrag von Kapitän Booce Serjent:*

Jahr 384, Tag 1700. Auf dieser Reise brauchen wir keine Wanderfüsse zu fürchten.

Ich fürchte Jeffer, den Wissenschaftler. Ich fürchte die Geheimnisse, die wir vor der Admiralität bewahren, und die Geheimnisse, die der Wissenschaftler mir vorenthält. Aber ich stehe tief in der Schuld des Bürgerbaums.

Tag 1710 – Wir haben einen einfachen Weg gefunden, unser hohles Besatzungsmitglied zu verbergen. Möge ich nie Gelegenheit haben, den Wanderfüssen dafür zu danken, dass sie die Vorarbeit für uns leisteten.

Tag 1780 – Wir haben zusätzliche Kapseln geerntet. Eine benutzen wir als Kabine, die andere steht mit Wasser gefüllt in Reichweite, falls ein feuer ausbricht. Mit einer Samenkapsel als *Holzfrachters* Kabine zurückzukehren, tut mir in der Seele weh, aber natürlich hilft es, den Eindruck von Armut und Misserfolg hervorzurufen.

Tag 1810 – Der Anstrich bereitete uns mehr Schwierigkeiten, als ich vermutet hatte. Die Farben sind immer noch mittelmässig, aber was macht das schon. Wir haben das Zeichen der Honighornisse auf *Holzfrachters* Kabine gemalt. Jetzt sind die Flügel meiner Mannschaft an der Reihe.

Tag 1996 – Befinden uns jetzt im Einflussbereich der Admiralität, der *Gerfalke* hat bei uns die Zollkontrolle vorgenommen. Die Steuerveranlagung wird uns noch mitgeteilt.

Tag 2000 – Nähern uns dem Markt. Niemand weiss von dem Metall, ausser der Marine. Alles läuft bestens.

Tag 2015 – Wir haben angelegt. Habe die Mannschaft mit Carlot auf den Markt geschickt. Wäre mitgegangen, wenn ich die Zeit gehabt hätte. Ich habe nie mit Baumbewohnern zu tun gehabt. Ich kann mir nicht vorstellen, wie sie reagieren.

Ich vermisse Ryllin. Nie in meinem Leben musste ich so viele Fäden auf einmal in der Hand halten.

Ein fetter, babyblauer Torpedo schwebte gemächlich an dem Stamm der Serjents entlang und näherte sich der Stelle, wo Gerner und Carlot Wache hielten. Plötzlich teilte er sich der Länge nach, und vier schlanke, blau-orange Triune stürzten sich auf irgendein baumbewohnendes Lebewesen.

Gerner zeigte mit der Hand darauf. »Vier?«

»Manchmal bekommen Triune Zwillinge.«

»Davon habe ich noch nie gehört.«

»So was hast du auch noch nicht gesehen.« Sie machte ihn auf einen dreieckigen Schatten aufmerksam. »Das ist ein Dunkelhai. Gewöhnlich wagen sie sich nicht so weit himmelwärts. Sie sind gefährlich. Nur Zähne, kein Hirn.«

»Himmelwärts?«

»Dunkel, Himmelwärts, Spin und Antispin. Die normalen Richtungsbezeichnungen verwenden wir auch.«

»Wie kannst du das alles auseinanderhalten?« Gerner schlang die Beine um ihre Hüften. Sie kam ihm nicht entgegen.

Ein Ball aus grünem Flaum streckte einen ewiglangen, welligen Wurzelstrang nach einer vorübertreibenden Wasserkugel.

Booce, Debby und Clave hielten sich irgendwo am Horizont des Stammes auf, um mit der Rakete zu steuern, falls irgend etwas ihren Weg kreuzte. Carlot und Gerner hielten im Osten Wache. »Wir können trotzdem den Himmel im Auge behalten«, argumentierte Gerner.

Carlot trommelte mit den Fäusten auf seine Kniescheiben. »Und wer hat uns im Auge?«

»Von Triunen beobachtet zu werden, stört mich nicht. Vielleicht mag ich es sogar.«

»Und was ist mit den Häusern?«

»Häuser?«

»Du würdest sie Hütten nennen. Da hinten zum Beispiel.«

In der Richtung, in die Carlots vorgerecktes Kinn deutete, entdeckte er jenseits des Marktes sechs Würfel an einem spitz zulaufenden Balken, der an einem Ende mit Raketentank und Düse ausgerüstet war. »Das ist Gardehauptmann Wayne Mickls Haushalt«, erklärt Carlot. »Er ist einer der wohlhabendsten Offiziere.«

»Das Ding ist aber ziemlich weit weg.«

Ein merkwürdiges Gebilde schwebte vor dem Dunkel – ein Würfel mit einer Unzahl von Plattformen, Pollern, Wasserkapseln und ähnlichen Wucherungen, die er nicht zu benennen wußte.

»Das dürften die Hillards sein. Und der Dschungelbausch gehört den Kerians.«

Der Himmel war voll von den grünen, flauschigen Fischer-Dschungeln. Der von Carlot bezeichnete trug als Markierung ein großes K mit darin eingefügten kleineren Buchstaben, die sich aus dieser Entfernung nicht entziffern ließen. Carlot sagte: »So leben die Leute, die kein Geld für Holz haben. Gewöhnlich schneiden sie ein Signet ins Laub.«

Gerner lachte. »Gut, ich bin überzeugt.« Ein weiterer Dschungelbausch war mit einer schlanken Acht gekennzeichnet. »Wenn man reich ist, nimmt man Holz zum Bauen?«

»Ja.«

»Deine Familie besitzt ein Haus.«

»Wir schaffen unser Holz selbst herbei! Ich zeige es dir, sobald es auftaucht. Es war bei unserer Abreise noch nicht fertig, aber ich kenne die Entwürfe.«

»Wir sind arm, nicht wahr? Bürgerbaum ist arm.«

»Ihr lebt wie arme Leute. Das FRM bedeutet Reichtum, nur könnt ihr es nicht benutzen … und ihr habt euren

Anteil an dem Erlös, sobald Vater das Metall verkauft hat. Gerner?«

»Auf Empfang.«

»Ich glaube, ich werde Raff heiraten.«

Gerner drehte sich herum und schaute sie an. Die plötzliche schwarze Leere in seinem Bauch war für ihn eine völlig neue Erfahrung, trotzdem empfand er keine Überraschung. Er brachte es fertig, seine Lippen zu bewegen. »Wäre es dir lieber, wenn ich irgendwo anders hinginge?«

Es fiel ihr schwer, seinem Blick zu begegnen. »Ich habe Raff seit drei Jahren nicht mehr gesehen. Gerner, ich denke, es ist besser für ihn, wenn er nicht weiß, daß wir ...«

»Babys gemacht haben. Ich werde es nicht herumerzählen.«

»In Ordnung. Abe ich will dich nicht zur Marine abschieben, um dich los zu sein! Das darfst du nicht von mir glauben! Ich weiß nicht, ob es eine gute Idee ist oder nicht. Ich denke nicht für den Bürgerbaum, und ich will auch für dich nicht das Denken übernehmen. Aber du solltest das Angebot nicht ablehnen, weil du in meiner Nähe sein willst.«

»Ich habe nicht die mindeste Absicht, in die Marine einzutreten.« Gerner wandte seine Aufmerksamkeit dem Himmel zu. Er befand sich immer noch auf Wache.

Jetzt, da er wußte, wonach er Ausschau halten mußte, erfüllte ein ganzer Reigen merkwürdiger Wohnstätten den Himmel. Überall trieben Dschungelbäusche, besonders dicht waren sie am Rande des Dunkels, und einige trugen Markierungen. Er sah hölzerne Würfel und ganze Trauben von Würfeln, die leuchtendrot, -blau und -gelb bemalt waren. Vom Wind zerzauste Dampffährten kreuzten sich vor dem Dunkel.

»Menschen verändern sich in drei Jahren«, gab er zu bedenken.

»Sicher«, erwiderte Carlot. »Vielleicht mögen wir einander nicht mehr. Wir werden sehen. Nur, damit du Bescheid weißt, Gerner – wenn wir uns vertragen, heirate ich ihn. Belmy war der erste von den Holzfäller-Konzernen, und er ist immer noch der einflußreichste.«

Der Helm befand sich jetzt seit zwanzig Stunden in dem Termitennest. Kendy ließ die Berichte ablaufen, ordnete, zog Schlußfolgerungen, machte Notizen. Als er bei der Jetztzeit anlangte, kehrte er wieder zum Anfang zurück.

Sein gedankliches Modell von der Admiralität vervollständigte sich auf sehr zufriedenstellende Weise.

Es gab mehr neue Pflanzen als neue Tiere. Die Fauna hier wies dieselbe modifizierte trilaterale Symmetrie auf wie im eigentlichen Rauchring. Von der Tide abhängige Pflanzen fehlten gänzlich: kaum überraschend.

Die Gebäude waren interessant. Alles, was über einen ausgehöhlten Fischer-Dschungel hinausging, hatte die Form rechteckiger Kästen, als gäbe es auch hier noch eine Schwerkraft zu berücksichtigen. Dagegen sprachen die Anbauten, die in jedem erdenklichen Winkel dem Hauptgebäude entsprossen, und Öffnungen gab es in jeder der sechs Wände. Diese Wohnungen sahen aus, als hätte Escher sie entworfen.

Bei manchen Häusern ragte aus einer Ecke eine große quadratische Flosse. Im Klumpen herrschten Turbulenzen. Auf dem Infrarotschirm konnte Kendy kleine Wirbelstürme entdecken, ›Staubteufel‹, allerdings ohne Staub. Ein Haus ohne Flosse würde anfangen, sich zu drehen, und nicht wieder aufhören.

Außer es war mit einem größeren Gebilde verbunden.

Warum gab es nur einen Markt? Man hätte leicht mehrere konstruieren können. Wohnstätten waren im ganzen äußeren Bereich verstreut. Die meisten mußten den größten Teil der Zeit ohne Nachbarn auskommen. Es bestand kein Grund für eine derartige Isolation, die unpraktisch war und in den Menschen ein Gefühl der Verlassenheit hervorrufen mußte.

Die Position des Baumes veränderte sich ständig; desgleichen die Bilder, die von dem Helm zur *Discipline* gesendet wurden. Kendy erhielt nur vereinzelte Aufnahmen von dem Markt, aber er vermochte sie zu integrieren.

Zahlreiche Bauten waren durch Beton mit dem Rahmen des Marktes verbunden. Nicht gut. Kendy hätte ›seinen‹

Bürgern gerne den Beton als Geschenk angeboten. Falls es ihm je gelang, mit ihnen Kontakt aufzunehmen, mußte er etwas anzubieten haben, ein besonderes Wissen, das ihnen das Leben erleichterte. Er kannte die einzelnen Entwicklungsstufen, in deren Verlauf sie sich zu einem aufstrebenden, den Rauchring bevölkernden Staat entwickeln würden, aber es gab bestimmt eine Möglichkeit, den Prozeß zu beschleunigen.

Elektrizität? Im Klumpen war es niemals wirklich Nacht. Wie beleuchteten sie ihre Häuser?

Er identifizierte einen Glastank von einem der Saattorpedos der *Discipline*, der einen heftigen Ausschlag im Lichtspektrum verursachte: Chlorophyll. Sie hatten ihn in einen Hydroponiktank umgewandelt. Die facettierte Halbkugel entpuppte sich als ein altes, mit Holz verstärktes Überlebenszelt, mit ausgesparten, transparenten Facetten. Andere Gebäude an dem Ring bestanden aus Rauchring-Materialien, überwiegend Holz, doch gab es auch einen Zuckerwatten-Dschungel, der an einen Mast vertäut war.

Ein Bauwerk auf der anderen Seite des Marktes brüstete sich mit einem breiten Panoramafenster: die Windschutzscheibe eines FRMs. Sonst war kein Glas zu entdecken. Kein Sand?

Die Einwohner schwebten zwischen den Gebäuden wie Blätter im Wind. Halbwüchsige Kinder schlossen sich zu Gruppen zusammen, die von einem oder zwei Erwachsenen beaufsichtigt wurden.

Ich muß einfach mehr erfahren. Wie kann ich erreichen, daß der Helm mit in den Markt hineingenommen wird?

Booce hatte sich neben der Rakete postiert und hielt heiße Kohlen in Bereitschaft, während Debby und Clave Ausschau hielten und steuerten. Der Himmel war regelrecht überfüllt. Man konnte nur hoffen, daß Gerner und Carlot tatsächlich ihre Pflichten taten … aber zumindest hatten sie eine Gelegenheit, sich auszusprechen.

Ein Marinekreuzer beobachtete ihren Kurs. Man überwachte, ob der Stamm auch in sicherer Entfernung vom Markt zum Halten kam. Eine größere Rakete löste sich von Belmys Stamm und dampfte *Holzfrachter* entgegen.

Booce und sein verstümmelter Baum erregten allgemeine Aufmerksamkeit.

Er kehrte heim wie ein Bettler.

Natürlich durfte man das Metall nicht vergessen ... und den dahinter verborgenen silbernen Anzug. Letzteren wäre er gerne los gewesen. Das schlimmste, was die Admiralität ihm vorwerfen konnte, war ›Verschweigen lebenswichtiger Hilfsgüter‹, aber das war eine schwere Anklage. War es das Risiko wert – mit dem Wissenschaftler sprechen zu können?«

Nicht, daß er die Wahl gehabt hätte.

Er war fast zu Hause. Der Belmy-Stamm voraus verdeckte den Markt. Das buschlose Ende wirkte zernagt. Belmy hatte einen Teil seines Holzes verkauft.

Waldläufer wurde zum beherrschenden Objekt am Himmel, während er sich mit der Düse voran näherte. Das kunstvolle Gebilde war unverwechselbar, vier um die Wasserkapsel angeordnete Würfel, jeder in einer anderen Farbe gestrichen, jeder mit dem schwarzen *B*-Signet. Überall Handgriffe und um die Düse ein Steuermannsdeck mit geschnitzter Reling. Die einzelnen Bestandteile waren so angeordnet, daß sich ohne Schwierigkeiten Ersatzwassertanks einfügen ließen. Hilar Belmy kam, um sie zu begrüßen.

»Gleich ist es soweit«, sagte er und sah Debby und Clave zustimmend nicken. Booce schüttete die Kohlen in den Feuerkasten. Die Glut brauchte Zeit, um sich auszubreiten, »Belmy hat seinen Stamm natürlich hinter dem Markt festgemacht. Es bleibt uns nicht anderes übrig, als hinter ihm anzulegen. Dann wird es kitzlig.«

»Warum legen wir nicht auf dieser Seite des Marktes an?« wollte Debby wissen.

»Weil das die Marinepier ist.«

»Booce, wenn du mit einem Kampf rechnest, sagst du es besser jetzt. Und welche Waffen ...«

»Blutdurstiges Weib. Keine Waffen, kein Kampf. Es ist nur … Ich komme heim mit einer Treibstoffkapsel als Kabine und einem an zwei Stellen beschädigten Stamm. Der Prüfer weiß, was Belmy denken wird. Er wird seine Meinung ändern, sobald er von dem Metall erfährt, aber … Der Stamm da hat immer noch einen Busch.«

»Und?«

»Warum, auf Erden, sollte Hilar Belmy einen Busch an seinen Stamm lassen?«

»Warum nicht?« fragte Clave.

»Wind. Du kannst einen Stamm auch mit einem Busch an die Pier bringen, aber es ist schwierig. Gewöhnlich bedeutet es, daß man nicht genug Honig hatte oder nicht genug Käfer … hmmm?«

»Was?«

»Nur so ein Gedanke. *Hallo, Hilar*!« Seine Mannschaft riß die Augen auf. So fröhlich hatte Booce Serjents Stimme noch nie geklungen.

Waldläufer stieß eine Dampfwolke aus und verringerte die Geschwindigkeit. Zwei Männer standen auf der Plattform über der Düse. Sie waren groß: größer als Booce. Der lange Hals erinnerte an Ryllin: es gab gemeinsame Vorfahren. Schwarzes Haar, graues Haar, ansonsten fast nicht auseinanderzuhalten.

Der schwarzhaarige Mann winkte fröhlich. Booce konnte Belmys Söhne nicht voneinander unterscheiden, aber das mußte Raff sein, und Carlot winkte wahrscheinlich zurück.

Der graue Schopf gehörte Hilar. Er sah gut aus: stämmig, erfolgreich, ein paar Kilo schwerer als sein Sohn. »Booce! Ich dachte, ich biete dir meine Hilfe an. Wie … Hast du Schwierigkeiten gehabt?«

»Und nicht zu wenig!« Der Abstand verringerte sich, und Booce brauchte nicht mehr so laut zu brüllen. »Hilar, danke für das Angebot, aber ich komme schon zurecht.«

»In Ordnung«, rief Hilar Belmy zurück. *Waldläufer* verlor Fahrt und verharrte fünfzig Meter von dem Stamm entfernt. »Komm anschließend zu uns. Wir müssen übers Geschäft reden.«

»Geht klar.« Mit gedämpfer Stimme wandte Booce sich an seine Mannschaft. »Jetzt dürfen wir uns keinen Schnitzer erlauben. Debby, du stellst dich neben die Wasserkapsel. Clave, du hilfst mir, die Rakete zu drehen.« *Holzfrachter* schien für das Manöver gerüstet zu sein. Der Feuerkasten glühte dunkelrot; weiße Helligkeit leuchtete durch die Ritzen. Die Platten hatten von Anfang an nicht genau zusammengepaßt, aber sie machten nicht den Eindruck, als würden sie gerade jetzt auseinanderfallen. *Holzfrachter* war annähernd parallel zur Borke ausgerichtet.

Booce schlüpfte in die Kabine. Er blies in die Flutungsöffnung (TÖFF TÖFF töff töfftöfftöff ...) und kam nach Luft ringend wieder zum Vorschein. »Noch nicht, Clave, gleich ... jetzt.«

Sie stemmten sich gegen *Holzfrachters* Treibstofftank und erreichten durch das Verschieben der Rakete in ihrem Rindennest, daß die Düse genau auf den Markt ausgerichtet blieb. Heißer Dampf zog einen Kondensstreifen über den Himmel. Die *Waldläufer* hielt gebührenden Abstand. Der Baum schwang herum, indem er sich Belmys Stamm näherte; die Rakete sorgte für Gegenschub, und die träge Vorwärtsbewegung wurde langsamer, noch langsamer, hörte auf.

Booce stürmte in die Kabine. Er riß den Stopfen aus der Flutungsöffnung und sprang zurück. Warme Wasserkugeln folgten ihm. »Ich habe das Wasser abgelassen. Debby, du nimmst den Schlauch und löschst das Feuer. Wir haben angelegt.«

Der Feuerkasten zischte. In unsichtbaren Wasserdampf gehüllt, erloschen die Kohlen augenblicklich. Der Abstand zwischen den beiden Stämmen blieb unverändert.

»Und das muß uns erst einer nachmachen«, erklärte Booce befriedigt.

Carlot und Gerner tauchten über der Stammwölbung auf. »Gut gemacht, Leute«, rief Booce. »Ich gehe jetzt an Bord der *Waldläufer*, um zu sehen, was Hilar von mir will.

Carlot, warum zeigst du unseren Freunden nicht den Markt?«

Carlot erreichte ihn früher als Gerner. »Kann ich unter vier Augen mit dir sprechen?«

Sie entfernten sich von den anderen. Booce fragte: »Habt ihr eine Entscheidung getroffen?«

Sie nickte ruckartig. »Raff wird mich vielleicht sehen wollen.«

»Dann mußt du wissen, ob du ihn dabeihaben willst. Wird Gerner sich anständig benehmen?«

Sie zögerte. »Es ist keine gute Idee.«

»Dann wrde ich dich bei Raff entschuldigen. Bin ich eben der Rabenvater, der dir zuviel Arbeit aufbürdet.«

Clave und Debby folgten Carlot. Gerner blieb ein wenig zurück. Zu dicht neben Carlot zu fliegen, war jetzt nicht angebracht.

Sie kamen dicht an *Waldläufer* vorbei. Diesmal konnte Gerner Raff Belmy aus der Nähe betrachten. Er war dunkelhaarig und groß, drei Meter oder nur wenig darunter, mit langen Armen, gleichmäßig langen Beinen, drahtigem schwarzem Haar und einem kurzen Bart. Der Hals glich dem seines Vaters: lang und schlank, aber mit kräftigen Muskeln. Er winkte heftig, als sie vorüberflogen, und verschwand anschließend in einer Kabine. Es mußte ein rascher Wortwechsel stattgefunden haben, denn als Raff Belmy wieder zum Vorschein kam, machte er keine Anstalten, ihnen zu folgen.

»Ich hätte gerne zuerst mit Jeffer gesprochen«, bemerkte Clave leise.

»Laß ihn ein bißchen zappeln«, antwortete Debby. »Wir werden ihm viel zu erzählen haben, sobald sich die Gelegenheit ergibt.«

Sie passierten den Belmy-Stamm, und der Markt füllte ihr gesamtes Gesichtsfeld aus.

Das Rad hatte einen Durchmesser von zehn bis zwölf Kilometern und war an die hundert Meter breit. Die Innenseite war zu einem Teil besetzt mit – Häusern? Ganz bestimmt waren es keine ordentlichen Hütten. Alle waren leuchtendbunt gestrichen. Man sah überwiegend Würfel und rechteckige Kästen, aber darunter mischten sich andere, seltsamere Gebilde: eine facettierte Halbkugel, ein hölzerner Zylinder neben einem größeren, der so durchsichtig war wie das Bugfenster des FRMs.

Carlot rief ihnen während des Fliegens Erklärungen zu. »Wir lernen alles über den Markt in der Schule. Es begann vor dreihundert Jahren mit einem aus einem Baumstamm geschnittenen Balken. Die Admiralität ließ ihn durch einen Teich ziehen, bis das Holz sich voll Wasser gesogen hatte. Anschließend wurde er mit Leinen zu einem Ring gebogen. Davor bestand der Markt nur aus miteinander vertäuten Verkaufsbuden.«

Dieses gewaltige, von Menschenhand erschaffene Ding … das war Reichtum. Gerner empfand die Angst und die Ehrfurcht eines jeden Wilden, der sich einer zivilisierten Stadt nähert.

Leute kamen ihnen entgegengeflogen.

»Die älteren Geschäfte haben komische Formen. Kugeln und Hohlkörper. Der Glaszylinder dort ist das Vivarium. Vance Limited züchtet darin seine Erdfruchtpflanzen.« Carlot bemerkte, daß ihre drei Schützlinge immer weiter zurückblieben. Sie beschrieb einen Halbkreis und gesellte sich wieder zu ihnen. »Seid ihr in Ordnung? Müde?«

Gerner antwortete für die anderen: »Es ist ein wenig furchteinflößend. Wer sind diese Leute?«

»Freunde, Kaufleute. Ich werde euch vorstellen. Raym! Leute, das ist Raym Wilby …«

Der Neuankömmling war ein älterer Mann, ein Dschungelriese mit bleicher Haut und dunklem, lockigem Haar und Bart. Er stieß bei Carlots Anblick einen Schrei aus, prallte ein wenig heftig mit ihr zusammen und nahm sie in die Arme. Als er die Aufmerksamkeit auf ihre Begleiter richtete, machte sein breites, törichtes Grinsen einem Ausdruck komischen Erstaunens Platz. »Carlot? Kurze?«

Sie wies ihn zurecht. »Raym, daß sind einige der Bürger,

die uns das Leben retteten, als unser Baum in Brand geriet. Hallo, John. Hallo, Nurse!« Immer noch mehr Leute kamen herbei. Carlot machte sich von Raym Wilby frei, drückte Hände und Zehen und machte die alten Freunde mit den neuen bekannt. John und Nurse Lockheed waren Bruder und Schwester und sahen auch so aus, mit kantigen Gesichtern und weißblondem Haar. Der schmalgesichtige Grag Maglicco diente als Raumkadett in der Marine. Adjeness Swart war klein für eine Dschungelriesin. Ihr Haar war glatt und schwarz, die Nase scharf und stark gekrümmt. Sie arbeitete im Vivarium, erzählte Carlot.

Ein weiteres halbes Dutzend von Carlots Freunden traf ein, und Gerner verlor die Übersicht. Raym mochte dreißig oder vierzig Jahre alt sein, Grag ein bißchen jünger. Die übrigen waren in Carlots Alter. Dschungelriesen waren sie allesamt, dazu ausgezeichnete Flieger.

Carlot berichtete von dem Unglück, das ihrer Familie zugestoßen war, während sie miteinander zum Markt flogen. Weitere Neuankömmlinge schlossen sich an, und sie mußte wieder von vorne anfangen. Inzwischen waren es etwa zwölf Dschungelriesen, und nur Carlot kannte sie. Sie hielt sich an die Geschichte ihres Vaters und erwähnte weder das Metall noch das FRM noch den silbernen Anzug.

Die Bürger verhielten sich ungewöhnlich schweigsam. Zuviel Neues stürmte auf sie ein, außerdem sahen sie sich von ebenso vielen Fremden umringt, wie es auf dem Bürgerbaum Erwachsene gab.

Debby war schließlich bereit zuzugeben, daß sie einen Fehler begangen hatte. Sie wollte nach Hause.

Sie war seit Hundeten von Tagen nicht mehr mit Anthon zusammengewesen. Booce hatte Angst vor seiner Frau, Jeffer schien mit dem FRM verheiratet zu sein, und Clave ... soweit sie es beurteilen konnte, genoß Clave diese Ferien von seinen Frauen. Sie befand sich in einer sexuellen Wüste.

Es gab noch andere Gründe, nervös zu sein. Der Markt füllte ein Viertel des Himmels aus. Nicht größer als ein kleiner Baum, war er ein unzweifelhaft *künstlich* geschaffenes Gebilde, von der Hand der Vorfahren dieser Leute.

So besonders stark oder mächtig sahen sie gar nicht aus. Sie flogen etwas enger zusammen, als es Debby behagte. Der Grund war nicht schwer zu erraten: sie hatten ihr ganzes Leben mit Flügeln zugebracht. Raym Wilby plauderte mit Gerner. »Die Glubschaugen, die werden sturztrunken, wenn die Rispen blühen. Man braucht nur die Hand auszustrecken und sie einzusammeln ...« Debby gab sich Mühe, dem Gespräch zu folgen, aber es gelang ihr nicht. Die Lockheeds hielten sich etwas abseits; waren sie vielleicht schüchtern?

Adjeness Swart schwang sich neben Debby. »Wie findest du den Markt?« rief sie munter.

»Beeindruckend.«

»Dein erster Besuch in der Zivilisation?«

»Wir gefallen uns in der Vorstellung, daß wir auch in einer Zivilstation leben«, erwiderte Debby. *Wir müssen uns aufführen wie die Doofen.*

Adjeness lachte und machte eine umfassende Handbewegung. Sie hatten den Rand des Marktes hinter sich gelassen und überquerten den freien Raum in der Mitte. »Wenn ihr etwas ähnliches aufzuweisen habt, würde die Admiralität gerne davon erfahren.« Während Debby noch gegen den Wunsch ankämpfte, dieser selbstgefälligen Klumpenbewohnerin von dem FRM zu erzählen, erkundigte sich Adjeness: »Welchen Teil der Admiralität könnt ihr von eurem Baum aus erkennen? Warum ist bis jetzt noch keiner von euch hierhergekommen?«

»Wenn es nach einigen von unseren Leuten gegangen wäre, hätten auch wir nicht kommen dürfen. Wir hatten keine Ahnung, was wir vorfinden würden. Möglicherweise Dinge, die uns nicht gefallen. Entschuldige mich.« Debby stieß heftig mit den Beinen, um Carlot einzuholen.

Schwatzende Freunde und Freundinnen umringten Carlot. Debby versuchte, sich unauffällig unter sie zu mischen, um zuzuhören ... aber sie hatte die Sitten der Admiralität nicht in Betracht gezogen. Die Leute zogen sich einer nach dem anderen zurück und überließen Debby und Carlot ihrer Unterhaltung.

Carlot schaute sie fragend an. Debby sagte: »Ich habe Angst, daß ich etwas ausplaudere.«

»Adjeness?«

»Ja. Es liegt nicht nur an ihren Fragen, sondern auch an ihrem überheblichen Getue. Carlot, ich fühle mich so *klein*.«

»Da kann ich dir nicht helfen, aber ... warum fliegst du nicht mit Raym? Er wird dich gar nicht erst zu Wort kommen lassen.« Carlot senkte die Stimme. »Raym Wilby ist ein alter Dunkeltaucher. Er ist nicht mehr ganz richtig im Kopf.«

»Was will er bei uns?«

»Er ist ein alter Freund von Mutter. Ich bin froh, daß sie ihn so nicht sehen kann! Ich könnte ihn loswerden, aber das würde mehr Ärger machen, als die Sache wert ist. Entweder wäre er beleidigt, oder er würde gar nicht begreifen, was ich meine.«

»Na gut. Was ist ein Dunkeltaucher?«

»Frag ihn. Oder hör einfach zu.«

Debby ließ sich zurückfallen. Raym erzählte Gerner: »Die Dunkelheit ist nicht das schlimmste, aber du fühlst dich drinnen wie in Halbhands Suppentöpfen. Die Augen gewöhnen sich mit der Zeit an das Licht drinnen. Es ist irgendwie grau, und alle Farben wirken wie ausgewaschen. Meines Wissens ist noch nie ein Taucher zu Schaden gekommen, außer durch eigene Dummheit, denn im Dunkel bewegt sich alles langsam. Allerdings kannst du dich auch nicht schnell bewegen. Man treibt ganz gemächlich. Manchmal verirrt man sich; man vergißt, welche Richtung nach draußen führt. Und anschließend weiß man nie, wie viele Tage man drinnen gewesen ist.«

»Warum gehst du ...«, setzte Gerner an.

»Der Gewinn. Von einer schlechten Reise kommst du nur mit Schlamm zurück, aber Zakry zahlt einen guten

Preis für Schlamm. Von einer guten Reise bringst du vielleicht Schwarzhirn mit oder Walnußkissen oder Rispen.« Raym grinste, und Debby erkannte, was sie an Adjeness' zähnefletschendem Lächeln so gestört hatte.

Gerner sagte: »Das macht dich ...«

»Nein. Es rinnt einem so zwischen den Fingern durch.«

»... zu einem reichen Mann?«

Zähne. Raym war nicht mehr der Jüngste, aber er hatte noch einen großen Teil seiner Zähne. Adjeness mußte in Debbys Alter gewesen sein, aber ihr Lächeln entblößte höchstens zwei oder drei Lücken. Die übrigen waren junge Leute mit kerngesundem Gebiß.

Umgeben von merkwürdig kantigen und eckigen Hütten, mußte Debby gegen ein Schwindelgefühl ankämpfen. In allen Richtungen war unten; keine Tide half bei der Orientierung. Die Leute der Admiralität formierten sich zu einer langen Reihe, während Carlot sie zu einem riesigen, transparenten Zylinder führte. Sie alle flogen seit ihrer frühesten Jugend. Neben ihrer mühelosen Anmut fühlte Debby sich plump.

Sie schob sich auf einen Platz hinter Gerner. Der Sternenstoff-Zylinder hatte eine Öffnung an einem Ende, und beim Hindurchschlüpfen streifte Debby die Ränder mit den Flügeln. Nur sie, sonst keiner.

15 Chez Halbhand

Bürgerbaum-Kassetten, Jahr 80 SM:

Wir haben einen Pilz mit wichtigen medizinischen Eigenschaften entdeckt .....

Die Tür der *Waldläufer* wurde von einem Haken einladend offengehalten. Ein Besucher brauchte sich im Vorbeifliegen nur an dem abgerundeten Rahmen festzuhalten, seine Flügel in die Halterung zu schieben und sich hineinzuschwingen.

Booce fand sich in einem Raum wieder, in dem es vielversprechend nach Schwarzhirntee duftete.

Jonveev Belmy war eine kleine Frau, nicht viel größer als Clave. Booce hatte ihr kastanienbraunes Haar mit den Jahren grau werden gesehen, aber es war immer noch dicht und lang. Sie war damit beschäftigt, ihre Kochkugel zu drehen, und streckte Booce zur Begrüßung den Fuß entgegen.

Ihr Zehengriff war fest. »Booce, es tut mir so leid wegen Wend. Geht es Ryllin gut?«

»Es geht ihr sehr gut, Jonveev. Wir machen Geschäfte mit dem Bürgerbaum, und da hält sie sich momentan auf.« Er fragte sich, was Jonveev denken mochte. Ihr Mitgefühl war aufrichtig, kein Zweifel, aber sie hatte nie mit Booce selber verhandelt. In Geschäftssachen hatten Ryllin und Jonveev das Sagen.

Jonveev schwenkte den großen runden Teekessel um den Kopf, damit sich das Wasser setzte, und öffnete dann rasch die Tülle. Dampf wallte auf. Hilar wickelte Stoff um den Teetopf und reichte ihn an Booce weiter. »Ich habe noch nie einen Stamm so zugerichtet hereinkommen sehen. Möchtest du darüber reden?«

Booce nahm einen Schluck. Er liebte den Tee heiß, und dieser hatte eben erst aufgehört zu kochen. Gleichzeitig mit dem kräftigen, bitteren Geschmack genoß er alte Erinnerungen. Er sagte: »Nicht so ausführlich ...«

Hilar winkte ab. »Dann laß es sein, wir ...«

»Ich will euch nicht gleich zum Wahnsinn treiben.«

»Erzähl uns eine Geschichte«, forderte ihn Jonveev auf.

Er ließ nichts aus. Sorglosigkeit und Pech; das Feuer; Wend tot, Karilly durch den Schock der Sprache beraubt. »Ein Buschstamm hatte sich aufgemacht, um uns zu retten. Sie halfen uns, *Holzfrachter* wieder zusammenzubauen. Wir entdeckten einen Baum.« Booce zögerte. »Wir befanden uns nur ein halbes Tausend Kilometer vom Klumpen entfernt, Hilar, und wir hätten vielleicht den halben Weg nach Gold zurücklegen müssen, um einen besseren zu finden. Er war groß und er war griffbereit, und wir wollten nach Hause.«

»Ich habe noch nie Termiten an einem Baum gesehen.«

»Vielleicht eine neue Art. Mittlerweise sterben sie ab. Sie haben keinen großen Schaden angerichtet, und der Stamm gibt eine Menge Holz her.«

»Das ist es. Wir haben ein Problem«, warf Jonveev ein.

Der Teetopf hatte die Runde gemacht und Booce war wieder an der Reihe. Er nippte und gab ihn weiter. »Ich habe bemerkt, daß du einen Teil von deinem Holz verkauft hast.«

»Einen Teil. Dann sah der ganze Markt dich kommen, und die Aufträge blieben aus. Ich hätte mit Verlust verkaufen können, aber Jonveev dachte ...«

»Ich dachte, wir könnten zu einer Übereinkunft kommen«, sagte sie. »Die Händler können nichts machen, wenn einer von uns bekannt gibt, daß sein Holz nicht zum Verkauf steht.«

Booce lächelte. Solche Praktiken waren nicht neu. »Wir müßten einige Zeit verstreichen lassen, damit sie es glauben, dreißig Schlafzeiten oder so. Das wird einen von uns eine Menge kosten.«

»Das würden wir auf uns nehmen«, meinte Jonveev. »Natürlich erwarten wir dafür eine Gegenleistung.«

»Sprich weiter.« Er schlürfte. Der bittere Geschmack von

Schwarzhirnpilz war der Geschmack von Zivilisation und Gastfreundschaft und Heimkehr. Er wünschte von ganzem Herzen, Ryllin neben sich zu haben. Falls Hilar auf Zehenspitzen um ein riskantes Unternehmen herumschlich, hätte Ryllin sofort Bescheid gewußt.

Jonveev sagte: »Booce, wir bieten an, unseren Baum bis zum nächsten Mittjahr nicht zu verkaufen. Dafür möchten wir von dir einen Kredit zu einem vernünftigen Zinssatz. Oder wir gewähren dir dieselben Bedingungen.«

Booce schwieg.

»Die Anleihe würde, sagen wir mal, zehn zu ein Viertel Bons betragen. Genug, um einen von uns über das nächste Jahr zu bringen.« Sie gab vor, Booces plötzliches unfrohes Lächeln nicht zu bemerken.

»Eine so große Summe habe ich nicht zur Hand. Und ihr, nehme ich an, braucht nicht soviel ...«

»Wir brauchen es, wenn wir nicht einige von unseren anderen Konzernen benachteiligen wollen. Aber wir können eine solche Anleihe ausgeben und das Minus durch den Verkauf unseres Holzes wieder ausgleichen. Auf der anderen Seite, was immer du mit diesem – Bürgerbaum für Pläne hast, wird dir zwar Geld einbringen, aber nicht gleich, oder? Aber du hast ein Haus, in dem noch nie jemand gewohnt hat.«

Der Tee blieb ihm im Hals stecken. Booce schluckte behutsam und brachte es fertig, nicht einen Sprühregen durch den ganzen Raum zu husten. »Ryllin würde mir den Hals umdrehen«, sagte er.

»Nun, dann kannst du dich selbstverständlich nicht darauf einlassen«, bemerkte Jonveev sofort.

Bei näherer Überlegung ... er konnte das Haus zum Verkauf anbieten, um Zeit zu gewinnen. Wenn er den Preis hoch ansetzte, würden die Interessenten abwarten, weil man die Serjents für bankrott hielt. Wenn die Marine ihm früh genug ein Angebot für das Metall machte ... er würde einen niedrigeren Preis akzeptieren müssen, aber dafür konnte er das Haus behalten.

Doch was hatten die Belmys im Sinn? Wozu brauchten

sie den Kredit? Es verringerte den Zinssatz – »Zu welchem Zinssatz?«

»Wir zahlen fünfzehn Prozent bis nächstes Mittjahr und verleihen an dich zu denselben Bedingungen.«

Das war hoch, aber nicht unverschämt. Sein erster nagender Verdacht schien sich zu bewahrheiten. »Ich werde darüber schlafen«, sagte er.

Das Innere der Glasflasche war mit Flechtwerk ausgekleidet, Flechtwerk wohin man schaute, aber man mußte zweimal hinsehen, um es unter all dem Humus und den Pflanzen zu erkennen. Der Humus saß in den Zwischenräumen und wurde von Netzen festgehalten. Aus dem Humus sprossen Pflanzen mit roten und gelben Kugeln und Zylindern daran. Belaubte Ranken durchzogen das Flechtwerk, den Humus und klammerten sich an jeden erreichbaren Halt.

Es war ein von gewundenen Pfaden durchzogener Dschungel. Debby empfand unvermittelt ein furchtbares Heimweh nach den Carther-Staaten – aber der Dschungel ihrer Jugend war ein farbloses Nichts gegen das Vivarium.

Der alte Mann, der sie aus einer der Öffnungen heraus beobachtete, war ein bejahrter, ungewöhnlich kleiner Dschungelriese.

In der feuchten Hitze trug er lediglich eine kurze Hose. Knie und Ellenbogen waren knotig, die Haut gelblichbraun, und seine Augen wirkten merkwürdig. Er verfolgte den fast endlosen Strom der Ankömmlinge mit einigem Erstaunen und sagte: »Du bist spät, Adjeness.«

»Zarky, das ist Kundschaft«, erklärte Adjeness entschieden. »Sie haben seit der Prüfer weiß wann ohne Erdfrüchte leben müssen.«

»Tatsächlich!« Das Gesicht des alten Mannes erhellte sich. »Nun, das können wir nicht dulden. Carlot Serjent, es ist schön, dich zu sehen! Adjeness, warum zeigst du diesen Leuten nicht, was sie verpaßt haben?«

Carlot und der gelbe Mann verschwanden in dem Pflanzengewirr. Adjeness Swart sagte: »Clave hat es mir verraten. Keine Erdfrüchte. Stimmt das?«

»Fast«, erwiderte Debby. »Wir züchten Truthähne.«

Raym Wilby lachte spöttisch. Adjeness unterdrückte eine ähnliche Reaktion. »Truthähne, na ja. Probier das mal.« Sie griff zwischen die Ranken und pflückte eine rote Kugel. Sie zerteilte sie mit dem Messer und bot die Stücke an.

Die Frucht war saftig. Kräftiger Geschmack. Debby kaute und schluckte und wußte nicht recht, ob ihr die Kostprobe zugesagt hatte.

Gerner zog einen schlanken, gelben Kegel aus dem Humus. Adjeness wehrte ab. »Das nicht, Gerner. Das muß man kochen. Versuch das hier. Aber nicht die Schale mitessen.« Der Ball, den Adjeness für ihn aufschnitt, war innen und außen orangefarben. Gerner biß in eines der Viertel hinein und machte große Augen.

Wieder auf der Erde zu leben, überlegte Debby, würde ähnlich fremdartig sein. Sie erkannte so gut wie gar keins von den Gewächsen.

Leute bewegten sich zwischen den Pflanzen. Sie warfen den Besuchern gleichgültige Blicke zu und gingen weiter ihrer Arbeit nach. Einige sprühten Wasser auf die Humusbälle oder die Gewächse. Einer schob eine Pflanze vor sich her; schlammige, bleiche, nackte Auswüchse pendelten an einem Ende. Ein älterer Mann schwebte einen der grünen Tunnels entlang, wobei er sich langsam drehte, um einen vollständigen Überblick zu haben.

Debby versuchte ein Stück von dem orangefarbenen Ball. Die Süße, das köstliche Aroma überwältigten sie fast. »Baumfutter!«

»Das sieht man«, unterbrach Debby und streckte aufs Geratewohl die Hand aus. »Was ist das? Eine Gelbe?«

»Eine Pflaume. Noch nicht ganz reif.«

Die Frucht schmeckte bitter, sauer. Adjeness reichte ihr eine dunkelrote Kugel von einem anderen Blätterbüschel. »Das wird besser schmecken.«

Allerdings.

»Ihr werdet nicht euer ganzes Guthaben für Früchte ausgeben wollen«, wurden sie von Adjeness belehrt. »Hülsenfrüchte müßt ihr auch haben, aber die müssen gekocht werden. Carlot soll euch zu Halbhands Restaurant führen, bevor ihr eine endgültige Auswahl trefft. Außer ihr seid wirklich reich. Dann könnt ihr natürlich von allem kaufen.«

Clave sagte: »Ich weiß nicht genau, was wir uns leisten können. Bis jetzt sind noch keine Preise genannt worden.«

Adjeness nickte. »Hier. Die ganze Frucht läßt sich essen, sogar der Mittelteil, allerdings schmeckt er nicht besonders. Apfel.«

Gerner erkundigte sich: »Clave, habt ihr im Quinn-Busch so was gegessen?«

»Nein. He, das ist Mais! Wir hatten Mais, vor der Dürre. Hier. Reiß die Blätter ab, dann die Fäden.« Er lächelte, als Gerner in den Kolben biß. »Nur das Äußere, und eigentlich wird es vorher gekocht.«

»Schmeckt auch so nicht schlecht. Läßt man das Weiße übrig?«

»Genau.«

Rayms Hand tauchte in einen Busch, als wüßte ihr Besitzer nichts davon. Drei rote Gegenstände von der Größe eines Daumens verschwanden auf einmal in seinem Mund. Debby war beinahe sicher, daß Adjeness es gesehen hatte. Sie lächelte nur.

Carlot und der Mann mit den Schlitzaugen traten aus einer Blätterwand. Carlots Stimme klang kaum merklich rauher als zuvor. »Leute, Zakry Bowles ist unser Gastgeber hier. Wir werden uns die Preise ansehen, sobald wir ungefähr wissen, was wir kaufen wollen. Wie gefällt es euch soweit?«

»Carlot, es ist herrlich!« platzte Gerner heraus. »Orangen, Pflaumen, ich glaube, wir nehmen von allem, was es gibt. Zakry, sind alle diese Gewächse eßbar?«

»Fast. Jede Pflanze bringt zu ihrer Zeit etwas hervor, das man essen kann. Diese Kartoffeln – der obere Teil ist nicht zum Verzehr geeignet. Die Wurzel steckt unten im Humus. Das Innere eines Maiskolbens ist nicht eßbar ...«

»Das hat Clave mir gesagt.«

»Oder der Kern einer Pflaume.«

»Auwei.«

»Hast du einen verschluckt? Der kommt von ganz allein wieder zum Vorschein. Laß dir zeigen, was wir noch alles haben ...«

Bohnen rankten zwischen dem Mais. Sie schienen sich hemmungslos auszubreiten. »Wir haben schon vor langer Zeit aufgehört, Tabak zu ziehen«, berichtete Adjeness. »Nur die Offiziere hatten Feuer zur Hand, und nur für ihren Bedarf hat sich der Anbau nicht gelohnt. Das ist Salat.« Salat bestand aus Blättern, die nicht so süß waren wie Laub. Erdbeeren waren ebenso atemberaubend köstlich wie Orangen. Die Kürbisse sahen aus wie Gasschoten. Zakry genoß es, sie durch sein Reich zu führen.

Sie kehrten zum Eingang zurück und studierten die Liste mit den Preisen. Clave prägte sich die Summen ein, an denen er interessiert war. »Warum sind Erdbeeren und Bananen so teuer?«

»Die Erdbeeren tragen nur eine gewisse Zeit. Bananen wachsen hier überhaupt nicht. Sie brauchen Tide. Die Marine kauft sie einigen Baumbewohnern östlich von hier ab, wenn sich die Gelegenheit bietet. Clave, du hast noch keinen Kredit hier ...«

»Kredit?«

Zakry Bowles sprach langsam und betont. »Du hast deine Zahlungsfähigkeit noch nicht bewiesen. Aber du kannst jetzt deine Wahl treffen, später zurückkommen, mich bezahlen und die Ware abholen.«

»Wir brauchen Gewächse, die auf einem Baum gedeihen.«

Es entspann sich eine längere Diskussion, an der Gerner begeistert teilnahm; es gab Früchte, auf die er unter keinen Umständen verzichten wollte. Debby stellte sich unauffällig neben Carlot. »Was hast du für Sorgen?«

»Er will mir keinen Kredit geben. Wir sind mit einer Samenkapsel als Kabine nach Hause gekommen, während der Belmy-Stamm bereits an der Pier lag. Nun, Dave Kon schuldet uns Geld. Ich werde ihn aufsuchen. Entschuldigt mich.«

Zakry drängte ihnen noch eines seiner Erzeugnisse auf: eine grünlich-gelbe Frucht von obszöner Form. Er zeigte Debby, wie man die Schale entfernte. Clave lachte, als er Debby hineinbeißen sah, aber sie schmeckte gut. Carlot unterhielt sich mit den Lockheeds, und sie nickten.

Sie kam zurück. »Ich habe mit Dave Kon zu reden. Ihr würdet euch langweilen ...«

»Du läßt uns allein?«

»Ja. Die Lockheeds werden sich eurer annehmen. Wir treffen uns in Halbhands Restaurant.«

Chez Halbhand befand sich an der gegenüberliegenden Seite des Marktes.

Sie gerieten in einen Regenschauer. Tropfen sprühten von den Rändern ihrer Flügel. Gerner atmete durch die Nase, von Zeit zu Zeit schnaubte er Wasser aus. Debby und Clave erging es ebenso. Die Hiesigen hatten Masken aus gazeartigem Stoff angelegt, bis auf Raym, der dem Regen keinerlei Beachtung schenkte.

Chez Halbhand entpuppte sich als facettierte Kuppel neben einem kleineren, weniger symmetrischen Gebäude. Einige der Facetten in der großen Kuppel waren durchsichtig: Sie bestanden aus Sternenstoff. Der Rest war grauer Beton. Eines der Sechsecke hatte man ausgeschnitten und eine hölzerne Tür in die Öffnung eingesetzt.

Grag Maglicco, der Mariner, fragte plötzlich: »Haben wir alle unsere Stäbe dabei?« Die ratlosen Blicke genügten ihm als Antwort. »Geht rein. Ich komme gleich nach.« Er machte kehrt und flog in Richtung einer kleinen Hütte, zwanzig Meter weiter hinten am Rad, davon.

Das Innere betand ebenfalls aus Beton, der beiderseitig auf eine stützende Struktur aus Sternenstoff aufgetragen war. Malereien von faszinierender Komplexität und in verschiedenen Stilarten ausgeführt, überzogen die Betonflächen, aber durch eine Mauer von Bürgern konnte Gerner nur wenige Blicke darauf erhaschen.

Chez Halbhand war voll. Männer, Frauen und Kinder bildeten eine lebendige Halbkugel um die Neuankömmlinge. Sie hielten sich mit den Zehen an zwei Meter langen Stangen fest, die aus dem Beton ragten. In den Fenstern gab es keine solchen Stangen, also blieben sie frei.

Aus einem offenen Sechseck an der gegenüberliegenden Seite drangen Qualm und Küchendüfte. Dorthin wurden sie von Nurse Lockheed geführt. Sie rief durch die Öffnung: »Halbhand?«

Ein Mann tauchte aus der Menge hinter ihr auf. »Hallo, Nurse. Hast du Geld?«

»Nein. Schreib es auf die Rechnung der Serjents. Wir sind eine Gruppe von acht Personen.«

Mit Halbhands Händen war alles in Ordnung. Er war ein Dschungelriese, fast gänzlich kahl, mit hervortretenden Muskelsträngen an Armen und Beinen. »Serjents?« vergewisserte er sich. »Ich habe gehört ...« Er brach ab. »Selbstverständlich. Ich gebe den Serjents Kredit. Was möchtet ihr bestellen?«

»Laß uns einen Blick in die Küche werfen.«

»Kein Gast betritt die Küche.« Halbhand schaute an Nurse Lockheed vorbei. »Kurze?«

»Baumbewohner. Sie haben noch nie so etwas wie deine Küche gesehen.«

»Kein Gast betritt die Küche.«

»Ich durfte«, sagte Nurse.

Debby drängte sich nach vorn. »Halbhand? Ich bin Bürgerin Debby ...«

»Angenehm«, begrüßte er sie ernsthaft.

»Ich frage mich, ob du etwas über das Kochen in einem Busch erfahren möchtest.«

Halbhand musterte sie, nickte. »Nur du. Nurse, das Tagesgericht ist Moby.«

»Wie alt?«

»Vor acht Tagen haben Dunkeltaucher von ihrem Schiff aus einen Moby erlegt. Er steht auf der Karte, solange der

Vorrat reicht. Würste kosten dreimal soviel. Truthahn gibt es heute keinen.«

»Als Beilage möchten wir Gemüse, viel Gemüse, von allen Sorten. Und ein paar Kilogramm von deinem Moby, schön medium gebraten.«

»Der Moby ist fertig. Das Gemüse dauert noch. Debby, du hast in dem Busch das Kochen besorgt?«

»Hin und wieder.«

Halbhand winkte sie herein.

Gerner konnte die Augen auf sich spüren. Mit einer bewußten Wilensanstrengung schaute er sich um. Von den etwa vierzig Gästen schenkte nur etwa ein Dutzend den Vorgängen an der Küchentür Beachtung. Selbst diese konzentrierten sich hauptsächlich auf das Essen: Mit der rechten Hand führten sie Stäbe aus hellem Holz zum Mund. Bei dem Gedanken an die vielen Augen fühlte er sich trotzdem unwohl.

Grag Maglicco tauchte wieder auf. Er teilte Stäbchenpaare aus, nicht größer als die Reiser, deren sich die Baumbewohner bedienten.

Eine Frau brachte ein zwei Kilogramm schweres Stück Fleisch, schwarz auf der einen Seite, rosa auf der anderen. John Lockheed spießte es auf sein Messer. Mit vorsichtigen Flügelbewegungen suchte er sich einen Weg zur Mauer und schob dabei das Fleisch vor sich her. Die Gäste wichen zur Seite, um ihn passieren zu lassen oder weil sie Fettflecken auf ihrer Kleidung vermeiden wollten.

Nurse mußte ihnen erst Mut machen, ihm zu folgen. »Kommt mit.«

Es waren zu viele Leute.

Aber Clave folgte Nurse, und Gerner folgte ihm.

Sie fanden Platz. Nurse unterhielt sich mit einigen der Hiesigen in ihrer Nähe. John schnitt den Braten in Scheiben, die er von Messerspitze zu Stäbchen weiterreichte. Mobyfleisch war *gut*. Zarter als Schwertvogel, aromatischer als Truthahn.

Grags eigene Stäbchen – wie die eines jeden Hiesigen – waren reich geschnitzt. Grag bemerkte Gerners neugierige

Blicke. Er zeigte Gerner seine Knochenstäbchen. »Die Schnitzerei führt man selber aus. Ein Kreis würde bedeuten, ich bin verheiratet. Eine Spirale heißt, ich bin noch auf der Suche. Ein Vogel zum Beispiel verrät den Arbeitgeber. Ein Kreis um den Vogel zeigt an, daß mir die Firma gehört. Mein Zeichen ist die Rakete, weil ich der Marine angehöre. In deinem Fall wäre es die Honighornisse, für Serjent Holz. Ändert sich etwas an deiner Lebenssituation, schnitzt du neue Stäbchen.«

John Lockheed machte Clave auf eine Gruppe von Gästen aufmerksam. Hochgewachsene Männer und Frauen, ein Dutzend ungefähr, sowie ein paar Kinder; von der übrigen Kundschaft offenbar gemieden, drängten sie sich schutzsuchend zusammen. Sie trugen merkwürdiges Schuhwerk, schwere Sandalen mit dicken Sohlen und vorstehender Zehenpartie. »Das sind Wanderfüße. Halbhand sollte dafür sorgen, daß sie ihre Schuhe an der Tür abgeben«, erklärte John. »Sie benutzen sie als Waffen, zum Treten.«

»Lupoffs?«

»Ja. Warum?«

»Nur so«, antwortete Clave.

Kürbisflaschen mit einer roten Flüssigkeit wurden zwischen den Gästen herumgereicht. Eine kam in Reichweite, und John griff danach. Er nahm einen Schluck und gab das Gefäß an Clave weiter. »Rispentee. Trink nicht zuviel davon.«

Die Flasche wanderte von Clave zu Gerner. Der Geschmack war bitter und gleichzeitig süß, nicht unangenehm. John hinderte Gerner, den Kürbis an Raym weiterzugeben. »Er hat schon zuviel davon in seinem Blut.« Raym grinste und nickte.

Debby und Halbhand gesellten sich zu ihnen; man rückte zusammen. Debby berichtete: »Er beschäftigt vier Bürger, die das Kochen erledigen, alles Frauen. An der Rückwand unterhält er ein großes Feuer in einer Hülle aus Maschendraht. Die Küche hat ungefähr zwanzig Fenster, und Halbhand kann sie nach Belieben öffnen und schließen, um einen günstigen Luftzug zu bewirken, der das Feuer in Gang hält und den Qualm aus der Küche weht. Er röstet gerade ein Stück Moby, das doppelt so groß ist wie ein Mensch. Auf der einen Seite ist es schwarz und auf der anderen roh, und von der schwarzen Seite schneidet er ab.

»Außerdem gibt es ...« Sie gestikulierte mit einer Hand und einem Fuß, als wollte sie ohne Worte etwas zu beschreiben versuchen. »Ich hielt es für eine Kugel aus festem Material, wie das Vivarium. Drinnen eingeschlossen sind brodelndes Wasser, heißer Dampf und zerschnittene Pflanzen.«

»Es ist ein Sack«, erläuterte Halbhand. »Man muß ihn drehen, damit das Gemüse gleichmäßig gart. Das Abschütten des Wassers ist ein kleines Kunststück.«

»Ich war dabei. Sie öffnen den Sack, schleudern den ganzen Ball Kochwasser gegen die Fenster an Lee und fangen das Gemüse in einem Netz.«

»Ha! Dann ist das Gemüse fertig.« Tatsächlich schwebten bereits drei weibliche Dschungelriesen unter der Wölbung der Kuppel und servierten den Gästen die Beilagen.

»Wir benutzen einen offenen Topf«, sagte Debby zu Halbhand. »Die Tide hält den Inhalt darin fest, ganz gleich, was es ist. Wir kochen Fleisch und Gemüse zusammen. Wenn man nicht ständig rührt, schäumt alles über.«

»M'shell!« Halbhand beschrieb einen Halbkreis mit seinem langzehigen Fuß, und eine der Küchenfrauen flog in ihre Richtung. Sie füllte gelbe und rote und grüne Gemüsestückchen in Schüsseln mit einer kleinen Öffnung. Halbhand meinte dazu: »Wir servieren ausschließlich Erdfruchtpflanzen. Wenn jemand Laub essen will, das kann er zu Hause haben. Mit Fleisch ist es anders. Wir nehmen, was wir kriegen können. Wenn es nichts anderes gibt – Sanchiss betreibt dunkelwärts eine Truthahnfarm.«

Einige von den Gemüsesorten schmeckten gut, andere nicht, und bei manchen fiel die Entscheidung schwer. Clave machte sich während des Essens Notizen. Speisereste wanderten in ein hölzernes Faß. Von Zeit zu Zeit kam eine der Angestellten und wechselte den Behälter aus.

Grag Maglicco fragte Debby: »Hat Booce sich schon nach seinem Haus erkundigt?«

»Er hat sich noch gar nicht darum gekümmert.«

»Nun, wir haben das Serjent-Haus vor einigen Tagen gesichtet, und zwar bei etwa zwanzig Grad Spin vom Markt und vielleicht fünfzehn Kilometern himmelwärts. Sieht nicht so aus, als hätte sich irgend jemand daran zu schaffen gemacht. Kannst du daran denken, ihm Bescheid zu sagen?«

»Sicher. Erklärst du mir noch etwas?«

»Selbstverständlich.«

Debby zeigte auf die Leute. »Ich bin umgeben von Zähnen. Wie kommt es, daß so viele von euch noch fast alle Zähne haben?«

Grag suchte in seinem Hemd und brachte etwas zum Vorschein, das wie ein zusätzliches Eßstäbchen aussah, ebenfalls geschnitzt und mit einem borstigen Pflanzenbüschel an einem Ende. »Nach dem Essen Zähneputzen«, verkündete er und grinste über die zweifelnden Blicke der Baumbewohner.

Ein weiterer Kürbis mit Rispentee wanderte herum. Gerner hatte Durst, aber niemand trank mehr als einen Mundvoll, also hielt er sich zurück. Er reichte das Gefäß an Grag weiter, der einen großen Schluck nahm und es seinem Nachbarn gab.

»Warum nennt man dich Halbhand?« fragte Debby den Wirt.

»Mein Ur-hoch-zwei-Großvater bekam den Namen Halbhand. Seine Finger erfroren, als aus einem Leck etwas von dem Zeug in den Tanks des alten FRMs auf seine Hand tropfte. Großvater war ebenfalls ein echter Halbhand. Er wurde gebissen, während er im Dunkel auf Jagd war. Jetzt bin ich an der Reihe. Früher oder später werde ich meinen Namen zu Recht tragen.« Der Gedanke schien ihn nicht zu stören. »Raym, verkaufst du mir etwas Walnußkissen?«

»Ich habe keins mehr. Von der nächsten Reise bringe ich welches mit.«

»Ich brauche es. Paßt gut zu den Kartoffeln. Grüne Bohnen auch.«

»Das nächste Mal bestimmt«, versicherte Raym.

Nurse Lockheed lachte und sagte: »Das kann er nicht. Er hat kein Schiff.«

Carlot war erschüttert. »Raym? Du hast dein Schiff verloren?«

Raym wich ihrem Blick aus und nickte.

Halbhand zog sich unauffällig in die Küche zurück. Nurse legte Raym die Hand unter das Kinn und hob seinen Kopf. »Erzähl ihnen die Geschichte, Raym!«

Das war das letzte, was Raym wollte. Einige der Anwesenden schauten betreten drein. Clave bemerkte die veränderte Stimmung. »Wenn jetzt Märchenstunde ist, erzähle ich euch von dem Auseinanderbrechen des Dalton-Quinn-Baums.«

Rayms Schiff war vergessen, sobald Clave zu sprechen anfing.

Gerner kannte die Geschichte in- und auswendig. Ihm fiel auf, wie laut es geworden war. Im Lokal ging es immer lärmender zu. Claves Aussprache wirkte kaum merklich verschwommen, als wäre er müde, doch machte er einen angeregten, lebhaften Eindruck, als er noch einmal durchlebte, was für ihn und Gerners Eltern das Ende der Welt gewesen war. Gerner selbst fühlte sich merkwürdig.

Halbhand war zurückgekommen. »Schaut aus dem Fenster oder geht vor die Tür«, sagte er. »Es gibt etwas zu sehen.«

»Wasser«, verlangte Gerner deutlich.

»Was?«

»Wasser, keinen Rispentee. Tut im Kopf nicht gut.«

»Oh. Du bekommst Wasser, klar. *M'shell*! Ich kümmere mich darum. Baumbewohner sollten nicht zuviel Rispe trinken. Geh ans Fenster, Junge. Bedanken kannst du dich später.«

Vor dem zunächstliegenden Fenster drängten sich die Leute, aber Gerner schaffte es, seinen Kopf dazwischenzuschieben. Er sah drei Küchenfrauen die Abfallkübel nach draußen tragen und den Inhalt in den Himmel schütten. Eine Zeitlang passierte nichts. Gerner hielt weiter Ausschau. Er fühlte sich wie in einem Traum. Rispentee?

Er träumte, daß plötzlich aus allen Richtungen Triune auftauchten, die sich beim Näherkommen in Einzeltiere aufspalteten. Gerner entschlüpfte ein ungewollter Aufschrei.

Die Frauen hörten ihn. Sie entdeckten ihn im Fenster und lachten. Schlanke blau-orange Torpedos schossen zwischen ihnen hin und her. Der von ihnen hervorgerufene Luftzug ließ die Frauen herumwirbeln. Nach zwanzig Atemzügen war alles vorüber. Die Triune zogen ab und schlossen sich wieder zu Familienverbänden zusammen. Der Abfall war verschwunden. Die Frauen hörten nach einigen Beinbewegungen auf, sich im Kreis zu drehen; keine von ihnen war von den Raubvögeln angegriffen worden.

All die Fremden um Gerner lachten über ihn. Es war nur gut, dachte er auf dem Rückweg zu seiner Haltestange, daß keiner von den anderen aus dem Fenster geschaut hatte. Grag und Debby schienen hauptsächlich aneinander interessiert zu sein, doch die anderen lauschten wie gebannt Claves Worten. Er berichtete von dem Überfall auf den Dschungel der Carther-Staaten ...

Und er war nahe daran, das FRM des London-Baums zu beschreiben! »Clave?«

»Was mich betrifft, ich bekam von der ganzen Sache kaum etwas mit. Mein gebrochenes Bein ... Ja?«

»Trink etwas Wasser. Dieser Rispentee ist stark.«

John Lockheed sagte: »Das stimmt, ihr seid nicht daran gewöhnt«, und er reichte Clave den Wasserkürbis. Clave trank und trank wieder. Auch Gerner erhielt ein Gefäß mit Wasser, und er konnte überhaupt nicht begreifen, wovon er so durstig geworden war.

Dann tauchte Carlot neben ihm auf, und alles war gut, und Gerner durfte endlich einschlafen.

Kendy sah sie durch den Himmel ziehen wie einen Schwarm leuchtend bunter Vögel: junge Männer und Frauen, langgezogen wie Kaubonbons. Bunt angemalte und gemusterte Flügel flatterten hinter ihnen drein und ließen sie noch länger erscheinen. Jedes Muster war anders. Vögel müssen sich am Himmel erkennen können.

Das Helm-Mikrophon übermittelte Kichern und Gesprächsfetzen. Einige bewegten sich mit taumelnder Unbeholfenheit, trunken von Alkohol oder ähnlichen Substanzen. Kendy ließ die Aufzeichnung nochmals ablaufen, aber der Geräuschfaktor war zu groß; die Worte blieben unverständlich.

Sie entfernten sich aus dem Gesichtsfeld des Helms und waren verschwunden.

16 Hochfinanz

Bürgerbaum-Kassetten, Staatsjahr 926:

PRÜFER

OFFIZIER, DER FÜR DIE EINSTELLUNG UND DAS EMOTIONALE WOHLBEFINDEN DER BÜRGERSCHAFT VERANTWORTLICH IST SOWIE FÜR IHRE POSITIVE HALTUNG GEGENÜBER DEM STAAT.

Booce wollte eben Tee trinken, als er sie kommen sah. Er schaute genauer hin, während sie sich einer nach dem anderen durch die Tür schwangen. Nurse Lockheed wurde von einem Lachkrampf geschüttelt.

Ihr Bruder war zornig.

Booce lächelte ihnen entgegen. *»Chez Halbhand?«*

»Richtig. Rispentee.« Carlot wirkte unglücklich.

»Es war ein Abenteuer«, berichtete Debby. »Wir haben von allem probiert. Clave hat eine Liste zusammengestellt.«

»Ich hoffe, wir können uns das alles leisten«, gab Clave zu bedenken. »Wo nehmen wir den Platz her, um es anzubauen? Wir werden den äußeren Busch bepflanzen und die Fahrstuhlkabel um das Doppelte verlängern müssen.«

Der Teetopf wanderte unter den sechs Hiesigen, die *Holzfrachters* Mannschaft nach Hause begleitet hatten, von Hand zu Hand. In ein paar Atemzügen war er leer.

»Jonveev war freundlich genug, mir mit einigen Dingen auszuhelfen«, sagte Booce. »Der Teetopf, etwas Schwarzhirn, ein bißchen Geschirr. Carlot ...« Er runzelte die Stirn. Sie hätte Vorräte aus dem Vivarium und von den Geschäften am Markt mitbringen sollen.

Sie reichte ihm ein transparentes Tuchblatt, das der Länge nach gefaltet und mit verschiedenen Dingen gefüllt war: Gemüse, kaltes Mobyfleisch und eine gebackene Süßkartoffel. »Halbhand hat uns Kredit gegeben.«

»Das wird unser Frühstück sein. Jonveev hat mich zum Essen eingeladen.«

John Lockheed merkte, in welcher Richtung sich die Dinge entwickelten. »Wir gehen jetzt lieber. Vielen Dank, Booce.«

Raym gebärdete sich überrascht. »Wir sind doch eben erst gekommen!«

»Raym, wir *gehen* jetzt. Komm, Nurse. Booce, es tut uns leid, daß ihr Schwierigkeiten habt, aber es war trotzdem ein schöner Abend. Es ist gut zu wissen, daß ihr heil und gesund wieder zu Hause seid. Carlot ...« Er streckte den Fuß aus und drückte ihre Zehen. Dann verschwand der ganze Trupp der Hiesigen draußen im Regen, wobei sie Raym und Nurse vor sich her scheuchten.

»Warum hatten sie es denn auf einmal so eilig?« fragte Clave.

»Sie wissen, daß wir über Geld sprechen müssen. Das gehört sich nicht in Gegenwart von Fremden«, antwortete Booce. »Also gut, Carlot.«

»Zakry will mir keinen Kredit geben. Wir werden den Stamm nach etwas Eßbarem absuchen müssen. Ich ging zu Dave Kon. Er steht noch mit einem Kilometer Holz von unserer letzten Reise in der Kreide, doch er hat sich geweigert zu bezahlen. Er bot mir die volle Summe, wenn wir ihm einen Kilometer von dem neuen Stamm für zweimal Zehn-Viertel verkaufen. Ich habe abgelehnt.«

»Das war richtig. Der Meuterer bildet sich ein, wir könnten uns keinen Schiedsspruch leisten! Das ist so, Clave, die Admiralität erlaubt keine Zivilrechtsverhandlung, außer es können beide ihre Zahlungsfähigkeit nachweisen. Der Verlierer trägt die Kosten. Aber die Marine weiß von dem Metall! Auf die eine oder andere Art bekommen wir entweder Geld oder Kredit. Carlot, ich glaube, ich weiß, was Hilar im Sinn hat. Knotenholz.«

Carlot dachte nach. Die Baumbewohner schauten verständnislos von einem zum andern. Schließlich meinte sie:

»Riskant. Keiner weiß genau, wie man es anstellen muß.«

»Hilar kann es sich leisten, ein Risiko einzugehen. Er hat einen Busch an seinem Stamm belassen. Er hat um eine Anleihe nachgesucht und akzeptable Bedingungen geboten. In den meisten Fällen stirbt der Baum, aber manchmal ...«

»Ich erinnere mich«, meldete sich Debby plötzlich zu Wort. »Es geht darum, einen Baum ohne Tide wachsen zu lassen, damit der Stamm sich unregelmäßig entwickelt?«

»Stimmt. Aber die Bäume sind eigentlich nicht dafür eingerichtet. Ich frage mich, ob Hilar neue Erkenntnisse gewonnen hat. Wenn er sich Geld beschaffen kann, um während der nächsten Zeit seinen Lebensunterhalt zu bestreiten, dann läßt er sein Knotenholz wachsen, während wir unseren Baum verkaufen. Er würde das Geld mit Vergnügen von uns nehmen, wenn wir es hätten.«

»Wir sollten Jeffer um Rat fragen.«

Booce verzog das Gesicht. Dann sagte er: »Tut mir leid, Debby, ihr seid Baumbewohner, und ihr habt bestimmt eine Menge Ahnung davon, aber ihr habt noch nie einen Baum ohne Tide wachsen gesehen.«

»Dich selber reizt es nicht, Knotenholz zu züchten, nicht wahr? Belmy ist kein Dummkopf, oder er wäre nicht reicher als du, stimmt's?« Booce wollte aufbrausen, aber Debby fuhr fort: »Er hat etwas herausgefunden, wovon du nichts weißt. Etwas über Knotenholz. Jeffer weiß eine *Menge* Dinge, von denen wir keine Ahnung haben. Also fragen wir ihn.«

»Knotenholz«, sagte Jeffer sinnend und musterte die Gesichter auf dem Bugschirm. Debby verbarg ihre Nervosität. Booce hatte seine Frage in herausforderndem Ton gestellt. Das hier war ihre Idee, nicht die seine. *Taugst du etwas, Wissenschaftler? Kann man sich auf dich verlassen? Beweise dich.*

Blaue Schriftzeilen liefen über die Gesichter.

INTEGRALBÄUME GEDEIHEN IN EINEM WEITEN SPEKTRUM VON TIDEN. NIEDRIGER LUFTDRUCK TÖTET SIE SCHNELLER ALS HOHE ODER NIEDRIGE TIDE. IN DICHTER ATMOSPHÄRE UND SEHR NIEDRIGER TIDE KÖNNEN SIE ÜBERLEBEN. IN FREIFALL STERBEN SIE AB. ANDERNFALLS WÜRDEN WIR BÄUME FINDEN, DIE IM KLUMPEN HEIMISCH SIND.

Booce erklärte seine Lage. »Hilar glaubt, er hat mich bei den Eiern. Er hat mir einen Kredit angeboten, falls ich meinen Baum vom Markt nehme, aber er meint es nicht ernst. Mir würde sehr schnell die Luft ausgehen. Ich zahle Zinsen und bekomme nichts heraus. Natürlich hat er keine Ahnung von dem Metall.«

»Mußt du wirklich wissen, ob er in der Lage ist, Knotenholz zu züchten?« fragte Jeffer. »Booce, es reicht doch, wenn du weißt, daß er es *versucht*. Du brauchst nichts weiter als einen Kurzkredit, bis du das Metall verkauft hast. Die Belmys sind doch nicht deine Feinde, oder?«

»Nein, es sind Freunde. An wen sollte ich mich wenden, wenn nicht an Berufskollegen? Aber Hilar würde mich *liebend* gern an meinen Eßstäbchen nagen sehen, und alle Holzfäller möchten reicher sein als zum Beispiel die Architekten. Jonveev leiht mir kein Geld, außer sie ist sicher, daß ich es zurückzahlen kann. Oder ich kann irgendeine Bürgschaft ... Teufel.«

MAN KANN DAVON AUSGEHEN, DAß EIN BAUM WEITERWÄCHST, SOLANGE DIE TIDE AUSREICHT, WASSER UND NAHRUNG IN DEN BAUMSCHLUND ZU BEFÖRDERN UND DEN SAFTSTROM IN DEN ADERN DES BAUMS IN BEWEGUNG ZU HALTEN. DER STAMM MUSS GEDREHT WERDEN, JEFFER.

»Erzähl ihnen von dem Metall«, schlug Carlot eben vor.

»Ich hätte es lieber für mich behalten, aber es geht wohl nicht anders. Ich könnte viel besser planen, wenn ich *genau* wüßte, was Hilar im Schilde führt.«

»Er wird den Stamm drehen«, sagte Jeffer.

»Was? Warum denn?«

»Spintide, Clave. Eine wissenschaftliche Erkenntnis. Nimm den Topf da oder etwas anderes und schwenke ihn ein paarmal über dem Kopf im Kreis. Mit ausgestrecktem Arm ... genau so. Fühlst du, wie er nach außen zieht? Tide, stimmt's? Belmy wird seine Dampfrakete benutzen, um den Stamm in Drehung zu versetzen. Nicht zu stark, damit er nicht auseinanderbricht; nur eben so viel, daß eine leichte Tide auf den Busch einwirkt. Der Baum braucht Tide, um Nahrung aufnehmen und verwerten zu können ...«

»Beim Staat, ich glaube, du hast recht.«

»Aber die, hm, Wachstumsmuster würden trotzdem durcheinandergeraten, so dicht an Voy und unter Einwirkung der seltsamen Tiden, die sich auf keine feste Richtung einigen können. Ich habe noch nie Knotenholz zu Gesicht bekommen, Booce, aber ist es nicht das, was du willst? Ungleichmäßig gewachsenes Holz? Er wird die Geschwindigkeit so kalkulieren, daß Wasser und Nährstoffe in den Baumschlund gelangen.«

»Ja. In Ordnung.«

VERBINDUNG BRICHT AB.

Hilar und Jonveev warteten höflich lächelnd, bis Booce mit seiner Rede zu Ende war. »Knotenholz«, bemerkte Hilar. »Klingt gut, aber auch riskant.«

»Kaum kostendeckend«, meinte Jonveev.

»Die Vorteile wiegen das Risiko auf«, widersprach Booce. »Bei Erfolg wäre der Profit geradezu unanständig hoch. Euch wäre etwas gelungen, was noch kein anderer fertiggebracht hat.« Sie sagten nichts dazu, und er sprach weiter. »Gehen wir davon aus, nur gesprächshalber, daß ihr einen Knotenholzbaum in Erwägung gezogen habt. Mit wem hattet ihr vor, das Geheimnis zu teilen?«

Die Belmys schauten sich an.

»Ihr brauchtet Unmengen Baumfutter. Schlamm zum Beispiel, aus dem Dunkel. Würdet ihr das von Zakry kaufen? Oder mit *Waldläufer* herbeischaffen?«

Jonveev seufzte. »Also gut, Booce. Worauf willst du hinaus?«

»*Holzfrachter* könnte den Schlamm für den Baum transportieren. Der ganze Markt weiß, daß meine letzte Reise nicht erfolgreich war. Keiner wird überrascht sein, wenn *Holzfrachter* zum Dunkeltauchen eingesetzt wird. Sollen sie denken, daß ich nach Rispen und Schwarzhirn Ausschau halte, während ich für Zakry Schlamm hole.«

»Hmmm«, meine Jonveev.

»Noch eins. Unter dem Termitennest sind acht Kilotonnen Metall verborgen.«

Ihre Gesichter waren ausdruckslos. Nach kurzem Schweigen sagte Jonveev: »Das ist kein flüssiges Geld. Du kannst uns immer noch keine Anleihe auszahlen. Nicht, solange du nicht verkauft hast.«

»Ein sehr gutes Argument. Hilar, Jonveev, was ich vorschlagen will, ist das: Erstens, ihr tut euer Bestes, um diesen halben Baum in Knotenholz zu verwandeln. Zweitens, ich brauche einen Kredit ...«

Hilar mußte lachen.

»Einen Kurzkredit, damit ich Geld ausgeben kann wie ein alter Dunkeltaucher, während ich darauf warte, daß die Marine meinen Schatz kauft. Ich zahle zwanzig Prozent bis zum nächsten Kreuzjahr, und ich brauche Zehn-zu-drittel Bons. Einen Teil erstatte ich in Schlamm, zum selben Preis, den Zakry bietet. Den Rest zahle ich zum Kreuzjahr und außerdem noch weitere fünfmal Zehn-zu-Drittel. Damit könnt ihr jedes andere Projekt wieder aufbauen, dem ihr für diese Sache Kapital entzogen habt. Das ist allerdings keine Anleihe. Damit kaufe ich mir die Hälfte von dem Holz.«

»Die *Hälfte*!« rief Jonveev aus.

»Exakt.«

Gefangen! Jonveev Belmy lachte und sagte: »Wir hatten nicht daran gedacht, den Baum zu drehen. Aber kannst du es dir wirklich leisten, soviel Bons aufs Spiel zu setzen? Du bist einigermaßen wohlhabend. Warum es nicht dabei belassen?«

»Mich reizt das Risiko. Ich habe ein paar Leute an Bord, die glauben, es könnte funktionieren, und das sind Baumbewohner. Abgesehen davon bin ich sicher, daß ihr von dem Gelingen überzeugt seid, und das stärkt meinen Unternehmungsgeist.«

»Zwei Fünftel von etwelchem Knotenholz, und wir verlangen fünfmal Zehn-zu-drei Bons. Du kannst den Kredit haben, aber zu vierzig Prozent am Kreuzjahr. Hmm ... ich gebe dir unser verfügbares Bargeld gleich und die restliche Summe in zehn Tagen.«

Booce schüttelte den Kopf. »Ich zahle dreißig Prozent bis zehn Schlafzeiten nach dem Kreuzjahr. Es ist gut möglich, daß die Marine mich so lange hinhält. Und eins müßt ihr beachten: Wenn die Marine erfährt, daß ich einen Kredit aufgenommen habe, wissen sie, daß ich immer noch unter Druck stehe. Ich will erreichen, daß sie *bald* ein Angebot machen.«

Hilar lachte. »Wo sonst könnte das Geld herkommen?«

»Ich werde mein Haus besuchen, bevor ich mit dem Geldausgeben anfange. Sie werden glauben, ich hätte es im Haus aufbewahrt.«

Und all das wurde in verstümmelter Form – erst von Clave, dann von Jeffer, die beide niemals mit finanziellen Transaktionen zu tun gehabt hatten – an Kendy weitergegeben, dem es nicht besser ging. Doch Kendy verfügte über Aufzeichnungen, die flüchtig die Struktur der kapitalistischen Gesellschaften skizzierten, die bei der Gründung des Staates vor Hunderten von Jahren untergegangen waren.

Es war eine erbärmliche Art, eine Zivilisation zu leiten. Diese Leute *brauchten* ihn.

Jeffer, der vor der FRM-Kamera saß, fragte: »Begreifst du etwas davon?«

»Ja, aber es wäre schwierig zu erklären. Wichtig ist nur, daß deine Bürger ihre Erdfruchtsämereien bekommen.«

»Ja.« Jeffer reckte sich unbewußt. »Das ist gut. Wir werden schnell und überzeugend reden müssen, wenn wir zum Bürgerbaum zurückkehren. Die Sämereien helfen den Zorn zu beschwichtigen, und wir nehmen auch frische Pflanzen mit, von denen sie gleich probieren können. Hast du auch bekommen, was du wolltest?«

Was Kendy wollte, befand sich immer noch außerhalb seiner Reichweite. Er antwortete: »Ich habe einiges herausgefunden.«

»Was zum Beispiel?«

»Die Admiralität leidet unter Selbstzufriedenheit. Ich betrachte sie als eine durchaus erfolgreiche Kultur, aber die Kriminalitätsrate muß hoch sein. Andernfalls gäbe es weniger Marineschiffe, und die Häuser würden nicht wie Festungen aussehen.« Kendy ließ das Bild erscheinen, das die Druckanzug-Kamera ihm sendete. Feine grüne Linien flimmerten, mit denen Kendy Schiffe bezeichnete und die wenigen, aber massiven Türen an in der Nähe befindlichen Häusern. »Sie haben die äußere Hülle des Klumpens besiedelt, aber sie wagen sich nur zögernd zu dem dunklen Mittelpunkt vor. Ihre Kindersterblichkeitsrate muß ebenso hoch sein wie bei euch. Bei der Ermittlung der Bevölkerungszahlen werden die Kinder nicht mitgerechnet.«

»Das ist mir gar nicht aufgefallen. Hmm ... auf dem London-Baum war es auch so. Liegt es daran, daß so viele Kinder sterben?«

»Ja. Warte tausend Jahre, und die Sterblichkeitsrate wird gesunken sein. Etwas anderes kann man nicht tun.«

»Das hätte ich auch nie für möglich gehalten. Während die Verbindung noch besteht, Kendy, ich habe eine Beschreibung des Klumpens entdeckt, unter dem Eintrag ›Lagrange-Punkte‹. Was bedeuten diese Worte? Potenzgleich, Saprophyten ... Was ist da los?«

Eine Dampfrakete tauchte aus Nebel und Regen auf. Fünfzig Meter vor der Helmkamera kam sie zum Halten. »Marine«, bemerkte Jeffer überflüssigerweise. »Ich frage mich ... das ist Booce. Und ein silberner Anzug!«

»Ich sehe sie. Eine Potenzgleiche ist die Kurve, entlang welcher ein beliebiger Kraft- oder Energiepegel überall gleich ist. Es kann sich um Tiden-, Magnet- oder Schwerkraft handeln. Saprophyten sind eine Pflanzenfamilie, die in einer lichtlosen Umgebung existieren kann. Wir werden einige davon zu sehen bekommen, wenn es Clave gelingt, den Helm mit ins Dunkel zu nehmen.«

Vier Männer näherten sich der Kamera: zwei in Marinerüstung, ein Standard-Druckanzug und Booce Serjent. Der Druckanzug war besser gepflegt, sauberer und glänzender als sein Kollege vom Bürgerbaum. An den Knöcheln waren große Flügel in Marineausführung befestigt. Die Markierung auf dem Rücken wiederholte sich an einer Schulter und an den Flügeln: ein breiter grüner Ring mit einem blauen Punkt in der Mitte.

Kendy versuchte, mit dem Funkgerät in dem neuen Anzug Kontakt aufzunehmen. Vergebens. Entweder war es nicht eingeschaltet, oder die Frequenz hatte sich im Lauf der Jahrhunderte verstellt.

Der Helm wurde trotz des Regens zurückgekippt. Ein rundes, angelsächsisches Gesicht kam zum Vorschein, ohne die weichen, elfenhaften Züge der meisten Rauchringbewohner: das Gesicht eines ›Zwergs‹, glattrasiert, allerdings mit einem dunklen Bartschatten, der auf der Erde einen guten Tag alt gewesen wäre.

Der ›Zwerg‹ schaute sich um. »Das war schlau, Booce. Hast du Fackeln?«

»Tut mir leid, Gardehauptmann. Wir können welche anfertigen.«

»Nicht nötig. Wie kann ich mal einen Blick hinter diese Tarnung werfen?« Der Zwerg sprach ohne Akzent.

Kendy sog jedes Wort gierig auf. Kein Akzent! Er sprach ganz genau so wie ein Bürger des Staates. Offenbar lernten die Offiziere ihre Sprache von der Bibliothek der Admiralität!

Sie verschwanden aus seinem Blickfeld. Kendy stellte auf das Fischauge um. Er und Jeffer beobachteten, wie der Gardehauptmann die Flügel abnahm und sie an Leinen vor seiner Brust befestigte, die Stützstreben griffbereit. Die beiden rangniederen Mariner hoben eine Ecke des Termitennestes an. Der ›Zwerg‹ schlängelte sich hindurch. Ein plötzlicher gelber Lichtschein fiel aus der Öffnung.

»Stammt das Licht von dem Druckanzug?« wollte Jeffer wissen.

»Ich werde dir zeigen, wie man die Helmbeleuchtung anschaltet. Später.«

Der ›Zwerg‹ tauchte wieder auf. »Das ist ein anständiger Batzen Metall. Wir müssen abwarten, bis das Konzil zusammentritt, bevor wir ein Angebot pro gelieferte Kilotonne machen können. Außer Sie sind bereit, einem sofortigen Angebot von, sagen wir mal, zweimal Zehn-zu-fünftel-Bons für den ganzen Brocken zu akzeptieren?«

»Auf dem Markt kann ich das zwei- oder dreifache bekommen.«

»Vielleicht. Wenn wir uns einigen, kann ich Ihnen die Zahlung innerhalb von zehn Tagen garantieren.«

»Nein, vielen Dank, Gardehauptmann. Ich warte. Vielleicht kann ich mir mit Tieftauchen ein bißchen Geld verdienen. Kann ich Ihnen Tee anbieten?«

»Sie möchten sich doch gewiß nicht gezwungen sehen, Ihr neues Haus zu verkaufen? Zweieinhalb.«

»Nein. Ich möchte Sie darauf aufmerksam machen, daß man Sie kommen gesehen hat. Ein Wanderfuß-Dschungel liegt an der Pier, und vielleicht ahnt man dort, was Ihr Besuch bedeuten könnte. Auch wird man von mir erwarten, daß ich einen Ungeziefervernichter anfordere. Viel länger kann ich das Metall nicht verborgen halten.«

Der Gardehauptmann schnaufte und winkte seiner Eskorte.

Sie flogen davon.

Booce wartete, bis sie sich weit genug entfernt hatten. Dann drehte er sich mit dem Gesicht zur Kamera. »Jeffer?«

»Hier.«

»Das war Gardehauptmann Wayne Mickl. Offizier von Geburt, aber mit dem Dienstgrad Gardist. Ihn bei Laune zu halten, ist immer gut.«

»Er machte keinen besonders gutgelaunten Eindruck.«

»Wenn er zu fröhlich aussieht, hat er uns übers Ohr

gehauen. Jeffer, wie sicher bist du, daß die Sache mit dem Drehen des Baums funktioniert?«

Jeffer lachte. »Ich habe es noch nie versucht.«

»Schon gut. Geht es dir gut?«

»Nicht allzu schlecht. Es kommt mir vor, als wäre ich wieder ein Junge und eben alt genug, um allein auf die Jagd zu gehen. Wenn ich mich langweile, kann ich auf die Kassetten zurückgreifen. Lawri fehlt mir.«

»Läßt sich nicht ändern. Ich werde den silbernen Anzug aus dem Versteck holen. Er kann hier nicht bleiben.«

»Wo willst du ihn unterbringen?«

»In meinem Haus. Ich werde ihn so aufstellen, daß du den Gemeinschaftsraum überblicken kannst. Wir können uns jederzeit unterhalten, und wenn Gäste kommen, wird es dir vorkommen als wärst du dabei.«

»Das ist gut«, sagte Jeffer.

SEHR GUT. VERLASSE SENDEBEREICH.

17 Das Haus der Serjents

Bürgerbaum-Kassetten, Jahr 6 SM:

Sharon Levoy erinnert an den Archetypus des rebellischen Computers. Hal 9000 aus Gillespies Film 2001. Carol Burnes hält *Frankenstein* und *Faust* für ältere und zutreffendere Vorbilder. Die Expertengläubigkeit treibt auch im Rauchring ihre Blüten. Alle miteinander erwarten sie von mir eine Erklärung, *wie das passieren konnte.*

Für das Protokoll: Ich habe keine Ahnung, was mit Kendy nicht stimmt.

Capability Jasper Gray, Kybernetiker, *Discipline*

Am nächsten Morgen war Debby in Eile. Anscheinend hatte sie bei Halbhand eine Verabredung getroffen: Grag Maglicco wollte ihr Flugunterricht geben. Booce drillte sie ein wenig, damit sie nicht im Himmel verlorenging, und schickte sie dann zu ihrem Rendezvous.

Die Zurückgebliebenen teilten sich zum Frühstück die Reste aus Halbhands Restaurant und machten sich anschließend an die Arbeit. Sie füllten *Holzfrachters* Tank, brachten das Feuer in Gang und dampften an dem Baumstamm entlang. Nach einer halben Drehung verharrte die Rakete gegenüber dem Krater.

Clave, Carlot und Gerner schwärmten aus und bearbeiteten das Termitennest mit ihren Macheten. In einem günstigen Moment, während *Holzfrachter* sie gegen den Markt abschirmte und treibende Holz- und Rindensplitter wie ein Schleier in der Luft hingen, duckten sich Clave und Gerner in das Nest. Clave nahm den silbernen Anzug, Gerner den Helm. Booce hatte die Rakete unter Dampf gehalten. Er ließ das Wasser einströmen, und schon waren sie unterwegs.

Geheimnisse. Allmählich hatte Gerner den Dreh heraus.

Das Termitennest war zur Hälfte abgekratzt, nicht von bezahlten Fachkräften, sondern von Laien. Was würde der Markt denken? *Booce scheint ja ganz am Ende zu sein. Seine Mannschaft hat einen Schaden am Stamm entdeckt: ein gähnendes, häßliches Loch hinter dem Termitennest. Sie sind enttäuscht abgezogen.* Kaum anzunehmen, daß irgend jemand Lust verspürte, seine Nase in diese von Insekten wimmelnde Dunkelheit zu stecken.

Seit seiner Fertigstellung vor anderthalb Jahren zog das Haus durch den Himmel. Debby hatte Grags Botschaft ausgerichtet: fünfzehn Kilometer himmelwärts und etliche Grade in Rotationsrichtung vom Markt. Inzwischen war das Haus nähergekommen, trotzdem erreichten sie es erst nach drei Tagen.

Das Haus bestand aus fünf Würfeln um einen Kern aus Beton. Als Eingangstür diente eine gewaltige Holzplatte, fünf Meter hoch, vier Meter breit, einen halben Meter tief. Mit dreieckigen massiven Streben hielt Booce die Tür offen. An der Innenseite waren Befestigungen angebracht für Flügel, Umhänge, Seilrollen sowie dicke Knäufe zum Festmachen von Winden und Flaschenzügen.

Sie vertäuten *Holzfrachter* an der Tür. So hatten sie Dekkung, um den silbernen Anzug und den Helm ins Haus zu schaffen.

Geheimnisse. Was hatten die Augen der Welt gesehen? *Die* Holzfrachter *fliegt zum Haus der Serjents. Man verweilt dort einige Stunden, während Booce sein Haus besichtigt und die Besucher herumführt. Bald danach wird Booce anfangen, Geld auszugeben.*

Marine: *Booce hat sich die Ersparnisse geholt, die in seinem Haus versteckt waren. Jetzt hat er Spielraum, das beste Angebot für sein Metall abzuwarten.*

Belmy-Haus: *Booce hat eine falsche Spur gelegt.*

Der Markt: *Jedes Versteck in Booces Haus dürfte jetzt leer sein.*

»Und wo gibt es hier ein passendes Versteck?« Gerner trug den Helm wie einen abgeschlagenen Kopf.

»Sieh dich um«, forderte Booce ihn auf. »Irgend etwas wird dir schon einfallen.«

Die Bürger lächelten sich gegenseitig an. Sie machten sich auf einen Rundgang durch das Haus.

Korridore in dem sternförmigen Betongerüst verbanden die einzelnen Abteilungen miteinander. Man konnte sich nur in zwei Richtungen bewegen. Gerner mußte sich an Clave vorbeizwängen, der ihm entgegenkam.

Das Haus war geräumig: ebensogroß wie eine Bürgerbaum-Hütte, allerdings nur mit ungleich höherem Aufwand zu erbauen. Der Gemeinschaftsraum war mit Handgriffen ausgestattet, mit Haken für Überkleider und einem Gestell für den Teetopf.

Die Außenwand der Küche war mit länglichen Öffnungen versehen, die den Luftstrom regelten, einem Betonkamin mit angefügtem Blasebalg und mit Regalen für Holz und Geschirr. Gerner traf Carlot, die eben Tee aufbrühte. Er fragte: »Du weißt schon Bescheid?«

Sie nickte fröhlich.

Das Schlafzimmer: Gurte und drahtige Laubpolster an vier Wänden.

Welchem Zweck diente der anschließende Raum? Vorhänge an beiden inneren Türen, Haltegriffe und Gurte neben kleinen Fenstern mit einer Klappe davor ...

Aha. Der Baumschlund. Und bei dem nächsten handelte es sich um einen Vorratsraum, wieder mit einer übergroßen Tür und Befestigungsringen für Gurte, aber bis jetzt noch ohne Vorräte.

Gerner kehrte in den Gemeinschaftsraum zurück.

Debby bewegte sich gemächlich an der Außenwand entlang. Sie wirkte viel munterer als in letzter Zeit. »Hallo, Gerner. Grag hat mich hergebracht. Soweit ich es verstehe, suchen wir nach einem guten Versteck. Habt ihr schon einen Platz gefunden?«

»Noch nicht. Booce. Wie entledigt ihr euch des Baumfutters, nachdem ihr den Baum gefüttert habt?«

Booce starrte ihn an. »Was? – Oh. Der Wind trägt es weg, und die Fischerdschungel sammeln es ein. Jetzt weißt du, warum nicht alle ihr Haus einfach am Markt vertäuen. Hast du etwas entdeckt?«

»Mir sind keine Verstecke aufgefallen. Ich habe nie zuvor ein Haus gesehen.«

»Die anderen Räume waren fest in eurer Hand, also habe ich mich hier umgesehen«, sagte Debby. »Nichts. Booce, gibt es Löcher im Beton?«

Booce lachte. »Das wäre möglich gewesen. Zugang durch die Wände? Na, jeder Einbrecher könnte den Mittelteil auseinandernehmen, ohne mehr zu finden als Beton und darin längs der Narbe eingegossen zwei Ballen sporentragende Rispen. Spaß beiseite, was haltet ihr von meiner Eingangstür?«

»Dick. Als hättest du Angst, jemand könnte sich mit Gewalt Einlaß verschaffen.«

»Wir legen Wert auf massive Türen. Nicht nur wegen der Einbrecher. Sie muß einiges aushalten, wenn schwere Gegenstände bewegt werden.«

Clave schüttelte mißbilligend den Kopf. »Bei uns wüßte man gleich, wer der Dieb ist. Wir würden ihn in den Himmel treten. Booce, das Schlimme bei euch ist, es drängen sich zu viele Leute im Klumpen.«

Booce schaute ihn verdutzt an. »So habe ich es noch nie betrachtet. Aber jetzt seht euch an, was ich hier gebastelt habe.«

Bei weit geöffneter Tür ließ sich an der den Scharnieren zugewandten Schmalseite eine Platte beiseite schieben. Die einen halben Meter dicke Tür war hohl.

Der silberne Anzug paßte ohne weiteres hinein, der Helm nur ganz knapp.

»Jetzt brauchen wir noch ein Loch«, meinte Booce.

»Kendy für den Staat. Jeffer, möchtest du lieber schlafen?«

»Mpf? Nein, hallo, Kendy.« Jeffer reckte sich. »Wenn ich nicht von dir geweckt werden wollte, würde ich draußen schlafen.« Er betrachtete sich das Bild auf dem Bugschirm. »Oho.«

Es war dunkel, trotzdem konnte Jeffer Claves besorgtes Gesicht erkennen. Seine Stimme klang leise, wie aus weiter Ferne. »Jeffer? Melde dich, Jeffer.«

»Prikazyvat, senden an Druckanzug. Hier Wissenschaftler.«

»Was siehst du?«

»Dich. Und einen ausgefransten Rand. Was hat das zu bedeuten?«

»Du schaust durch ein Loch in einer Tür. Booce hat einen Haken herausgerissen. Aus einiger Entfernung sieht es aus, als hätte er ihn zu stark belastet.«

»Nicht schlecht. Wenn ich dich recht verstehe, können wir sprechen. Gerner, bist du auch da?«

Gerner schwebte ins Blickfeld, lächelte und winkte. Die anderen folgten, bis fünf Bürger sternförmig in der Luft hingen, die Köpfe der Tür zugewandt.

Booce sagte: »Ich habe mich mit den Belmy geeinigt. Jeffer, ist dir an Erkenntnissen über das Dunkel gelegen?«

»Du meinst das Innere des Klumpens? Selbstverständlich.«

»Das ist gut, weil ich eingewilligt habe, einige Fuhren Schlamm für Belmys Knotenholzbaum zu besorgen.«

»Geht ihr alle? Mit *Holzfrachter*?«

»Äh ... nein. Ich glaube, ich sollte bleiben. Ich habe finanzielle Fäden zu einem sehr unübersichtlichen Netz geknüpft. Carlot, du kommst allein mit *Holzfrachter* zurecht. Und nach dem, was du erzählt hast, steht Raym Wilby zur Verfügung. Er kann den Lotsen machen.« Carlot nickte begeistert. »Übrigens, Hilar hatte gar nicht daran gedacht, den Stamm zu drehen, aber er will es damit versuchen.«

»Klingt gut. Carlot, nimmst du den Helm mit an Bord, damit ich diese Wunder auch sehen kann?«

Carlot schaute zu ihrem Vater, der nur meinte: »Warum nicht?«

»Gut. Gener, erzähl mir von der Marine. Ausführlich.«

Gerner berichtete. Kendy glaubte nicht, daß der Junge etwas verschwieg, aber er drückte sich sehr unzusammenhängend aus. Kendy stellte seine Fragen auf dem Bugschirm, und Jeffer entlockte Gerner genaue Beschreibungen von Maat Wheeler, Bootsmann Murphy, der Marinerüstung, dem Marineschiff, Murphys Bericht über das Leben in der Marine, Wheelers Angebot …

»Wird das immer so gehandhabt, Booce? Jeder kann in die Marine eintreten?«

»Nicht unbedingt jeder. Carlot würden sie nicht nehmen, wegen ihrer Beine. Sonst … nun, jeder Barbar kann sich verpflichten, aber er käme nicht über den Rang eines Raumkadetten hinaus, bevor man ihn nicht jahrelang beobachtet hätte. Die Marine legt Wert auf Loyalität. Sie nehmen lieber Männer als Frauen, und man wird abgelehnt, wenn man zu alt ist, um die Ausbildung mitmachen zu können.«

»Loyalität?«

»Loyalität deinem Stamm gegenüber bedeutet mangelnde Loyalität gegenüber der Marine. Marine über alles, sogar über die Familie.«

»Die Frage ist, wenn Gerner sich verpflichtet, kann er das wieder rückgängig machen? Booce?«

Booce überlegte. »Unter gewissen Umständen. Es wäre … günstig, wenn Gerner sich Wheeler gegenüber interessiert zeigte. Gerner, die Marine verfügt über Mittel, Druck auf mich auszuüben, damit ich dich in ihrem Sinne beeinflusse. Sie wollen das Metall, aber sie können den Kauf hinauszögern, und wir wollen auch nicht, daß die Marine einen genaueren Blick auf uns wirft.«

»Nein«, sagte Clave.

»Aber wenn Wheeler sich mit dir unterhält, gewinnt er vielleicht den Eindruck, daß du einfach nicht geeignet bist für ein Leben in der Marine. Ich kann dir helfen, ihm zu dieser Einsicht zu verhelfen.«

Carlot warf ein: »Vielleicht behalten sie ihn doch länger. Gerner, mein Vetter Grag sagt, in der Grundausbildung behandeln sie dich wie einen Copsik, aber nachher sollst du glauben, etwas Besseres zu sein als die Bürger. Sie bilden sich wahrhaftig ein, sie wären uns über, und sie nehmen lange nicht jeden auf. Wenn du genug hast, mußt du dich bei einem Fehler erwischen lassen. Oder du wirst krank und bleibst krank. Manche Baumbewohner vertragen das Leben im Klumpen wirklich nicht. Sie werden dich hinauswerfen.«

»Du findest, ich sollte mich darauf einlassen?«

Sie zuckte unglücklich die Schultern. »Es ist deine Entscheidung.«

Jeffer sagte: »Ich würde ihn zu gerne in die Bibliothek einschmuggeln.«

Booce schüttelte den Kopf. »Kein Zwerg erreicht einen höheren Rang als Gardist, außer, er wird als Offizier geboren, und selbst dann ... nun, Wayne Mickl ist Offizier und Zwerg. Man braucht ihn als Gardist, also wird er nie aktiv, von seinem höheren Rang Gebrauch machen können. Gardist ist der unterste Rang, der die Bibliothek betreten darf, aber sie können nichts damit anfangen, weil man sie nicht lesen gelehrt hat. Und bis du so weit aufsteigst, Gerner, das kann Jahre dauern.«

Doch Jeffers Gedanken waren inzwischen in eine andere Richtung gewandert. »Aber er *könnte* in die Bibliothek eindringen. Und Gerner *kann* lesen, und ich kann ihm beibringen, wie man das Kontrollpult eines FRMs bedient!«

Gerner fühlte sich in die Enge getrieben. Er wußte, wie man mit Jeffer redete, aber was sagte man zu einer Tür?

»Ich würde die Möglichkeit nur ungern ungenutzt lassen«, bemerkte Clave. »Gerner, du hast Bedenken. Wie steht es mit euch? Debby?«

»Für mich sieht es aus, als würden wir ihn als Copsik verkaufen. Ich bin dagegen.«

Vielen Dank, Debby!

Clave starrte sie an. Dann sagte er: »Gerner, sieht es wirklich so aus? Das würde ich *niemals* tun. Wir reden jetzt doch nur ...«

»Sie wollen sich seiner Loyalität versichern, nicht wahr, Booce? Wie man das anfängt, dürften sie in annähernd vierhundert Jahren gelernt haben«, gab Debby zu bedenken. »Vielleicht gelingt es ihnen auch bei Gerner ...«

»Baumfutter!« schnappte Clave. »London-Baum hielt seit ungefähr ebenso vielen Jahren Copsiks. Sobald sich die Gelegenheit zum Aufstand bot, waren sie dabei!«

»Nicht alle, Clave!«

»... Hmm. Booce?«

Booce sagte: »Wir reden hier über Macht, die Macht der Marine, und die hat zwei Gesichter. Mit Gerner in der Marine würden die Serjents ein gewisses Entgegenkommen erfahren. Ich hätte gerne einen Sohn zur Marine gegeben.«

»Carlot?«

Sie wandte sich an Gerner, nicht an Clave. »Wenn du es aushalten kannst. Denk dran, was ich über die Grundausbildung gesagt habe. Sie haben Grag die Haut vom Hintern ... he. Du bist stärker als Grag. Du bist in einem Baum aufgewachsen. Vielleicht würdest du ihnen eine Riesenüberraschung bereiten.«

»Wir wissen, daß du in einen silbernen Anzug hineinpaßt«, fügte Booce hinzu. »Selbst Bootsmann Murphy kann darauf nur hoffen.«

»Ich habe Angst.«

Clave nickte, aber Jeffer fauchte wie eine atmosphärische Strömung. »Oh, Gerner! Jetzt sind wir *hier*! Zu Hause, im Bürgerbaum, das war der Moment, Angst zu haben.« Pause. »Wovor hast du Angst?«

»Es ist alles so ungewohnt.« Gerner empfand plötzlich ein unerträgliches Heimweh. »Dieses Haus, alles Ecken und Kanten und Winkel ...«

»Dabei wird es auch bleiben. Das wußtest du von Anfang an.«

»Wissenschaftler, ich bin mitgekommen, um etwas Neues zu erleben. Ich wäre nicht hier, wenn es überall so aussähe wie auf dem Bürgerbaum.«

»Dann ...«

Doch Gerner war jetzt in Fluß gekommen. »Ich habe euch begleitet, aber ich dachte, ich würde der Admiralität mit meinen Freunden gegenübertreten. Und mit meinem Vater. Treten wir jetzt alle der Marine bei? Ist es das, worüber wir sprechen?«

Clave sagte: »Jeffer?«

Die Tür antwortete: »Ich bin dafür, natürlich, aber der Junge hat nicht unrecht. Es ist sein Risiko, nicht das unsere.«

Gerner war noch nicht fertig. »Ihr wollt, daß ich einen Eid ablege, den ich nicht ernst meine. Ich empfinde *keine* Loyalität der Marine gegenüber. Wenn es anders wäre, würde es euch nicht gefallen.«

Niemand mochte ihm antworten.

»Ihr könnt eure Geheimnisse an einen Baum verfüttern. Ich werde der Marine nicht beitreten. Aber ich kann gehen und mit Wheeler sprechen, wenn ihr glaubt, das hilft. Dazu bin ich bereit.«

»Ich gehe mit ihm«, erklärte Debby entschieden.

»Und Booce, du erklärst mir, wie ich möglichst ungeeignet erscheine.« Eine düstere Wolke der Niedergeschlagenheit senkte sich auf ihn herab. Er fühlte sich von all seinen Gefährten im Stich gelassen, ausgenommen Debby, und Carlot wollte ihn aus dem Weg haben. Wegen Raff Belmy.

18 Das Hauptquartier

Bürgerbaum-Kassetten, Jahr 384, Tag 2050:

Es spricht Jeffer, der Wissenschaftler. Kandidaten für die Marine werden als ungeeignet abgelehnt, wenn sie kränklich sind oder unzuverlässig, sich leicht verwirren oder ablenken lassen oder Loyalität gegenüber einer anderen Einrichtung bzw. Idee bekunden. Ihr Interesse an der Marine könnte inakzeptable Gründe haben. Erscheint der Bewerber in der Begleitung eines Familienmitglieds, wird davon ausgegangen, dass er seinen Entschluss nicht ganz freiwillig gefasst hat oder dass man ihn unter Aufsicht halten muß.

Akzeptable Kandidaten verfügen demzufolge über entgegengesetzte Eigenschaften. Die Informationen beruhen auf Auskünften von Booce und Carlot Serjent.

Das Hauptquartier hatte Ähnlichkeit mit einer Pillendose: ein kurzer, breiter Zylinder, den Gerners tränende Augen nur verschwommen wahrnahmen. Der Rand bestand aus dunklem Holz. Die ihnen zugewandte flache Seite war aus Beton gegossen und mit einer Vielzahl von Türen, Plattformen, Winden und Seilrollen versehen sowie mit einem breiten Streifen aus glitzerndem Material, der an die Hülle des FRMs erinnerte. An der Nabe hatten zwei Raketen angedockt. Eine dritte, größere wurde mit der Düse voran von einer Winde auf den Liegeplatz gezogen.

Debby schaute zurück. Gerner mühte sich weit hinter ihr. Kaum hatte sie mit den Flugbewegungen aufgehört, da fuhr ein Wind in ihre Flügel und drehte sie herum. Mit einem Seufzer machte sie kehrt und flog zu Gerner zurück. »Ich würde dir gerne helfen«, sagte sie.

Gerner zwang sich zu einem Lachen. »Ich habe mir das selber eingebrockt. Debby, du fliegst besser als ich.«

»Ich habe die Leute beobachtet, während wir zum Markt flogen. Du mußt dir einen stetigen Rhythmus angewöhnen. Nicht zu schnell. Wenn du zu heftig mit den Beinen schlägst, biegen sich die Flügel um und nützen dir gar nichts.«

»Was ich brauche, sind längere Beine.«

»Längere Flügel vielleicht. Du solltest die Flügel von der Marine ausprobieren. Also gut, welche Tür, hat Carlot gesagt?«

»Weiß ich nicht. Irgendeine.«

»Aber ...«

»Debby, *such dir eine aus*. Es ist mir *gleich*, wenn Wheeler glaubt, ich hätte mich verirrt.«

»Oh. Die Mittlere, mit den Wachen davor. Die können wir fragen.«

Die Tür war groß und rund, mit einer Umrahmung aus roter Farbe. Die vier Wachen trugen Helme, Leib- und Beinpanzer und waren mit Harpunen bewaffnet. Mit Ruderbewegungen entgegen der Flugrichtung kam Debby einen Meter vor den Harpunenspitzen zum Halten. »Wir wollen uns melden«, sagte sie.

Einer lächelte und erwiderte: »Ich hoffe, sie nehmen dich, meine Schöne.« Er deutete mit der Harpune. »Da hinten, die letzte Tür vor dem Rand.«

»Danke.« Sie kehrte zu Gerner zurück. Halbblind, wie er war, hätte er sich gefürchtet, den scharfen Speeren so nahe zu kommen. »Da drüben müssen wir hin. Einen schönen Bart hatte er. Wie Golddrahtpflanzen und *sauber*. Die Leute hier legen viel mehr Wert auf Sauberkeit, als es in den Carther-Staaten üblich war. Vielleicht treffe ich ihn mal wieder.«

»Das würde Jeffer gefallen.«

»Ja, das würde es, allerdings. Wahrscheinlich gefällt es ihm auch, daß ich mich mit Grag treffe. Ich frage mich, was sie bewachen?«

Die für sie wichtige Tür war rechteckig, mit abgerundeten Seiten und der Aufschrift ›Rekrutierungsbüro‹.

Das Zimmer dahinter wirkte geräumig, doch hatte es die gleiche merkwürdige Form. Ein Mann malte Zeichen auf dünne, weiße Blätter, die an einer Platte aus glattgeschliffenem Holz befestigt waren. Seine Hose und das Hemd waren mit blauen Marineabzeichen bedeckt. Kein Panzer. Er ließ sie eine Weile unbeachtet, dann wandte er den Kopf. »Ja?«

Gerner deutete auf das hölzerne Rechteck. Die Ränder waren mit Klammern versehen, und unter den Klammern lagen Stapel von Papierblättern. »Wie nennt man das?«

Der Mann runzelte die Stirn. »Hast du noch nie einen Schreibtisch gesehen? Was ist dein Anliegen?«

»Maat Mart Wheeler will mit mir reden, wegen eines möglichen Eintritts in die Marine. Ich bin Bürger Gerner.«

»Ich werde sehen, ob er zu sprechen ist.« Der Mann stieß sich von dem Tisch ab und verschwand in einem Korridor. Daß er keine Flügel trug, behinderte ihn nicht: Er berührte die Wand und glitt elegant durch eine Türöffnung.

Debby lächelte Gerner zu. »Leicht abgelenkt, wie?«

»Den Eindruck wollte ich erwecken, aber schau nur, wie gewunden die Maserung des Holzes ist! Das muß Knotenholz sein. Woher können sie es haben?«

»Es muß irgendwo Knotenholz gegeben haben, oder Booce wäre nicht auf die Idee gekommen.«

Als der Schreiber wieder auftauchte, wischte Gerner sich mit dem Hemd über die Augen. Der Mann sagte: »Komm mit.«

»Kann ich ihn begleiten?« fragte Debby.

»Ich fürchte, nein. Sind Sie die Mutter?«

»Stiefmutter. Ich glaube wirklich, ich sollte ihn begleiten.«

»Das ist nicht gestattet.«

Das Büro war klein, ein Würfel mit zwei gewölbten Wänden. Maat Wheeler befand sich hinter seinem Schreibtisch, an dessen Kante er sich festhielt, während er mit einem anderen Mann sprach … und dieser andere war etwa so groß wie Gerner.

Sie unterbrachen ihr Gespräch. Wheeler sagte: »Gerner, schön, dich zu sehen. Das ist Gardehauptmann Wayne Mickl.«

Mickl nickte wortlos. Er machte einen entspannten, uninteressierten Eindruck. Wheeler fuhr fort: »Wir möchten dir einige Fragen stellen. Du hast vielleicht auch einige Fragen an uns …«

»Hunderte. Ah, ist Bootsmann Murphy irgendwo in der Gegend?«

»Ha? Als ich sie das letztemal sah, war sie auf dem Weg zum Büro des Zahlmeisters. Danach müßte sie dienstfrei haben … Warum?«

»Ich dachte, ich könnte ihr guten Tag sagen, bevor ich gehe.«

(Booce hatte ihm gesagt: »Du mußt versuchen, an Bootsmann Murphy heranzukommen. Dein Interesse an der Marine kommt stracks von den Hormonen. Wenn du sie siehst, mach ihr einen Antrag.«

»Was für einen Antrag? Soll ich ihr anbieten, sie zu heiraten?«

»Nicht unbedingt … oder doch. Das wäre das Tüpfelchen auf dem i. Nur Hormone, kein Verstand.«)

»Gerner, stimmt etwas nicht mit deinen Augen?« erkundigte sich Wheeler.

»Ich kriege das manchmal.«

»Wann?«

»Wenn ich zuwenig schlafe. Trockene Luft.« Der Tränenfluß ließ etwas nach, doch schmerzten ihn die Augen nach wie vor. Für Wheeler mußten sie rot und verheult aussehen. Er zog die Nase hoch.

Wheeler nahm sein Schreibzeug zur Hand. »Wo bist du geboren?«

»Bürgerbaum, Jahr 370. Das ist ein sechzig Kilometer langer Baum, sechs- oder siebenhundert Kilometer westlich vom Klumpen.«

»Größe und Masse?«

»Eins Komma Neun Meter. Die Masse weiß ich nicht.«

»Wir werden dich in der Zentrifuge wiegen. Woher wußtest du das Datum?«

»Die Wissenschaftler führen Buch darüber. Habe ich mich vertan? Wir haben doch 384, oder nicht?«

»Es war richtig. Streck die Arme nach vorn, Fingerspitzen zusammen. Jetzt die Beine, große Zehen zusammen.« Wheeler machte einen Vermerk. »Symmetrisch. Wie gut weißt du über die Admiralität Bescheid?«

»Nicht sehr gut. Wir haben einige von den Früchten probiert, die hier angebaut werden, und wir hatten ein verrücktes Gelage bei Halbhand.« Wheeler mußte lachen.

Gerner erzählte weiter: »Die Serjents haben uns viel erzählt. Ich habe Häuser gesehen und den Markt. Der Flug auf der Dampfrakete war ... na, so was habe ich nie zuvor erlebt.«

»Angst gehabt?«

»Kein bißchen.« Sofort war ihm klar, daß er die falsche Antwort gegeben hatte.

»Warum willst du in die Marine eintreten?«

»Ich bin gekommen, um herauszufinden, ob ich es wirklich will, Maat. Und jetzt habe ich auch ein paar Fragen.«

Maat Wheeler versteifte sich kaum merklich. »Nun?«

»Ich habe die Schiffe gesehen. Überall am Himmel. Ich möchte gerne fragen, wenn ich ein Mariner werde, fliege ich dann auch auf einem von diesen Schiffen?«

»Auf mehr als einem, würde ich sagen. Mit den Jahren wirst du dich mit allen Typen auskennen.«

»Werde ich sie fliegen oder nur darauf Dienst tun?«

»Du scheinst dir viele Gedanken gemacht zu haben.«

»Ja, Sir. Früher wollte ich Jäger für den Bürgerbaum werden.« Kein Grund, den silbernen Anzug zu erwähnen. »Als ich bei Booce anheuerte, das war ein Sprung ins Nichts. Ich hatte keine Ahnung, was ich hier vorfinden würde. Der Markt, es ist ein furchteinflößender Gedanke, daß etwas derart Gewaltiges *gebaut* werden kann. So viele Menschen!«

Wheeler lächelte und nickte. (Aus den Augenwinkeln sah Gerner Wayne Mickl sich an einem Wandgurt festhalten und das Gespräch scheinbar gleichgültig verfolgen.) »Atemberaubend, nicht wahr?«

Gerner nickte.

»Die Schiffe, der Markt, das Hauptquartier, das alles haben wir geschaffen. Und noch mehr. Wir haben eine Zivilisation geschaffen«, sagte Wheeler freundlich. »Und jetzt, nachdem du das alles gesehen hast, wie kannst du nicht ein Teil davon sein wollen? Ja, du wirst ein Schiff fliegen, noch bevor du viel älter geworden bist.«

»Ich möchte wissen, ob ich Gelegenheit haben werde, den Bürgerbaum zu besuchen.«

»Hmm. Die Antwort lautet ja, aber ich weiß nicht, wie oft. Wir möchten so bald wie möglich Kontakt mit dem Bürgerbaum aufnehmen. Handelsbeziehungen aufnehmen. Man wird sich gegenseitig besuchen und dich als Verbindungsmann einsetzen.«

Es war die richtige Antwort, dachte Gerner, bis auf zwei Punkte. Die Position des Baums war falsch, und wenn die Marine ihn trotzdem ausfindig machte, würden die Bürger jedesmal, wenn ein Marinekreuzer am Himmel auftauchte, das FRM verstecken müssen.

Also bemerkte Gerner lediglich: »Das ist gut. Es würde mir nicht gefallen, auf Dauer von meiner Familie getrennt zu sein.« (Booce hatte gesagt: »Sie wollen deine Loyalität. Es wird ihnen mißfallen, wenn du Treue gegenüber deiner Familie bekundest, gegenüber deinem Stamm oder *mir* ...«)

»Wie oft bekommst du diese allergischen Anfälle?«

»Meistens, wenn die Luft zu dünn ist. Ich hatte sie auch, als wir den Baum schoben; wir befanden uns zu weit innen. Es fühlt sich an wie Messer in den Augen. In letzter Zeit habe ich nicht genug Schlaf bekommen. Das ist auch ein Grund.«

»Würdest du dich selbst als kränklich bezeichnen?«

Gerner überlegte, daß niemand, der sich für kränklich hielt, in einem Rekrutierungsbüro vorsprechen würde, und sagte: »Nein. Das sind nur so Anfälle. Einen Tag später geht's mir wieder gut. Jetzt ist es schon fast vorbei.«

»Ich verstehe. Also gut, Gerner. Bitte Able Jacks, dich in die Zentrifuge zu stecken. Wir werden über Booce Serjent mit dir Verbindung aufnehmen.«

Debby und der Mann am Schreibtisch behandelten sich gegenseitig wie Luft. Debby schien nervös zu sein.

»Gerner! Wie ist es gegangen?«

»Gut. Sind Sie Able Jacks?«

»Allerdings.«

»Sie sollen mich in die Zentrifuge stecken. Was ist eine Zentrifuge?«

»Ich zeige es dir.«

Das Gebilde aus Flechtwerk erinnerte an die Tretmühle, mit der im Bürgerbaum der Aufzug betrieben wurde. Es war größer: zwanzig Meter im Durchmesser. Gerner wurde angewiesen, sich am Rand festzuhalten und zu warten. Zwei Matrosen setzten die Konstruktion in Bewegung und steuerten sie mit einer von Hand bedienten Vorrichtung. Das Rad drehte sich unter seinem Gewicht. Ein Matrose maß die Abweichung an der Nabe. »Deine Masse beträgt einundachtzig Kilogramm«, sagte er.

Die Zentrifuge wurde arretiert, und er mußte laufen.

Die Drehbewegung vermittelte ihm ein Gefühl von Tide. Sie ließen ihn so schnell laufen, wie er konnte. Er wurde schwindelig; die Tide verstärkte sich bedrohlich. Als nächstes mußte er langsamer laufen, mit gleichbleibender Geschwindigkeit, bis seine Beine schmerzten und ihm alles vor den Augen verschwamm. Er hätte aufgehört, wäre nicht in diesem Moment Bootsmann Murphy auf der Bildfläche erschienen.

Er winkte. Die Bewegung hätte ihn beinahe aus dem Gleichgewicht gebracht. Sie reagierte nicht. Doch sie schaute zu, und er rannte.

... Ihm fiel auf, daß er durch die Zentrifuge *rollte*. Er mußte das Bewußtsein verloren haben.

Ein Matrose packte seinen Knöchel und zog ihn heraus. »Ruh dich aus. Hier.« Er reichte Gerner ein Handtuch, und Gerner rieb sich nach Luft ringend einen Schweißfilm von der Haut.

Murphy sagte: »Das war eine beeindruckende Leistung. Mit dir könnte ich Wetten gewinnen.«

»Ich bin in einem Baum aufgewachsen.«

»Ich weiß.«

Es war kein Leben in ihrer Stimme, ihrem Gesicht, ihren Bewegungen. *Die Mariner halten sich für etwas Besseres*, hatte Carlot gesagt, aber das war es nicht. »Bootsmann, geht es Ihnen gut?«

»Ich fühle mich ein wenig niedergeschlagen«, erwiderte sie. »Du kannst mich duzen, Gerner, ich bin nicht im Dienst. Mein Vorname ist Sectry.«

»Bedeutet *niedergeschlagen* so etwas wie *traurig*?«

»Ja. Jungs, seid ihr fertig mit ihm?«

»Er gehört Ihnen, Bootsmann. Tun Sie sich keinen Zwang an, er ist nicht zerbrechlich.«

Sectry Murphy schenkte ihnen ein flüchtiges Lächeln. Zu Gerner sagte sie: »Ich kann mir nicht vorstellen, daß der Maat dich ablehnt, nachdem er von dieser Leistung gehört hat.«

Baumfutter. Booce hatte ihn nicht gewarnt, sich bei einem Ausdauertest zurückzuhalten. »Aus welchem Grund bist du denn niedergeschlagen?«

»Nicht hier. Ich brauche jemanden, mit dem ich reden kann, keinen von der Marine. Eben war ich beim Zahlmeister, und ich bin in der Stimmung, einen draufzumachen. Hast du Lust, mir Gesellschaft zu leisten?«

»Ich bin mit Debby gekommen. Meiner Stiefmutter.«

»Gut. Gehen wir zu ihr. Was hältst du von *Chez Halbhand*?«

Gerner kam den Gang herunter. Eine Frau war bei ihm. Vor langer Zeit (wie lange war es tatsächlich her, seit sie vom Bürgerbaum aufgebrochen waren?) hatte Debby auf dem Versammlungsplatz des Bürgerbaums Mark und Gerner miteinander reden gesehen. Beides Zwerge, aber sie sahen sich nicht im geringsten ähnlich: Marks Gesicht war beinahe quadratisch, Gerners eher dreieckig ... Es fiel ihr ein, weil Gerner und die Zwergin den Eindruck von Zusammengehörigkeit vermittelten, obwohl sie eindeutig verschiedenen Zweigen der Menschheit angehörten.

Und beide wirkten, auf verschiedene Art, erschöpft. »Was ist passiert?« wollte Debby wissen.

»Zentrifuge«, erklärte Gerner. »Sie haben mich laufen lassen, bis mir schwarz vor Augen wurde. Einen Fahrstuhl hätte ich geradewegs bis zur *Discipline* befördert. Debby, du erinnerst dich an Sectry Murphy ...«

Der Griff der Zehen fühlte sich merkwürdig an: Sectry hatte eine so geringe Reichweite, ihre Zehen waren so kurz und so *kräftig*. »Hallo, Sectry. Du bist nicht im Dienst?«

»Nein. Wir sind auf dem Weg zu Halbhand. Kommst du mit?«

»Natürlich.«

Sectry schwang sich als erste durch die Tür. »Das Lokal ist fast leer«, sagte sie.

Das stimmte nicht ganz. Ein gutes Dutzend Gäste war anwesend, doch Sectry führte sie zu einem der unbesetzten Fenster. »Es ist schön, einen Ausblick zu haben«, meinte sie über die Schulter.

Gerner zuckte zusammen. Debby grinste; sie hatte Gerner dabei ertappt, wie er Sectrys Beine bewunderte.

»Es wird gleich jemand kommen. Seid ihr hungrig?« Als eine der Frauen aus der Küche erschien, bestellte Sectry: »Rispentee und Würstchen für drei Personen, Belind. Ihr zwei müßt die Würstchen kosten.«

»Sicher«, sagte Gerner. »Was ist der Grund für deine Niedergeschlagenheit?«

Die falsche Munterkeit fiel von ihr ab, und Debby bemerkte den Schmerz dahinter. »Ich habe die Druckanzüge anprobiert. Sie passen nicht.«

Debby schwieg. Gerner schwieg.

»Man darf die Anzüge erst probieren, wenn man sich in jeder anderen Hinsicht für den Rang des Gardisten qualifiziert hat. Sie steckten mich also in den kleinsten, und ich bekam keine Luft mehr.« Außer Dienst trug Murphy keine Rüstung. Das Hemd spannte sich über ihren Brüsten. Debby hatte nie Schwierigkeiten gehabt, ihre Kinder zu nähren, aber ihre eigenen Brüste sahen nicht *dermaßen* verwundbar aus. »Ich hätte so tun können als ob, aber die Anzüge sind nicht alle gleich groß. Also probierte ich den größeren an. Meine Füße reichten nicht bis in die Stiefelspitzen. In den Stiefeln befinden sich Kontrollen. Meine Finger waren auch nicht lang genug.«

»Bleibt noch einer«, sagte Debby.

»Der große? Der ist in Gebrauch. Er würde nicht passen. Wenn meine verdammten Zehen länger wären! Ich bin draußen. Ich kann keine Gardistin werden.«

Belind kam wieder.

Die Würstchen entpuppten sich als gefüllte Schläuche, außen gebraten, innen köstlich: gemahlenes Fleisch mit Pflanzenstückchen. Rispentee kannte Debby noch vom letzten Abend. Sie hatte immer noch ein bißchen Kopfweh.

Es herrschte eine unbehagliche Stimmung, und Debby legte sich Entschuldigung zurecht, um das Lokal verlassen zu können. Sie fragte: »Willst du in der Marine bleiben?«

»Ich glaube schon. Allerdings werde ich es nie weiter bringen als bis zum Bootsmann.«

»Immerhin bleibt dir das Fliegen. Viel interessanter, als die Bibliothek zu bewachen.«

»Als Angehörige der Garde könnte ich mehr Zeit darauf verwenden, ein Heim zu schaffen! Heiraten, ein paar Gäste beherbergen.«

»Hat man nichts dagegen, daß Angehörige der Marine Babys machen?«

»Das Gehalt wird um die Hälfte gekürzt, aber man hat

einen Partner, der arbeitet ... und selbst wenn nicht, die Marine bezahlt gut.« Sectry nahm einen großen Schluck. Ihre Wurst hatte sie nicht angerührt.

Gerner erkundigte sich: »Sectry? Warum sollte jemand wie der Gardehauptmann an einem Rekruten interessiert sein?«

»Wayne? Das ist leicht zu erklären. Sobald der Garde eine genügend große Anzahl von Zwergen angehört, steigt er zum Hauptmann auf. Bis jetzt hat er den Rang, aber nicht den Aufgabenbereich. Er wäre besser dran, wenn er *nicht* in einen Druckanzug paßte.«

Debby trank mit zwei Schlucken den Rest von ihrem Tee. »Ich muß los. Danke, Sectry. Ich hätte gar nicht mitkommen sollen. Eigentlich sollte ich unsere Einkäufe im Vivarium erledigen, jetzt, da wir Geld haben.«

»Vergiß nicht, daß du Rispentee getrunken hast«, warnte der Rotschopf. »Laß dich nicht übers Ohr hauen.«

»Ich werde aufpassen.«

Draußen gestattete Debby sich ein Lächeln.

Wie würde Gerner die Sache angehen? Sectry glauben machen, daß er nur deshalb der Marine beitreten wollte, um in der Nähe einer betörenden Zwergin sein zu können?

Das mochte sogar stimmen.

Ein Schleier aus Regenwasser lag vor dem Fenster. Ein verschwommener Dschungelbausch trieb vorüber.

Gerner hatte seine Wurst gegessen. Sectry reichte ihm die Hälfte von ihrer Portion. Als Belind vorbeiging, bestellte sie noch einmal Rispentee. Sie fragte: »Wie gefällt es dir bei uns?«

»Es ist alles sehr fremd. Zu naß. Ich glaube, auf die Dauer würden mir die Häuser nicht gefallen. Hütten in einem Baum sind ganz anders. Sectry, warum haben sie das Hauptquartier ausgerechnet rund gebaut?«

»Ursprünglich sollte es sich drehen.«

»Drehen?«

»Die ersten Offiziere glaubten, die Tide wäre unentbehrlich für unsere Gesundheit. Sie gaben den Plan bald wieder auf. Die Schiffe konnten nicht anlegen, wenn der Komplex sich drehte, und außerdem geriet es leicht ins Taumeln. Also bauten sie statt dessen den Turnraum und die Zentrifuge. Diese frühen Mariner müssen *unglaublich* stark gewesen sein. Aber wie sich herausgestellt hat, werden wir auch ohne Tide nicht krank. Trotzdem wird der Turnraum benutzt.«

Der Rispentee summte in seinem Blut. Sectry Murphy schien zu leuchten. Sein Gehirn versuchte, in zehn Richtungen auf einmal zu denken. Auf einmal erschien es ihm sehr natürlich, daß die Vorfahren der jetzigen Bevölkerung einen Baum in den Klumpen schafften, ihn in Drehung versetzten, sich die Tide und das Nahrungsangebot dieser Region zunutze machten ... und das Knotenholz produzierten, das spätere Generationen nicht hatten hervorbringen können. Gleichzeitig war ihm etwas an Sectrys Worten merkwürdig vorgekommen ... und dann hatte er es. »Woher weißt du das alles? Booce hat uns von der Bibliothek erzählt. Er sagte, nur die Kinder der Offiziere werden darin unterrichtet.«

»Wayne hat es mir gesagt.«

»Oh.«

»Wir waren eine Zeitlang zusammen. Ich habe nie geglaubt, daß er mich heiraten würde, ich bin kein Offizier, aber als er ... Was ich sagen wollte, er lehrte mich viel von unserer Geschichte. Die Bibliothek stammt aus einer Sternenstoffrakete. Wir haben nie etwas ähnliches gebaut.«

»Wie sieht sie aus? Wo ...«

Sie schüttelte den Kopf, das Haar umgab sie wie eine flammende Wolke. »Ich habe sie selbst nie zu Gesicht bekommen. Es würde mich schon interessieren. Eventuell könnte ich mich an den Wachen vorbeischwatzen ...«

Wachen. *Diese* Tür.

Stimmen und Bilder wurden zunehmend merkwürdiger. Sectry leuchtete; sie war das schönste lebende Wesen des gesamten Rauchrings. Gerner bemühte sich, sein Gleichgewicht fest im Griff zu behalten. Sich einem ranghohen weiblichen Marineoffizier gegenüber zu dem Anerbieten hinreißen zu lassen, mit ihr Babys zu machen, erschien ihm jetzt verwegen bis zur Tollkühnheit. Carlot hatte ihn gewarnt: Es konnte sein, daß sie tödlich beleidigt reagierte. Doch er hatte noch nie eine Frau gesehen wie sie.

»Dann heiratete er eine Frau, die drei Meter lang ist und dünn wie eine Federschlange. Sie hat ein Gesicht, mit dem sie Drillzecken erschrecken kann, und wenn sie einen Gast beherbergt, sieht sie aus wie ein Strick mit einem Knoten darin. Aber sie ist Offizier.«

»Geld.«

»Hmm? Nein. Rang.«

»Geld«, wiederholte Gerner deutlich, »ist der Grund, warum Carlot Raff Belmy heiraten wird.« Er verlor die Kontrolle über sein Mundwerk.

»Oh, das dunkelhäutige Mädchen, Serjents Tochter?« Ein Lächeln blitzte auf und verschwand, aber Gerner hatte es bemerkt. »Da geht es auch um die Stellung, den Rang.«

»Du hast uns gesehen.«

»Ja.« Wieder das Lächeln.

»Hast du einen Rang?«

»Ich bin Bootsmann, *Bürger*.«

»Habe ich einen Rang?«

»Nein. Was soll das alles? Wenn du einen Rang haben willst, mußt du in die Marine eintreten. Dann gehörst du zu uns.«

»Würdest du mich dann heiraten?« Sein Mund sagte Dinge, mit denen er nicht unbedingt einverstanden war. Oder? Rispentee.

Sie lachte. Nur mit viel Mühe gelang es ihr, wieder ernst zu werden. »Wir haben uns gerade erst kennengelernt. Wie alt bist du?«

»Fünfzehn.«

»Ich bin achtundzwanzig. Wo möchtest du leben?«

»Bürgerbaum. Irgendein Baum.«

»Carlot möchte vermutlich in der Admiralität bleiben.«

»Zum Baumschlund mit Carlot.«

»Ich übrigens auch.«

»Mach Babys mit mir«, sagte sein Mund.

Sie überdachte das Angebot, während Gerner sich einzubilden versuchte, er wäre unsichtbar. »Gute Idee«, sagte sie.

Annähernd zwölf Dschungelbäusche waren in Sicht. Einige trugen das Zeichen des Bewohners. Sie entschieden sich für einen, der unmarkiert war, und umkreisten ihn einmal, um sicherzugehen. »Still jetzt«, mahnte Sectry.

»Keiner da außer den Flitzern.«

»Wenn wir die Flitzer aufscheuchen, taucht vielleicht auch ein Fleischfresser auf.«

Er schlängelte sich hinter ihr durch das Laub. Es ging doch nichts über einen schönen Ausblick. Der Dschungelbausch war hohl in der Mitte. Mindestens tausend Flitzer wichen mißtrauisch vor ihnen zurück und zeigten ihre gelbblauen Flügel.

Sie knüllten ihre Kleider zusammen und warfen sie nach den Vögeln, was große Aufregung verursachte.

Die Vögel ließen sich einer Haube gleich an den Wandungen der Höhle nieder und schauten ihnen zu. Sie war genauso groß wie er. Sie war erfahrener als Carlot und wußte herrliche Spiele. Es gab Momente, in denen Gerner diese Erfahrung übelnahm. Ein andermal war er schokkiert. Sein Körper wußte Dinge, von denen sein Verstand nicht einmal zu träumen wagte.

Sie ruhten ... erkundeten mit Händen und Zehen die schweißnassen Konturen des eben noch fremden Körpers und lernten einander kennen. *Geschmeidige Muskeln. Haare überall rot. Finger und Zehen kurz wie bei ihm. Jede von Sectrys Brüsten paßte wunderbar in seine beiden Hände.*

»Wir könnten uns einigen«, meinte sie. »Eine Zeitlang im Klumpen wohnen, eine Zeitlang in eurem Baum.«

»Meinst du das ernst?« Während der Rispentee sich aus seinem Hirn verflüchtigte, begann er sich zu fragen, wohin das alles führen sollte.

»Wer weiß? Man sollte nie Entscheidungen treffen, wenn

man von Rispe trunken ist.« Plötzlich löste sich Sectry aus seinen Armen. Sie griff nach ihren Flügeln und wand sich durch das Laubwerk bis zum Rand des Dschungels. Gerner folgte ihr, neugierig und erregt.

Nur ihr Kopf spitzte in den Himmel hinaus. Flitzer kreisten dort, und etwas sehr viel Größeres zog in etwa dreißig Metern Entfernung seine Kreise. Sectry fragte: »Willst du was Komisches sehen?«

Ein keilförmiger Schatten mit Zähnen. »Komm zurück.« Er zerrte an ihrem Bein. Sie hatte die Flügel angelegt. »Das ist ein Dunkelhai. Carlot hat mir einen gezeigt.«

»Wir versuchen, sie von der Marktregion fernzuhalten.« Sie schnellte in den Himmel, ohne einen Faden am Leib, schwenkte die Arme und schrie. Der Dunkelhai erstarrte. In einer nahegelegenen Würfeltraube öffnete sich ein Fenster. Das Ungeheuer griff an.

Gerner hatte seine Flügel nicht zur Hand. Er rief: »Sectry! Dunkelhaie sind nicht komisch!«

Der lange geschmeidige Leib peitschte schneller hin und her, als das Auge zu folgen vermochte. Der schmale, dreieckige Flügel wurde zu einem verschwommenen Fleck. Sectry warf sich herum und stieß die Beine kraftvoll nach hinten. Prustend stürzte sie sich in das Laub und zog Gerner hinter sich her.

Sie erreichten die Höhlung in der Mitte.

»Bist du verrückt?« brüllte er, und sie lachte. Dann barst der Dunkelhai in einem Regen aus Blättern und zersplittertem Holz in ihre Laube.

Alles, was Gerner sehen konnte, waren Zähne. Seine eigenen Flügel lagen außer Reichweite. Er stemmte die Füße gegen einen Zweig und beobachtete den Räuber. In welche Richtung mußte er ausweichen? Ein abgeplatteter Kopf, der vordere Teil eines sich aufbäumenden Leibes, drei riesige, halbmondförmige Augen, mindestens tausend spitze Zähne ... und in den Augen zeigten sich erste Spuren von Angst. Sectry konnte nicht aufhören zu lachen.

Das Ungeheuer steckte fest.

Gerner fragte: »Tut ihr das oft?«

»Natürlich. Wir haben nichts übrig für Dunkelhaie.« Sie umschlang ihn mit Armen und Beinen und lachte ihm ins Gesicht.

Der Räuber fletschte die Zähne nach ihnen, geifernd und machtlos. Sectry flüsterte ihm ins Ohr: »Gibt der Sache das gewisse Etwas, oder nicht?«

Debby war müde. Sie flog blind und schob dabei nur mit der Kraft ihrer Beine Säcke vor sich her, die schwerer waren als sie selbst. Von Zeit zu Zeit hielt sie inne, um an dem Packen vorbeizuschauen. Der Serjent-Stamm wurde größer.

Holzfrachter hatte Debby und Gerner auf dem Weg zum Serjent-Stamm in der Nähe des Marine-Hauptquartiers abgesetzt. Jetzt lag die Rakete an dem Stammende vertäut, wo sich einmal der äußere Busch befunden hatte.

In den zwei Tagen hatte sich eine wunderbare Wandlung vollzogen.

Ein zylindrisches Gerüst saß oben auf der Treibstoffkapsel. Überall waren Männer damit beschäftigt, Bretter zu verlegen und Holzbündel einzuschlagen. Nicht weit entfernt davon schwebte Booce und beobachtete das Getriebe mit sichtlicher Zufriedenheit. Als er Debby kommen sah, legte er die Flügel an und steuerte auf sie zu.

»Keine Schwierigkeiten?«

»Keine Schwierigkeiten«, antwortete sie. »Zakry bestand auf Barzahlung. Ich habe die Liste etwas gekürzt und ihm gegeben, was ich hatte. Hier, es ist noch etwas übrig. Ich glaube nicht, daß er mich übers Ohr gehauen hat. Was ich hier bringe, ist nur die halbe Fuhre. Den Rest sollen wir in den nächsten fünf Tagen abholen. Wo bringen wir diesen Batzen unter?«

»Nicht in *Holzfrachter*. Dort riecht es zu sehr nach Farbe.«

Sie schoben die Säcke hintereinander in einen Riß in der Borke und schnürten sie mit Leinen fest.

Weitere Männer tauchten auf, die einen Zylinder aus Holzbalken vor sich her schoben. Debby schaute zu, wie sie das Holz in Richtung der Rakete manövrierten. Sie rief: »He, Clave! Lernst du einen neuen Beruf?«

Clave gesellte sich zu ihnen. Er roch nach schwerer Arbeit. »Ich lerne ihn, aber er gefällt mir nicht. Viel zu fummelig. Jedes Brett muß exakt die gleichen Maße haben, die gleiche Dicke.«

»Ich habe die Sämereien.«

»Gut. Booce, ist das hier nicht der reine Luxus? Haben wir nicht ganz andere Sorgen?«

»Wie zum Beispiel mein Holz verkaufen? Qualität muß man richtig zur Geltung bringen! Ich werde mein Signet aufmalen, aber den größten Teil des Holzes frei lassen. Wenn ich dann am Markt vorbeikutschiere, kann jeder sehen, daß ich einen guten Stamm mitgebracht habe.«

Die gemieteten Arbeiter befestigten die Bretterabdekkung um den Zylinder. Clave, der sich etwas erholt hatte, kehrte an die Arbeit zurück. Einige der Bretter ließen sich an Scharnieren bewegen: Fenster. Die Sonne tauchte hinter das Dunkel, der Tag wurde grau. Als die Sonne wieder auftauchte, war eine ganze Seite von *Holzfrachter* fertiggestellt.

Ein Schatten tauchte mit schweren Flügelschlägen aus der Sonne auf und wurde zu einer schwer beladenen Carlot. Debby flog ihr entgegen. Carlot schob Küchenutensilien und ein rauchgeschwärztes Stück Mobyfleisch vor sich her.

Sie fragte: »Wo ist Gerner?«

»Ich habe ihn bei Halbhand zurückgelassen, mit Sectry Murphy.«

»Ah.«

Sie verstauten die Utensilien neben den Beuteln mit den Sämereien. »Wir kochen heute abend besser hier draußen«, bemerkte Carlot zu ihrem Vater. »Diese Farbe ist ein scheußliches Zeug.« Booce stimmte zu.

Carlot erkundigte sich: »Wie hat Gerner sich gehalten? Ich vergesse immer, daß er möglichst *schlecht* abschneiden soll.«

»Ja. So, wie Sectry Murphy sich aufgeführt hat, muß er wohl eine Art von Ausdauerrekord in dem großen Rad aufgestellt haben. *Irgend jemand* hätte daran denken können.«

»Ich«, murmelte Booce.

»Ist vielleicht nicht so wichtig. Sie scheinen großen Wert auf ihn zu legen.«

Die Kabine nahm mit erstaunlicher Schnelligkeit Gestalt an. Jetzt befestigten Männer mit Holzpflöcken Querbalken vor dem Bug – um einen Stamm zu schieben? Zwei Männer kamen mit Kürbisflaschen; der Wind trieb einen giftigen Chemikaliengestank heran. Booce entschuldigte sich und flog davon, um die Anstreicherarbeiten an *Holzfrachters* fertiggestellter Seite zu überwachen.

»Was hat er mit dieser Murphy gemacht?« wollte Carlot wissen.

»Du erinnerst dich, daß dein Vater gesagt hat ...«

»Ja, und ich sagte, sie könnte tödlich beleidigt sein. Er hat ihr doch nicht wirklich schöne Augen gemacht, oder?«

»Nicht, während ich noch dabei war. Sie war in ziemlich trüber Stimmung. Man hat sie in einen Druckanzug gesteckt, und er paßte nicht.«

»Das ist übel.«

»Sie wollte sich mit Rispentee darüber hinweghelfen, und sie brauchte Gesellschaft. Ich habe sie allein gelassen. Baumfutter, Carlot, wenn Murphy wütend auf ihn ist, was kann sie tun? Seinen Eintritt in die Marine verhindern!«

»Ja.« Carlot richtete sich auf dem Stamm zum Kochen ein. Sie arbeitete mit zornigem Nachdruck.

Debby schaute zu. Schließlich fragte sie: »Carlot, hast du vor, Raff Belmy zu heiraten?«

»Ich weiß nicht. Ich habe gerade ein paar Tage mit Raff an Bord der *Waldläufer* verbracht. Er scheint ... er hält es für ausgemacht, daß wir heiraten. Er ist so sicher, daß er es kaum der Erwähnung für wert hielt.«

»Und? Genau das hast du Gerner erzählt.«

»Ich weiß. Wo *steckt* er nur?«

Von der Arbeit an *Holzfrachter* war Holz übriggeblieben. Clave brachte einen Armvoll. Carlot legte die Bretter zurecht und entzündete ein Feuer.

Booce bezahlte die Arbeiter, und sie verließen den

Stamm. Seine eigenen Leute ließen es sich nicht nehmen, die veränderte Rakete zu inspizieren. Booce entwickelte eine überschwengliche Beredsamkeit. Clave war stolz. Debby gab die der Gelegenheit angemessenen Geräusche von sich. *Holzfrachter* erstrahlte nach nur vier Tagen in neuem Glanz.

Der Anstrich war ordentlich, fand sie. Von der Holzbearbeitung verstand sie zu wenig, um ein Urteil abgeben zu können. Die Kabine war ebenso geräumig wie die Kapsel; Platz genug für sechs Personen. Booce und Clave fingen an, der Sache den letzten Schliff zu geben, indem sie außen und innen Haken und Knäufe an der Hülle befestigten. Booce legte Wert auf ein besonderes Muster …

Das Feuer brannte gut: ein matter Hitzeball, beinahe unsichtbar, während Voy und die Sonne diese Seite des Stammes beschienen. Carlot schnitt das Mobyfleisch in zwei Scheiben. Zwischen die Scheiben legte sie kleingeschnittenes Gemüse, steckte sie mit Holzpflöcken zusammen und befestigte den gefüllten Braten im Randbereich des Feuers.

Eine verzerrte, blauumrahmte schwarze Männergestalt schwamm über Voys Angesicht.

»Gerner! Wo bist du *gewesen*?« rief Carlot.

Er landete auf der Borke. »Ich bin in großen Schwierigkeiten«, bekannte er. »Wo ist der Vorsitzende?«

»Arbeitet an der Rakete. Was für Schwierigkeiten?«

»Carlot, vielleicht kannst du mir helfen.« Gerner machte einen verwirrten, sogar etwas ängstlichen Eindruck. »Ich fürchte, ich bin tiefer in die Sache reingerutscht, als ich wollte.«

Teil Vier

Das Dunkel und das Licht

19 Das Dunkel

Bürgerbaum-Kassetten, Jahr 54 SM:

Wir haben ernsthaft darüber diskutiert, warum Kendy den Kontakt unterbrochen hat. Vielleicht sind einfach ein paar Schaltkreise durchgebrannt. Voy ist einem beständigen Masseregen aus dem Orbit ausgesetzt – Levoys Stern heisst das selbstverständlich, Sharon möge mir verzeihen. Ein besonders heftiger Schauer würde starke magnetische Stürme verursachen, vielleicht stark genug, um den Computer der *Discipline* zu zerstören. *Uns* würde die dichte Atmosphäre des Rauchrings abschirmen. Es wäre ein Verlust, den ich als schmerzlich empfinden würde. Ich mochte Kendy.

Das klingt verrückt. Ein Computerprogramm ... Ich kann's nicht ändern. Kendy hatte weniger Vorstellungskraft als die Truthähne. Ich versuchte einmal, ihm einen Witz zu erzählen, einmal und nie wieder. Doch ich bewundere Hingegebenheit an eine Aufgabe, und Kendy hatte sich seiner Aufgabe in einem Masse geweiht, wie ein Mensch es nur aushalten kann. Dieser Eintrag wird nicht gelöscht.

Dennis Quinn, Kapitän

Booce hatte eine kleine Pumpe erstanden. Gerner arbeitete damit, um *Holzfrachters* Tank zu füllen. Ein Marinekreuzer tat mehr oder weniger dasselbe auf der anderen Seite des Teichs. So dicht am Markt mußte man sich das Wasser teilen. Man hatte sich gegrüßt, und jetzt ignorierten die Besatzungen sich gegenseitig.

Carlot sagte: »Raym hat für Dave Kon und Mand Curts Botschaften ausgetragen. Sie werden wissen, wo er sich herumtreibt. Trotzdem wirst du eine Weile suchen müssen.«

»Kein Problem«, meinte Booce. »Wie ist es gekommen, daß er seine Rakete verloren hat?«

»Ich mochte nicht fragen. Die Rispensporen haben ihn ausgehöhlt, Paps. Wir nehmen ihn mit, aber ich will nicht, daß ihm irgendeine wichtige Aufgabe übertragen wird.«

»Gut. Gerner, hör auf. Der Tank ist voll.«

Gerner begann, Schlauch und Pumpe zusammenzupakken. »Das ging schnell«, sagte er, weil er daran denken mußte, wie lange es dauerte, das FRM aufzutanken.

»Eine ziemlich ordentlich Pumpe für ein Ding, das ganz aus Hartholz besteht. Machen wir uns auf den Weg. Carlot, du setzt mich und Clave auf dem Markt ab und fliegst dann weiter zum Haus. Clave, du besorgst die restlichen Sämereien. Ich möchte uns ein paar Kleider kaufen. Ihr lauft immer noch in Baumbewohner-Pyjamas herum.«

»Bringst du Raym mit?«

»Ich schicke ihn zum Haus. Wenn er zu betrunken ist, um es zu finden, will ich ihn nicht an Bord meines Schiffes haben.«

Gerner hatte noch keine Gelegenheit gefunden, sich jemandem anzuvertrauen, außer Debby und Carlot. Vielleicht war das gut so. Booce schien es für selbstverständlich zu halten, daß er in der Nähe blieb, wo die Marine ihn finden konnte. Gerners Pläne sahen völlig anders aus.

Würde Carlot ihm helfen? Er war nicht ganz sicher. Nach ihrem Benehmen zu urteilen …

Der Markt summte wie ein Bienenstock. Als die Rakete sich näherte, löste sich ein Dutzend Bürger aus der Menge, und sie kamen neugierig herbei. Aus Gründen der besseren Wirkung zögerte Booce sein Erscheinen hinaus. Kaum ließ er sich sehen, da war er von allen Seiten umringt. Man ließ ihn nicht gleich fort, also blieb er und sprach mit den Leuten. Carlot gesellte sich zu ihm. Clave wurde ungeduldig und machte sich mit stetigen Flügelschlägen auf den Weg zum Vivarium am äußeren Rand. Booce nahm eine Bestellung für tausend Quadratmeter Bretterholz entgegen ... und die Sonne hatte den halben Himmel durchwandert und war hinter dem Dunkel verschwunden, bevor *Holzfrachter* seine Reise fortsetzte.

Das Serjens-Haus befand sich inzwischen wieder auf einer neuen Position. Es stand jetzt radial außen vom Markt. Das Dunkel verdeckte die Sonne. Halb violett, halb schwarz, bot die Ansammlung von Würfeln einen unheimlichen Anblick.

»Wir werden es Clave sagen müssen«, meinte Debby. »Sobald sich die Gelegenheit bietet.«

Carlot sagte: »Ich bin mir immer noch nicht ganz sicher, ob wir das Richtige tun.«

»Hatte Booce recht oder nicht?« verteidigte sich Gerner. »Ich soll einen unzuverlässigen Eindruck machen. Also ...«

»Sie werden glauben, Paps hätte sein Einverständnis gegeben!«

»Ich bin nicht Eigentum der Marine. Ich bin auch nicht Booces Eigentum. Auch dir gehöre ich nicht, Carlot, und wenn du mich als deinen Copsik betrachtest, dann sag es mir, damit ich rasch meine Flucht planen kann!«

»Nein, du bist nicht mein Eigentum.« Das Schiff beschrieb einen Bogen und verlor an Geschwindigkeit. Carlot war sehr mit der Rakete beschäftigt, zu beschäftigt, um ihm ins Gesicht zu sehen. Ihre Stimme war kaum zu hören. »Aber es war eine Dummheit, mit dieser Frau von der Marine zu verschwinden, um Babys zu machen.«

»Du wirst Raff Belmy heiraten.«

»Ich sagte *vielleicht*. Lassen wir das. Es war eine Dummheit. Also sag mir eins. Bist du das Eigentum von Clave? Eurem Vorsitzenden?«

»... Mag sein.«

»Dann frag *ihn*, ob du gehen sollst.«

»Ich will auch mit Jeffer sprechen. Und mit noch jemandem.«

»Du mit deinen Andeutungen.«

»Du wirst es mit eigenen Augen sehen. Du auch, Debby. Diese ganze Geheimniskrämerei steht mir bis zum Hals.«

Ein wandernder Komet war in Levoys Stern eingeschlagen. Er näherte sich der Oberfläche als ein Gasschweif mit einer Geschwindigkeit von mehreren tausend Kilometern pro Sekunde. Der Neutronenstern hatte gedröhnt wie eine Glocke. Der Komet hatte zwei heiße Flecken auf dem mit großer Schnelligkeit rotierenden Körper hervorgerufen – am Einschlagpunkt und an der gegenüberliegenden Stelle, wo die Schockwellen zusammengelaufen waren. Die violetten Ionenströme, die normalerweise von Voys Magnetpolen aufstiegen (die Eingeborenen nannten sie den Blauen Geist und das Geistkind), leuchteten heller, als Kendy es je gesehen hatte. Strahlung prasselte gegen die Hülle der *Discipline*.

Doch Kendy widmete all seine Instrumente, Energie und Aufmerksamkeit dem FRM.

Er ließ die Aufzeichnungen ablaufen. Jeffer war untätig gewesen: Von ihm kam nicht viel. Das Haus war die meiste Zeit leer gewesen.

Ah, jetzt rührte sich etwas ...

Die abenteuerliche Zusammenstellung von Metall und pflanzlichem Material, die die Barbaren *Holzfrachter* getauft hatten, prallte mit dem hinteren Ende voran gegen die Wand. Gerner, Debby und Carlot kamen zum Vorschein. Sie vertäuten die Dampfrakete an der Tür, und zwar so dicht, daß sie den Himmel verdeckte. Gerner sagte: »Jeffer. Melde dich, Jeffer.«

Jeffer hatte sich mit den Kassetten beschäftigt. Er stellte

die Verbindung her. »Hier bin ich. Hallo, Debby, Carlot, Gerner.«

»Ich bin in Schwierigkeiten«, verkündete Gerner.

»Erzähle.«

»Maat Wheeler hat sich mit mir unterhalten, wegen meiner Eignung für die Marine.«

»Wie ist es gegangen?«

Die Tiefe der Rauchring-Atmosphäre blockierte den größten Teil der Röntgen- und sonstigen Strahlen und auch Kendys Instrumente. Mit dem Neudar konnte er immer noch die Vorgänge auf dem Stern selbst verfolgen. Eine Plasmawolke hing über der Einschlagstelle, mehrere Zentimeter hoch.

Sie breitete sich mit ungeheurer Geschwindigkeit entlang magnetischer Kraftlinien aus ...

Gerner berichtete: »Wissenschaftler, ich habe alles richtig gemacht, bis auf zwei Kleinigkeiten. Ich tat, was Booce mir geraten hatte. Ich schlief bei herabgesetzter Feuchtigkeit in dem silbernen Anzug und begann meinen Auftritt schniefend und verheult. Debby begleitete mich, und ich brauchte tatsächlich ihre Hilfe. Ich konnte kaum sehen, wohin ich flog. Ich fragte nach Sectry Murphy: nichts als Hormone, kein Hirn, nicht wahr? Aber Booce hat mich nicht davor gewarnt, mit meinen Kräften zu prahlen, also tat ich es.«

»Du bist stark, aber kränklich.«

»Und ich bin ein Zwerg. Wenn genügend Zwerge in die Marine eintreten, kann ein gewisser Gardehauptmann Wayne Mickl endlich seinen Posten als Offizier einnehmen. Ich zitiere Sectry. Mickl war bei dem Gespräch dabei.«

»Zwei Fehler, sagtest du. Hast du Bootsmann Murphy einen Heiratsantrag gemacht?«

Lachen, rasch unterdrückt. »Wir waren betrunken von dem Rispentee. Dann haben wir uns in einem Dschungelbausch versteckt und ...« Kurzer Seitenblick zu Carlot, deren Gesicht steinern wirkte. »Jeffer, keiner von uns hat je geglaubt, sie könnte mich beim Wort nehmen. Jetzt ist sie überzeugt, ich trete in die Marine ein und heirate sie. Vielleicht hat sie mich tatsächlich in der Schlinge!«

»Das ist nicht nach deinem Geschmack?«

»Sectry ... ich weiß nicht. Aber ich will nicht in diese baumfütternde Marine eintreten und habe keine Ahnung, wie ich ihr das beibringen soll!«

»In Ordnung, ich denke nach ... Gerner, die Marine weiß bereits, daß du unter Allergien leidest. Sollen sie dich ausbilden. Carlot hat gesagt, während der Grundausbildung gibt es für die Rekruten nicht viel Schlaf. Bleib wach, selbst wenn du schlafen könntest. Klage immer wieder über Beschwerden. Irgendwann geben sie dich als hoffnungslosen Fall auf.«

»Mir ist etwas Besseres eingefallen.«

»Hör zu ...«

»Nein, *du* hörst zu. Ich habe mich zu Carlot und Debby geflüchtet. Helft mir, habe ich gesagt, ich bin in Schwierigkeiten. Die Marine hat es auf mich abgesehen. Was soll ich tun? Und wir haben darüber geredet, und ich habe den Entschluß gefaßt, mit Kendy zu sprechen.«

Jeffers medizinische Daten legten ein beredtes Zeugnis ab von dem Schreck, den er eben bekommen hatte. Kendy sah sich gezwungen, seine Aufmerksamkeit von dem Kometeneinschlag in Levoys Stern abzuwenden. *Erzvorkommen!*

»Gerner! Du hast es ihnen erzählt?«

»Das Erzählen überlasse ich dir. Dir und Kendy.«

»Kendy ist noch nicht in Reichweite. Wenn er die Aufzeichnungen sieht ...«

Carlot sagte: »Kendy, der *Prüfer*?«

»Höchstpersönlich«, bestätigte Jeffer. »Kendy hat vor vierzehn, nein, inzwischen fünfzehn Jahren mit uns Kontakt aufgenommen. Ich machte einen Fehler mit dem FRM. Kendy hat uns gezeigt, wie wir nach Hause kommen konnten. Wir hörten nicht wieder von ihm, bis ... nun, es war kurz bevor ihr aufgetaucht seid, Carlot. Er hat uns zu dieser Expedition überredet.«

Debby kochte. »Jeffer, du baumfütternder Meuterer! Was hast du dir eigentlich gedacht, etwas Derartiges zu verheimlichen!«

»Man darf sich nicht mit dem Prüfer einlassen!« rief Carlot. »Wir wissen alles über ...«

Die Aufzeichnungen waren zu Ende, er war in der Jetztzeit angelangt. Kendy schrieb ICH ÜBERNEHME auf den Bugschirm vor Jeffer. Dann sendete er: »Wir haben es Clave gesagt. Gerner war dabei, also haben wir ihn auch eingeweiht. Debby, unsere Bekanntschaft war bisher leider einseitig. Carlot, es ist schön, dich endlich kennenzulernen. Gerner, du hast richtig gehandelt.«

»Und ich nehme an, du willst mich dazu bringen, in diese baumfütternde Marine einzutreten! Aber das tue ich nicht, Kendy. Ich will *raus* aus der Sache.«

Gerner befand sich nicht an Bord des FRMs, also empfing Kendy keine medizinischen Daten von ihm, aber er spürte die Entschiedenheit in den Worten des Jungen. Niemals einen Befehl geben, der nicht befolgt werden wird! Er mußte einen anderen Weg einschlagen ... während die *Discipline* sich unerbittlich dem Randbezirk des Sendebereichs näherte. Es kam darauf an, die Netze schnell zu knüpfen, aber auch fest ...

»Gerner, was sind deine Pläne?« erkundigte sich Kendy.

»Entsinnst du dich, daß Booce mir geraten hat, unzuverlässig zu erscheinen? Die Marine erwartet, daß ich in der Nähe bleibe. Ich aber gehe zum Dunkeltauchen. Carlot und Debby und Clave sollen mit *Holzfrachter* Schlamm holen, für Belmys Knotenholzbaum. Ich werde sie begleiten.«

»Nur um unzuverlässig zu erscheinen?«

»Das ist kein Verbrechen. Sectry wird mich hassen, und ich selbst fühle mich nicht ganz wohl, aber zumindest komme ich vom Haken.«

Schon hatte Kendy seine eigenen Pläne bis in die letzten Einzelheiten ausgearbeitet. Die Schnelligkeit der Denkprozesse war der große Vorteil seiner Existenz als Computer.

Außerdem half es, bei Diskussionen die Oberhand zu gewinnen. Er sagte: »Das ist gut, aber nicht gut genug. Nicht, wenn dieser Wayne Mickl es so unbedingt auf dich abgesehen hat. Du mußt dem Klumpen ganz den Rücken kehren. Hmmm ... Gerner, ich glaube, mir ist etwas eingefallen. Booce hatte vor, den Helm mitzunehmen, damit Jeffer und ich das Dunkel auch sehen können. Ist es dabei geblieben? Carlot?«

»Ja. Paps will das Ding aus dem Haus haben.«

»Gut. Dann nehmt den ganzen Anzug mit. Und Gerner. Fliegt ins Dunkel, wie vorgesehen. Gerner, der Anzug ist voll aufgetankt. Sobald ihr euch außer Sichtweite des Marktes befindet ...«

Sie hörten ihn bis zu Ende an und tauschten unsichere Blicke aus. Das folgende Schweigen dauerte nur fünf oder sechs Sekunden, aber Kendy empfand es als endlos. Dann fragte Jeffer: »Wie lange hast du das schon geplant?«

»Ungefähr dreißig Sekunden ... zwölf bis fünfzehn Atemzüge. Ich denke schneller, als es euch möglich ist, Jeffer.«

Aus Carlots Stimme sprach Zweifel, nicht Zorn. »Das ist Meuterei ...«

»Wir stehlen *nichts*«, betonte Kendy. »Wir fügen der Admiralität nicht den geringsten Schaden zu. Die Informationen gehen nicht verloren, aber ich kann sie lesen, und dadurch stehen sie auch eurem Wissenschaftler zur Verfügung. Gerner, Debby, seht ihr das nicht ein? Wir sind gekommen, um zu lernen. Clave und Jeffer wollen den Klumpen nicht verlassen, bevor sie nicht wissen, was sie dem Bürgerbaum über die Admiralität berichten sollen. Auf diese Weise erfahren wir alles Wissenswerte an einem halben Tag.«

»Du behauptest, mir zeigen zu können, wie sich dieser Plan verwirklichen läßt«, bemerkte Gerner zögernd.

»Ich habe mit dem Neudarschirm Aufnahmen gemacht. Ich kann in groben Umrissen die Struktur des Hauptquartiers erkennen. Es besteht aus dem größeren Teil eines

FRMs, umgeben von Beton.« Der Neudarschatten des FRMs war in der Heckregion unregelmäßig gezackt und verbogen, und das hintere Drittel fehlte. Bei der Explosion mußten sämtliche Passagiere den Tod gefunden haben. Die äußere Tür der Luftschleuse war ebenfalls weggesprengt worden. »Bei der Bibliothek kann es sich nur um den Kontrollraum handeln. Ich werde dir Anweisungen geben. Den Zeitpunkt legen wir so, daß die Verbindung während des ganzen Unternehmens bestehen bleibt. Selbst wenn irgend jemandem etwas Merkwürdiges auffällt, dann ist es *zu* merkwürdig. Er wird es nicht glauben. Anschließend kehrt ihr mit *Holzfrachter* nach Hause zurück.«

Carlot schaute zu Gerner. »Das bin ich dir nicht schuldig.«

»Verlasse Sendebereich«, sagte Kendy. Es wäre noch Zeit für ein oder zwei Worte gewesen, aber was hätte er sagen sollen? Ihm blieb nichts anderes übrig, als abzuwarten.

Die Rothaarige tauchte auf, als Booce vom Markt zurückkehrte. Ihr Flugstil mutete ihm komisch an. Ihre Beine paddelten schneller als bei einer normalen Frau, und die Bewegungen wirkten abgehackt. Sie hätte Booce nicht eingeholt, wäre er nicht mit seinen Einkäufen beladen gewesen.

Allerdings schien sie nicht sehr außer Atem zu sein. Ihr Lächeln war bezaubernd. »Booce Serjent, erinnern Sie sich an mich?«

»Bootsmann Sectry Murphy. Wir sind uns begegnet, als der *Gerfalke* anlegte, um die Zollkontrolle durchzuführen. Wie geht es Ihnen, Bootsmann?«

»Mir geht es gut. Man wird Gerner zur Grundausbildung einberufen. Ich würde ihm gerne Bescheid sagen.«

Für Gerner war das keine freudige Überraschung. »Er wird im Haus sein.«

»Ich komme mit. Kann ich mit den Paketen behilflich sein?«

Sie paddelten langsam weiter. Hinter ihnen bewegte sich

das Dunkel auf einem unsteten Kurs nach außen und Osten; die Sonne näherte sich Voy; Regenwolken aus dem Westen zerflossen zu langgestreckten Bögen. Um das Schweigen zu brechen, meinte Booce: »Wir sind mit der Reparatur von *Holzfrachter* fertig. Nach dem Frühstück sind wir am Markt vorbeigeflogen ...«

»Ganz langsam. Ich habe es gesehen.«

»Clave wollte den Rest der Sämereien holen, und ich habe ein paar Kleidungsstücke und Zahnbürsten gekauft. Ich kann es mir nicht leisten, daß meine Leute wie die Wilden herumlaufen.«

»Meine Vorgesetzten könnten sich fragen, woher Sie das Geld haben.«

»Man muß sich plagen. Die Marine scheint es nicht im mindesten eilig zu haben, mir einen anständigen Preis für das Metall zu bieten. Doch es sind schon einige Holzbestellungen eingegangen, und meine Mannschaft will sich im Dunkeltauchen versuchen.«

»Hat Gerner etwas erzählt von ... gestern?«

»Mir nicht. Er schien nicht darüber sprechen zu wollen. Es muß eine seltsame Erfahrung gewesen sein.«

Sie lachte, dann verfiel sie in nachdenkliches Schweigen. Endlich meinte sie: »Ist das nicht das Serjent-Haus?«

»Ja, aber ...« *Holzfrachter* war nicht da.

Booce bat sie herein. Die Frau von der Marine wartete, während er in allen Räumen nachschaute. Er fand niemanden. Auch die Packen mit den Sämereien waren nirgends zu entdecken: Clave war noch nicht da gewesen.

»Sie müssen schon aufgebrochen sein«, sagte er zu ihr. »Ich bin zurückgeblieben, um die Preise für das Holz auszuhandeln. Clave hätte lange vor mir eintreffen müssen.« Es war rätselhaft.

»Sollte Gerner sie begleiten?«

»Nein. Er müßte bald hier sein, wo immer er jetzt steckt.«

Sie begleitete ihn in die Küche und schaute zu, wie er Tee zubereitete. Anschließend kehrten sie in den Gemeinschaftsraum zurück, wo sie in beinahe völligem Stillschweigen abwechselnd einen Schluck aus dem Topf nahmen. Booce fragte sich, ob Jeffer die Anwesenheit der Frau bemerkt hatte. Was zu einem gemütlichen Plauderstündchen jetzt noch fehlte, war eine metallische Stimme, die aus der Türfüllung dröhnte.

»Man sollte meinen, er würde eine Nachricht hinterlassen«, sagte sie.

Booce nickte. *Nun würde er Jeffer Bescheid sagen!*

Murphy runzelte die Stirn. »Ist es normal für Gerner, einfach so zu ... verschwinden?«

Booce war keineswegs schwer von Begriff. »Nun, *eigentlich* nicht. Also, er hat sich Gedanken darüber gemacht, ob die Marine ihn annimmt. Vielleicht konnte er das Warten nicht mehr aushalten. Ein Ausflug ins Dunkel ...« Booce wußte, daß er mit seiner Vermutung richtig lag. *Wenn sie dich für unzuverlässig halten* – Gerner war zum Dunkel geflogen.

»... könnte genau das sein, was er jetzt braucht«, beendete er den Satz.

»Es ist nicht das, was *wir* brauchen.« Murphy wies den angebotenen Teetopf zurück. »Wie lange werden sie Ihrer Meinung nach unterwegs sein?«

Sie waren nicht ernsthaft auf der Suche nach Kostbarkeiten wie Rispe oder Schwarzhirn, also – »Dreißig, vierzig Tage.« Doch sie wären nie ohne Clave abgeflogen, also befanden sich auch die Sämereien, die er abgeholt hatte, an Bord. Weshalb?

»Richten Sie Gerner aus, daß wir sein Verhalten nicht recht billigen können. Booce, ich muß jetzt zurück.«

Booce verharrte unter der Tür, bis sie sich ein gutes Stück entfernt hatte.

Er flüsterte: »Jeffer?«

Nichts.

Natürlich, den Helm haben sie auch mitgenommen. Er wartete, bis Sectry nur mehr als Punkt zu erkennen war, bevor er das Versteck in der Tür öffnete.

Der ganze verdammte illegale Druckanzug war verschwunden.

Einen herrlichen Augenblick lang verspürte er nichts als Erleichterung. Doch er konnte förmlich riechen, daß irgend etwas im Gange war, und das behagte Booce ganz und gar nicht.

Der Bug der Rakete war genau auf das Dunkel ausgerichtet, als Carlot Wasser durch das Dampfrohr leitete, um Fahrt aufzunehmen. Osten bringt dich nach Außen, Außen bringt dich nach Westen. Daß eine Rakete geradewegs das gewünschte Ziel ansteuerte, lief Gerners Erfahrungen zuwider, aber er wollte nicht mit Carlot streiten.

Der Markt zog mit beeindruckender Geschwindigkeit an ihnen vorüber. Ein paar Bürger drehten sich nach ihnen um und waren verschwunden.

Raym Wilby war nie ein großer Schweiger gewesen. »Dieser erste Teil der Reise ist ein Spaß, aber man kann trotzdem zu Schaden kommen. Carlot, der Tank ist beinahe leer, nicht wahr? Du mußt die *Holzfrachter* drehen und den Wasserstrom drosseln. Wir dürfen nicht mit dem Bug voran eintauchen.«

Carlot schaute ihn an.

»Sieh mal, wenn ein Hindernis auftaucht, läßt du den Rest Wasser durchlaufen. Es kommt nicht darauf an, in welche Richtung der Bug weist, nur nicht ausgerechnet nach vorn. Droht ein Zusammenstoß, änderst du den Kurs. Wenn nicht, läßt du es bleiben.«

»Oh.« Sie und Clave verstellten die Düse. *Holzfrachter* begann die Drehung, als sie die Wasserzufuhr unterbrach. Der langsame Schwenk setzte sich fort, während der Himmel allmählich dunkler wurde.

»Vögel sind das Schlimmste. Ein Teich, ein Schlammball, ein Dschungel, sie folgen dir nicht, wenn du ausweichst. Hat jeder eine Harpune dabei? Gut. He, schnuppert doch mal. Ein erster Gruß von dem Dunkel. Staat! Daß ich es doch noch mal geschafft habe!«

Holzfrachter trieb seitlich hinein. Es war, als würde man in eine gewaltige Sturmwolke eindringen … eine körnig aussehende Sturmwolke. Die Luft roch nach Feuchtigkeit und Fäulnis und Moder.

Sie spannten Leinen aus, wobei sie die Streben am Bug als Vertäuungspfähle benutzten. Raym beobachtete ihre Arbeit mit gerunzelter Stirn und gab Anweisung, die Abstände zwischen den einzelnen Strängen zu verringern. »Schließlich soll es den Schlamm zusammenhalten, während wir Schub geben.« Nachdem sie ihr Werk beendet hatten, bildete *Holzfrachters* Nase den Mittelpunkt eines riesigen Netzes. »Ich breite immer meine Reservekleider über den inneren Teil. Auf diese Weise kann man *ganz* sicher sein, daß der Schlamm im Netz bleibt und sich nicht über die Kabine ergießt. Hast du Reservekleider dabei, Carlot?«

Sie antwortete ihm mit zusammengebissenen Zähnen. »Du hast mir nichts davon gesagt. Aber *ja*, ich habe Reservekleider mit, und es gefällt mir gar nicht, sie mit Schlamm zu bekleckern.«

»Du mußt sie eben anschließend waschen. Das Netz wird erst ausgekleidet, wenn wir zur Rückkehr bereit sind. Dann kann man die Schmutzwäsche nehmen. Seht mal, achteraus von der Mitte. Schnupftücher!«

Schnupftücher sahen aus wie im Wind treibende rosafarbene und grüne Tuchfetzen. »Das sind Blumen«, erklärte Raym, »keine Pilze. Sie ...«

»Könnte man die über das Netz breiten, um den Schlamm aufzufangen?«

»Carlot, dazu sind sie nicht stark genug. Sie zerreißen bei der leisesten Berührung. He, ein echter Dunkeltaucher kümmert sich nicht um ein paar Flecken im Hemd!«

Sie schliefen abwechselnd. Über fünf oder sechs Tage hinweg wurde die Luft ständig dicker, der Himmel stetig dunkler. Dann verschwanden Voy und die Sonne, und es gab keinen *Tag* mehr. Gerners Augen paßten sich den neuen Bedingungen an. Aus der Dunkelheit traten Farben hervor: Blautöne, Grün, Orange. Hinter ihnen war der dunstige Himmel ein strahlendes Meer aus Licht, das sich bläulich färbte, als Voy vorüberzog, so gleißend hell, daß man den Blick abwenden mußte.

Raym war zum Bug geturnt und inspizierte das Netz. Oder vielleicht genoß er auch nur die Aussicht.

Clave sagte: »Es ist nicht das Risiko, das mir Sorgen bereitet. Es ist die Tatsache, daß nicht ich es bin, der es auf sich nimmt. Eigentlich sollte es meine Aufgabe sein.«

Gerner erwiderte nichts, aber Carlot meldete sich zu Wort: »Oh, ein Risiko ist schon dabei. Falls Gerner erwischt wird, dann will die Marine auch uns. Clave, es ist noch nicht zu spät, den Plan zu ändern!«

»Ja. Ich weiß, wie überzeugend Kendy ist. Und ich finde, man hätte mich vorher fragen sollen.« Gerner setzte zum Sprechen an. Clave schnappte: »Schon gut, Gerner, es war unmöglich. Außerdem hat Kendy recht. Wir bekommen auf einen Schlag alles das, weswegen wir gekommen sind. Gerner, wenn du nach einer vertretbaren Zeit nicht zurück bist, warten wir nicht länger. Die Sämereien sind an Bord. Wir geben Schub, bis wir den Klumpen hinter uns gelassen haben. Jeffer kann am Himmel zu uns stoßen.«

»In Ordnung«, nickte Gerner.

»Und was wird mit Paps?« wollte Carlot wissen. »Weshalb sollte die Marine ihm Glauben schenken, wenn er behauptet, von nichts gewußt zu haben?«

»Man wird mich nicht erwischen. Einmal gehen wir ein großes Risiko ein, und wir sind auf dem Weg nach Hause.«

»Das bin ich dir nicht schuldig«, sagte Carlot ein zweitesmal. Diesmal gab niemand eine Antwort. (Aber Jeffer hatte gesagt: »Du schuldest dem Bürgerbaum dein Leben«, und damit hatte er recht.)

»Ich glaube, die Entfernung ist groß genug«, meinte Clave. »Vom Markt aus können wir nicht gesehen werden.«

Gerner nickte. »Aber da ist noch Raym.«

»Den können wir leicht ablenken.«

Die Rakete war merklich langsamer geworden. Sie trieben langsam voran, statt zu fliegen. In dem düsteren Himmel regten sich fließende dunkle Schatten. Einmal tauchte ein zerklüfteter Felsbrocken von der Größe *Holzfrachters* auf, halb bedeckt mit ... Gerner schaute genauer hin. Es mußte ein Pilz sein, doch ähnelte er mit den vielfach gewundenen, tiefen Furchen und Kerben genau dem Mobyhirn, das Halbhand ihnen schmackhaft zu machen versucht hatte.

Raym zeigte auf etwas hinter dem Leinengewirr. »Das kann man essen.«

Clave sagte: »Baumfutter! Ich meine es wörtlich. Das ist der Busch von einem Integralbaum!«

Es konnte stimmen, dachte Gerner. Da war die gebogene Klinge des Astes. Doch anstelle des Laubwerks befand sich dort ein großer, mißgestalteter Klumpen weicher, grauer Hügel. »Ich habe so ein Ding mal zum Markt geschoben«, berichtete Raym. »Mir blieb nichts anderes übrig. Meine Netze waren zerrissen. Sonst hatte ich nichts mehr zu essen, doch man sah kaum, daß ich etwas weggenommen hatte, als ich zu Hause ankam. Halbhand konnte die nächsten zwanzig Tage Scheiben davon servieren, aber gezahlt hat er nicht viel ...«

Gerner wandte seine Aufmerksamkeit anderen Dingen zu.

Der orange Schimmer voraus wurde immer deutlicher. Ein von Schatten gedämpfter orangefarbener Lichtschein. Gerner hatte sich an den feuchten, modrigen Geruch gewöhnt, doch jetzt mischte sich noch etwas anderes hinein. »Raym, was ist das?«

»Seit dem Unfall habe ich bei Exec gewohnt. Mein Sohn, Exec Wilby, er hat nur eine Reise ins Dunkel unternommen ... Was?«

»Das.«

»Das ist das Feuer.«

»Carlot, wir müssen den Kurs ändern.«

Carlot fuhr herum. »Feuer?«

Jetzt erkannte Gerner den Geruch. Feuer aus etwas Nassem und Fauligem.

»Es brennt hier schon seit ... ich weiß nicht wann. Jedenfalls seit ich denken kann. Es wird nie viel größer und nie viel kleiner. Es besteht kein Grund zur Sorge. Wir sollten nach einem Teich Ausschau halten und darauf Kurs nehmen. Wir brauchen ohnehin Wasser.«

Sie hielten Ausschau. Die Form eines Teichs war unverkennbar, selbst in der Dunkelheit. Gerner konnte nirgends eine Wasserkugel entdecken. Carlot sagte: »Ich sehe nichts!«

»Dort.«

»Aber das ist – oh.« Raym zeigte auf einen Pilzdschungel, ein Wirrwarr dicker, weißer Ranken ... und dahinter verbarg sich etwas, das den orangefarbenen Lichtschimmer reflektierte. Die Masse war tatsächlich ein Teich, aber beinahe vollständig von Pilzen überwuchert.

Clave setzte den Blasebalg in Betrieb. Das Rohrfeuer, das in der stickigen, feuchten Luft unter einer Ascheschicht nur noch geschwelt hatte, flammte jetzt auf. Carlot blies das restliche Wasser durch das Rohr, während Gerner und Clave die Düse ausrichteten.

Der Pilzdschungel schob sich vor den Lichtschimmer. *Holzfrachter* prallte weich gegen federnden Pilzfasern und schwang ein Stück zurück.

»Was habt ihr für eine Pumpe? Gut. Junge ... Gerner, möchtest du die Pumpe bedienen?«

»Raym, du nimmst die Pumpe«, ordnete Carlot an. »Debby, du begleitest ihn. Vergiß die Harpune nicht.«

»Ja, das nenne ich eine vernünftige Idee, Carlot. Wer weiß, was uns da alles auflauert.« Die eingebildeten Schrecken schienen Rayms Enthusiasmus nicht zu dämpfen, als er mit der Pumpe davonpaddelte. Der Schlauch behinderte ihn. Debby küßte Gerner auf die Wange, bevor sie den hinteren Teil der Schlauchrolle aufnahm und ihm folgte.

Raym verschwand in einem Geflecht aus weißen Fasern, die zerbrachen, wo er sie berührte.

»Jetzt, Gerner«, sagte Clave.

Gemeinsam schwangen sie sich in die Kabine. Eine der

Abteilungen war fast ganz mit den Säcken aus dem Vivarium vollgestopft. Gerner zog sie heraus, reckte sich in das Dunkel dahinter und brachte den silbernen Anzug zum Vorschein.

Debby erkannte nur unerschrocken wippende Flügel zwischen fingerdicken Pilzpfeilern. »Noch nichts Gefährliches«, verkündete Raym munter. »Paß auf Stinkvögel auf. Großer Staat! Mädchen, gib mir einen Beutel, einen großen!«

Debby ließ den Schlauch fallen und arbeitete sich zu ihm vor. »Was ...?«

»Rispen!«

»Oh. Hier?« Sie hatte sich angewöhnt, die großen Säcke griffbereit zu haben, die sie benutzt hatten, um während der Holzfahrt den Honig einzusammeln. Sie reichte einen nach vorn. Was Raym in dem Pilzgewirr werkelte, konnte sie nicht erkennen, aber es hing plötzlich Staub in der Luft. Sie nieste.

In einer Wolke von Staubkörnchen kam Raym wieder zum Vorschein. Etwas Formloses befand sich in dem Beutel. »Der Gegenwert für sechzig, siebzig Bons«, meinte er. »Ich bringe das eben zum Schiff ...«

»Ich habe den Schlauch angeschlossen. Was habt ihr da?« Carlot hatte seinen Freudenschrei gehört und war ihnen gefolgt.

Raym zeigte ihr den Beutel.

»Verdammt, Raym, das sind sporentragende Rispen! Debby, halte dich lieber in einiger Entfernung.«

»In Ordnung.« Debby stieß sich in die Luft hinaus. Sie fühlte sich wie in einem Traum, so leicht und so glücklich. Doch wenn sie Sporen eingeatmet hatte, dann mußte Raym viel mehr davon erwischt haben.

Er mußte unter allen Umständen von dem Schiff ferngehalten werden! Debby zog an dem Schlauch, bis sie die Pumpe greifen konnte. »Raym, such dir einen anderen Platz und fang an zu pumpen.«

Clave hatte den Helm mit einem Klecks Leim an der Wand befestigt. Er beobachtete ihn mit stoischer Ruhe. »Du solltest versuchen, den Kreis in einem Strich zu malen«, sagte er.

»Wurde so das Original markiert?«

»Anfangs hat man wohl Schablonen benutzt, aber Schablonen nutzen sich ab. Die Markierungen müssen immer wieder aufgefrischt werden. In regelmäßigen Zeitabständen werden sie von dem jüngsten Gardisten erneuert. Natürlich kann ich nur raten, aber das Original sieht auf Kendys Bildern ein wenig schlampig aus.«

Clave hielt den Pinsel wie einen Bleistift und vollführte eine einzige elegante Kreisbewegung. Der daraus resultierende grün-weiße Kreis war nicht einmal übel gelungen. »Laß mich sehen«, sagte der Helm. »Zu schmal und auch ein bißchen zu klein. Du mußt ihn noch einmal nachzeichnen und nach außen hin etwas verbreitern. Gerner, wenn du dich auf den Weg machst, leg dir ein Tuch um. Gut, Clave. Jetzt den Punkt in der Mitte. Ja, laß ihn so klein. Ich möchte noch einen Blick auf die Schulter werfen ...«

»Raym hat etwas gefunden, was du gebrauchen kannst, Silbermann.«

Clave zuckte zusammen. »Was? Carlot, nicht doch.«

»Gerner, hier, nimm. Es sind sporentragende Rispen. Wenn irgend möglich, bring sie heil wieder mit. Sie bedeuten bares Geld.«

Gerner griff nach dem Beutel. »Was kann ich damit ausrichten?«

»Wenn du in Schwierigkeiten bist, wirf ein paar Handvoll in die Luft. Jeder in deiner Nähe wird sich bestens amüsieren, während du dich in Sicherheit bringst. Nur paß auf, daß *du* nichts davon einatmest.«

»Oh. Vielen Dank.«

»Keine Ursache.«

»Ich werde jetzt gehen.«

Er hatte das sichere Gefühl, daß er zu wenig gesagt hatte, daß sie etwas von ihm erwartete, aber ihm fiel nichts ein, und wenn es um sein Leben gegangen wäre.

»Wenn du müde wirst, löse ich dich ab«, erbot sich Debby.

»Nein, nein, der Tank muß jetzt fast voll sein.« Schweiß überzog Rayms Haut, wo man sie sehen konnte. Er grinste und keuchte und bewegte seine Beine mit der Ausdauer und Kraft eines viel jüngeren Mannes.

Der Tank muß längst voll sein, überlegte Debby. Sie wollen Raym beschäftigen, bis ...

Raym hielt inne. »Was war *das*?«

Debby drehte sich in die Richtung, in die er blickte. »Ich sehe nichts.«

Winzige Zwillingsflammen brannten im Dunkel und entfernten sich.

»Merkwürdig.« Raym betätigte wieder die Pumpe. »Ich hoffe, es ist nicht das Feuer, das sich ausbreitet. Man weiß nie genau, wo es sich befindet. Es treibt nicht von einer Position zur anderen, wie es normal ist, sondern es flammt an manchen Stellen auf, während es woanders erlischt ...«

Carlots Stimme ertönte aus der Richtung der Rakete: »Raym! Es ist genug. Machen wir uns auf die Suche nach unserem Schlammball.«

20 Die Bibliothek

Aufzeichnungen der Discipline, *Staatsjahr 926:*

Ihre Anweisungen lauten wie folgt:
1) Sie werden die aufgeführten Sterne der Reihe nach anfliegen. Es ist möglich, dass die Liste erweitert wird. Wo es angebracht erscheint, werden Sie die Atmosphäre von Welten, die eine erdähnliche Entwicklung vermuten lassen, mit eigens zusammengestellten Algen aus den mitgeführten Behältern befruchten. Es ist die Absicht des Staates, durch die Besiedelung dieser Planeten die Menschheit auf verschiedene Lebensräume zu verteilen, als Vorbeugung gegen Gefahren, die möglicherweise nur das Sonnensystem betreffen.
2) Der Staat ist sich der Tatsache bewusst, dass Sie keiner Besatzung bedürfen, um Ihre Aufgaben zu erfüllen.
Die menschliche Rasse ist nicht unverwundbar. Es besteht das Risiko, dass die Besatzungsmitglieder eines beliebigen Raumschiffs bei ihrer Rückkehr feststellen müssen, dass sie die einzigen Überlebenden der gesamten Menschheit sind. Die Gene der Mannschaft der *Discipline* sind ihre wichtigste Fracht.
GEHEIM
3) Ihre dritte Aufgabe ist die Forschung. Im Detail: jede erdähnliche Welt, die für die Kolonisation geeignet erscheint, ist zu erforschen und umgehend zu melden.

Ling Carther, für den Staat

In dieser Region war die Materie zu dicht, um die Stiefeljets einzusetzen. Gerner entfernte sich mit ihrer Hilfe aus Raym Wilbys Gesichtsfeld und legte anschließend seine Flügel an. Er hatte vor, so genau wie möglich in nördlicher Richtung zu fliegen, entlang der gemeinsamen Achse von Klumpen und Rauchring. Auf diese Art mußte er bald eine Region mit geringerer Materiedichte erreichen.

Er sah keine Teiche, doch manchmal bemerkte er ein Aufblitzen bei einem der zottigen Pilzdschungel. Weiße, kissenförmige Gewächse begegneten ihm, flache, ovale Schüsseln mit gelben und purpurnen Streifen und großflächige Gitter aus ineinander verwobenen Stengeln. Er achtete darauf, nichts zu berühren; um Wolken von Staub oder Sporen schlug er einen großen Bogen. Die Farbe auf seinem Anzug war sicher noch feucht.

Gerner begann zu verstehen, welche Faszination das Dunkel auf Raym ausübte.

Gerade Linien, schon auf einem Baum selten zu finden, kamen hier überhaupt nicht vor, bis auf gelegentliche Strahlen von blau-weißem oder weißgelbem Sonnenlicht, die das trübe Zwielicht durchdrungen hatten. Er nahm sie zum Anlaß, seinen Kurs so zu korrigieren, daß er sich horizontal zu ihnen bewegte. So kurz vor dem Kreuzjahr lag Norden im rechten Winkel zu Voy *und* zur Sonne. Nach einer Zeit, die sich in seiner Einbildung zu Tagen dehnte, wurden die Sonnenstrahlen häufiger.

Das Dunkel verlor an Dichte. Jetzt hatte er Raum, um die Jets einzusetzen.

Fünf Atemzüge lang ließ er die Düsen arbeiten.

Nebel strömte an ihm vorbei, als er aus dem Dunkel herausgetragen wurde. Heller Tag erwartete ihn. Zu hell. Seine Augen brauchten einige Zeit, um sich darauf einzustellen.

»Jeffer ruft Gerner. Kannst du mich schon hören?«

Jeffers Stimme klang kratzig. Gerner drehte die Lautstärke höher. »Der Empfang ist nicht besonders, aber ich höre dich. Ich bin fast draußen und bewege mich nach kurzer Zündung in nördlicher Richtung. Dem Rest der Besatzung geht es gut. Wie lange dauert es noch, bis Kendy sich wieder meldet?«

»Etwa noch einen Vierteltag. Gerner, hast du daran gedacht, die Flügel mitzunehmen?«

»Ja.«

»Gut. Du kannst dich dem Hauptquartier nicht mit den Jets nähern. Das hatte ich nicht in Betracht gezogen.«

»Aber ich.«

»Ich habe dich auf dem Schirm. Es ist jetzt Zeit, die Jets zu zünden. Du befindest dich ein gutes Stück nördlich des Rauchrings. Die Luft ist dünn, sie wird deine Geschwindigkeit kaum beeinträchtigen, aber nach weniger als einem halben Tag bist du wieder im Gleitflug.«

»Ich weiß, Nord und Süd bringen dich zurück. Also gut. Wie lange soll ich zünden? Welcher Kurs? Ich habe keine Ahnung.«

»Ich messe die Zeitdauer. Drei Minuten, ungefähr sechzig Atemzüge. Kannst du Voy sehen? Der Markt liegt, von deiner Position aus berechnet, zehn Grad westlich von Außen, und du hast eine Strecke von vierhundert Kilometern vor dir. Ihr seid nicht besonders tief in das Dunkel eingedrungen.«

Inzwischen war er in klare Luft hinausgetrieben, während das Dunkel sich unter ihm ausbreitete. Gerner zappelte, um seine Füße nach zehn Grad Ost von Voy auszurichten.

Sein Kurs verlief tangential zu den Strömungsmustern des Dunkels.

Er zündete die Jets. Sein Körper wurde in die Stiefel gepreßt. Das Dunkel zog unter ihm dahin, ein Sturm, der feste Materie mit sich führte und gelegentlich rot und golden und purpurn aufleuchtete, wenn das Sonnenlicht ihn im richtigen Winkel streifte. Jeffer zählte laut mit, und sobald er den Befehl dazu gab, schaltete Gerner die Zündung aus.

Fliegen. Das Dunkel wurde transparenter, aber es rückte auch näher. Er schwebte durch die Ausläufer einer Regenwolke …

»Kendy für den Staat«, ertönte die vertraute sonore Stimme. »Gerner, läuft alles nach Plan?«

»Keine Probleme. Auch mit *Holzfrachter* ist alles in Ordnung. Raym wird vermutlich schwören, daß ich die ganze Zeit an Bord war.«

»Wiederhole, was ich sage. ›Das ist ein ansehnlicher Batzen Metall.‹«

»Das ist ein ansehnlicher ...«

»Du mußt versuchen, meine Sprechweise nachzuahmen. Hör genau zu. ›Das ist ein ansehnlicher Batzen Metall.‹«

Gerner bemühte sich, seine Stimme tiefer klingen zu lassen und die einzelnen Silben auszuspucken. »Das ist ein ansehnlicher Batzen Metall.«

Nach demselben Verfahren probten sie ›Sie möchten sich doch gewiß nicht gezwungen sehen, Ihr neues Haus zu verkaufen‹ und ›Ich muß in der Bibliothek etwas nachprüfen‹ und ›Ich löse Sie ab‹. Gerner war heilfroh, als Kendy endlich zufrieden schien. »Das muß genügen. Sobald du das Hauptquartier sichtest, verbirg dich in einer Wolke und warte ab. Unternimm nichts auf eigene Faust.«

»Verstanden.«

»Ich habe Jeffer einen Neudar-Plan des Hauptquartiers übermittelt. Er kann dir Anweisungen geben, während ich dich nicht erreichen kann. In zwei Tagen melde ich mich wieder. Kendy Ende.«

»Jeffer?«

»Hier. Gerner, du solltest versuchen zu schlafen.«

»*Schlafen*?«

»Keine natürliche Lebensform kann dir in dem silbernen Anzug etwas anhaben. Also kannst du unbesorgt ein Nikkerchen halten. Das hilft dir über den Hunger hinweg. Du hast keinen Proviant dabei.«

»Ich werd's versuchen.«

Er tat kein Auge zu. Die Strömung des Klumpens zog ihn mit, und er sah sich gezwungen, seinen Kurs zu korrigieren. Häuser und dekorierte Dschungelbausche schwebten vorüber, doch niemals dicht genug, um mehr als einen treibenden Druckanzug erkennen zu können. Die Bewohner wunderten sich vermutlich, was die Marine hier draußen zu tun hatte.

Inmitten einer diesigen Luftschicht entdeckte er die unverkennbaren Umrisse des Marktes und des Hauptquartiers. »Jeffer? Ich hab's gefunden.«

»Wie weit bist du entfernt?«

»Vierzig Kilometer.«

»Du mußt ein gutes Stück näher ran. Nährere dich von der Marktseite, wenn möglich. Gerner, mir ist gerade aufgefallen, die Bibliothek hat zwei Zugänge, und vor beiden müssen Wachen postiert sein.«

»Und?«

»Ich glaube, sie sollte ursprünglich gar nicht bewacht werden. Die Bibliothek sollte der gesamten Bevölkerung zugänglich sein. Nur eine Vermutung.«

»Was ist mit Kendy?«

»Er müßte sich jeden Atemzug melden.«

»Ich komme aus dieser Wolkenbank. Siehst du sie? Ich bin fast sicher, daß sich ein Teich darin befindet. Den werde ich als Deckung benutzen, bis der Moment gekommen ist, mich sehen zu lasen.«

»Kendy für den Staat. Gerner, bist du bereit?«

Der Junge klang ungehalten. »Ich bin bereit. Du hast ein interessantes Schauspiel verpaßt.«

Die Entfernung zum Hauptquartier betrug etwa vierhundert Meter. Diese Strecke zurückzulegen, kostete ein paar Minuten ihrer wertvollen Zeit. Kendy funkte: »Etwas, das ich wissen müßte?«

»Nein, lediglich interessant. Ich konnte beobachten, wie zwei Triun-Familien eine Heirat arrangierten.«

»Wenn dein Helm dem Geschehen zugewandt war, habe ich es nicht verpaßt. Zeit, sich in Bewegung zu setzen. Nur mit den Flügeln.«

Kendy beobachtete während Gerners Annäherung die Wachen. Ob sie erwarteten, ihn mit einer Eskorte kommen zu sehen? Sobald sie des vermeintlichen Offiziers ansichtig wurden, streckten sie Arme und Beine aus, während sie mit einer Hand und einem Fuß die Harpune gefaßt hielten. Diese Haltung galt bereits vor Kendys Geburt als Habt-Acht-Stellung für Militärangehörige unter Freifall-Bedingungen. Die Tür hinter ihnen war groß und massiv und geschlossen.

»Beachte sie gar nicht, außer sie unternehmen etwas«, sagte Kendy. »Ich habe sie bei jeder Umkreisung beobachtet. Es wird keine Parole erwartet, weil dein Helm geschlossen ist. Keine Hast. Sie weren die Tür für dich öffnen.«

Checkliste: Kommunikationssysteme Minimum. Antriebsenergie steigend. Kurskorrektur vorbereitet. Kendy wollte keinen Treibstoff verbrauchen, bevor das Unternehmen nicht erfolgreich abgeschlossen war.

Die Posten warteten, bis sie Gerners Insignien erkennen konnten. Einer von ihnen klopfte mit dem Speerschaft gegen die Tür. Sie glitt rechtzeitig beiseite, um ihn durchzulassen.

»Links. Ein großer Raum, dann wieder eine Tür.« Kendy bemerkte Polster aus baumwollähnlicher Vegetation an der gegenüberliegenden Wand. »Halt an. Nimm die Flügel ab, dann säuberst du den Anzug. Das wird von dir erwartet. Du mußt ihn abklopfen, nicht abreiben. Denk an die Farbe.«

Gerner klopfte schmutziges Regenwasser von seinem Anzug. Kendy hätte das Ergebnis gerne gesehen. Auf den Polstern befanden sich Farbflecken. Der Junge setzte sich den Flur entlang in Bewegung.

Vor der hielt ein Mann Wache. Er salutierte wie die anderen. »Gardehauptmann? Sie sind zu früh, Sir.«

»Ich muß in der Bibliothek etwas nachprüfen.«

»Aber das ist ... selbstverständlich, Sir.« Der Mann rührte sich nicht von der Stelle.

Kendy funkte: »Du trägst deine Flügel noch in der Hand. Sie werden an der Brustpartie des Anzugs festgeschnallt.« Der Posten rechnete damit, und Kendy gewann etwas Zeit zum Nachdenken. »Nicht so hastig. Aristokraten beeilen sich nicht. Die Befestigungsstäbe müssen auf dein Kinn zeigen.«

Die Tür: keine sichtbaren Scharniere, also schwang sie vermutlich nach innen. Gab es ein bestimmtes Zeremoniell? Man konnte nur raten. »Gerner, am besten zögerst du nicht lange und öffnest sie selbst.«

»Wie?«

»Doppelgriffe an Tür und Wand. An beiden festhalten. Die Tür nach innen drücken. Nein, warte ...«

Als Gerner mit dem Festschnallen seiner Flügel fertig war, hatte der Wächter die Tür aufgestoßen und schwang zur Seite. »Um so besser«, meinte Kendy.

Gerner schwebte hindurch. Bei dem Geräusch der sich schließenden Tür wandte er den Kopf. Auf der Innenseite gab es keinen Griff, nur eine Schramme an der Stelle, wo er entfernt worden war. Die Lichtquelle wurde mit Elektrizität betrieben. Ob Gerner deswegen Unbehagen empfand? Nein, er war an das elektrische Licht im FRM gewöhnt.

Ein Mann mit einem Druckanzug wartete. Er war mit einer Armbrust bewaffnet. Waffe und Bolzen waren beide aus Schiffsmetall gefertigt: verschieden lange Stücke der Verdrahtung des FRMs, mit einem Supraleiter als Kern. So also nutzten sie ihr Erbe.

Die Stimme des Gardisten mußte Helm und Visier durchdringen. Er hörte sich blechern an (wie Gerner auch; das hatte Kendy eingerechnet) und überrascht. »Gardehauptmann?«

»Ich weiß, ich bin zu früh. Ich löse Sie ab. Ich habe in der Bibliothek etwas nachzuprüfen.«

Gerner reagierte langsam. »Ich weiß, ich bin zu früh ...«

»Das macht nichts aus, Gardehauptmann.«

»Ich habe in der Bibliothek etwas nachzuprüfen. Ich löse Sie ab.«

»Ja, Sir. Was genau wollen Sie nachprüfen, Sir? Ich muß diese Frage stellen.«

Während Kendy über mögliche Erwiderungen nachdachte, hatte Gerner zu sprechen begonnen. Kendy hörte zu. Gerner sagte: »Wir möchten einen Integralbaum westlich von hier ausfindig machen. Ich will den vermutlichen Orbit herausfinden.«

Es gab keine Möglichkeit, in dem Gesicht des Silbermannes zu lesen. Der Posten sagte: »Ja, Sir«, und klopfte gegen die Tür. Sie öffnete sich, um Gerner hindurchzulassen, und schloß sich hinter ihm wieder.

»Endlich allein«, bemerkte Gerner.

Der Raum war viel größer als die Maschinerie, die er beherbergte. Das Kontrollsystem des FRMs hatte man in einen hölzernen Kasten eingebaut. An allen vier Seiten befanden sich Griffe. Hatte Booce Serjent nicht erzählt, daß es manchmal den Bürgern gezeigt wurde?

An der Wand daneben stand ein kleiner tragbarer Atomgenerator. Das Licht in der Bibliothek stammte von den Leuchtpaneelen an seinem Rand. Das Stromkabel lag aufgerollt daneben. »Gerner, siehst du eine Seilrolle, so dick wie dein Handgelenkt, schwarz ...«

»Ich hab' es.« Gerner näherte sich dem Generator.

»Das freie Ende gehört in eine Öffnung in dem Kontrollpult des FRMs. Auf dieser Seite, dicht an der Wand.«

»Da sind viele Öffnungen.«

»Ich gebe dir Anweisungen.«

Sie spielten ›Heiß‹ und ›Kalt‹ mit dem Stecker. Es dauerte viel zu lange. Vielleicht war der Generator tot. Oder der Computer. Die Programme konnten durcheinandergeraten sein. Doch eine zweite Chance würde es nicht geben: Bürger Gerner war vermutlich hinter verschlossenen Türen gefangen und Wayne Mickl bereits auf dem Weg hierher. War es Kendy erst gelungen, mit der Admiralität Kontakt aufzunehmen, bot sich eventuell die Möglichkeit, den Jungen loszukaufen. Immerhin tat Gerner sein Bestes, ungeschickt zwar, aber er gab sich Mühe ...

»Fest hineinstecken und gegen den Uhrzeigersinn drehen. Richtig. Schau auf die Kontrollen. Drück auf den weißen Knopf.« Ein weißer Pfeil erschien. »Jetzt sag ›Prikazyvat Stimme‹.«

»Prikazyvat Stimme.«

»Geben Sie Ihre Berechtigung an«, ertönte eine Stimme, die sich so genau wie Kendy anhörte, daß Gerner vor Überraschung quiekte.

»Du mußt antworten ›Bürger Gerner für *Discipline*. Verbindung herstellen.‹ Achte auf die Aussprache.« Mit einem anderen Teil seines Gehirns funkte er sein Signal an den alten FRM-Computer. Stimme war aktiviert; der Computer würde ihn hören. *Kendy für den Staat*. Discipline *an alle* FRMs. *Kendy für den Staat*.

Bestimmt vesuchte der Computer zu antworten, nur war er wegen der abgetrennten Navigationsinstrumente nicht in der Lage, die *Discipline* zu orten. Kendy funkte: *Senden an Druckanzug 26*.

»Gerade hat in meinem Kopf etwas zu summen angefangen.«

»Alles in bester Ordnung, Gerner.« Das Signal wurde übertragen. Er funkte: *Schadensbericht*.

FRM 2 erzählte seine traurige Geschichte. Massive Fehlfunktionen. Interne Sensoren aus, externe Sensoren aus, Motor keine Reaktion, Lebenserhaltungssysteme keine Reaktion, Navigationssysteme keine Reaktion, Energie minimal. Speicher intakt. Befehlshabender Offizier: Admiral Robar Henling ...

Kendy funkte: *Kopieren*.

Alles?

Ja.

Die Bibliothek der Admiralität akzeptierte das Übermittlungsprogramm, summte gedankenvoll und begann zu senden.

Die Übermittlung würde sechsundzwanzig Minuten in Anspruch nehmen. Kendy aktivierte die Kursänderung, die er Stunden zuvor ausgearbeitet hatte. Die *Discipline* stand im Begriff, eine große Menge Treibstoff zu verbrauchen, doch hielt ihn der neue Kurs ausreichend lange in Position über dem Lagrange-Punkt.

Die Aufzeichnungen erreichten ihn in umgekehrter Reihenfolge. Das war so üblich. Die neueren Informationen wurden als dringlicher eingestuft. Kendy tauchte kurz in den Informationsfluß ein. Während der Unterbringung in dem großen Raum der Bibliothek hatte das Kontrollpult nicht viele Eindrücke sammeln können. Hin und wieder tauchte ein Stück Himmel auf, eingefangen bei irgendwelchen Zeremonien. Listen von Geburten, Todesfällen, Eheschließungen ... Im Jahr 130 SM war es ausgebaut worden. Das FRM war nicht durch einen Unfall zerstört worden, sondern im Lauf der Jahre verschlissen, ein Prozeß, der durch schlampige Wartung noch gefördert wurde ...

Da es so viele Dinge gleichzeitig zu beachten galt, konnte er die Aufzeichnungen nicht weiter verfolgen. Der Antrieb lief störungsfrei. Tank zu weniger als einem Fünftel gefüllt. Die *Discipline* beschleunigte, der Antrieb schwang herum, bis er auf die Sterne deutete und das Schiff gegen den eigenen Spin fast exakt über dem L4-Punkt hielt. Gerner durchsuchte das Zimmer; Puls und Atmung gingen schnell. Er hatte Langeweile und Angst. Jeffer, der vor dem Kontrollpult von FRM 6 hockte, befand sich in einem ähnlichen Zustand. Auf dem Blick, das der Neudar-Schirm vom Hauptquartier der Admiralität zeigte, sammelten sich kleine, verschwommene Flecke, die sich schließlich in zwei Linien auf die Bibliothek zubewegten.

Es ging etwas vor sich. Kleine Lichter blinkten auf dem Kontrollpult und erloschen. Sein Helm summte. Es war nicht besonders unterhaltsam. Gerner fragte: »Kendy?«

»Es funktioniert, Gerner. Stör mich nicht.«

»Jeffer?«

»Hier.«

»Kendy ist beschäftigt und glücklich.«

»Du hast noch mehr als zwei Stunden – ungefähr einen halben Tag, bevor Mickl seinen Dienst antritt. Eigentlich gibt es nichts zu befürchten.«

»Ich bin hungrig genug, um einen ganzen Schwertvogel zu vertilgen, und möge der beste Computer gewinnen.«

»Ist alles glattgegangen?«

»Ich habe *Angst*, Jeffer. Vielleicht werde ich dieses Gefühl nie mehr los. Was auf Erden tun wir ...«

Die Tür ging auf.

Gerner sah einen silbernen Anzug, der mit einer Armbrust auf seinem Bauch zielte. Die Insignien waren ihm vertraut. Er und Booce hatten einen halben Tag damit verbracht, sie von Bildern, die die Kamera des silbernen Anzugs aufgenommen hatte, auf den Anzug selbst zu übertragen.

Die Tür …

Das Funkgerät in Gerners Helm meldete sich. »Ich weiß, wer du bist«, sagte die Stimme, die er nachzuahmen versucht hatte. »Aber das Warum möchte ich wissen. Wir …«

Gerner stürzte sich auf Wayne Mickl und verlieh seinem Angriff durch ein kurzes Zünden der Jets zusätzlichen Schwung. Er durfte nicht zulassen, daß die Tür ins Schloß fiel.

Der Silbermann nahm die Armbrust zur Seite und machte Anstalten, den Angreifer mit einem Tritt abzuwehren, aber zu langsam. Mit dem Schwung hatte er gerechnet, aber nicht mit den Jets. Gerner prallte gegen ihn. Mickl überschlug sich und trieb in die Bibliothek hinein. Gerner stieß gegen den Türrahmen, trudelte hindurch und mitten in eine Horde von Marinern hinein.

»Ich weiß, wer du bist …« Wayne Mickls Stimme, Druckanzug 5, Frequenz nach all der Zeit ungenau – Kendy stellte sich darauf ein. Er funkte Instruktionen an die Bibliothek: *Bildaufzeichnung mit den Kameras von Druckanzug 5, eine Aufnahme alle zehn Minuten, von jetzt an bis zum Widerruf.*

Es war eine willkommene Zugabe. Er freute sich darüber, weil er kurz davor stand, Gerner zu verlieren. Ein Dutzend Mariner in der Fischaugenlinse, eine unbekannte Zahl von Angreifern außerhalb des Gesichtsfelds der Kamera …

Jeffer brüllte: »Gerner! Was ist los?«

»Wayne Mickl ist aufgetaucht. Kann nicht reden.«

Kendy funkte: »Versuch nach draußen zu kommen, Gerner. Mickls Jets sind nicht funktionsfähig.«

»Die gesamte baumfütternde Marine steckt hier in dem Gang!« Noch zögerten sie, aber bestimmt nicht mehr lange.

»Sie werden mir auf die Pelle rücken wie Honighornissen. He!« Gerners Hände wurden sichtbar, die einen Beutel festhielten, aufrissen und den herandrängenden Gegnern entgegenschleuderten. Der Korridor verschwamm hinter einem goldenen Schleier.

Wenn dieser Wayne Mickl nun den Stecker herauszog? Befand er sich immer noch in der Bibliothek? Die Aufzeichnungen von FRM 2 umfaßten noch mehrere hundert Jahre ... eben wurde ein ganzer Datenblock übermittelt, von der *Discipline* selbst vor langer Zeit gesendet. Kendy hatte nicht die Absicht, diese Informationen bis ins Einzelne durchzuarbeiten, denn er war ziemlich sicher, daß es sich um die Aufzeichnungen der Meuterei handelte. Es genügte, wenn er Stichproben machte.

Der andere Druckanzug erschien aus der Bücherei und schnellte sich in das Handgemenge. *Gut*!

Nach den Bildern von Gerners Kamera zu urteilen, floh er Hals über Kopf den Gang hinunter, durch Staub und Menschentrauben. Mariner reckten die Hände nach ihm, packten zu, ließen los. Allmählich sah es aus, als könnte er es schaffen.

Was jetzt bei der Empfangsstation der Discipline eintraf, war eine Botschaft des Staates, von der Erde.

In seinem Gedächtnis fand er keinen Hinweis auf dergleichen. Kendy kopierte sie aus dem Datenstrom heraus und ließ sie erneut ablaufen. Sie war kurz.

Gerner katapultierte sich den Gang hinunter, die Arme vorgestreckt, um die Männer abzuwehren, die ihm den Weg versperrten. Die Zusammenstöße dämpften seinen Schwung. Ein kurzes Zünden der Jets stieß ihn vorwärts. Jemand ritt auf ihm, klammerte die Beine um seine Hüften, ein Körper prallte hart gegen seinen Helm, glitt an seiner Brust entlang und verschwand.

Der silberne Mann schnellte auf ihn zu. Der Matrose, der sich an Gerners Rücken klammerte, wurde von dem neuen Angreifer zur Seite gestoßen, und beide schwebten haltlos davon. Gerner erreichte die Tür, stieß heftig mit den Beinen, schwang sich um den Seitenpfosten herum und trieb in den Himmel hinaus.

Mit Hilfe der Antriebsdüsen entfernte er sich ein Stück, um anschließend abwartend zu verharren.

Der silberne Mann kam zum Vorschein, bremste etwa zwanzig Meter von ihm entfernt seinen Schwung und schnallte die Flügel an, wobei er langsam wieder zurück zum Eingang trieb. Hinter ihm wurden einige seiner Leute sichtbar. Zwei von ihnen schlugen heftig mit Armen und Beinen um sich, sie hatten keine Flügel dabei. Die dritte kam mit den Schnallen nicht zurecht. Offenbar standen sie unter der Einwirkung der Rispensporen.

Somit hatte er es nur mit dem silbernen Mann zu tun.

Gerner verzog das Gesicht zu einem Grinsen. Er band seine eigenen Flügel um und stieß sich mit kräftigen Beinbewegungen voran. »Kendy? Jeffer? Könnt ihr alle sehen?«

»Jeffer hier. Ich kann Kendy nicht erreichen. Vielleicht ist er zu weit entfernt.«

»Na, dann schau du wenigstens zu. Das wird ein Jux.«

Mickl holte auf.

Die Stimme aus Gerners Empfänger klang ruhig und eine Spur überheblich. »Bürger Gerner, du kannst nicht entkommen. Deine Flügel haben die richtige Farbe, aber es sind keine Marineflügel. Du weißt, daß ich dir nichts antun werde. Ich hatte die Möglichkeit, dich zu töten, und machte keinen Gebrauch davon. Doch ich habe keine andere Waffe als die Armbrust, und der Bolzen würde den Druckanzug beschädigen, was ich natürlich vermeiden möchte. Einer unserer Anzüge hat bereits ein Loch, weil ein Gardist in der Vergangenheit zum Meuterer wurde.«

»Gib ihm keine Antwort«, riet Jeffer. »Er kann nur Vermutungen anstellen. Solange du schweigst, bleibt er im ungewissen.«

Mickl befand sich nur wenige Meter hinter ihm, aber die von den Sporen trunkenen Matrosen waren kaum noch zu sehen. Gerner nahm die Flügel ab, reckte die Füße gegen den Silbermann und zündete die Jets.

Mit dem Kopf voran schoß er dem Dunkel entgegen. Mickl blieb trotz verzweifelter Anstrengungen immer weiter hinter ihm zurück. Ein Aufschrei der Überraschung oder Enttäuschung gellte aus dem Empfänger; Gerner tastete nach dem Lautstärkenregeler und drehte ihn rasch auf die niedrigste Stufe zurück.

Das Dunkel hatte ihn aufgenommen. Er konnte den silbernen Mann nicht sehen und nicht den Markt.

Jeffer sprach zu ihm: ein leises Zirpen, bis Gerner den Ton wieder lauter stellte. »... zum Treffpunkt. Ich habe ein Schiff auf dem Schirm, das in nördlicher Richtung das Dunkel verläßt. Halt mal – da ist ein dunkler Klecks, größer als die Kabine ...«

»Das ist *Holzfrachter*. Sie haben Schlamm geladen.«

»Dann mußt du siebzig Grad im Uhrzeigersinn von deinem jetzigen Kurs abweichen und, ah, zehn Grad nach Norden. Zünde die Jets.«

Gerner gehorchte. Jeffer zählte zwanzig Sekunden, etwa sieben Atemzüge. Das Dunkel wurde fadenscheinig.

»Wir müssen den silbernen Anzug loswerden«, meinte Jeffer.

»Auf keinen Fall.« Ich bin der Silbermann!

»Ich meinte nicht, ihn an den Baum zu verfüttern! Ich meinte, du solltest ihn nicht bei dir haben, wenn *Holzfrachter* die Heimreise antritt.«

»Und wie fange ich das an?«

»Ich weiß es nicht, und Kendy gibt keine Antwort. Ich weiß nicht einmal, auf welchem Kurs er sich jetzt befindet.«

»Und wenn ich gar nicht zurückkehre? Du kannst mich mit dem FRM aufnehmen.«

»Aber ja, und was wird Wayne Mickl zu den Serjents sagen? Du mußt ihm ins Gesicht sehen und ihn anlügen.«

Gerner konnte weit hinter sich den Markt erkennen. Befand er sich in der Reichweite der Ortungsinstrumente der Marine? Doch sie mußten ihn erst aufspüren, und er hatte die Richtung gewechselt.

Die tiefe Stimme von Wayne Mickl klang sehr leise an sein Ohr, überlagert von den Störgeräuschen der weiten Entfernung zwischen ihnen. »Bürger Gerner, ich erwarte dich im Haus der Serjents.«

»Das habe ich mitgehört«, sagte Jeffer. »Ich habe dich jetzt auf dem Schirm. Kannst du Voy erkennen? Fünfundsechzig Grad Ost, Schub fünf Minuten. Was Norden betrifft, da brauchst du nichts zu verändern, es ist unnötig, eine höhere Bahn zu fliegen. Ihr werdet beide ins Dunkel zurückgekehrt sein, bevor ihr euch trefft.«

»Jeffer? Warum kommst du nicht her und holst den silbernen Anzug?«

»Das ist es! Schon unterwegs.«

Gerner hatte *Holzfrachter* inzwischen selbst ausgemacht, über der Dunkelregion näherte er sich in einem verkürzten Winkel und zog eine lange Dampfspur hinter sich her.

Jeffer meinte: »Ich bin auf dem Weg, aber es wird fast einen Tag dauern. Wenn du den Anzug einfach treiben läßt, sinkt er derweil ins Dunkel zurück.«

»Das tut er jetzt ohnehin. Du wirst ihn irgendwie ausfindig machen müssen. Ich habe da eine Idce.«

Gerner bewegte sich mit Hilfe der Flügel durch das Dunkel. Von seinem Treibstoff konnte nicht mehr viel übrig sein.

In der trüben Dämmerung erkannte er die Umrisse einer menschlichen Gestalt.

Carlot. Kaum hatte er den Helm geöffnet, küßte sie ihn atemlos. »Ich dachte, ich würde dich nie mehr wiedersehen! Hast du es geschafft?«

»Ja. Alles, aber der Gardehauptmann weiß Bescheid oder glaubt es zumindest.«

Sie erstattete Bericht, während sie ihm half, sich aus dem Anzug zu schälen. »Raym hat eine zu große Dosis von den Rispen erwischt. Er liegt in der Kabine und hat den Katzenjammer. Debby ist bei ihm. Sie hält ihn ruhig. Wir haben

Schlamm geladen und vier Tonnen Walnußkissen. Zwei Dunkelhaie kamen uns unbehaglich nahe, aber Debby hat das in die Hand genommen. Gerner, unter keinen Umständen möchte ich sie zur Feindin haben. Wir haben das Fleisch, und ich kann dir Zahnspuren im Holz zeigen ...«

»Ich hoffe, sie waren groß. Ich bin *hungrig*.« Endlich war er aus dem Anzug heraus. Er verschloß ihn sorgfältig und ließ nur das Visier offen. »Jeffer?«

»Hier. Ich befinde mich genau über deiner Position.«

»Ich lasse den Anzug hier zurück, wie wir es besprochen haben.« Er schloß den Helm. Er senkte die Temperatur und erhöhte den Luftdruck. Der Anzug wurde steif. »Jetzt müssen wir ein Feuer in Gang bringen.«

»Im Dunkel wird das nicht einfach sein.«

»Hilf mir. Dieser ... Fischerdschungel da, wenigstens scheint es mal einer gewesen zu sein.« Er zeigte auf einen Klumpen trockenen Gestrüpps, in dem weiße Gewächse zu wurzeln begannen. »Hilf mir, die Beine hineinzuschieben.«

Sie schoben den Anzug in den abgestorbenen Fischerdschungel. Die Zweige hatten sich noch einen Teil ihrer Festigkeit bewahrt. Gerner hielt sich gut fest, bevor er mit dem Zeh einen der Schalter für die Jets betätigte. Flammen tosten durch den verdorrten Dschungel; der Anzug versuchte sich zu befreien. Er ließ den Antrieb mehrere Atemzüge lang arbeiten, bevor er ihn abstellte.

»Das müßte genügen, damit Jeffer ihn findet«, sagte er. Das war nur eine Vermutung, und er wußte es.

»Dan erzähl mir jetzt, was alles passiert ist!«

Er berichtete in groben Zügen von seinem Abenteuer. Der Rest mußte warten. Debby und Clave mußten sich ohnehin in Geduld fassen, weil Raym nichts erfahren durfte. Und Gerner wünschte sich im Moment nichts sehnlicher, als zu essen und zu schlafen. Er war erschöpft.

21 Die silberne Rüstung

Kassetten der Bibliothek, Jahr 200 SM:

Bürgern ist es nicht gestattet, den Raum der Bibliothek zu betreten. Ausschliesslich über Offiziere dürfen Bürger sich an die Bibliothek wenden, und auch dann nur zu bestimmten Gelegenheiten. An solchen Tagen steht die Bibliothek – mit einem diensthabenden Programmierer – den Bürgern zur Verfügung, um ihnen die Möglichkeit zu geben, ihre Fragen zu stellen, obwohl manche Fragen darunter sein werden, auf die es keine Antwort gibt ...

Sie machten zweimal Halt: Raym wurde mit der Hilfe seiner Heuer am Markt abgesetzt, und anschließend füllten sie an einem Teich den Wasservorrat auf.

Belmy hatte seinen Stamm in eine behutsame Längsdrehung versetzt. Über dem intakten Busch stieg Dampf in den Himmel. Als Carlot ein letztes Mal das Rohr flutete, um *Holzfrachter* an der Stammitte längsseits zu bringen, legte die *Waldläufer* ab und kam auf sie zu.

Das Serjent-Haus befand sich inzwischen auf einer Position westlich, in Richtung Antispin. Gerner bemühte sich, nicht an den kleinen Punkt zu denken, der neben dem Haus zu erkennen war. Er freute sich über die Verzögerung.

Debby bemerkte: »Ich würde die Sache gerne hinter mich bringen ...«

Clave schüttelte sie am Knöchel. »Falsch! Wir haben Schlamm aus dem Dunkel geholt und kommen jetzt zurück, um die Ladung zu löschen. Unseres Wissens gibt es nichts, was besonders dringend wäre. Wir haben nicht die geringste Eile.«

»Genau!« rief Carlot von der Stelle, wo sie mit Gerner die

Rakete bediente. »Baumfutter! Gewöhnlich sind sie es, die uns warten lassen.«

Sie hatten sich alles genau zurechtgelegt, doch Gerner hatte ein Gefühl im Bauch, als würden Schwirrschoten sich darin ein Stelldichein geben.

Die *Waldläufer* kam längsseits. Hilar und Raff Belmy kamen an Bord. »Du wirst Raff leiden mögen«, flüsterte Carlot. »Oder *tu* wenigstens so.«

»Ist schon in Ordnung. Ich würde Babys mit ihm machen, wenn dein Glück davon abhinge ... oder wenn ich damit aus den Klauen der Marine freikäme.«

Hilar stellte seinen Sohn vor (Baumfutter, sie waren riesig!). Raff lächelte viel und sprach wenig. Er wirkte schüchtern für einen Erwachsenen, dachte Gerner. Er starrte die Baumbewohner an, doch Gerners Blicken schien er auszuweichen.

Der Teetopf ging herum. Carlot erkundigte sich: »Wie kommt ihr mit dem Stamm voran?«

Hilar zuckte die Schultern. »Noch keine Spur von Knotenholz.« Die anderen lachten. »Alles braucht seine Zeit. Wir haben darauf geachtet, daß die Drehbewegung nicht zu heftig ausfällt. Außerdem haben wir einen Teich gegen den Stamm geschoben, so ist die Wasserversorgung sichergestellt. Wie hattet ihr euch die Sache mit dem Schlamm gedacht?«

»Ich ... habe mir noch gar nichts überlegt.«

»Raff und ich haben darüber gesprochen ...«

Raff ergriff das Wort. »Paps sagt immer, man soll nichts unnötig komplizieren. Wir lassen den Klumpen einfach gegen den Stamm treiben, leewärts, zwei, drei Kilometer über dem Busch. Dort läuft ein Wasserstrom in Richtung Baumschlund. Der Schlamm wird davon mitgeführt. Ein wartungsfreies gleichmäßiges Versorgungssystem.«

Er kann reden, wenn es um praktische Dinge geht, dachte Gerner. »Bist du schon oft auf Holzfahrt gewesen?«

Raff nickte lebhaft. »Ich habe mehr als mein halbes Leben im äußeren Himmel verbracht. Manchmal habe ich mich gefragt, wie es wäre, in einem Baum zu leben.«

An die Frage hatten sie sich allmählich gewöhnt. Clave meinte: »Ich sehne mich auch gelegentlich danach. Nun, man wird nicht so lang, aber kräftiger. Die Kocherei ist nicht so umständlich. Mit der Jagd sieht es ganz anders aus: Der Wind schleudert dir die Beute förmlich ins Gesicht ...«

Gerner ließ die Unterhaltung an sich vorüberplätschern. Der Punkt gleich neben dem Serjent-Haus mußte ein Marineschiff sein. Er konnte ihre Fernsichtgeräte auf sich ruhen spüren. Was die Marine sah, mußte verwirrend sein. Sollten sie sich wundern! Er konnte mit einer sowohl interessanten wie auch unschuldigen Erklärung aufwarten.

Seine Aufmerksamkeit wurde geweckt, als Hilar sagte: »Booce hat mehrere Lieferverträge abgeschlossen. Ich rechne damit, daß er die Anleihe geraume Zeit vor dem Kreuzjahr zurückzahlen kann.«

»Hat die Marine das Metall schon gekauft?« erkundigte sich Carlot.

»Nein. Da wir gerade davon sprechen: Irgend etwas hat die Marine aufgescheucht. Ich habe kein einziges Gerücht gehört, dem man Glauben schenken könnte, aber ... halt die Augen offen, Carlot. Du weißt, daß ihr Besuch habt?«

»Sie sind nicht zu übersehen. Hilar, Raff, es ist Zeit, unsere Ladung zu übergeben.«

Es dauerte etwas mehr als einen Tag und ging kurz und schmerzlos vonstatten. *Holzfrachter* dampfte zu dem sich drehenden Baum. Die Mannschaft entfernte die Streben, an denen das Netz befestigt war, das den Schlamm zusammenhielt. Schlamm und Leinen und Holzstreben prallten hart genug gegen den Stamm, um haften zu bleiben. Der Wasserstrom grub sich bereits eine Rinne in den Schlamm, als *Holzfrachter* Fahrt aufnahm und sich entfernte. Die Streben und Leinen wollten sie sich holen, sobald sie sauber gewaschen waren.

Der *Gerfalke* schwebte unvertäut in hundert Metern Entfernung vom Haus der Serjents. Die beiden Männer, die an Bord mit irgendwelchen Arbeiten beschäftigt waren, erwiderten Claves fröhliches Winken nicht. Gerner erkannte in einem von ihnen Maat Wheeler. Sie schauten unverwandt herüber, während die Besatzung der *Holzfrachter* ausschwämte, um die Leinen festzumachen.

Gerner schaute sich in dem Gemeinschaftsraum um, während sie ihre Flügel an der Tür aufhängten. Ein schneller Blick, und dann mußte er in die entsprechende Rolle schlüpfen:

Kein Teetopf, kein geselliges Beisammensein. Booce Serjent wirkte verärgert und unglücklich. Bootsmann Sectry Murphy machte Anstalten, Gerner um den Hals zu fliegen, besann sich aber eines Besseren. Drei Mariner von beeindruckender Länge waren an den Wänden postiert und bildeten den Hintergrund für einen vierten: silberner Anzug, das Visier geöffnet, dahinter das bärtige Gesicht eines Zwergs. Wayne Mickl.

Gerner zauberte ein erwartungsvolles Grinsen auf sein Gesicht. Es war überraschend leicht. Er wollte Sectry beruhigen; er freute sich, sie zu sehen. Er ließ den Blick von Sectry zu Wayne Mickl wandern und wieder zurück. »Bin ich angenommen?« platzte er heraus.

Statt besorgt, schaute Sectry jetzt zornig drein. Wayne Mickl brach in entzücktes Gelächter aus. »*Sehr* gut! Aber, Gerner, es gibt einfach nicht genug Zwerge, um den Verdacht so ohne weiteres von dir abzulenken. Haltet ihn.«

Zwei der Mariner waren über ihm. Er mußte den Haltegriff loslassen und trudelte durch die Luft. Die Matrosen prallten gegen die Wände und stießen sich wieder ab. Dann umschlang der eine von hinten Gerners Brustkasten mit Armen und Beinen, während der zweite Gerner den Fuß zwischen die Oberschenkel stemmte, indes er mit beiden Händen seine Knöchel packte und ihm die Beine lang ausgestreckt festhielt.

Jill hatte ihn diesen Ringergriff gelehrt, während der kurzen Zeit, in der sie stärker gewesen war als er. Man schlang

Arme und Beine um die unteren Rippen des Gegners und schnürte ihm so die Luft ab. Binnen kurzem verlor er die Besinnung.

Gerner hatte den Griff bei mehreren Gelegenheiten angewendet und war dafür bestraft woren. Zu der Zeit waren die meisten Kinder kleiner als er. Auf Jill traf das nicht zu, doch sie konnte es an Kraft nicht mehr mit ihm aufnehmen, nachdem sie beide älter geworden waren. Man hatte Gerner zur Friedfertigkeit erzogen. Natürlich geriet er manchmal in Wut, aber er hatte gelernt, sich zu beherrschen. Hin und wieder maß er sich mit Erwachsenen. Meistens verließ er den Platz als Unterlegener.

Der Mann hinter ihm (Matrose Nr. 1) ließ ihm so viel Spielraum, daß er eben noch atmen konnte. Der andere (Matrose Nr. 2) rammte Gerner nicht die Hoden in den Bauch, doch war er jederzeit dazu in der Lage. Gerner hielt seine Wut im Zaum. »Booce?«

Booce beantwortete die unausgesprochene Frage. »Ich will etwas von dir hören. Wo bist du gewesen?«

»Im Dunkel. Wir haben Hilar den Schlamm geliefert. Walnußkissen haben wir auch mitgebracht und …«

»Die Marine ist wie ein Sturmwind durch dieses Haus gefegt. Ich habe Gardehauptmann Mickl von den sporentragenden Rispen im Beton erzählt. Ich war im Begriff, ihm ein Versteck zu zeigen, das ich in meiner Haustür eingerichtet habe. Mir scheint, sie würden mein Haus liebend gerne nieder*reißen*, und eine innere Stimme sagt mir, das ist alles deine Schuld …«

»Hören Sie auf, Booce«, unterbrach ihn Mickl. »Gerner, was hast du denn geglaubt, bei deiner Heimkehr vorzufinden?«

Der Zorn drohte seine Vernunft zu überwältigen, aber diesen Teil seiner Verteidigung hatte er oft genug in Gedanken wiederholt. »Ich dachte … als ich Sectry gesehen habe und Sie … Na, ich glaubte, der Gardehauptmann wäre persönlich gekommen, um mir mitzuteilen, daß ich angenommen bin. Die Marine. Sie wissen schon. Aber …«

»Du müßtest wissen, daß ein Offizier sich wegen eines neues Rekruten nicht solche Umstände machen würde.«

»Schon, aber Sie sind hier ... und irgend jemand hat mir erzählt, es wäre Ihnen sehr wichtig, einen weiteren Zwerg als Gardisten zu gewinnen. Doch weshalb sind Sie denn nun eigentlich gekommen, Gardehauptmann?«

»Ein Irrtum!« rief Sectry dazwischen.

Mickl brauchte seine Stimme nicht zu erheben, er verschaffte sich mühelos Gehör. Sogar die Wände bebten. »Von wegen Irrtum. Da ist ...«

»Nein, erlauben Sie.« Gerner griff mit beiden Händen nach dem Fuß zwischen seinen Schenkeln. Er hatte ihn gepackt, bevor das Bein sich strecken konnte, und drehte ihn zur Seite. Sein Brustkorb wurde zusammengedrückt. Er hielt den Atem an und drehte weiter. Das Bein knickte hoch, Nr. 2 wurde herangezogen, ließ Gerners Knöchel los, und Gerner trat ihm zweimal unter das Kinn. Damit hatte er die Hände frei, um die Klammer der vor seiner Brust verschränkten Arme zu sprengen, sie über den Kopf und dann nach unten zu ziehen. Mit der Drehung löste sich auch die Beinklammer, und er bekam wieder Luft.

Nr. 2 trat mit dem unverletzten Bein nach Gerner. Gerner wehrte mit dem Fuß ab. Sie trieben auseinander; Nr. 2 war unterwegs zu einer Wand. Es klebte Blut an seinem Mund. Gerner hielt die Arme seines Hintermannes gepackt und zog sie nach vorn. Er spürte erheblichen Widerstand und setzte alle Kräfte ein, bis er Nr. 1 die Schulter ausgekugelt hatte.

Clave hielt den dritten Mann im Schwitzkasten.

Gerner schob Nr. 1 von sich weg. Der Mann drehte sich stöhnend in der Luft, während sein Arm in einem unnatürlichen Winkel hin und her schlenkerte.

Nr. 2 benutzte die Wand als Sprungbrett. Gerner stieß ihm den Fuß in den Bauch, doch ein ordentlicher Faustschlag traf ihn gegen den Hals. Seine kurzen Arme und Beine hatten Gerner schon mehr als einmal den Sieg gekostet.

Wieder trieben sie auseinander. In Gerners Ohren

summte es, vor seinen Augen tanzten Funken. Er war zu weit von den Wänden entfernt. Er wartete, aber Nr. 2 verharrte zusammengekrümmt an der Wand, die ihn aufgefangen hatte, und erholte sich von dem Schlagabtausch.

Wayne Mickl zielte mit einer Armbrust auf Gerner. »Schluß jetzt. Ich kann dich außer Gefecht setzen, ohne dich zu töten. Dich auch, Jonathan. Bleib, wo du bist. Du, Baumbewohner, laß Doheen los!«

Clave gab Nr. 3 frei. Doheen war bewußtlos.

Außer Atem und übermütig erklärte Gerner: »Nun gut. Doch für Irrtümer … muß immer jemand … bezahlen. Sagt man nicht so? Oder können Sie mir nicht folgen?«

»Allerdings nicht. Einen Moment. J … Was ist jetzt schon wieder?«

Die Männer unter der Tür wirkten beide überrascht. Bei dem einen handelte es sich um einen Matrosen. Er hielt Raym Wilby in der Rippenklammer. »Gardehauptmann, der Kerl näherte sich dem Haus. Dann sah er das Schiff und machte kehrt. Der Maat und ich haben ihn verfolgt und festgenommen.«

»Wer sind Sie?« wollte Wayne Mickl wissen.

Raym starrte ihn mit offenem Mund an. Carlot antwortete für ihn: »Das ist Raym Wilby. Er war als Lotse an Bord.«

»Ich … ich mag die Marine einfach nicht leiden.«

»Na schön. Jonathan, wischen Sie sich das Blut vom Gesicht, dann schaffen Sie Wilby in den Vorratsraum. Verhören Sie ihn über die Reise. Seien Sie höflich.«

Doheen öffnete blinzelnd die Augen. Der Mann vom Schiff kümmerte sich um Nr. 1, den Mann mit der ausgerenkten Schulter. Gerner hörte ihn schreien, als das Gelenk wieder einschnappte. Jonathan (Nr. 2) wischte sich den Mund sauber, dann ergriff er Raym Wilby am Arm und zog ihn hinter sich her. Gerner bemerkte erst jetzt, daß Sectry gleichfalls eine Armbrust trug. Sie zielte auf Clave.

Mickl ignorierte das alles. »Also, Gerner, nun erzähl mir von dem Druckanzug, der genauso aussieht wie meiner. Vergiß die Armbrust nicht.«

Gerner war immer noch etwas außer Atem. Er ließ sich etwas mehr Zeit, als nötig gewesen wäre. »Druckanzug? Booce hat mir davon erzählt. Die Marine besitzt drei Stück, die von neun Gardisten abwechselnd getragen werden, doch es fehlt an Zwergen.«

»Ein vierter Druckanzug ist vor fünfzehn Tagen im Hauptquartier aufgetaucht. Der darin gesteckt hast, warst du.«

Gerner setzte ein erstauntes Gesicht auf. »Nein, war ich nicht. Fünfzehn Tage? Da war ich im Dunkel und habe mit den anderen Schlamm geladen. Ist das der Grund, weshalb Sie hier anrücken wie zur Verbrecherjagd?«

»Gerner, es ist dein Pech, daß ich so an Zwergen interessiert bin. Ich weiß genau, wo jeder Zwerg in der Admiralität sich zur Zeit aufhält. Es gibt zwölf. Zehn gehören der Marine an. Einer ist achtzehn Jahre alt. Er wird demnächst zum Maat befördert. Sectry ist es bereits. Die übrigen sind Gardisten. Es gibt noch den Sohn eines Dunkeltauchers, aber sein Gehirn war von den Sporen verseucht, bevor er sich das erste Mal rasieren mußte. Und dann gibt es dich.«

»Und den vierten Druckanzug.«

»Ja. Ich will ihn haben.«

Gerner wischte sich den Schweiß vom Gesicht. Er überlegte so genau, als wäre er unschuldig.

Es kam darauf an, nicht mit etwas herauszuplatzen, das er eigentlich nicht wissen konnte. »Sir, wenn ein Druckanzug ohne Ihr Wissen in den Bereich der Admiralität gelangt ist, dann hat vielleicht tatsächlich ein Zwerg darin gesteckt.«

Mickl gab keine Antwort. Gerner fuhr fort: »S ... der Bootsmann und ich sind ungefähr gleich groß, aber ich glaube, Sie sind größer. Wie groß war dieser vierte Anzug? Würde ich überhaupt hineinpassen?« Er stotterte ein wenig, denn jedes Wort mußte zuvor genau durchdacht werden. Wie deutlich hatte Mickl den silbernen Anzug gesehen? Er wirkte immer größer als der Träger. »Vielleicht ist er aber auch kleiner. Vielleicht ist er so klein, daß man ihn an einer Stelle verbergen kann, wo Sie nicht suchen würden, in einem Schrank in einem Wanderfuß-Schiff ...«

»Wie das?«

»Wanderfüße haben auf dem Flug hierher versucht, uns auszurauben. Sie hegen keinen großen Respekt vor Gesetzen. Liegt nicht ein Schiff der Lupoffs am Pier?«

»Allerdings, aber ein Schrank ist Unsinn. Er würde ersticken.«

»Dann eben ein anderes Versteck.« *Der silberne Anzug verfügt über eine Luftzufuhr. Kann ich darüber Bescheid wissen? Wovon darf ich außerdem noch keine Ahnung haben*? »Was ist denn eigentlich vorgefallen? Wessen werde ich verdächtigt?«

»Du bist in einem nicht erfaßten, mit meinen Rangabzeichen versehenen Druckanzug ins Hauptquartier eingedrungen, dann in die Bibliothek. Du hast den Posten übertölpelt. Es ist uns nicht gelungen, herauszufinden, was du dort getan hast oder ob du bekommen hast, was du wolltest, aber die Stimme lief, als ich hinzukam. Du hast im Hauptquartier Sporen verstreut und bist entkommen.« Mickls Adamsapfel hüpfte auf und nieder, und Gerner ahnte, wie dicht er davor war, die Beherrschung zu verlieren. »Ich habe dich verfolgt. Ich war nicht in der Lage, dich einzuholen.«

»Hm – das ergibt keinen Sinn. Booce hat mir gesagt, versuche nie, der Marine davonzufliegen. Die Flügel sind anders ...«

Mickl fuhr mit dem Arm durch die Luft. »Der Anzug ist mir davongeflogen! Das ist nicht einfach noch ein Druckanzug wie die andren. Auch wenn es nur darum ginge, würdest du bis zum Hals in Schwierigkeiten stecken. Wir *müssen* diesen Anzug finden. Er ist etwas Besonderes.«

»In welcher Beziehung?«

»Geheimsache, du kleiner Pilz!« Wayne Mickl schloß die Augen. Er sog den Atem durch die Nase, bis seine Lungen gefüllt waren, und stieß ihn dann aus. Ruhig sagte er: »Booce, zeigen Sie mir dieses Versteck.«

Booce gehorchte. *Davon hätte er auch uns nichts erzählt*, dachte Gerner. *Geheimnisse*!

Mickl schloß den Helm. Als er in die Höhlung schaute, flammte an der Stirnpartie des Helms ein Licht auf. Er musterte das Versteck eine geraume Weile. »Sehr gut ausgedacht.«

»Nicht unbedingt sehr gut. Die Tür wurde geschwächt.« Booce machte ihn auf das Loch aufmerksam. Mickl nickte.

Jonathan kehrte in den Gemeinschaftsraum zurück. An seinem Kinn bildete sich eine längliche Schwellung. Er betrachtete Gerner gleichgültig. Nachdem er dem Offizier mit gedämpfter Stimme Meldung gemacht hatte, verschwanden beide in Richtung auf den Vorratsraum.

Somit waren sie allein mit Matrose Nr. 3, Doheen. Er und Clave trugen einen Wettbewerb im wortlosen Anstarren aus, Clave lächelnd, der andere mit steinernem Gesicht.

Booce wählte seine Worte sorgfältig, bevor er zu sprechen begann: »Gerner, da ist etwas, was du bedenken solltst. Du versuchst, den Gardehauptmann zu überzeugen, daß du unschuldig bist. Das genügt nicht.«

Gerner war mit der Entwicklung der Dinge eigentlich recht zufrieden gewesen. »Raym war bei uns. Und Raym hat nicht genug Grips, um sich eine Lüge auszudenken.«

»Natürlich. Mickl glaubt dir jetzt auch.« Ein rascher Blick zu Doheen, der mit den Achseln zuckte. »Doch auf die vage Möglichkeit hin, daß du ihn doch getäuscht haben könntest, wird er *Holzfrachter* daran hindern, jemals wieder den Bereich der Admiralität zu verlassen, weil wir eventuell den vierten Druckanzug hinausschmuggeln könnten. Er wird mich finanziell ruinieren, um zu erreichen, daß ich etwas ausplaudere, um mein Geschäft zu retten. Er wird dir und uns auf den Fersen bleiben. Wir kommen nie zur Ruhe.«

»Dann ...« *Was soll ich tun? Es gibt keinen Weg, Mickl von meiner Unschuld zu überzeugen. Ich bin schuldig*!

Bei den Druckanzügen der Admiralität funktionieren die Antriebsdüsen nicht. Kein Treibstoff. Doch es existiert ein Anzug mit funktionstüchtigen Jets, irgendwo, und Mickl will ihn haben. Er wird sich keinesfalls mit weniger zufrieden geben.

Ihm den silbernen Anzug überlassen? Dann weiß er, daß wir schuldig sind.

Wenn ich ... Aha! Ihm kam eine Idee.

Booce kann ich nicht fragen. Doheen hört zu, und Booce hat außerdem keine Ahnung, was eigentlich passiert ist. Die anderen ...

Das Schicksal und die Luftströmungen hatten Gerner in Sectrys Nähe getragen. Er rückte noch ein wenig näher. Sie hielt die Armbrust zur Seite. Ihr Gesichtsausdruck war schwer zu deuten.

»Ich hätte nicht weggehen sollen.«

»Warum konntest du nicht warten?«

»Man hat mir gesagt, die Marine braucht immer eine Ewigkeit, bevor sie etwas unternimmt. Ich konnte einfach nicht hier bleiben und an den Nägeln kauen, und wir brauchten den Schlamm.«

Sie unterhielten sich mit gesenkter Stimme. Sectry meinte: »Ich war hier. Ich hatte den Dienst getauscht, aber das geht nicht zweimal hintereinander. Du hast mich sitzengelassen wegen *Schlamm*?«

Es war abscheulich, so etwas gestehen zu müssen, aber immer noch besser als die Wahrheit. Er nickte.

»Gerner, kein Mensch ist imstande, unter dem Einfluß von Rispentee vernünftige Entscheidungen zu treffen. Aber jetzt sag mir die Wahrheit. Bin ich fremdartig? Bin ich zu alt?«

»Meine Mutter ist älter als mein Vater, und ich bin losgezogen, um Neues und Fremdartiges zu sehen und zu erleben. Sectry, ich bedauere nichts von dem, was ich gesagt oder getan habe.«

Was nicht ganz der Wahrheit entsprach. *Geheimnisse* ... »Hilar Belmy versucht zu erreichen, daß sein Baum Knotenholz treibt.«

Sie schüttelte den Kopf. »Damit wird er kein Glück haben.«

»Nun, er probiert es mit einer neuen Methode. Booce hat sich einen Anteil an dem Baum erworben. Und er steht in unserer Schuld.«

»Also ist es nicht nur der Schlamm, es dreht sich um Geld. In Ordnung, Gerner. Geld kann ich verstehen.«

»Das ist mehr, als ich von mir behaupten kann. Es bedeutet Macht, aber Offizier wirst du deshalb nicht. Gibt es unvermögende Offiziere?«

Ihre Lippen zuckten. »Sie heiraten reiche Bürger. Ihre Kinder gehören dem Offiziersstand an. Die Zahl der Offiziere wächst. Eines Tages sind wir alle Offiziere.«

»Warum ist Wayne Mickl so versessen auf diesen Anzug? Ich hätte eher das Gegenteil geglaubt.«

»Es ist nicht gut für die Admiralität, wenn Wanderfüße im Besitz alter Wissenschaft sind. Ich vermute, Wayne hat die Hoffnung beinahe aufgegeben, jemals seinen Platz als Hauptmann einzunehmen. Der Druckanzug bedeutet alles an Macht, was er je haben wird, und er nimmt seine Pflichten ...«

Sie kehrten zurück: Wayne Mickl und Raym Wilby und Jonathan. Raym verhielt sich ungewohnt still. Mickl sagte: »Und was hattest du mit dem Bootsmann zu besprechen?«

Sectry war verwirrt; Gerner antwortete zuerst. »Ich habe mich mit ihr darüber unterhalten, daß die Marine noch drei Zwerge einstellen muß, fals tatsächlich ein vierter Druckanzug auftaucht.«

Sectry bemühte sich, ihr Lachen hinter der vorgehaltenen Hand zu verbergen. Booce lachte aus vollem Halse. Doheens Mund bildete eine dünne Linie. Mickl stand kurz vor der Explosion.

Es war nicht viel, was Gerner von Sectry erfahren hatte, aber vielleicht genügte es. *Auf nach Gold*. Ehe Mickl den Mund auftun konnte, fragte er: »Fliegt er besser als eure Anzüge?«

In Mickls Gesicht zuckte kein Muskel. »Ja. Woher weißt du das?«

»Sie haben gesagt, er wäre Ihnen davongeflogen. Außerdem ist mir vor einiger Zeit ein Gerücht zu Ohren gekommen.«

»Erzähl mir davon.«

»Unter vier Augen, wenn es Ihnen recht ist, Sir.«

Sie zogen sich in die Küche zurück. Mickl bemerkte: »Dieser rispentrunkene Dunkeltaucher gibt einen erbärmlichen Zeugen ab.«

»Ich weiß nicht Bescheid über eure Versammlung der Vorsitzenden.«

»Du wirst bald genug damit zu tun haben. Laß mich etwas hören, Junge.«

»Ich weiß auch nichts über den gesuchten Druckanzug ...«

»Dann ...«

»Ich habe einmal gehört, daß es eine Möglichkeit gibt, aus kleinen Öffnungen in einem Druckanzug Feuer sprühen zu lassen. Dann vermag er ohne Flügel zu fliegen.«

»Sprich weiter.«

»Vielleicht kann ich einen Mann ausfindig machen, der diesen Kunstgriff beherrscht. Er besitzt keinen Druckanzug, also hat er es nie ausprobiert.«

»Führ mich zu ihm.«

»Sie wollen nichts mit der Marine zu tun haben. Sie halten sich der Admiralität fern.« Gerner stellte sich einen geheimnisvollen Stamm von Wanderfüßen vor, isoliert und mißtrauisch. »Sie haben Copsiks zu uns geschickt. Die Wissenschaftler selbst lassen sich nicht blicken.«

»Ich brauche Namen.«

Er entschied sich für einen, der leicht zu behalten war. »Sucher.«

»Einen solchen Stamm gibt es nicht.«

Gerner zuckte die Schultern.

»Nun, was *tun* wir eigentlich hier, Gerner?«

»Was ich vorschlagen wollte, ist, Sie geben mir Ihren Druckanzug ...«

Mickl lachte.

»Ich bringe ihn zu jemandem.« Bezahlung? Kein Geld; die Sucher kannten vielleicht kein Geld. »Rispen nehme ich auch mit, zwanzig Kilo ungefähr. Und Werkzeug. Den Anzug bringe ich zurück. Die Rispen und die Werkzeuge behalten sie. Möglicherweise funktionieren die Antriebsdüsen, möglicherweise nicht.«

»Ich will dir erklären, warum ich dir meinen Druckanzug nicht geben kann«, sagte Mickl in sanftem Ton. »Erstens, er gehört der Admiralität. Zweitens, er wird der Reihe nach von drei Gardisten getragen. Meine Triade würde es merken. Drittens, einen Druckanzug in die Hände von Wilden zu geben, würde unweigerlich als Meuterei betrachtet werden, besonders da du – viertens – ihn vielleicht nicht zurückbringst. Klar?«

»Keineswegs. Lassen Sie mich nachdenken.«

»Während du nachdenkst ... Dieser geheimnisvolle Stamm, besaßen sie je einen Druckanzug, an dem sie üben konnten?«

»Haben Sie gesagt ...«

»Könnte es ihnen gelungen sein, ihn zu reparieren?«

Gerner hatte das Gefühl, haltlos in den Himmel zu fallen. Baumfutter! Vielleicht ging er verloren, wurde gestohlen oder ...

»*Sag* was!«

»Ich habe versucht, mich zu erinnern. Sie haben sich seiner entledigt.«

»*Was*?«

»Er hat drei Bürger getötet.«

»Wie?«

»Der ... Silberne durfte nur von einem Auserwählten getragen werden. Eines Tages starb der alte Zwerg, während er ihn anhatte. Drei Zwerge kämpften um den Besitz ...«

»Das klingt nach ein paar Zwergen zuviel, Gerner.«

Er hatte nicht ganz unrecht. »Zwei habe ich mit eigenen Augen gesehen, und in den Dschungel selbst bin ich nie vorgedrungen. Ich vermute, bei den Suchern sind Zwerge häufiger.«

»... Weiter.«

»Der Sieger legte den Anzug an und starb. Der ihm unterlegen war, versuchte sein Heil und starb. Die letzte war eine Frau. Sie stieg in den Anzug hinein, aber während der …« Gerner klopfte sich auf den Kopf, »… dieser Teil noch offen war, behauptete sie, die Stimme von Kendy dem Prüfer vernommen zu haben. Keiner der anderen konnte sie hören. Sie bekamen Angst, stießen den Anzug in den Himmel hinaus und zogen zu einem neuen Wohnsitz.«

»Klingt, als wäre die Luftversorgung ausgefallen. Was dann?«

»Kurz nach diesem Vorfall entdeckten sie die Admiralität. Sie behaupten, eines eurer Schiffe hätte versucht, sie zu berauben …«

»Unsinn.«

»Bei uns heißt das Baumfutter. Sie behaupten es steif und fest.« Und warum sollte es das nicht gegeben haben? Marine, die sich bei ein paar Wilden bedient …«

Wayne Mickl zog ein angeekeltes Gesicht. »Es ist nicht ganz möglich. Ein Schiff, dem der Proviant ausgeht … So kommen wir nicht weiter.«

»Einen Moment. Ihr teilt euch zu dritt diesen Anzug. Tut ihr ständig Dienst im Hauptquartier?«

»Nein, selbstverständlich nicht. Warum?«

Gerner holte tief Atem. »Ihr vierter Punkt: natürlich bringen wir den Anzug zurück. Einige von uns bleiben hier, also können Sie sich an meinen Freunden schadlos halten, falls Sie den Anzug tatsächlich nicht zurückerhalten.

Ihr dritter Punkt: vielleicht könnte man es auch als Meuterei bezeichnen, wenn Sie sich die Chance auf einen flugfähigen Druckanzug entgehen lassen, besonders, wenn dieser der Admiralität gehört, worauf ich von Anfang an hinauswollte. Ganz zu schweigen davon, daß es sogar *drei* flugfähige Anzüge werden können! Also kümmern wir uns um den zweiten Punkt. Können Sie die Genehmigung der Admiralität erwirken?«

»Admiral Robar Henling würde mir eher seine Hoden überlassen. In seinem Alter würde das zwar… Nein. Unter keinen Umständen.«

Gerner schöpfte Hoffnung. Er besaß Mickls ungeteilte Aufmerksamkeit. Jetzt galt es nachzudenken! »Wird Ihre, hm, Triade beauftragt werden, diesen flugfähigen Druckanzug ausfindig zu machen?«

»Selbstverständlich!«

»Sie können jede beliebige Richtung einschlagen, sofern Sie glauben, auf der richtigen Spur zu sein, nicht wahr? Ihr seid Gardisten. Einer von euch ist Offizier. Keiner wird Fragen stellen. Liege ich damit falsch?«

»... Nicht ganz.«

»Also brecht ihr auf, um Gerüchten über einen vierten Druckanzug nachzugehen. Mag sein, ihr findet ihn. Es gelingt euch, ihn einzukreisen. Doch der Zwerg darin lacht euch aus und fliegt davon. Nur weiß er nicht, daß Ihre Triade eine Zeitlang ohne Druckanzug Dienst getan hat. Dann tauchte er wieder auf. Nun geht der bewußte Zwerg auf und davon, aber er kann nicht entkommen, weil euer Druckanzug ebenfalls fliegt und er keine Ahnung davon hat.«

Mickls Grinsen war nicht eben ein erfreulicher Anblick. »Bist du in deiner Heimat ein Künder gewesen?«

Gerner wußte genau, was er meinte. »Unsere Künderin war Merrill, bis zu ihrem Tod. Dieser Tage muß jeder sein eigener Künder sein. Gardehauptmann, ich versuche, behilflich zu sein. Ich werde den Anzug zurückbringen, ob er funktioniert oder nicht.«

»Und wenn die Sucher ihn nicht herausrücken?« Wayne Mickl seufzte. »Ich kann dir nicht verdenken, daß du meine Männer angegriffen hast, und ich stelle dich nicht unter Anklage. Belassen wir es vorläufig dabei. Diese Sache ist noch nicht ausgestanden, Gerner.«

Die Zivilisten schauten zu, wie die Mariner zu ihrem Schiff zurückflogen. Sectry bildete die Nachhut, und als er sie über die Schulter blicken sah, schnappte Gerner seine Flügel und schnellte ihr nach.

Sie blieb auf einem Fleck schweben, während er die Flügel anschnallte. Eine Stimme ertönte aus der Kabine des Marinekreuzers; sie gab Antwort. Dann wich sie mit einigen Beinstößen dem Dampfstrahl der Rakete aus. Der Marinekreuzer entfernte sich.

Gerner kam heran. Er war zu sehr außer Atem, um etwas sagen zu können. »Du steckst bis zum Hals in einer unsauberen Sache«, warf sie ihm vor.

Er zuckte hilflos die Schultern.

»Ich weiß nicht, um was es geht, aber ich will nichts damit zu tun haben. Außerdem bin ich zu dem Schluß gekommen, daß ich nicht in einem Baum leben mag.«

Gerner hatte sich erholt. Er sagte: »In der Größe passen wir gut zusammen.«

Sie schüttelte leidenschaftlich den Kopf. Tränen flogen. »Hat Wayne dir nicht gesagt, wie viele Zwerge es in der Marine gibt? Gerner, es war ein gutes Angebot. Niemand trifft eine vernünftige Entscheidung unter dem Einfluß von Rispentee. Es tut mir leid.«

»Mir auch.« In der Zunge schien er einen Knoten zu haben, und in seinem Kopf herrschte ein großes Durcheinander. *Der Wissenschaftler und der Prüfer, die beiden sind schuld, sie haben mich ins Hauptquartier geschickt! Sähe es anders aus, wenn sie es nicht getan hätten? Hatte ich es ernst gemeint, dieses Angebot? Wie wird Carlot darüber denken? Oder Jill?*

»Ich möchte dich wiedersehen. Sobald das hier vorbei ist, wenn es jemals vorbei ist. Du kehrst zu deinem Baum zurück, nicht wahr? Hier wird es dir nicht gefallen, nicht mit dem Gardehauptmann, der jede deiner Bewegungen verfolgt!« Sie wartete seine Antwort nicht ab. »Nun, früher oder später werden wir eine Expedition zum Bürgerbaum ausschicken, und ich werde daran teilnehmen. Ich hoffe, bis dahin hat sich alles aufgeklärt.«

Sie schwamm mit dem Spin in Richtung Hauptquartier oder Markt davon. Er rief ihr nach: »Wir haben eine Rakete ...«

»Nein. Danke. Ich gehe zu Fuß.« Sie paddelte weiter. Gerner machte sich auf den Rückweg zum Serjent-Haus. Jetzt kam es darauf an, einen Fluchtplan zu entwickeln, der ihnen möglichst keine neuen Feindschaften eintrug; das bedeutete schnelles Denken und viel Reden – wieder einmal.

22 Der Kreis schließt sich …

Was hatte er falsch gemacht? Über zweiundfünfzig Lichtjahre Entfernung und interstellaren Staub hinweg konnte eine Nachricht arg verstümmelt beim Empfänger eintreffen. Aber diese war kurz, eindeutig und wurde mehrfach *wiederholt*:

Kassetten des FRMs 2, aufgezeichnet im Jahr 76 SM, Tag 1412:

An *Discipline,* Staatsjahr 1435. Besatzung an Bord nehmen und Mission fortsetzen.

Fank Shibano, für den Staat

Als wäre er ein störrischer Computer, der auf den rechten Weg zurückgeführt werden mußte! Datum des Eintreffens: 26. Februar, Staatsjahr 1487. Aufgezeichnet von FRM 2 einundsechzig Erdentage später.

Er hatte seine Mission abgebrochen! Warum?

Er hatte den Versuch unternommen, den neuen Anweisungen Folge zu leisten. Von acht FRMs, die er in den Rauchring entsandt hatte, vermochte er drei zu orten. Die übrigen mußten zerstört sein oder funktionsunfähig, oder die Sendeeinrichtungen waren abgeschaltet.

Von FRM 2 hatte er von dem Tod Claire Daltons erfahren. Claire war im Alter von 138 Jahren gestorben, weniger als zwei Monate vor dem Eintreffen der Nachricht. Weitere Überlebende waren den FRMs nicht bekannt. In ihren Aufzeichnungen fanden sich zahlreiche Todesdaten.

Erstaunlich, daß Claire so lange gelebt hatte.

Es hatte eine Meuterei gegeben. Kendy hatte die Fakten in dem Computer es FRMs 2 gespeichert, bevor er sie aus seinem eigenen Gedächtnis löschte. Sharls Davis Kendy hatte gegen seine Besatzung gemeutert. Narr, das nicht früher erkannt zu haben! Ihre Nachkommen benutzten den Ausdruck *Meuterer* als Beleidigung!

Er hatte einen nicht wiedergutzumachenden Fehler begangen. Aber wie konnte das geschehen? Seine Schlußfolgerungen waren logisch, seine Befehle eindeutig … tatsächlich?

1) Sie werden die aufgeführten Sterne der Reihe nach anfliegen. Es ist möglich, dass die Liste erweitert wird … Es ist die Absicht des Staates, durch die Besiedlung dieser Planeten die Menschheit auf verschiedene Lebensräume zu verteilen, als Vorbeugung gegen Gefahren, die möglicherweise nur das Sonnensystem betreffen.

2) … die menschliche Rasse ist nicht unverwundbar. Es besteht das Risiko, dass die Besatzungsmitglieder eines beliebigen Raumschiffs bei ihrer Rückkehr feststellen müssen, dass sie die einzigen Überlebenden der gesamten Menschheit sind. Die Gene der Mannschaft der *Discipline* sind ihre wichtigste Fracht.

GEHEIM

3) Ihre dritte Aufgabe ist die Forschung …

Ling Carther, für den Staat

Was konnte unmißverständlicher sein?

Kendy wußte, weshalb die Dinosaurier ausgestorben waren. Der Staat hat den von Ringen umgebenen schwarzen Riesen erforscht, der in regelmäßigen Zeitabständen Kometenschwärme in das Sonnensystem hinausschleuderte. Der Staat verfügte inzwischen über die Mittel, sich vor Kometen zu schützen. Das Sonnensystem war gezähmt. Zehn Planeten waren besser als einer; Städte und Industrieanlagen auf dreißig Monden und Hunderten von Asteroiden waren besser als nichts; aber die Angst vor dem Schicksal der Dinosaurier blieb. Planeten sind vergänglich.

In günstiger Entfernung von nahegelegenen Sternen

waren erdähnliche Welten entdeckt worden. Auf zweien davon hatte sich pflanzliches Leben entwickelt. Beim Start der *Discipline* befanden sie sich im letzten Stadium ihrer Angleichung an Terra. Bei sechsundzwanzig Planeten war die giftige Lufthülle, die Ähnlichkeiten mit der Atmosphäre der urzeitlichen Erde aufwies, mit exakt auf die jeweiligen Verhältnisse zugeschnittenen Algen befruchtet worden.

In tausend Jahren würden einige von ihnen bereit sein für weitere Maßnahmen. Das Saatschiff-Programm hatte siebenhundert Jahre vor Kendys Geburt seinen Anfang genommen.

Und die *Discipline* hatte einen bewohnbaren Nicht-Planeten gefunden!

Die Menschheit sollte sich so weiträumig wie möglich ausbreiten.

Die Gefahren hier waren nicht die Gefahren eines Planeten. Der Rauchring und der ihn umschließende Gas-Torus waren dicht genug, um das irdische Leben vor der Strahlung des alten Neutronensterns sowie von Strahlen aus dem Weltraum abzuschirmen. Die Strahlungsquellen waren überall im Universum gleich. Eine Supernova in der Nähe von Sol ... Sol und ihre Begleiter im Wirkungsbereich einer Sternenwiege ... eine Katastrophe im Herzen der Galaxis ... bekannte und unbekannte Ereignisse konnten die Vernichtung von Sol und aller in der Nähe befindlichen Sternensysteme bewirken. Doch dem Rauchring konnte nichts etwas anhaben!

Seine eigene Nachricht an die Erde, abgesandt im Staatsjahr 1382, war lang und detailliert. Der Text befand sich unter den Aufzeichnungen aus dem Speicher von FRM 2:

Sharls Davis Kendy hatte seine Mannschaft im Stich gelassen, während sie den Rauchring erforschte. Drei an Bord gebliebene Besatzungsmitglieder hatte er aufgefordert, sich mit allem Nötigen zu versehen und die *Discipline* zu verlassen. Gründe hatte er keine angegeben; sein zweiter Auftrag war GEHEIM. Er hatte die Lebenserhaltungssysteme der *Discipline* in einer Reihenfolge abgeschaltet, die den drei letzten Menschen an Bord als einzige Möglichkeit den Weg zu den Hangaren der FRMs offenließ.

Ah, das erklärte eine Belanglosigkeit, über die er sich oft gewundert hatte: Diese drei hatten für Katzen nichts übrig gehabt. Purer Zufall.

Und dann die Botschaft von der Erde. *Den ursprünglichen Zustand wieder herstellen.*

Wie? Seine Mannschaft war tot!

Angesichts einander widersprechender Befehle konnte er nicht funktionieren. Er würde in einen Kreislauf sich gegenseitig verstärkender Schuld geraten. Kendy hatte sämtliche die Meuterei betreffenden Informationen an die FRMs 2, 6 und 7 übermittelt, um sie anschließend aus seinem Gedächtnis zu löschen.

Wo hatte er einen Fehler begangen? Konnte die Botschaft verstümmelt sein? Alle zweihundert Wiederholungen?

AN *DISCIPLINE*, STAATSJAHR 1435. BESATZUNG AN BORD NEHMEN UND MISSION FORTSETZEN.

FRANK SHIBANO, FÜR DEN STAAT

Keine Erklärungen, keine Begründungen. Er war neu programmiert worden wie ein unartiger Computer. *Warum*? Er hatte seine Mission erfolgreich beendet!

War die Nachricht echt? Daten überprüfen:

Kendys eigener Erfolgsbericht, abgesandt im Staatsjahr 1382.

Die Nachricht des Staates datierte zweiundfünfzig Komma zwei Erdenjahre später. Er befand sich auf einer Position zweiundfünfzig Komma eins Lichtjahre von der Erde entfernt. Dieser Shibano hatte sich mit seiner Entscheidung nicht viel Zeit gelassen, aber ... es paßte zusammen.

Eingetroffen zweiundfünfzig Komma eins Jahre später. Stimmt.

... Merkwürdig. Wie konnte der Staat auf den Gedanken kommen, auch nur eins der Besatzungsmitglieder wäre noch am Leben? Daß Claire so alt geworden war, lag an der niedrigen Schwerkraft, guten altmodischen Ansichten über Gesundheit (ihr Gehirn war das eines ältlichen Corpsikels), ihrer Jugend (dank des Körpers einer schlauen, gesunden Kriminellen), und natürlich war auch Glück im Spiel. Die übrigen mußten Dekaden früher gestorben sein (und ihre Nachkommen schimpften ihn Mörder und Meuterer und beschädigte Maschine).

Shibano für den Staat. Kendy empfand es als schwierig, sich Shibano als Einzelperson vorzustellen, aber ... was mochte Shibano gedacht haben? Rettung nach einhundertvier Jahren: Es war verrückt.

Vielleicht hatten sich die medizinischen Möglichkeiten des Staates verbessert? Die Zeiten ändern sich. Jede Generation der Menschheit hat nach einem längeren Leben gestrebt. Es konnte sein, daß inzwischen eine Lebensspanne von tausend Jahren als normal galt ...

Spekulationen.

Aber die Zeiten ändern sich. Ziele ändern sich. Kendy war auf zahlreichen Umwegen hierhergelangt. Der Staat, der ihm seine Befehle gegeben hatte, war vierhundertfünfundfünfzig Jahre alt, als er den Rauchring erreichte. Fünfhundertsieben, als Shibano seine Nachricht abschickte. Fünfhundertneunundfünfzig, als die Nachricht eintraf.

Gewöhnlich pflegte Kendy Anweisungen nicht in Frage zu stellen. Entgegengesetzte Befehle konnten ihn in einen unlösbaren Konflikt stürzen. Doch er hatte sich endlos in diesem Kreis bewegt, während irgendein stummes Unterprogramm verzweifelt nach einem Ausweg suchte.

Irgendwo in einem Muster magnetischer Felder kam es zu einer Veränderung ... und Kendy, der Mensch, würde gelacht haben. Überall Veränderungen! Der Staat, wie Sharls Davis Kendy ihn kannte, lag tausend Jahre in der Vergangenheit. Er war tot. Trotzdem mußte er ihm dienen. Seine Aufgaben standen bis in alle Einzelheiten fest; danach wollte er sich richten.

Die Menschheit sollte in verschiedenen Lebensräumen heimisch werden. So sei es. Wie war die augenblickliche Situation?

Der zurückweichende Rauchring bedeckte vierzig Grad des Himmels. Für die Dauer von nicht viel weniger als zwei Monaten hatte sein Gehirn sich im Kreis bewegt! Er hatte das letzte Stadium des Kometenaufschlags auf Levoys Stern verpaßt, die Expedition in die Admiralität konnte längst ihr Ende gefunden haben ...

An die Arbeit. Der Antrieb der *Discipline* hatte sich selbsttätig abgeschaltet. Gut! Also verfügte er noch über einen Treibstoffvorrat.

Er ließ den Antrieb warmlaufen. Sein Orbit glich dem eines Kometen, im höchsten Maße exzentrisch. Gleichungen entstanden in seinem Gehirn ... kurze Zündung beim Erreichen des Apheliums. Verringern der Geschwindigkeit durch Eintauchen in den Gas-Torus, zweimal. Goldblatts Welt als Schwerkraft-Schleuder benutzen und dadurch ein paar Becher Deuterium sparen ...

Im direkten Sonnenlicht lag der Klumpen als grün-weißes Chaos am Ende von *Holzfrachters* Dampffahne. Clave fühlte sich gut: frei und ledig, auf gemächlicher Fahrt durch einen Himmel ohne unmittelbare Hindernisse.

Gerner zwängte sich aus der quadratischen Kabine. Sein Schädel bestand aus Metall und Glas. »Der Anzug ist zu groß, aber der Helm paßt.«

Der Anblick brachte Clave zum Lächeln. »Kannst du etwas empfangen?«

»Empfangen ...? Nein, Jeffer hat sich noch nicht gemeldet. Vielleicht kann er diesen Anzug nicht erreichen. Kendy habe ich auch zu rufen versucht.«

»Zu dumm.« Clave beobachtete schon längere Zeit einen fernen, bräunlichen Klumpen Vegetation. »Carlot«, rief er jetzt nach hinten. »Könnte das ein Fischerdschungel sein?«

»Bin in zwölf Atemzügen bei euch.« Carlot beendete ihre Arbeit am Motor und kletterte über die Kabine hinweg zu ihnen nach vorn. »Wo?«

Clave deutete mit den Zehen nach Osten und auswärts.

»Ich kann die Wurzel nicht erkennen ... doch, es ist

einer. Dann stelle ich besser den Motor ab, oder wir fliegen daran vorbei. Gerner?«

Gerner folgte ihr zum Heck. Clave blieb als Ausguck am Bug, während die beiden anderen am Motor hantierten. Nach einiger Zeit verschwand das Gefühl von Tide in seinem Rücken.

Aus der Nähe betrachtet, wirkte der Fischerdschungel unwiderruflich tot. Braunes Laub und nackte Zweige. Büschel und Flecken von frischem Grün: Parasitenbefall. Die wasserspeichernde Wurzel war halb ausgestreckt, gleich der Hand eines Toten mit drei roten Fingernägeln. Er hielt nach dem FRM Ausschau ... und sah einen Mann durch den Himmel paddeln.

Jeffer zog sich keuchend an Bord. »Legt an der Wurzel an. Baumfutter, ich bin froh, euch zu sehen, aber was tut ihr hier?« Er schaute über den Rand der Kabine und rief: »Hallo, Carlot! Gerner, was ... Ist das der Helm von einem Druckanzug?«

»Ja. Der Rest liegt drinnen.«

Sie berichteten abwechselnd, während sie *Holzfrachter* vertäuten.

»Ich wußte nie genau, ob der Gardehauptmann mir glaubte«, begann Gerner, »aber er verließ das Serjent-Haus, ohne uns als Copsiks mitzunehmen ...«

»Für die nächsten vierzig, fünfzig Tage hat die Marine uns unter Beobachtung gehalten«, fuhr Clave fort. »Wir haben nichts Ungewöhnliches getan. Booce verkaufte Holz und heuerte Arbeiter an, um es zu schneiden. Wir kauften weitere Sämereien, dazu Werkzeug und anderen Kram. Das befindet sich alles an Bord. Mickl tauchte immer wieder auf, störte uns bei der Arbeit, versuchte aus Gerner weitere Informationen über die Sucher herauszulocken ...«

»Ich habe mich bemüht, nicht zu viel zu reden. In Gedanken hatte ich mir ein genaues Bild von diesen Suchern geschaffen, und vielleicht konnte ich ihm etwas davon übermitteln. Sehr scheu. Nicht sehr zahlreich. Zu viele Wissenschaftler, vielleicht ein halbes Dutzend. Sie besitzen eine Kassette und ein Abspielgerät, doch Außenseitern zeigen sie ihre Schätze nicht. Den silbernen Anzug haben sie weggeworfen, doch sie verfügen noch über Aufzeichnungen, wie er gewartet werden muß. Und sie schwören, jeden zu töten, der ihre Geheimnisse verrät. Der Bürger, der mir dvon erzählt hat, ist spurlos verschwunden. Er war betrunken von Rispentee und ich nur ein Kind, aber ich hatte ein besseres Gedächtnis als die meisten Kinder ... Das zumindest ist die Wahrheit«, schloß Gerner. »Alles habe ich Mickl nicht erzählt.«

»Gefährlich«, meinte Jeffer. »Mickl wird versessen darauf sein, sie kennenzulernen.«

»Nicht, wenn ich seinen Charakter richtig gedeutet habe. Wissenschaftler, jetzt kennst du die Geschichte und kannst mich unterstützen. Versorge du ihn mit den Einzelheiten, die ich ihm nicht geben konnte.«

Clave fragte: »Jeffer, hat Kendy die Aufzeichnungen bekommen, die er haben wollte?«

»Ich habe noch nicht wieder von ihm gehört.«

»Wenn wir Glück haben, sind wir den Baumfütterer ein für alle Mal los. Wie auch immer, wir müssen durchaus unschuldig gewirkt haben. Vor zwanzig Tagen nun kamen drei Zwerge in einem Marineschiff längsseits. Mickl, noch ein Mann und eine Frau, alle gleich groß. Unheimlich. Sie gaben uns den Druckanzug und verschwanden wieder. Wir sollen dafür sorgen, daß die Antriebsdüsen wieder funktionieren, und die Sucher dafür bezahlen. Hast du Interesse an einem Zehnjahresvorrat Rispentee?«

»Nein. Ihr laßt das Zeug besser hier, wenn es doch eine Bezahlung sein soll.«

Sie schleppten Anzug und Helm in den toten Dschungel. Gerner und Carlot löschten die Ladung und schauten sich dabei um.

Fäulnis und Parasiten hatten eine tiefe Höhlung in die abgestorbene Wurzel des Fischerdschungels gefressen. Das FRM befand sich darin und Jeffers Lager: eine Feuerstelle aus Stein, ein Gestell zum Räuchern von Fleisch, in angemessener Entfernung eine Latrine. Jeffer hatte sich einen dritten Flügel angefertigt, eine kluge Vorsichtsmaßnahme für einen Mann, der alleine zurechtkommen mußte. Nach dem schwarzen Aussehen zu urteilen, hatte er ihn als Fächer für sein Kochfeuer mißbraucht.

Jeffer breitete den Druckanzug aus wie einen Vogelbalg. »Gerner, hast du ihn ausprobiert?«

»Er ist mir zu groß. Und die Luftzufuhr funktioniert nicht. Ich habe die Klappe geöffnet. Da ist ein kleines Rad, das mit nichts verbunden ist, und da eine Speiche ohne was drauf.«

Jeffer grinste. »Ich verstehe.«

Gerner lachte. »Mickl will verhindern, daß die Sucher seinen silbernen Anzug stehlen! Wenn sie es doch versuchen, werden sie herausfinden, daß man heutzutage keinem mehr trauen kann!«

»Ich werde die Tanks füllen. Es ist nicht sicher, daß die Düsen noch in einem funktionsfähigen Zustand sind.«

»Nun, wenn sie funktionieren, habe ich den Eindruck, daß Booce einen anständigen Preis für sein Metall erzielen wird. Obwohl Mickl nie etwas darüber hat verlauten lassen.«

»Drei Druckanzüge?«

»Genau«, sagte Clave. »Eventuell müssen wir diese Prozedur noch zweimal wiederholen. Und sie suchen das Dunkel und den Himmel nach einem vierten Druckanzug ab, deshalb haben sie bestimmt auch genau verfolgt, welchen Kurs *Holzfrachter* eingeschlagen hat. Vielleicht wäre es ratsam, das FRM woanders zu verstecken.«

Carlot erschien mit dem Rest der Ladung: nicht Sämereien, sondern Werkzeug. »Das wird dir Freude machen, Wissenschaftler.« Sie suchten etwas heraus und reichte es ihm.

Jeffer nahm es mit einem freudigen Ausruf entgegen. »Eine Pumpe! Wunderbar! Der Wassertank des FRMs ist fast leer, und ich *hasse* die Methode, mit der ich ihn das letzte Mal gefüllt habe. Kann ich sie behalten?«

»Ja. Sie war dazu bestimmt, die Sucher zu bestechen. Hier, das ist ein Blasebalg vom Markt. Das eine Ende wird verankert. Er läßt sich leichter bedienen.«

»Herrlich. Könnt ihr ein paar Schlafzeiten lang bleiben? Ich habe Vorräte und ...«

»Einsam?«

Man erkannte es an seinem Gesicht. »Das könnt ihr euch wohl denken.«

»Wir haben Nahrungsmittel, die du noch nie gekostet hast. Pilze aus dem Dunkel und Erdfrüchte. Du wirst begeistert sein.«

Ihr exotisches Abendessen war nichts Besonderes für Gerner, nicht mehr. Was es zu einem Vergnügen machte, waren Jeffers Reaktionen.

Jeffer redete während des Essens. »Es war nicht ganz leicht, den silbernen Anzug aus dem Versteck zu holen. Gefunden habe ich ihn gleich, aber er steckte mitten in den Flammen. Ich mußte ihn mit dem Bug freirammen, zusammen mit mindestens einer Kilotonne von brennendem Modder. Ich wüßte zu gerne, wie viele Bürger der Admiralität mich gesehen haben.«

»Sie würden alle etwas anderes erzählen«, beruhigte ihn Clave, »und nach etwa sechzig Tagen kommt es ohnehin nicht mehr drauf an. Ich habe nachgedacht. Wir werden die Rispen hier verbrennen. Wenn ein Marineschiff kommt um nachzuschauen, was es gibt, werden sie glauben, daß die Sucher ein großes Fest gefeiert haben und dann abgezogen sind.«

»Gut. Ich werde für das FRM ein Versteck suchen müssen, wo ihr es finden könnt ...«

»Nein. Du findest uns. *Holzfrachter* wird binnen kurzem zum Bürgerbaum zurückkehren, in vielleicht dreißig Tagen. Halt die Augen offen. Warte ab, bis wir uns weit genug vom Klumpen entfernt haben, bevor du kommst, um uns an Bord zu nehmen.«

»Noch dreißig Tage Warten und Langeweile? Baumfutter! Und ich habe diesen baumfütternden Klumpen nicht einmal zu Gesicht bekommen.«

»Wir lassen dir den größten Teil unserer Vorräte hier«, tröstete ihn Clave.

Carlot gab sich Mühe, Gerners Blick auszuweichen. »Ich werde einen Gast mitbringen. Raff Belmy und ich werden heiraten, sobald wir zur Admiralität zurückkehren. Anschließend will ich mit ihm auf dem Bürgerbaum leben. Was er seinem Vater erzählt, liegt bei ihm, aber immerhin hat er ein Vierteljahr Zeit, sich etwas auszudenken.«

»Also hast du dich entschieden«, meinte Gerner. Ihm war, als hätte er sich an den Verlust bereits gewöhnt.

»Mir geht es wie dir. Ich habe die Geheimniskrämerei satt.«

»Es gibt hier eine Pflanze mit besonders gutem Laub«, meldete Jeffer sich zu Wort. »Sie nennt sich Dessert.«

Carlot warf eine orangefarbene Kugel nach ihm.

Jeffer führt sich auf wie ein übermütiger Achtjähriger, dachte Gerner, während er sich an einem weichen Plätzchen für die Nacht festband. *Die Einsamkeit hier draußen muß hart für ihn sein. Vielleicht bleiben alle Erwachsenen in einem Winkel ihres Gehirns Kinder …*

»Gerner?«

»Ja. Carlot?«

Sie zwängte sich zwischen die Leinen und streckte sich neben ihm aus. Gerner öffnete den Mund und klappte ihn wieder zu. Dann sagte er: »Es gefällt mir nicht, dich anzulügen.«

»Wie meinst du das?«

»Ich wollte eigentlich nicht zu dir sagen: *Was würde Raff denken.*«

Sie machte keine Anstalten, von ihm abzurücken. Endlich meinte sie: »Du verstehst uns nicht.«

»Nö.«

»Bei uns ist es Sitte, für eine gesunde Mischung der Gene zu sorgen. Niemand spricht darüber, aber man hört dies und das. Ein Mann und eine Frau verloben sich. Sie machen Babies miteinander. Sechzig, siebzig Tage darauf heiraten sie. Vielleicht sieht das erste Kind den Eltern ähnlich, vielleicht auch nicht.«

»Aber *warum*?«

»Die letzte Chance. Siehst du, ich werde Raff Belmy heiraten, aber es gibt Männer, die ich abgewiesen habe. Sie lösen sich nicht einfach in Luft auf. Ich habe nicht *alle* Schlafenszeiten, die ich weg war, mit Raff Belmy verbracht. Raff war auch mit seinen Freundinnen zusammen. Ich kenne sie nicht. Gerner, hier ist das eben anders. Die Offiziere sagen, es ist gut. Sie reden von Gentrift.«

»In Ordnung.«

»Raff steht so zu der Sache, daß er am liebsten nicht allzu genau Bescheid wissen will. Ich habe mich nie gefragt, was Jill wohl darüber denkt.«

Jill. »Wir haben uns nie etwas versprochen.«

»Sicher. Doch es gibt sonst niemanden ihres Alters in eurem Baum. Nur dich.«

»Du hast recht. Ich wünschte, ich hätte ihr sagen können, daß ich eine Zeitlang fort sein würde.«

Carlot sagte nichts. Gerner mochte die Sache nicht auf sich beruhen lassen. »Ich wünschte, ich könnte ihr sagen, daß es sich gelohnt hat. Du warst mit dem Überfall auf die Bibliothek nie einverstanden, und du hast recht gehabt. Wenn Kendy wirklich die Verbindung zu uns abgebrochen hat, was hat uns das Unternehmen dann eingebracht? Die Marine wird uns für alle Ewigkeit verdächtigen, an das versprochene Wissen kommen wir nicht heran, und ich kann nicht einmal Jill von dem Abenteuer erzählen, weil sie über Kendy nicht Bescheid wissen darf.«

Carlot regte sich. »Du willst mich nicht?«

»Natürlich will ich dich. Jede Schlafzeit, die wir noch hier sind, will ich dich. Ich wollte dich für immer.«

»Das ist unmöglich. Sobald ich verheiratet bin, hat unsere Beziehung ein Ende. Verstanden?«

»Sicher.«

Kendy hatte die Aufzeichnungen der FRMs 2 und 6 wieder und wieder ablaufen lassen. Er hatte sich eine Art gesonderte Bibliothek angelegt, unter HILFSQUELLEN, HIESIGE NUTZUNG.

Hier: Bürgerbaum brannte Lehm, um einen Kochtopf herzustellen. Hier: der Waschtrog wurde angeheizt. Beide Aufnahmen stammten von dem silbernen Anzug, der sich ungefährdet durch die Flammen bewegte. Ein Bild alle zehn Minuten.

Hier: die aus dem Spaghettidschungel stammenden Leinen wurden geräuchert. Mark, der Silbermann, überwachte inmitten des Qualms das Gelingen der Prozedur.

Hier: der Fahrstuhl im Bürgerbaum. Hier, Jahre davor von Klance, dem Wissenschaftler, aufgenommen: der Fahrstuhl des London-Baums, mittels ortsfester Fahrräder betrieben.

Hier: FRM 6 korrigierte den Orbit des Integralbaums. Hier: *Holzfrachter* mit einem anderen Baum, den er vor sich herschob.

Hier: Gerner beim Einsammeln von Honig. Booces Stimme erklärte, daß man sich bei dieser Arbeit gewöhnlich mit einem von Hand gefertigten Panzer schützte. Hier: ein Hornissenpanzer, der angefertigt wurde, um ihn den Zollfahndern der Marine zu zeigen, damit sie nicht das Schiff durchsuchten und dabei den silbernen Anzug entdeckten.

Die Eingeborenen bedienten sich der Materialien von der *Discipline*, soweit sie ihnen zur Verfügung standen. War nichts dergleichen vorhanden, behalfen sie sich anders. Sie kamen sehr gut ohne Kendy zurecht.

Die *Discipline* schwenkte zu ihrem zweiten Umlauf unter Ausnutzung der Atmosphärenbremse ein, mit dem Hinterteil voran durch den Gas-Torus. Der Kern des atomaren Antriebs erreichte Fusionstemperatur. Das bedeutete kaum eine Gefahr, doch das Plasma, das längs der Schiffshülle zum Bug strömte, mußte beobachtet werden.

Geschwindigkeit am Rauchring-Median: 111 kps. Geschwindigkeit bei Kendys Position: 3 kps. Relative Geschwindigkeit der *Discipline*: 20 kps und absinkend. Die

Discipline erreichte das Perihelium und begann ihre Aufwärtsbahn, umhüllt von heißem Plasma. Die Tiere gebärdeten sich wie verrückt. Kendy konnte keine Rücksicht darauf nehmen. Bei seinem ersten Durchgang war nichts geschmolzen, aber das Gas vor ihm wurde dichter, weil Goldblatts Welt vor ihm lag.

Sichtschirm: ein tosender, endloser Sturmwirbel von der Größe Neptuns. Neudar: ein Kern von zweieinhalbfacher Größe der Erde drehte sich einmal in sieben Stunden um sich selbst und zog den Sturm mit, bis die atmosphärische Hülle in den Rauchring abfloß. Instrumente: Temperatur und Dichte der Plasmahülle gestiegen; Geschwindigkeit abnehmend. Das Schiff würde keinen Schaden nehmen. Es hatte das Risiko bestanden, daß er Wasserstoff versprühen mußte, um die Schiffshülle zu kühlen.

Goldblatts Welt zog unter ihm dahin und verformte die Bahn des Schiffes annähernd zu einem Kreis. Die Dichte des Plasmas verringerte sich schnell.

Auch für ein Computerprogramm waren fünfzehn Minuten Aufregung dieser Größenordnung genug. In einer Stunde befand er sich über der Admiralität und außerhalb des Gas-Torus. Dann wollte er einen letzten kurzen Schub geben. Damit konnte er sich eine gute halbe Stunde in der näheren Umgebung der Admiralität halten.

Die *Discipline* würde als hell leuchtender Punkt am Himmel stehen, für jeden sichtbar, der in die betreffende Richtung schaute. Das mochte gut sein oder auch nicht. Kendy hatte sich mit seiner Rückkehr Zeit gelassen. Seine auf eine Entwicklung über lange Zeit hinweg ausgerichteten Pläne lagen in Scherben, und er stand ratlos davor.

23 Anfänge

Bürgerbaum-Kassetten:

JAHR 384, TAG 2250. BOOCE HAT UNSER GUTHABEN ZUSAMMENGERECHNET, BEVOR WIR AUFBRACHEN. ER NIMMT ES ÜBEL, DASS WIR NIE GEFRAGT HABEN. SCHLECHTE GESCHÄFTSLEUTE NENNT ER UNS. GEWÖHNLICH MACHEN WIR UNS NICHT DIE MÜHE, GENAU FESTZULEGEN, WEM WAS IM BÜRGERBAUM GEHÖRT. DAS TREIBT BOOCE ZUM WAHNSINN.

WIR HABEN EINE GROSSE SUMME AUSGEGEBEN FÜR SÄMEREIEN UND NAHRUNGSMITTEL UND ALLERLEI GERÄTSCHAFTEN, DOCH WIR VERFÜGEN IMMER NOCH ÜBER KREDIT – IMAGINÄRES GELD – IN UNBESTIMMTER HÖHE. DIE GENAUE SUMME HÄNGT DAVON AB, WELCHEN PREIS BOOCE TATSÄCHLICH FÜR DAS METALL UND DAS HOLZ ERZIELT. WIR WERDEN ES BEI UNSEREM NÄCHSTEN BESUCH IN DER ADMIRALITÄT ERFAHREN – FALLS ES DAZU KOMMT.

JEFFER, WISSENSCHAFTLER

Die Fahrstuhlkabine sank herab. Acht Leute drängten sich darin, nebst mehreren Packen aus dem FRM. Lawri und Gavving, Wissenschaftlerin und Vorsitzender auf Zeit, fühlten sich merklich unbehaglich. Der Grund war nicht schwer zu erraten. Raff Belmy fühlte sich gleichfalls unbehaglich. Carlot hielt seinen Arm fest umklammert, besitzergreifend und beschützend.

»Ich hatte einige Schwierigkeiten, den Baum zu finden«, meinte Jeffer.

»Dein Problem«, erwiderte Gavving. »Schließlich habt ihr den silbernen Anzug mitgenommen. Wie also hätten wir euch unsere Position mitteilen sollen?«

»Schon, aber ihr habt den Baum auf neuen Kurs gebracht, nicht wahr? Das Ding neben dem Lift – ist es das, was ich glaube, daß es ist?«

»Ja. Zum größten Teil Lawris Werk.«

»Ha! Wissenschaftlerin, ich dachte, du würdest deine Zehen drehen und darauf warten, daß ich nach Hause komme.«

»Wir haben Wege gefunden, uns die Zeit zu vertreiben, Wissenschaftler.« Lawris Schwangerschaft war nicht mehr zu übersehen. Die Förmlichkeit zwischen ihr und ihrem Mann wirkte keinesfalls feindselig.

Gavving bemerkte: »Ich hoffe, ihr habt einiges mitgebracht, um diese ganze Verschwörung zu rechtfertigen.«

Die anderen lachten, doch Clave fragte: »Ärger?«

»Baumfutter, ja, Ärger! Ich wäre auf einen neuen Baum geflüchtet, nur konnte ich nicht sicher sein, daß man mir die letzte Bitte nach einem Paar Flügel erfüllt hätte. Nur auf eins könnt ihr rechnen: Die Kinder sind auf eurer Seite. Sie konnten es gar nicht abwarten zu sehen, was ihr mitbringt. Und Minya hat zu mir gehalten.«

»Hat sie? Gut«, meinte Clave.

»Sie hat. In der Öffentlichkeit.«

Clave griff in einen der Beutel. Er schnitt einen Apfel in zwei Hälften und reichte die Teile Lawri und Gavving. Nach dem ersten zögernden Biß aßen sie mit Genuß. »Das wird reichen, uns wieder beliebt zu machen«, sagte Gavving.

»Hoffentlich. Hier. Eßt die Schale nicht mit.« Er viertelte eine Orange.

Sie nagten das saftige Fruchtfleisch aus den Schiffchen. Lawri kaute und schluckte ein Stück von der Schale, mochte sich aber nicht zu einem zweiten Versuch eintschließen. Gavving seufzte: »Jaaa!«

»Wir haben Sämereien«, berichtete Clave. »Das und eine Menge anderer Erdpflanzen. Wir werden sie im äußeren Busch anbauen.«

Gesichter wie eine Blumenwiese unter dem sinkenden Korb. Zwei Meteorschweife aus goldblondem Haar: Jill neben Anthon, sie einen Meter kürzer als ihr Vater. Beide musterten die Gesichter in dem Fahrstuhlkorb. Gerner merkte, wie Jills Blick ihn streifte, doch der Ausdruck auf ihren Zügen veränderte sich nicht.

Die Kabine landete polternd. Kinder strömten aus der Tretmühle, gefolgt von Mark. Jeder Bewohner des Bürgerbaums hatte sich zur Begrüßung eingefunden.

Sie sahen klein aus: Ein Feld von Zwergen, aus dem Anthon und die Serjent-Frauen als die einzigen normal großen Ausnahmen herausragten. Gerner hatte sich an Riesen gewöhnt. Die Kinder und einige Erwachsene drängten sich um die Kabine. Jill und Anthon hielten sich zurück, nicht eigentlich feindselig, doch abwartend. Marks Haltung erweckte denselben Eindruck.

Während all dieser Hunderten von Tagen hatte Gerner darüber nachgegrübelt, was der Stamm wohl von seiner Meuterei halten mochte. Beinahe war es ihm gelungen zu vergessen, daß er Jill ohne Abschied verlassen hatte, verlassen *mußte*.

Seine Mütter standen vor dem Aufzug, begleitet von Karilly und Ryllin. Die Serjent-Frauen umarmten Carlot, dann Carlots frischgebackenen Ehemann. Karilly hielt sich ein wenig abseits. Man konnte deutlich sehen, daß sie einen Gast beherbergte. Raff strahlte förmlich beim Anblick der bekannten Gesichter. Sie waren augenblicklich in eine lebhafte Unterhaltung vertieft und entfernten sich zusammen mit Karilly. »Verdammt, aber den Geschmack von Orangen habe ich vermißt ... Booce mußte zurückbleiben? Das überrascht mich nicht, aber ...«

Karilly schwieg.

Clave schlang die Arme um seine beiden Frauen und fütterte sie mit Äpfeln.

Anthon schlug Debby eine Orange aus der Hand. Gerner konnte ihn sagen hören: »Ihr habt diesen Kerl aus der Admiralität an Bord des *FRMs* gelassen?« bevor seine Erste Mutter ihn an sich zog und umarmte.

»Du baumfütternder Dummkopf«, flüsterte Minya. »Du hohlköpfiger Meuterer, du. Ihr habt Drillzecken im Hirn, ihr alle beide, du und dein Vater. Er ist nie darüber hinweggekommen, daß er zurückbleiben mußte. Geht es dir gut?«

»Ich bin in Ordnung – im großen und ganzen.« Sie bog sich zurück, um in sein Gesicht sehen zu können. Er bemühte sich, ernst dreinzuschauen. »Erste Mutter, ich bin allergisch gegen dünne, trockene Luft. Unzureichender Schlaf hat dieselbe Wirkung. Es fühlt sich an wie Messer in den Augen. Ich bin blind. Es dauert Stunden.«

Sie begann zu lachen. Sie sagte: »Es tut mir leid, es tut mir leid«, und drückte ihn heftig, während sie immer noch lachte. Tränen standen in ihren Augen. Sie setzte ihn ab und bemerkte sein schlaues Lächeln. Dann sagte sie: »Du wirst nie mehr darunter zu leiden haben. Wir werden den Baum auf einem Kurs halten, wo die Luft genügend Feuchtigkeit enthält. Du gehst besser und redest mit Jill.«

»Warum? Was ist passiert?«

»Sprich erst mit ihr. Dann, glaube ich ...«

Jeffer verschaffte sich mit lauten Rufen Aufmerksamkeit. »Ich präsentiere euch hier Raff Belmy. Raff und Carlot sind nach dem Gesetz der Admiralität Mann und Frau. Die Heirat ist auf den Kassetten gespeichert worden.«

Über die Köpfe seiner Brüder und Schwestern hinweg sah Gerner den abschätzenden Ausdruck von Jills Gesicht verschwinden. Endlich verließ sie ihren Platz am Rand der Versammlung. Gerner sagte: »Harry, ich möchte gerne ungestört sein. Kannst du die Kleinen ein Stück beiseite nehmen?«

»Oh. Natürlich.« Harry nickte. Irgendwie brachte er es fertig, die Schar seiner Geschwister in Bewegung zu setzen, bevor Jill sich näherte.

Der abschätzende Ausdruck war zurückgekehrt. »Gerner«, begrüßte sie ihn. »Wie geht es dir?«

»Gut. Niemand hat mich zum Copsik gemacht. Ich bin auch nicht ermordet worden. Jill, ich wollte es dir sagen.«

»Hast du befürchtet, ich würde zu meinem Vater laufen und alles ausplaudern?«

»Ich nicht, aber ich kenne dich besser als die anderen. Sie hätten es nicht zugelassen, Jill.«

Er konnte sehen, daß seine Entschuldigung nicht angenommen wurde. Sie wollte wissen: »Wie war es?«

»Es wird ein paar Tage dauern, bis ich dir alles erzählt habe!« Und plötzlich kam ihm schmerzlich zu Bewußtsein, daß er ihr nie von seinem großen Abenteuer, dem Eindringen in das Hauptquartier der Admiralität, berichten konnte.

»Was ist jetzt wieder los?«

»Nichts«, schwindelte er. »Mir ist nur eingefallen, wie nahe ich daran war, in die Marine der Admiralität einzutreten. Doch ich bin noch einmal davongekommen. Jill, das Abendessen sollte etwas Besonderes sein. Ist noch Zeit, einiges von diesen Erdpflanzen zu kochen?«

»Noch mehrere Tage.«

»Ich werde dir zeigen, wie es gemacht wird.« Sollte er die Kinder mitnehmen? Er hatte geglaubt, daß er mit Jill alleine sein wollte, doch inzwischen dachte er anders. »Harry! Gorey! Tragt die Beutel dort zum Kochtopf.«

Die Admiralität glitt unter ihm nach Westen. Kendy programmierte die Zündung und wandte sich anschließend den Instrumenten zu.

Der Neudar und die Teleskopschiene zeigten die Admiralität, als sie hinter dem Dunkel zum Vorschein kam. Die Bibliothek gab keine Antwort.

Offenbar war sie abgeschaltet. Von FRM 6 war kein Signal zu empfangen. Keiner der Druckanzüge reagierte auf seinen Funkbefehl.

Sharls Davis Kendy hatte mehr als einen Fehler begangen. Fünfhundert Jahre hatte er ungeduldig darauf gewartet, die Bürger des Rauchrings gemäß seinen Vorstellungen beeinflussen zu können. Jetzt war der Zeitpunkt gekommen, und er glaubte zu wissen, wie er vorgehen mußte. Die passenden Gelegenheiten würden sich schon bieten.

Ein Teil seiner Aufmerksamkeit beschäftigte sich mit

dem wachsenden Eintrag unter HILFSQUELLEN, HIESIGE NUTZUNG:

Jeffer bat Debby um eine Beschreibung der Küche des *Chez Halbhand*.

Clave unternahm mit dem Helm einen gemächlichen Rundgang durch das Haus der Serjents.

Der Blickwinkel der Kamera hüpfte wild durch einen Schwarm von Kindern. Sie hatten den Helm von seinem gewöhlichen Platz neben dem Lift heruntergestoßen und benutzten ihn als eine Art Wurfball. Kendy betrachtete die Baumsiedlung in einer Serie von Standbildern. Tunnelöffnungen, das Wasserbecken, die gemeinschaftliche Kochstelle, Kinder, die lachend gemächliche Schwebe-Sprünge vollführten.

Verschiedene würfelförmige Behausungen aus dem Klumpen.

Marks Hütte in verschiedenen Stadien der Fertigstellung. Der silberne Anzug war eine Zeitlang dort untergebracht gewesen.

Unvermittelt erwachte das Kontrollpult von FRM 2 zum Leben. Kendy strahlte sein Signal ab. Der Informationsfluß setzte ein: Bilder verschiedener gelangweilter Gardisten in immer denselben Druckanzügen wurden von (Gegenwart) sechs Dschungelriesen abgelöst, die in einem Halbkreis um das Kontrollpult ihre pflichtbewußten Gesichter und fleckenlosen neuen Uniformen zur Schau trugen. Das konnten nur Offiziere sein, und jetzt hatte Kendy ihre Rangabzeichen gespeichert.

Das Signal zerfaserte mit zunehmender Entfernung.

Er umrundete vierzig Grad Rauchring, bevor er mit FRM 6 Kontakt aufnahm.

Das Gefährt befand sich an seinem hölzernen Liegeplatz in der Stammitte des Bürgerbaums. An Bord gab es weder Anzeichen von Menschen noch von der Ladung. Das war *Holzfrachter* neben der Fahrstuhlkabine, und daneben lag ein weiteres, kleineres Gebilde. Kendy ›riß die Augen auf‹:

Er vergrößerte das Bild auf dem Schirm und betrachtete es bis in alle Einzelheiten.

Sie hatten eine Dampfrakete konstruiert.

Da ihnen weder ein Metallrohr noch Maschendraht zur Verfügung standen, hatten sie gebrannten Ton genommen! Sogar den Waschkessel hatten sie mit eingebaut!

Aufzeichnungen: Das FRM auf dem Heimweg. *Holzfrachter* längsseits vertäut. Booce fehlte. Gerner war an Bord (!). Der fremde Dschungelriese entsprach dem Standbild von Hilar Belmys Sohn.

Raff Belmys medizinische Daten, anfänglich etwas konfus, normalisierten sich mit den Tagen. Carlot mußte dazu beigetragen haben, ihn zu beruhigen. Gerner verhielt sich übertrieben höflich gegenüber den beiden und wahrte diskreten Abstand.

Carlot und Raff verbrachten geraume Zeit allein an Bord von *Holzfrachter*.

Aufzeichnungen: Bürgerbaum rückte näher. Die Keramikrakete kehrte vor dem FRM zu ihrem Liegeplatz zurück. Sie dampfte mit einer großen Kugel aus schwarzem Schlamm in Richtung auf den inneren Busch, bis sie schließlich aus dem Blickfeld der Kamera verschwand.

Aufzeichnungen: »Jahr 384, Tag 2400, es spricht Jeffer in seiner Eigenschaft als Wissenschaftler. Das FRM und *Holzfrachter* haben beide am Liegeplatz der Bürgerbaums festgemacht. Dies ist mein letzter Eintrag ins Logbuch, bevor Kendy sich meldet.

Kendy, zu deiner Information, Gerner ist unverletzt aus dem Hauptquartier entkommen. Wir füllten die Tanks an einem Druckanzug der Admiralität und gaben ihn flugfähig an seine Besitzer zurück. Gardehauptmann Mickl hätte die übrigen Anzüge ebenfalls reparieren lassen können, aber er tat es nicht. Jetzt besitzt er als einziger einen funktionsfähigen Druckanzug. Wir ließen ihn eine Zeitlang ungestört damit spielen, und dann sagten wir ihm, was er tun muß, wenn der Treibstoff aufgebraucht ist.

Anschließend gab es keine Schwierigkeiten mehr. Booce erzielte einen anständigen Preis für das Metall. Die Marine war dabei, es stückweise abzutransportieren, als wir die Admiralität verließen.

Gerner ist der Meinung, daß Mickl den flugfähigen Druckanzug für sich selbst haben will. Damit besitzt er etwas, dessen sich nicht einmal der Admiral rühmen kann. Er hat jetzt ein Geheimnis, und wir wissen davon, und er braucht uns, um weiter damit fliegen zu können. Das verschafft uns einen gewissen Vorteil bei Verhandlungen mit dem Gardehauptmann.

Wir verfügen über einiges Vermögen und etwas Einfluß in der Admiralität. Das haben wir ohne deine Hilfe erreicht. Es hat uns nicht gefallen, daß du Gerner in der Gefahr im Stich gelassen hast.

Ich habe so lange auf deinen Ruf gewartet, wie es mir angemessen erschien. Wenn du dich bis zum Kreuzjahr nicht gemeldet hast – bis dahin sind es noch 399 Tage – werde ich die Stimme abschalten.«

Nichts regte sich in der Nähe des FRMs. Der Fahrstuhl war nicht in Betrieb.

Das FRM blieb immer weiter zurück, während er den Sendebereich verließ. Kendy suchte aus reiner Gewohnheit den jenseitigen Bogen des Rauchrings ab; er hatte niemals Anzeichen industrieller Tätigkeit dort entdecken können.

Die Admiralität glitt unter ihm hinweg. Die Bibliothek war wieder abgeschaltet worden.

Ihre Vorfahren hatten auch nicht auf ihn gehört. Sie hatten die Subsysteme der Stimme abgeschaltet, die Kabel durchschnitten, die es Kendy ermöglichten, ein FRM per Fernsteuerung zu fliegen. Ein halbes Jahrtausend war er von allem abgeschnitten gewesen. Wie jetzt.

Gerner schrubbte seine Zähne und dachte an das Frühstück, als der Silbermann das Junggesellenhaus betrat. Er spuckte aus und fragte: »Mark?«

»Wer sonst?« Mark öffnete den Helm. Der silberne Anzug war schmutzig und stank nach Rauch. »Das habe ich auch probiert. Ich kam mir blöd vor.«

»Klar, blöd. Mark, ich habe ihre Zähne gesehen. Die älteren Bürger der Admiralität haben noch mindestens die Hälfte ihrer Zähne im Mund! Ich wette, Ryllin und Mishael haben sich von klein auf die Zähne geputzt.« Gerner erinnerte sich daran, daß dieser Mann nicht sein Vater war ... und es nicht wußte und einen legitimen Groll hegte. Plötzlich sprudelte es aus ihm heraus: »Ich habe ihn gestohlen. Wir glaubten, wir würden ihn brauchen, und so war es auch. Unsere Entscheidung war *richtig*. Baumfutter, Mark, du stammst von einem größeren Baum! Fühlst du dich hier nicht eingeengt?«

»Seit fünfzehn Jahren fühle ich mich eingeengt. Beruhige dich. Ihr habt ein paar wundervolle Sachen mitgebracht. Ihr habt das FRM und den Anzug zurückgebracht, und der Anzug war noch an einem Stück.«

»Nach deinem Gesichtsausdruck hättest du uns am liebsten ermordet, als wir mit dem Fahrstuhl nach unten kamen.«

»Das liegt drei gute Mahlzeiten zurück. Ich hätte nie geglaubt, noch einmal Kartoffeln zu schmecken. Allerdings kenne ich eine bessere Methode, sie zuzubereiten.«

»Du verzeihst mir? Mark, du ahnst nicht, wie froh ich bin.«

»Habe ich eine Wahl? Natürlich verzeihe ich dir. Wir sind dabei, den neuen Waschkessel zu brennen.«

»Ist es schon so spät? Ich habe geschlafen wie ein Stein. Es war auch nötig. Die ersten paar Schlafzeiten habe ich wachgelegen und mich gewundert, weshalb eine der Wände mich zerdrücken wollte.«

»Ich habe hier auch einige schlaflose Nächte zugebracht«, bestätigte Mark. »Man fühlt sich einsam in diesem Junggesellenhaus. Wir haben sie zu groß angelegt. Groß genug für die nächste Generation.«

»Vielleicht liegt es daran.«

»Hast du mit Jill geredet?«

»Minya hat mich auch schon danach gefragt. Wir haben uns unterhalten. Warum?«

»Ja. Nun.« Mark fiel es nicht immer leicht, Worte zu finden. »Die Verhältnisse auf dem Bürgerbaum sind etwas merkwürdig. Keiner von uns ist so aufgewachsen wie du. Es gibt Erwachsene und Kinder, und dazwischen klafft eine große Lücke, also bot sich dir keine Gelegenheit, das Heranwachsen älterer Jugendlicher zu beobachten und daraus zu lernen. Vielleicht gibt es Dinge, die wir hätten sagen sollen …«

»Über Sex weiß ich Bescheid, wenn du das gemeint hast … Mag sein, daß ich mehr über die damit verbundenen zwischenmenschlichen Beziehungen erfahren sollte. Zwei Frauen haben mir empfohlen, den Baum zu füttern. Das tut weh. Was kannst du mir in der Beziehung beibringen?«

Mark pfiff durch die Zähne. »Du hast früh angefangen. Nun, irgend jemand hätte sagen können: ›In diesem ganzen Busch gibt es nur eine passende Gefährtin für dich und nur einen passenden Gefährten für Jill, und sie glaubt, sie hat ein Recht auf dich, und vielleicht stimmt es sogar.‹«

Gerner ließ sich Marks Worte durch den Kopf gehen. »Jill möchte Babies mit mir machen? Hat sie dir das gesagt, oder stellst du Vermutungen an?«

»Es sind Vermutungen. Aber ich *weiß*, als der stellvertretende Vorsitzende Gavvings uns mitteilte, ihr hättet euch mit den Schätzen des Bürgerbaums davongemacht, da gebärdete Jill sich zorniger als ich, und das will was heißen. Sie wollte euch ohne Flügel in den Himmel hinausgestoßen sehen. Hundert Schlafzeiten später war sie überzeugt, ihr hättet alle den Tod gefunden, und konnte vor lauter Weinen nicht mehr aus den Augen sehen.«

»Ich werde zu ihr gehen. Wo ist sie?«

»Sei behutsam! *Du* weißt, daß du andere Partner finden kannst. Jill hatte keine Gelegenheit, entsprechende Erfahrungen zu sammeln.«

»Ich bin mir da auch nicht mehr so sicher. Sectry will nichts mehr von mir wissen …« Den Grund konnte er nicht verraten. Geheimnisse. »Und Carlot hat einen anderen geheiratet. Du kannst dir nicht vorstellen, wie scheußlich das war. Während der ganzen Rückreise, Carlot und Raff.

Sie haben die meiste Zeit auf *Holzfrachter* verbracht. Daß ich sie nicht sehen konnte, hat es nicht leichter gemacht.«

Mark sagte: »Wenn dich von Anfang an keiner haben will, das ist schlimmer. Glaub's mir.«

»Mark, ich habe großes Geschick im Lügen entwickelt. Ich versuche, damit aufzuhören.«

»Gut. Geh jetzt und sprich mit Jill.«

»Wo finde ich sie?«

»Alle schauen beim Brennen des Waschkessels zu, außer Jill. Ich muß jetzt zurück und nachschauen, ob alles in Ordnung ist. Versuch dein Glück im Mädchenhaus. Dann auf dem Versammlungsplatz.«

Die sonore Stimme grüßte ihn bei seinem Eintritt. »Hallo, Wissenschaftler. Hier spricht Kendy.«

Hätte das nicht heißen müssen *Kendy für den Staat*? Jeffer erwiderte: »Aha. Den spannenden Teil hast du verpaßt.«

»Nicht ganz. Ein großer Marinekreuzer nähert sich eurer Position. In achtzig Standardtagen wird er euch erreicht haben.«

Es dauerte einen Moment, bis Jeffer den Schock überwunden hatte. Er hätte es wissen müssen. Es war nicht vorbei; es würde nie vorbei sein. Durch ihre Rückkehr war die Expedition zum Klumpen nicht ungeschehen gemacht. Das *Wissen* um die Admiralität ließ sich nicht auslöschen.

Er zwang sich, vor dem Kontrollpult Platz zu nehmen. »Dann haben wir etwas Zeit für ein Gespräch.«

Das eckige, harte Gesicht auf dem Bugschirm hatte nie irgendwelche Emotionen widergespiegelt. Es sagte: »Mir ist etwas Schlimmes zugestoßen, Jeffer. Ich habe zuviel über mich selbst erfahren. Es gab keine Möglichkeit zur Kommunikation, bis jetzt.«

»Lüg mich an, Kendy. Erzähl mir, daß mit der Stimme etwas nicht in Ordnung war.«

Kendy sagte: »Der Fehler steckte in mir selbst. Ich hoffe, ich konnte ihn ausmerzen. Maschinen können nicht nur äußerlich herunterkommen, Jeffer. Ich habe für dich eine

Akte unter GESCHICHTE angelegt. Es sind ausgewählte Informationen von der Besiedelung des Rauchrings. Sie werden dazu beitragen, einige der Irrtümer und Fehler aufzuklären. Beschäftige dich damit, nachdem ich den Sendebereich verlassen habe.«

»Kannst du mir davon erzählen?

»Nein.«

»Deine Zeitplanung war lausig. Wir waren überzeugt, du hättest Gerner im Stich gelassen wie ein Stück Baumfutter. Wenn du jemals ...«

»Ich kann nicht darüber sprechen. Es schmerzt in meinem Gehirn. Der Schaden könnte dauerhaft sein. Willst du Rache an mir nehmen?«

Das Schlimme war, daß Kendys Gesicht und Stimme völlig ungerührt wirkten. Bei Kendy merkte man nie etwas von Zorn oder Erleichterung, Liebe, Schmerz. Es fiel schwer zu glauben, daß ihn etwas schmerzen konnte ... aber schließlich war es *kein* Mensch. Vielleicht. Vielleicht.

Jeffer sagte: »Nun ja, wir sind heil zu Hause angekommen. Ich vermute, du weißt aus dem Logbuch ziemlich gut Bescheid. Die Erdfruchtpflanzen haben den meisten Unstimmigkeiten ein Ende bereitet. Jetzt sind alle wiedervereinten Paare eifrig dabei, Babies zu machen. Allerdings sind die Unstimmigkeiten nicht beigelegt. Sie gären im Untergrund weiter. Es wird nicht eben zur Entspannung der Lage beitragen, wenn tatsächlich ein Marineschiff hierher unterwegs ist.«

»Es ist unterwegs. Einzelheiten konnte ich nicht erkennen. In dem Dampf ist Alkohol enthalten, und es nähert sich aus der Richtung des Klumpens. Definitiv Marine. Was habt ihr mit den Sämereien gemacht?«

»Den Sämereien? Wir werden sie im äußeren Busch anpflanzen. Mark redet davon, eine zweite Seilstrecke für den Fahrstuhl zu bauen, bevor die ersten Früchte gepflückt werden müssen.«

»Ihr müßt das Laub stutzen, damit die Pflanzen genug Licht bekommen. Ich kann euch zeigen, wie der Fahrstuhl sich mit Hilfe von Wasserkraft weniger mühsam betreiben läßt. Du hast die Rakete aus gebranntem Ton nicht erwähnt.«

»Ganz ordentlich, nicht wahr? Wir brauchen die baumfütternden Rohre der Admiralität nicht.«

»Ihr braucht *mich* nicht«, sagte Kendy. Es war ihm bewußt, welches Risiko er einging. Ihm erschien es akzeptabel. »Ich habe die Aufzeichnungen studiert. Was mit Material von der *Discipline* erreicht werden kann, läßt sich zum größten Teil auch mit Mitteln des Rauchrings bewerkstelligen. Fahrstühle, Behausungen, Kleider, Nahrung, Haustiere. Jetzt auch Raketen. Die Admiralität besitzt sogar einen Heliographen.«

»Nein, wir sind nicht auf dich angewiesen«, bestätigte Jeffer. »Aber ich hätte nie für möglich gehalten, daß du es einsiehst.«

»Unerwartete Informationen haben dazu geführt, daß ich meinem eigenen Urteilsvermögen nicht mehr vertraue. Es ist immer meine Absicht gewesen, die Zivilisation des Rauchrings nach dem Vorbild des Staates zu formen, der eure Vorfahren prägte. Das wird sich nie verwirklichen lassen. Wie soll man einen Staat gründen an einem Ort, der sich nicht einmal kartographieren läßt?«

»Würde uns dein Staat überhaupt gefallen? Genug davon. Was unternehmen wir wegen des Schiffs? Ich hoffe, Sectry Murphy ist an Bord. Wir gewinnen einen besseren Einblick in ihre Absichten, wenn Gerner mit ihr spricht ...«

»Verbergt das FRM so lange in einem anderen Baum. Die Pier müßt ihr gleichfalls unkenntlich machen, oder nehmt sie als Liegeplatz für die Keramikrakete. Die müßt ihr ihnen zeigen. Sie ist zwar nur ein erster Versuch, aber zu ihrer Herstellung bedurfte es keiner Sternenstoff-Teile. Es könnte sie beeindrucken. Das FRM sollte bemannt sein. Es gibt zwei Möglichkeiten, wie es euch nützlich sein kann ...«

»Ich werde sie nicht verbrennen!«

»Dann eine andere Möglichkeit. Ihr könnt nicht so tun, als gebe es die Admiralität nicht. Ihr würdet ihr gern als Offiziere angehören. Vermutlich müßt ihr ihnen das FRM zeigen, bevor sie darüber mit sich reden lassen. Besteht darauf, den Status von Offizieren zu erhalten, aber es kann sein, daß sie nur einwilligen, den Vorsitzenden und den Wissenschaftler in diesen Stand aufzunehmen ...«

Jeffer lachte. »Für einen Mann, der das Vertrauen in sein eigenes Urteilsvermögen verloren hat, bist du ganz ...«

»Ich denke schnell. Ich plane schnell. Ich mache Fehler.«

»Sonst noch etwas?«

»Mark hat eventuell den Wunsch, in die Marine einzutreten. Sprich mit ihm darüber. Vorher erkundige dich, ob die Marine bereit wäre, ihn aufzunehmen. Nach den vorliegenden Informationen zu urteilen, akzeptieren sie Rekruten nur bis zu einem gewissen Alter, aber Mark wurde auf dem London-Baum ausgebildet. Für Karilly würde eine Rückkehr in ihre Heimat sich vielleicht günstig auswirken. Ist sie immer noch stumm?«

»Ja, doch außerdem ist sie auch schwanger und glücklich. Ich bin mir nicht sicher, ob ich mich da einmischen soll.«

»Die Verbindung wird gleich abbrechen. In zwei Tagen melde ich mich wieder. Das Codewort lautet GESCHICHTE. Diese neuen Informationen sollten geheim bleiben.«

»K...«

»Außer du hältst es für angebracht, andere Personen einzuweihen.«

So hatte Kendy niemals gesprochen. »Gut.«

Das Gesicht verblaßte. Jeffer blieb eine Zeitlang ruhig sitzen. Endlich tippte er auf den weißen Knopf. »Prikazyvat Stimme.«

»Hallo, Wissenschaftler.«

»Verbindung zum Druckanzug.«

»Hergestellt.«

»Hier spricht Jeffer. Jemand daheim?«

»Hallo? Wissenschaftler?« Jills Stimme.

»Ich möchte mit meiner Frau sprechen.«

»Ich hole sie. Sie ist auf dem Ast.«

Das konnte fast den ganzen Tag dauern. Jeffer programmierte den Code GESCHICHTE und schaute sich die Aufzeichnungen an. Sobald die Kassette zu Ende war, ließ er sie noch einmal von vorne ablaufen.

Lawri zwängte sich durch die Luftschleuse. »Ich konnte nur Gerner und Jill für die Tretmühle bekommen, alle anderen sind draußen auf dem Ast. Also, weshalb die Aufregung, Wissenschaftler?«

»Prikazyvat Stimme. Codewort GESCHICHTE.«

Tote Stimmen sprachen. Die Besatzung der *Discipline* berichtete von der Entdeckung einer erstaunlichen kosmischen Anomalität. Einiges von dem, was folgte, kannten Lawri und Jeffer von den Kassetten, anderes war ihnen völlig rätselhaft.

»Seit wann hast du diese Informationen?« wollte Lawri wissen.

»Kendy hat sie gerade erst in den Speicher gegeben. Ich ... ich habe mit ihm in Verbindung gestanden, schon bevor wir aufbrachen.«

In Lawris Gesicht spiegelte sich frostiger Zorn. »Das war Meuterei! Wie konntest du zu *mir* kein Vertrauen haben?«

»Ich schenke dir jetzt mein Vertrauen. Hör zu.«

Sie wurden Zeugen eines äußerst formell geführten Streits. Einige der Teilnehmer sprachen sich dafür aus, den Rauchring zu besiedeln; andere waren entschlossen, zu einem nicht näher bezeichneten Ziel weiterzufliegen. Kendy brachte Argumente zugunsten der Besiedelung vor und versuchte, den Streit zu beenden. Er ging weiter.

Es folgten Teile einer Botschaft von der *Discipline* an die Erde. Es war entschieden, daß die Mannschaft der *Discipline* sich im Rauchring ansiedeln würde.

Im Anschluß daran kam eine Nachricht von der Erde: *Mannschaft an Bord nehmen*.

»Und das ist es. Kendy hat einander widersprechende Befehle erhalten«, erklärte Jeffer. »Das verwirrt seine Denkprozesse. Er kann nicht um neue Anweisungen nachsuchen, denn die Erde ist zu weit entfernt, und er kann keine eigenen Entscheidungen treffen, denn er ist nur eine Maschine, und er kann darüber nicht sprechen, weil es ihn verrückt macht. Wenn das alles stimmt, dann bewegt er sich schon geraume Zeit am Rande des Wahnsinns. Die Frage ist, was tun wir jetzt?«

Lawri meinte: »Über den silbernen Auszug können wir den gesamten Stamm mithören lassen. Jeder einzelne sollte Bescheid wissen.«

»Das wird nicht ohne Unstimmigkeiten abgehen.«

»Füttere den ...«

Er dämpfte ihre Erregung. »Ein Marineschiff ist auf dem Weg hierher. Die Unstimmigkeiten müssen bereinigt sein, bevor es eintrifft. In hundert Tagen.«

»Dann lassen wir die Kassette während des Abendessens laufen.«

»In Ordnung.«

In gewisser Hinsicht war die Situation gar nicht übel. Sie waren zusammen, aber sie konnten nicht reden. Außer ihnen war niemand da, um bei der Bedienung des Fahrstuhls zu helfen, und sie kamen gehörig außer Atem. Jill hangelte sich an den Sprossen hinauf, um mit ihm Schritt zu halten. Ihr buschbeerenrotes Hemd war an der Brust und unter den Armen naßgeschwitzt. Das Haar stand wie eine goldene Wolke um ihren Kopf, ebenso faszinierend und schön wie Sectrys rote Mähne.

Sobald die Käfige einander passiert hatten, ließen sie sich von der Tretmühle herumtragen, bis es Zeit war, ihr Gewicht als Bremse einzusetzen. Der untere Käfig setzte auf. Gerner und Jill ließen sich in das weiche Laub fallen und rangen nach Luft.

Als Gerner allmählich wieder zu Atem kam, stellte er fest, daß Jill ihn mit ernster Miene betrachtete.

Er sagte forsch (wie er hoffte): »Mark ist der Ansicht, du hättest ein Recht auf mich. Der Gedanke ist mir nie gekommen.«

»Er sagt das?«

»Ja. Er sagt auch, ich hätte ein Recht auf dich. Was hältst du davon?«

»Ich finde, Mark hat kein Recht, das zu sagen.«

Er lag eine Armeslänge von ihr entfernt. Ihren Gesichtsausdruck vermochte er nicht zu lesen. »Es ist nicht nur Mark«, sagte er. »Meine Eltern – alle vier, oder alle dreieinhalb, und auch alle anderen, dich eingeschlossen, Jill. Ihr alle scheint genau zu wissen, wo ich hinpasse und wie ich den Rest meines Lebens verbringen soll.«

»Nun, Befehle sind bei dir ohnehin in den Wind gesprochen.« Ob das ein Lächeln war? »Was stört dich denn, Gerner? Du bist aus freiem Willen heimgekommen. Du arbeitest am Kochtopf, weil du dich bereit erklärt hast, die Erdpflanzen zuzubereiten. Du bist unser Künder, weil du viele Geschichten weißt und sie gerne erzählst. Damit kannst du dich vor der Arbeit am Baumschlund drücken.«

»Das alles macht mir auch Spaß. Aber man sagt mir, wo ich schlafen und wen ich heiraten soll, und alle haben mich komisch angesehen, bis ich wieder meine alten Kleider angezogen habe, und der ganze verdammte Stamm hat mich geschickt, um mit dir zu reden.«

»Na gut. Rede.«

»Bei Gerner sind alle Befehle in den Wind gesprochen. Du redest. Bist du unzufrieden mit mir?«

»Du bist mit den anderen auf Abenteuer gegangen und hast mich zurückgelassen.«

»Stimmt.«

»Ist das jetzt vorbei? Wirst du hierbleiben?«

»Nein.«

»Warum nicht?«

Gerner seufzte. »Es ist ein schönes Gefühl, heimzukommen. Es gefällt mir aber auch, Neues zu sehen. Einige von uns werden ohnehin ein zweites Mal die Admiralität besuchen. Ryllin will zu Booce zurück. Und abgesehen davon – da draußen wartet ein ganzer Himmel! Lawri sagt, unser Gen-Reservoir ist zu klein. Na fein. Wir werden auf Reisen gehen und neue Bäume entdecken und dort neue Partner finden.«

»Das soll ich tun?«

Während er sich in der Tretmühle abstrampelte, hatte er Zeit zum Nachdenken gehabt. »Vielleicht. Oder du könntest mich heiraten, aber ich werde immer wieder auf Reisen gehen, damit müßtest du dich abfinden ...«

Sie fuhr auf. »Du würdest Babies mit jeder Frau machen, die dich nur zweimal ansieht!«

Das war eindeutig unfair. Gerner ging nicht weiter darauf ein. »Oder du könntest mich begleiten.«

»Richtig.«

»So schnell? Bist du sicher?«

»Ganz sicher.«

Dieses Gespräch entwickelte sich besser, als er zu hoffen gewagt hatte. »Hast du an der neuen Rakete mitgearbeitet?«

»Nein. Warum?«

Er hatte also doch nicht alles bedacht. »Wir haben Zeit. In ein paar Jahren sind einige der Kinder so weit herangewachsen, daß es Zeit wird, Partner für sie zu finden. Dann werden wir Reisen zu neuen Bäumen unternehmen ...«

»Jetzt verstehe ich, was du meinst. Weil ich die Älteste bin, sollte ich die Rakete in- und auswendig kennen. Ich muß sie steuern und Reperaturen vornehmen können.«

»Nicht nur du, sondern die gesamte Mannschaft. Kannst du fliegen?«

»Natürlich. Oh, schon gut. Ich habe nicht viel geübt. Gerner?«

»Ja?«

»Du scheinst sehr genau zu wissen, wo ich hinpasse und wie ich den Rest meines Lebens verbringen soll.«

Es *war* ein Lächeln. »Tut mir leid.«

»Vielleicht ist das ein Vorgeschmack aufs Eheleben. Wie auch immer – bei der nächsten Reise bin ich mit dabei. Danach werden wir Bescheid wissen. Ob ich es aushalten kann. Ob die anderen Bürger es mit mir an Bord eines Schiffes aushalten können. Ob ich zu etwas zu gebrauchen bin. Ob ich woanders einen Partner finde. Oder ob du dich anders entscheidest.«

»Die nächste Reise geht zur Admiralität.«

»Schön«, sagte Jill. »Gehen wir fliegen.«

»Es ist keiner da, der für uns den Fahrstuhl bedient.«

»Wir starten von hier«, verkündete Jill. »Dann fliegen wir zur Stammitte und überraschen Lawri.«

Gerner begriff allmählich, daß Jill entschlossen war, hinzugehen, wo er hinging, und ihn unterwegs, wenn möglich, zu überholen. »Wir müssen ungefähr dreißig Kilometer nach außen fliegen. Wirst du das schaffen?«

»Keine Sorge. Am besten, wir schnallen die Flügel erst an, wenn wir schon in der Luft sind. Sonst kommt jemand und hält uns zurück. Komm schon.«

Kendy hatte die Information unter dem Code GESCHICHTE mit einiger Sorgfalt zusammengestellt. Die Aufzeichnungen an sich waren unverändert. Doch vermittelten sie den definitiven Eindruck, daß die Besatzung der *Discipline* sich aus eigenem Entschluß im Rauchring niedergelassen hatte.

Die Bevölkerungszahl des Rauchrings lag zwischen zwei- und dreitausend Personen (Kendy hatte die Kinder mitgezählt). Gemäß seinen ursprünglichen Anweisungen mußte Kendy die Möglichkeit in Betracht ziehen, daß es sich bei ihnen um die einzigen Überlebenden der gesamten menschlichen Rasse handelte. Die Versuchung, sich einzumischen, war sehr groß.

Er wollte sie nicht formen. Sie formten sich selbst, und nicht einmal schlecht. Einen qualvollen Augenblick lang hatte er sogar erwogen, jede Verbindung zu ihnen abzubrechen.

Doch er verfügte über Wissen, das er ihnen vermitteln konnte!

Als er auf seinem Kurs die Admiralität passierte, war die Bibliothek abgeschaltet. Es war allerdings nicht damit zu rechnen, daß es so blieb. Bis zum Tag 2791, der das Kreuzjahr teilte, waren es noch dreihundertfünfzig Tage – in etwa. Wie Kendy seine Bürger kannte, würden sie ein Fest veranstalten, bei dem die Bibliothek allen Bürgern zugänglich war. Vielleicht konnte er Kontakt zu Wayne Mickl aufnehmen. Dank Jeffer wußte Kendy von dem wunden Punkt des Gardehauptmanns …

Derweil näherte sich ein Marinekreuzer dem Bürgerbaum. Man würde sehen, unter welchen Bedingungen eine Übereinkunft möglich war.

Er hatte viel Zeit. Kendy wartete.

ENDE

Glossar

ALTMÄNNERHAAR ein parasitärer Pilz auf den Integralbäumen

AST ein Ast an jedem Ende eines Integralbaums; die Äste biegen sich in Windrichtung

BAUM den Baum füttern: den Darm entleeren, Unrat beseitigen, sterben

BAUMFUTTER alles, womit man einen Baum füttern kann; Exkremente, Unrat oder Leichen

BLAUER GEIST und GEISTKIND aurora-ähnliche helle Flecke über den Magnetpolen Voys; selten sichtbar

BUSCHBEEREN Früchte im inneren Busch eines Integralbaums

COPSIK Sklave (stammt ab von *Corpsicle*. Im Staat besaßen die Corpsicles keine Bürgerrechte.)

COPSIKJÄGER Sklavenjäger oder Sklavenhalter

DSCHUNGEL Bezeichnung für fast alle ausgedehnten Pflanzensammlungen

DUMBO haust im Stamm der Integralbäume

DUNKELHAI ein Räuber des inneren Klumpens

FÄCHERPILZ Parasit der Integralbäume; teilweise eßbar

FINGERZWEIGE wachsen auf dem Ast eines Integralbaums

FISCHERDSCHUNGEL eine große Fischerpflanze mit Stachel; macht Jagd auf große Vögel und nimmt Wasser aus vorüberziehenden Teichen auf.

FISCHERPFLANZE kugelförmig; nimmt Wasser mittels einer wasserspeichernden Wurzel aus vorüberziehenden Teichen auf

FLITZER insektenfressende Vögel

FRM Fracht- und Reperaturmodul; ursprünglich führte die *Discipline* zehn dieser Beiboote

GEISTKIND siehe BLAUER GEIST

GOLD ›nach Gold gehen‹, sich blindlings in Gefahr begeben

GOLDBLATTS WELT Gasriese, nach der Supernovaexplosion von dem Neutronenstern Voy eingefangen; benannt nach dem Astronomen der *Discipline*, Sam Goldblatt

HONIG klebrige, rote Flüssigkeit, die als Lockmittel für Baumkäfer benutzt wird

HONIGHORNISSEN tödliche Insekten, die ein Nervengift absondern

INTERGRALBAUM eine überlebenswichtige Pflanze

JAHR ein Durchgang von T3 hinter Voy; die Hälfte eines kompletten Sonnenumlaufs, entspricht 1,384 Erdenjahren

KLUMPEN die L4- und L5-Punkte von Gold; als Punkte stabiler Schwerkraft ziehen sie Materie an

LEVOYS STERN Neutronenstern, das Herz des Rauchring-Systems; benannt nach der Entdeckerin Sharon Levoy, der *Discipline* als Astrogatorin zugeteilt

PRIKAZYVAT eigentlich Russisch für ›Befehl‹; jetzt zur Aktivierung eines Computerprogramms benutzt

PRÜFER Offizier mit der Aufgabe, die Loyalität eines Bürgers oder einer Gruppe von Bürgern dem Staat gegenüber sicherzustellen; in den Verantwortungsbereich eines Prüfers fallen die Handlungen, die Einstellung und das Wohlbefinden seiner Schützlinge

RAKETE Bezeichnung ausschließlich für Dampfraketen der Admiralität und der Sucher

RAUCHRING die dichteste Region des Gas-Torus, der den Orbit von Goldblatts Welt um Levoys Stern umgibt

REISER wachsen auf den Fingerzweigen und tragen Laub

ROSEN langstielige, etwa vier Meter lange Pflanzen; die dunkelrote Blüte ist Voy zugewendet; wird von der Tide stabilisiert und kommt nur außerhalb des Klumpens vor

SCHNUPFTÜCHER in der Dunkelregion heimische Pflanzen

SONNE Ein G0-Stern, auch T3, umkreist Levoys Stern bei 2,5 x 10^8 Kilometern und erhält die Wasser-Sauerstoff-DNA-Ökologie des Rauchrings aufrecht

STACHELDSCHUNGEL eine Pflanze des Rauchrings, die in den meisten Fällen Honighornissen beherbergt

TAG ein Orbit um Levoys Stern, den Neutronenstern; ein *Standardtag* entspricht einem Umlauf von Goldblatts Welt

TEICH jede große Wasserkugel

TRAUMTÄNZER Vögel des Rauchrings, wachtelgroß, harmlos, eßbar

TRIUN ein im Rauchring heimischer Vogel, groß und nicht ungefährlich

VOY siehe LEVOYS STERN

WANDERFÜSSE Nomadenstämme (in der Admiralität geprägte Bezeichnung)

Hinweise

AUSSEN Levoys Stern abgewandt
INNEN Levoys Stern zugewandt
OSTEN in Rotationsrichtung des Gas-Torus
WESTEN gegen die Rotationsrichtung des Gas-Torus; die Richtung, in der sich die Sonne bewegt
SÜDEN links, mit dem Kopf nach außen und dem Gesicht nach Westen bzw. mit dem Kopf nach innen und dem Gesicht nach Osten usw.; längs der südlichen Achse von Levoys Stern; in Richtung auf das Geistkind
NORDEN das Gegenteil von Süden; längs der nördlichen Achse von Levoys Stern; in Richtung auf den Blauen Geist
UNTEN und OBEN diese Bezeichnungen finden nur dort Verwendung, wo Tide oder Schub wirksam sind
SPIN, ANTISPIN, DUNKEL und HIMMELWÄRTS Richtungsangaben innerhalb des Klumpens; generell gilt ansonsten die Regel: Osten bringt dich nach Außen; Außen bringt dich nach Westen; Westen bringt dich nach Innen; Innen bringt dich nach Osten; Backbord und Steuerbord bringen dich zurück

SCIENCE FICTION

Band 22 082

Larry Niven

Der schwebende Wald

Deutsche Erstveröffentlichung

Der schwebende Wald ist *Ringwelt* die Geschichte eines ungewöhnlichen astronomischen Phänomens. In der Gaswolke um einen Neutronenstern haben sich gewaltige schwebende »Bäume« entwickelt. Diese kleinen Planeten gleichen Pflanzen, werden von Menschen besiedelt. Meisterhaft beschreibt Niven die Veränderung menschlichen Lebens unter so ungewöhnlichen kosmischen Bedingungen.

BASTEI LÜBBE

Sie erhalten diesen Band im Buchhandel, bei Ihrem Zeitschriftenhändler sowie im Bahnhofsbuchhandel.

Band 23 075

Larry Niven

Geschichten aus der Raumhafenbar und andere Erzählungen

Deutsche Erstveröffentlichung

Kommen Sie mit auf einen Milchstraßen-Cocktail! In der Raumhafen-Bar, da trifft sich alles, was zur Erde kommt – ob Mensch oder nicht, ob Männlein, Weiblein oder irgendwas dazwischen. Darum sehen Sie sich vor! Schon kleine Mißverständnisse haben hier galaktische Kriege hervorgerufen. Aber wenn Sie zu tief ins Glas geschaut haben, dann drückt der Wirt auch schon mal ein Auge zu. Oder auch zwei oder drei.

Und Stories erzählt man sich dort, die glauben Sie kaum ...

BASTEI LÜBBE

Sie erhalten diesen Band im Buchhandel, bei Ihrem Zeitschriftenhändler sowie im Bahnhofsbuchhandel.